Die Frau in der Literatur

ELISABETHRUSSEL
GRÄFIN ARNIM

Die Liebe einer reifen Frau zu einem schwärmerischen Jüngling. Entzückende Schilderungen aus dem Gesellschaftsleben

Der Roman ›Liebe‹ erschien
1926 als Deutsche Erstausgabe mit dem Titel
›Die unvergeßliche Stunde‹ im Ullstein Verlag, Berlin.

Elizabeth von Arnim

Liebe

Roman

Aus dem Englischen übersetzt von
Anna Kellner

Mit einem Nachwort von
Annemarie Stoltenberg

Ullstein

Die Frau in der Literatur
Ullstein Buch Nr. 30349
im Verlag Ullstein GmbH,
Frankfurt/M – Berlin

Ungekürzte Neuausgabe

Umschlaggestaltung:
Theodor Bayer-Eynck
Illustration:
Claude Monet ›Dans la Prairie‹
© Archiv für Kunst und Geschichte, Berlin
Alle Rechte vorbehalten
Erstmals veröffentlicht 1926
unter dem Titel
›Die unvergeßliche Stunde‹
© der Übersetzung 1926
by Verlag Ullstein AG, Berlin
© dieser Ausgabe by
Verlag Ullstein GmbH, Frankfurt/M – Berlin
Printed in Germany 1994
Gesamtherstellung:
Ebner Ulm
ISBN 3 548 30349 8

2. Auflage Oktober 1994
Gedruckt auf alterungsbeständigem
Papier mit chlorfrei
gebleichtem Zellstoff

Die Deutsche Bibliothek – CIP-Einheitsaufnahme

Arnim, Mary A. von:
Liebe : Roman / Elizabeth von Arnim.
Aus dem Engl. übers. von Anna Kellner. Mit einem
Nachw. von Annemarie Stoltenberg. – Ungekürzte Neuausg.,
2. Aufl. – Frankfurt/M ; Berlin : Ullstein, 1994
(Ullstein-Buch ; Nr. 30349 : Die Frau in der Literatur)
Einheitssacht.: Love <dt.>
ISBN 3-548-30349-8
NE: GT

Erster Teil

I

Ihre erste Begegnung fand – natürlich unbewußt, denn sie kannten einander nicht – in der Oper ›Die unvergeßliche Stunde‹ statt, die vor fast leeren Häusern in King's Cross gespielt wurde; aber beide gingen so oft hin, und es kamen nur so wenige Zuschauer, daß die regelmäßigen Besucher einander sehr bald vom Sehen kannten, sich zueinander hingezogen fühlten und mit einem Nicken und Lächeln grüßten. Und so erging es auch Christopher und Catherine.

Sie wurde das erstemal auf ihn aufmerksam, als sie das Stück zum fünftenmal sah. Bevor der Vorhang aufging, hörte sie hinter sich zwei Leute miteinander sprechen; der eine sagte stolz: »Heute bin ich zum elftenmal hier«, und der andere erwiderte darauf: »Und ich zum zweiunddreißigstenmal!« Darauf versetzte die erste Stimme. »Ah, warum nicht gar!«, aber in einem so kläglichen Ton, daß Catherine an einen angestochenen Luftballon denken mußte, wenn er unter dem Heulen der entweichenden Luft in sich zusammensinkt. Sie konnte nicht anders, sie mußte ihr Gesicht, das vor Interesse und Vergnügen leuchtete, umwenden. So erblickte sie Christopher und Christopher sie zum erstenmal.

Nachher bemerkten sie einer den andern bei den folgenden drei Vorstellungen, und dann, als sie zum neunten- und er zum sechsunddreißigstenmal hinkamen – denn die leidenschaftlichen Bewunderer der ›Unvergeßlichen Stunde‹ zählten den anderen eifersüchtig die Vorstellungen nach, denen sie beiwohnten –, trafen sie sich auf ein und derselben Bank, nur durch zwölf leere Sitze voneinander getrennt. Während der Vorhang zwischen den beiden Szenen des ersten Aktes fiel, rückte Christopher um sechs Plätze näher zu ihr, und nach der Liebesszene im ersten Akt, die jedesmal von neuem in der kleinen Schar von Getreuen einen Sturm mystischen Entzückens entfachte, rückte er um die anderen sechs Plätze weiter und setzte sich kühn neben sie.

Ihr freundliches Lächeln sagte ihm, daß sie es nicht übelnahm.

»Es ist so schön«, bemerkte er in entschuldigendem Ton, als rechtfertige dies seine Annäherung.

»Jawohl, unvergleichlich schön«, erwiderte sie und fügte hinzu: »Ich bin heute zum neuntenmal hier.«

Und er versetzte: »Und ich zum sechsunddreißigstenmal.«

Darauf sie: »Das weiß ich.«

Da fragte er: »Wieso?«

Und sie antwortete: »Weil ich mit anhörte, wie Sie jemandem erzählten, daß Sie zum zweiunddreißigstenmal da wären, und seither habe ich weitergezählt.«

So war die Bekanntschaft geschlossen. Christopher dachte bei sich, daß er noch nie ein so holdseliges Lächeln gesehen oder eine so drollig girrende Stimme gehört habe.

Sie war klein und zart und trug ein Hütchen, das sie niemals abnehmen mußte: Erstens saß fast nie jemand hinter ihr, und dann hätte sie selbst mit einem großen Hut niemandem die Aussicht verstellt. Immer der gleiche Hut – niemals ein anderer –, das gleiche Kleid. Obgleich sie hübsch, sogar sehr hübsch angezogen war, hatte er doch die Empfindung, vielleicht, weil es immer dasselbe Kleid war, daß sie nicht wohlhabend, auch, daß sie wohl älter war als er – aber nur ganz wenig; das hatte nichts zu sagen. Und gleich darauf fiel ihm ein, daß sie sicher verheiratet war.

Er war überrascht, wie unangenehm ihn dieser Gedanke berührte. Was ging in ihm vor? War er verliebt? Er wußte nicht einmal ihren Namen. An dem Abend, da sie zum vierzehnten- und er zum achtundvierzigstenmal ins Theater kamen – denn seit sie miteinander bekannt waren, ging er öfter als früher hin, in der Hoffnung, sie zu treffen, und sogar das Programmfräulein sah ihn an, als hätte sie ihn ihr Leben lang gekannt –, schlich sich diese Befürchtung wie Eiseskälte in den behaglichen Frieden seiner Seele und zerstörte ihn. Dabei hatte er nicht etwa einen Ehering an ihr gesehen, denn sie legte niemals die lächerlich kleinen Handschuhe ab – etwas Unbestimmtes an ihr sagte ihm, daß sie kein Mädchen war.

Er suchte es in Worte zu kleiden, aber er vermochte es nicht; es blieb unbestimmbar. Ob es an ihrer Gestalt lag, die rundlicher war als die meisten Mädchengestalten in unserer Zeit der schlanken Linie, oder daran, was sie sprach, hätte er um alles in der Welt nicht sagen können. Vielleicht lag es an der Gelassenheit, der ruhigen Sicherheit, mit der sie die Bekanntschaft junger Leute machte, sie an sich zog und wieder ihrem Schicksal überließ, ganz, wie es ihr beliebte.

Aber vielleicht war sie doch nicht verheiratet. Sie war immer allein. Wäre ein Gatte vorhanden gewesen, so wäre er früher oder später doch auf dem Plan erschienen. Und er sagte sich, daß der Gatte einer so holdseligen Frau diese sicher nicht am Abend allein ausgehen lassen würde. Seine Annahme war also wohl irrig. Er wußte nicht viel von Frauen. Bisher hatte er nur unerfreuliche, unschöne Beziehungen zu ihnen gehabt, und so konnte er nicht vergleichen. Und obgleich sie nun schon einige Male beieinandergesessen hatten, war der Gesprächsstoff ausschließlich ›Die unvergeßliche Stunde‹ gewesen – sie waren beide so begeistert davon –, und die Musik und die Sänger und keltische Legenden, und zum Schluß lächelte sie so entzückend und nickte ihm zu und schlüpfte hinaus, so daß sie eigentlich noch nicht weitergekommen waren als am ersten Abend.

Als er sie das nächste Mal im Theater traf – er setzte sich jetzt neben sie, als ob es das Natürlichste von der Welt wäre –, sagte er, oder vielmehr stieß er hervor: »Wissen Sie, Sie könnten mir wirklich Ihren Namen nennen. Ich heiße Monckton, Christopher Monckton.«

»Aber natürlich«, versetzte sie, »mein Name ist Cumfrit.«

Cumfrit? Der Name berührte ihn komisch, aber er paßte zu ihr.

»*Nur*« – er hielt den Atem an – »Cumfrit?«

Sie lachte.

»Auch noch Catherine«, fügte sie hinzu.

»Gefällt mir. Sehr hübsch. Beide Namen zusammen sehr hübsch und wohlklingend. Und sie passen ganz erstaunlich zu Ihnen.«

Wieder lachte sie.

»Aber beide können doch nicht zu mir passen«, meinte sie, »den Namen ›Cumfrit‹ verdanke ich doch George.«

»George?« stammelte er.

»Jawohl, von ihm stammt ›Cumfrit‹, von mir nur das unwesentliche ›Catherine‹.«

»Dann sind Sie verheiratet?«

»Ist das nicht jeder Mensch?«

»Ach, du lieber Gott, nein!« rief er aus. »Verheiratet zu sein ist abscheulich. Es ist greulich. Es ist lächerlich, sich unwiderruflich an jemanden zu binden! Jeder Mensch? Durchaus nicht. Ich bin's nicht.«

»Ach, Sie sind eben noch zu jung«, sagte sie belustigt.

»Zu jung? Und Sie?«

Sie blickte ihn rasch an, ihr Gesicht drückte Argwohn aus, doch der verwandelte sich in ehrliche Überraschung, als sie sah, wie ernst es ihm mit der Frage gewesen war.

Sie hat ein dreieckiges Gesicht, wie ein Stiefmütterchen, wie ein Kätzchen, sagte er sich. Er hätte es gern gestreichelt. Er war überzeugt, daß sie sich wunderbar weich anfühlen mußte. Und nun gab es einen George auf der Welt.

»Liebt er – liebt Ihr Gatte die Musik nicht?« fragte er. Er sagte es, weil ihm im Augenblick nichts anderes einfiel, es lag ihm natürlich nicht das geringste daran, was der vermaledeite George mochte oder nicht.

Sie zögerte mit der Antwort.

»Ich weiß nicht«, sagte sie endlich, »er pflegte sich nichts daraus zu machen.«

»Also kommt er nicht hierher?«

»Wie sollte er auch?« Sie hielt inne, dann sagte sie leise: »Der Ärmste ist ja tot.«

Das Herz hüpfte ihm in der Brust. Eine Witwe. Der barbarische Krieg hatte also doch etwas Gutes getan – er hatte George aus dem Wege geräumt.

»Das tut mir aber furchtbar leid«, rief er ernst aus, indem er sich bemühte, eine feierliche Miene aufzusetzen.

»Ach, es ist schon so lange her«, sagte sie, indem sie bei der Erinnerung ein wenig den Kopf senkte.
»So sehr lange kann es nicht her sein.«
»Warum nicht?«
»Weil Sie doch noch so jung sind!«
Wieder blickte sie ihn rasch an, und wieder sah sie in seinem Gesicht nichts als Aufrichtigkeit. Sie schwieg und dachte: ›Wie reizvoll!‹ Und ein mattes Lächeln überflog ihr Gesicht. Wie alt war er wohl? Fünf- oder sechsundzwanzig, nicht älter, davon war sie überzeugt. Wie entzückend war doch die Jugend – so ungestüm, so großzügig und hochherzig in ihrer Bewunderung, ihren Überzeugungen. Er war ein hochgewachsener, gelenkiger junger Mann, mit flammendrotem Haar und Sommersprossen und knochigen, roten Handgelenken, die lang aus den Ärmeln hervorschauten, wenn er während der Liebesszene den Kopf in die Hände stützte und ihn immer fester und fester umklammerte, je mehr Liebe in dem Stück vorkam. Er hatte tiefliegende Augen, eine schön geformte offene Stirn und einen breiten Mund mit gütigem Ausdruck; er strahlte von Jugend, und die Unzufriedenheit der Jugend, ihre jähen Ablehnungen und noch jäheren Anerkennungen malten sich in seinen Zügen.

Sie unterdrückte einen kleinen Seufzer und sagte lachend: »Sie haben mich nur am Abend gesehen, warten Sie, bis Sie mich bei hellem Tageslicht zu Gesicht bekommen.«

»Werd' ich das jemals dürfen?« fragte er gespannt.

»Kommen Sie nie zu den Matineen?«

»Zu den Matineen? Nein, zu Matineen kann ich natürlich nicht gehen, denn ich muß mich die ganze Woche in meinem abscheulichen Office schinden, und am Samstag muß ich mit meinem Onkel Golf spielen, der mir voraussichtlich sein Geld hinterlassen wird.«

»Den sollten Sie aber sehr liebhaben.«

»Tu' ich auch. Bis jetzt hab' ich mir nichts daraus gemacht, so angeschmiedet zu sein, aber es ist eine lästige Fessel, wenn man einmal etwas anderes unternehmen möchte.«

Er sah sie traurig an, dann erhellte sich sein Gesicht.

»Am Sonntag«, sagte er lebhaft, »am Sonntag bin ich frei. Er ist fromm, und am Sonntag spielt er nicht. Könnte ich –?«

»Am Sonntag gibt's keine Matinee«, sagte sie.

»Nein, aber könnte ich Sie nicht am Sonntag besuchen?«

»Pst!« sagte sie, indem sie die Hand hob, denn die Musik des zweiten Aktes begann.

Und auch diesmal schlüpfte sie davon, indem sie ihm wie gewöhnlich zunickte, bevor er ein Wort hervorbringen konnte, während er seinen Überrock anzog.

Das nächste Mal war er entschlossen, sofort anzufangen.

Er hatte die Empfindung, ohne Unterlaß an sie gedacht zu haben, und es war doch lächerlich, von einem Geschöpf, an das man so viel dachte, nichts weiter zu wissen als ihren Namen, und daß ihr Mann tot war. Natürlich war es schon ein großer Fortschritt nach der früheren vollständigen Unkenntnis, und daß ihr Mann tot war, bereitete ihm solche Freude, daß er sich sagen mußte, er sei verliebt. Ehemänner sollten alle tot sein, dachte er nach einiger Überlegung – diese widerwärtigen Leute, die einem das Leben erschweren. Was wäre geschehen, wenn George noch am Leben wäre? Sie wäre ihm einfach verloren gewesen, er hätte sofort auf sie verzichten müssen – kaum daß er angefangen hatte.

Und er fühlte sich so einsam, und sie war – was war sie nicht? Sie war ganz, wie er sie sich seit Jahren geträumt hatte – ein kleines, rundes, süßes Geschöpf, in dem alle Lieblichkeit, Wärme, wohltuende Beruhigung und Liebe verkörpert war, ein Labsal.

Als sie das nächste Mal kam, ging er also sofort zu ihr hinüber, um sie geradeheraus zu fragen, ob er sie besuchen dürfe, um einen Tag dafür festzusetzen und um sich nach ihrer Adresse zu erkundigen. Aber heute war sie zufällig etwas später gekommen als sonst, und kaum hatte er den Mund aufgetan, als der Zuschauerraum verdunkelt wurde und sie mit einem warnenden »Pst!« die Hand erhob.

Er durfte auch nicht einmal den Versuch machen, ihr zuzuflüstern, was er ihr sagen wollte, denn die kleine Schar der Getreuen konnte sehr heftig werden und bestand auf absoluter Ruhe. Auch fürchtete er, daß ihr die Musik lieber war als alles, was er ihr zu sagen haben könnte. Er saß also mit gekreuzten Armen da und wartete. Wohl machte er den Versuch zu sprechen, als der Vorhang zwischen den beiden Szenen fiel und nur das Orchester spielte, aber von allen Seiten ertönte ein empörtes »Sch! Sch!« aus dem Munde der Getreuen, und so mußte er warten, bis der Akt zu Ende war. Auch sie hatte wieder die Hand erhoben und »Pst!« gerufen.

›Die unvergeßliche Stunde‹ begann ihm ein wenig auf die Nerven zu gehen. Aber endlich war der Akt zu Ende, der Zuschauerraum wieder hell. Sie wendete ihm ihr erhitztes Gesicht zu; die Freude an der Musik glänzte in ihren Augen. Am Ende der Liebesszene glühten immer ihre Wangen, leuchteten ihre Augen; auch er konnte die ungestüme Umarmung der Liebenden nicht ohne tiefe Bewegung mit ansehen. Mein

Gott, wer doch auch so umarmt würde ... Ein leidenschaftliches Verlangen nach Liebe erfüllte ihn.

»Ist es nicht wunderbar?« hauchte sie.

»Wollen Sie mir nicht erlauben, Sie einmal zu besuchen?« fragte er, ohne eine Sekunde zu verlieren.

Etwas überrascht sah sie ihn an, ihre Gedanken sammelnd.

»Aber gewiß«, antwortete sie, »kommen Sie einmal. Obgleich —«, sie hielt inne.

»Fahren Sie fort«, sagte er.

»Ich wollte sagen, daß Sie mich ja ohnehin sehen.«

»Ja, aber was hab' ich davon?«

»Ich bin dreimal wöchentlich hier«, sagte sie.

»Ja, aber was hab' ich davon?« wiederholte er. »Das ist ja ein zufälliges Zusammentreffen. Sie kommen – gelegentlich – und dann verschwinden Sie wieder. Und wenn Sie aufhören zu kommen, dann ...«

»Dann werden Sie«, fügte sie hinzu, als er innehielt, »all das Schöne für sich allein genießen. Ich glaube nicht, daß sie die letzte Szene je schöner gespielt haben, finden Sie das nicht auch?« Und wieder erging sie sich in Lobeshymnen auf das Stück, und er hatte keine Gelegenheit, auch nur ein Wort zu sprechen, bevor die vermaledeite Musik wieder anfing und die Getreuen einstimmig »Scht! Scht!« riefen.

Auch die Begeisterung, sagte sich Christopher, sollte ihre Grenzen haben; er vergaß dabei ganz, daß seine Schwärmerei die ihre weit übertroffen hatte. Wieder verschränkte er die Arme, bei ihm stets ein Zeichen finsterer Geduld und Entschlossenheit, und als das Stück zu Ende war und sie ihm wieder lächelnd gute Nacht sagte und ohne ein weiteres Wort davoneilte, verschwendete er keine Zeit darauf, seinen Überrock anzuziehen, sondern ergriff ihn einfach und eilte ihr nach.

Es war nicht leicht, sie im Auge zu behalten. Sie konnte durch Lücken schlüpfen, die für ihn zu schmal waren, und bei der Biegung der Treppe hätte er sie fast verloren. Doch erreichte er sie endlich auf der Schwelle, gerade als sie in den Regen hinausstapfen wollte, und legte ihr die Hand auf den Arm.

Überrascht blickte sie sich um. In dem blendenden Licht, mit dem die Theater ihre Besucher empfangen und verabschieden, fiel ihm auf, wie müde sie aussah. Es war offenbar zuviel für sie gewesen – sie schien ganz erschöpft.

»Ich bitte Sie, rennen Sie doch nicht so«, sagte er, »warten Sie hier, und ich hole Ihnen ein Auto.«

»Aber ich fahre immer mit der Untergrundbahn«, gab sie zur Antwort, indem sie sich einen Augenblick an ihm festhielt, als ein paar Leute im Hinausstürmen sie gegen ihn stießen.

»Heute können Sie nicht mit der Untergrundbahn fahren«, widersprach er, »nicht wenn es so regnet. Und Sie sehen entsetzlich müde aus.«

Sie sah mit einem eigentümlichen Blick zu ihm empor und lachte.

»Wirklich?« sagte sie. »Aber ich bin nicht müde. Nicht ein bißchen. Und ich kann sehr gut mit der Untergrundbahn fahren, sie ist ganz in der Nähe.«

»Nein, das können Sie nicht. Warten Sie hier unter Dach, bis ich ein Auto hole.«

Und er stürmte davon.

Einen Augenblick dachte sie daran, auch fortzulaufen, wie gewöhnlich zur Untergrundbahn zu gehen und nach Hause zu fahren, denn warum sollte sie sich zwingen lassen, das teure Auto zu bezahlen? Aber dann sagte sie sich: ›Nein, das wäre gemein. Ich muß mich doch manierlich benehmen.‹ Und sie wartete.

»Wohin soll er fahren?« fragte Christopher, nachdem er das Auto geholt und sie hineingesetzt hatte und nun einfach nicht den Mut aufbrachte, ihr zu erklären, daß er es für seine Pflicht hielt, sie nach Hause zu begleiten.

Sie sagte ihm die Adresse – Hertford Street 90A –, und er wunderte sich im stillen, warum sie kein eigenes Auto hatte und in der Untergrundbahn fahren wollte, wenn sie ganz in der Nähe von Park Lane wohnte.

»Kann ich Sie irgendwo absetzen?« fragte sie ihn im letzten Augenblick, indem sie sich vorneigte.

Wie der Blitz war er im Auto drin.

»Ach, wie hab' ich darauf gewartet!« sagte er, indem er die Tür so heftig zuschlug, daß ein Regenschauer sich vom Fensterrahmen auf ihr Kleid ergoß. Er mußte die Tropfen natürlich abwischen, was er mit großer Sorgfalt und einem Taschentuch tat, das leider keines von seinen neuen war. Sie sprach inzwischen über die heutige Vorstellung, machte ihn auf dies und das aufmerksam, erinnerte ihn an manches, er aber, während er ihr Kleid abtrocknete, sagte sich auf das allerentschiedenste, daß er nun wirklich genug habe von der heutigen Vorstellung. Sie mußte aufhören, sie mußte endlich aufhören. Er mußte mit ihr sprechen, mehr von ihr erfahren. Er brannte darauf, Näheres von ihr zu hören, bevor das verteufelt schnelle Auto hielt. Und sie tat weiter nichts als zitieren und himmeln, während sie rasend dahinfuhren.

Das Wort gefiel ihm so gut, als es ihm durch den Kopf schoß, daß er es laut sagte.

»Ach, bitte, himmeln Sie jetzt nicht!« bat er sie. »Ein paar Minuten wenigstens lassen Sie uns von etwas anderem sprechen.«

»Himmeln?« wiederholte sie erstaunt.

»Sind Ihre Schuhe nicht naß geworden, wie Sie über

den nassen Bürgersteig gingen? Ich bin überzeugt, sie sind feucht . . .«

Und er begann, auch die Schuhe mit seinem Taschentuch abzuwischen. Sie sah ihm ein wenig überrascht, aber immer noch untätig zu. Das hieß jung sein! Man verdarb ein schönes, reines Taschentuch an schmutzigen Frauenschuhen, ohne es sich zu überlegen. Als er sich über ihre Schuhe beugte, bemerkte sie, wie dicht sein Haar war. Sie hatte schon vergessen, wie dicht das Haar junger Menschen war, da sie seit langem nur die Köpfe ältlicher Leute gesehen hatte.

Ihm erschien sie im Halbdunkel des Autos genau wie der Traum, der rosige, trauliche, stimmungsvolle Traum, den so ein einsamer Kauz immer träumt, während er in seiner Verlassenheit sein Kopfkissen umarmt. Und plötzlich hörte er auf, die Schuhe weiter abzutrocknen, denn er fühlte, daß er sich nicht würde enthalten können, niederzuknien und ihre Füße zu küssen, und er fürchtete, das würde ihr nicht recht sein, und am Ende würde sie böse, und er dürfte sie nie wiedersehen.

»Sie haben Ihr Taschentuch vollständig ruiniert«, bemerkte sie, als er es, schmutzig, wie es war, in die Tasche steckte.

»Ich bin anderer Meinung«, erwiderte er, indem er geradeaus durch das Vorderfenster hinausstarrte und steif in seiner Ecke saß, weil er sich selbst nicht recht traute und in Todesangst schwebte, seine Selbstbeherrschung zu verlieren.

Es war Christopher nun sonnenklar, daß er sich verliebt, sterblich verliebt hatte. Er war sehr glücklich darüber, denn er war, wie er sich im Innern sagte, zum erstenmal richtig verliebt. All die früheren Erfahrungen waren abscheulich gewesen und hatten ihm einen bitteren Geschmack auf der Zunge hinterlassen. Und er hatte sich so leidenschaftlich gesehnt, sich zu verlieben – aber wie sich's gehörte, in ein intelligentes, wohlerzogenes und anbetungswürdiges Geschöpf. Diese drei Eigenschaften mußten vorhanden sein, aber die bedeutsamste von allen war doch das Anbetungswürdige.

Verstohlen warf er ihr einen Blick zu. Sie sah nicht mehr müde aus. Wie ideal doch so ein Auto sein könnte – wenn der andere Insasse auch verliebt wäre. Wird das je der Fall sein? Würde sie wieder lieben, oder war all das mit dem Bösewicht George begraben? Sie hatte ihn gern gehabt, sie hatte ihn »Ärmster« genannt; aber schließlich war es nur natürlich, so von den Toten zu sprechen und sie um so lieber zu haben, je weiter der Zeitpunkt zurücklag, da sie noch auf der Welt waren und andern das Leben erschwerten.

»Wo kann ich Sie absetzen?« fragte sie ihn.

»Wir sind schon vorbeigefahren«, antwortete er, »das heißt, wir sind gar nicht in der Nähe meiner Wohnung gewesen. Ich wohne in Wyndham Place. Ich begleite Sie und werde dann im selben Auto nach Hause fahren.«

»Sie sind sehr freundlich«, sagte sie, »aber Sie müssen mich meine Fahrt bezahlen lassen.«

»Hören Sie mich an, bitte«, fuhr er rasch fort, indem er eine ungeduldig abwehrende Bewegung machte, als sie ihre Börse hervorzog – sie rasten nämlich schon über Berkeley Square, und er wußte, daß die Zeit kurz war. »Sie haben mir noch immer nicht gesagt, ob ich Sie besuchen darf. Ich möchte so furchtbar gern kommen, ich habe so unendlich viel zu sagen, ich meine, zu fragen. Und wir tun nichts, als über das vermaledeite Theaterstück reden.«

»Was? Ich dachte, Sie wären davon entzückt!«

»Natürlich, aber es ist doch nicht alles. Und wir haben ihm doch Gerechtigkeit widerfahren lassen, nicht? Gestatten Sie, daß ich Sie besuche, ich . . .«, er wollte sagen: ›Ich sterbe, wenn Sie es mir nicht erlauben‹, fürchtete aber, das würde sie abschrecken, und so fügte er rasch hinzu: »Ich bin nächsten Sonntag in London.«

Sie waren am unteren Ende der Hertford Street, rasten weiter, und während er noch sprach, hatten sie Nummer 90A erreicht. Der Chauffeur bremste, daß es knirschte, und das Auto hielt, das geschwindeste Auto, das er je gesehen hatte; und er hätte doch ebensogut das Glück haben können, eines von den langsamen, vorsichtigen, altmodischen zu erwischen, dessen Chauffeur ein bärtiger Patriarch war, wie er immer auf seinen Ruf herbeikam, wenn er rasch einen Zug erreichen mußte oder sich verspätet hatte und zu einem Diner eilte, der bei jeder Straßenkreuzung mit altfränkischer Höflichkeit stehenblieb und jedem Konkurrenten den Vorrang ließ.

»Darf ich also am nächsten Sonntag kommen?« fragte er. Er war sitzen geblieben, ohne sich zu rühren, so daß sie gerade Anstalten traf, selbst die Tür zu öffnen, da blieb ihm nichts anderes übrig, als ihr zuvorzukommen.

»Nein, steigen Sie noch nicht aus«, sagte er rasch, als sie sich erhob. »Es hat doch keinen Sinn, im Regen zu stehen. Warten Sie, bis ich geläutet habe . . .«

»Aber ich habe ja einen Hausschlüssel«, erwiderte sie. »Übrigens ist der Nachtportier schon da.«

Der war wirklich da, und als er das Auto halten hörte, öffnete er das Haustor.

»Also Sonntag?« fragte Christopher mit verzweifelter Beharrlichkeit, als er ihr aussteigen half.

»Ja, bitte, kommen Sie«, erwiderte sie, indem sie mit ihrem liebenswürdigen, berückenden Lächeln zu ihm aufblickte, so daß er in himmelhochjauchzende Stimmung versetzt wurde, »nur nicht diesen Sonntag«, fügte sie hinzu, und er war zu Tode betrübt.

»Warum nicht diesen Sonntag?« fragte er. »Ich bin den ganzen Tag frei.«

»Aber ich nicht«, versetzte sie lachend, denn er amüsierte sie; »wenigstens hab' ich die Empfindung, daß etwas . . .« Sie runzelte die Stirn und suchte sich zu erinnern.

»Ach ja, Stephen«, sagte sie. »Ich hab' ihm versprochen, mit ihm auszugehen.«

»Stephen?«

Das Herz stand ihm still. George war glücklicherweise vollständig abgetan, und nun erschien plötzlich Stephen auf dem Plan.

Aber gerade als sich die Tür hinter ihr schließen wollte, um ihn allein draußen zu lassen, ging ihm ein tröstliches Licht auf: Stephen war ihr Sohn, ihr kleiner Junge, ihr einziger kleiner Sohn. So verhaßt ihm der Gedanke auch war, die Ehe war wirklich etwas Schreckliches, George hatte eine Fortsetzung hinterlassen, und dieses zarte, kleine Menschenkind, dieses auserlesene, nachgiebige Geschöpf hatte sich dazu hergeben müssen, seinen blödsinnigen Wunsch nach Vererbung seines dummen Namens zu erfüllen.

»Ich vermute«, sagte er, während er den Hut in der Hand hielt, so daß der Regen ihm auf den entblößten Kopf fiel, und der Nachtportier die Tür offenhielt und zuhörte, »daß Sie ihn in den Zoologischen Garten führen werden.«

»In den Zoologischen Garten?« wiederholte sie verdutzt.

Dann begann sie zu lachen.

»Wie kommen Sie darauf«, sagte sie endlich, während ihr ganzes Gesicht mitlachte, »daß Stephen in den

Zoo will? Der arme, liebe Mensch« (Also wieder ein ›armer, lieber Mensch‹, aber diesmal ein lebendiger!) »ist so alt wie ich.«

»So alt wie Sie? Stephen?«

Sie winkte grüßend mit der Hand.

»Kommen Sie an einem anderen Sonntag!« rief sie ihm zu, als die Tür sich schloß.

Einen Augenblick starrte er auf die Tür. Dann wandte er sich langsam um, setzte den Hut auf, während er die Stufen hinunterging, und schlug, in tiefe, schmerzliche Gedanken versunken, mechanisch den Weg nach Hause ein, bis der Chauffeur, dem plötzlich klar wurde, was sein Fahrgast vorhatte, ihn in tiefster Entrüstung zu seiner Pflicht zurückrief, indem er ihn heftig und grob anschrie: »Heda!«

II

Zehn Tage zu warten, bis zum zweitnächsten Sonntag. Heute war erst Freitag abend. Er konnte sie natürlich in der Zwischenzeit im Theater sehen, und vielleicht glückte es ihm auch wieder, sie nach Hause zu begleiten; würde er aber imstande sein, in den kurzen Augenblicken, in denen der Vorhang fiel oder der Zuschauerraum verdunkelt wurde, aus ihr herauszukriegen, wer Stephen war und was er ihr war? Es war unerträglich, sie endlich gefunden zu haben und sich gleich darauf Stephen gegenüberzusehen. Die Mutmaßungen, denen er sich überließ, als das Auto – es atmete noch ihren süßen Duft – mit ihm heimrasselte, waren sehr traurige. Aber Stephen konnte unmöglich ihr Bruder sein, denn mit Brüdern traf man nicht so lange vorher Verabredungen, noch weniger hielt man sich so gewissenhaft daran. Es war ebenso unwahrscheinlich, daß es ihr Onkel oder Neffe war, die beiden einzigen noch übrigen, erträglichen Verwandtschaftsgrade, denn er war ja, wie sie sagte, so alt wie sie. Wer konnte also Stephen sonst sein? Eine schwache Hoffnung erhellte einen Augenblick das Düster seines Gemüts: Onkel waren zuweilen jung, Neffen waren zuweilen alt. Aber der Funke war zu schwach, um ihm Wärme zu geben, und erlosch sogleich. Alle Stephens sollten gesteinigt werden, sagte er sich. Der allererste dieses Namens hatte ja dieses Schicksal gehabt; wie schade, daß dieses Verfahren nicht mehr gebräuchlich war! Wie glücklich wäre er jetzt, wenn es keinen Stephen auf der Welt gäbe! Wie glücklich war er, daß er sie am übernächsten Sonntag besuchen durfte, wirklich besuchen und ordentlich mit ihr zusammen in einem ruhigen Zimmer sitzen und sie von vorn, nicht nur, wie bis jetzt immer, von der Seite betrachten würde, und zwar ohne den Hut, der zuviel verbarg von dem, was doch ohnehin viel zuwenig war. Vielleicht konnte er gar nach einem Weilchen zu ihren Füßen sitzen, so nahe als möglich bei ihren kleinen Füßen. Und dann wollte er ihr alles sagen. Herrgott, wie er sich danach sehnte, einem verständnisvollen Gemüt sein Herz auszuschütten, alles zu sagen! Wirkliches Verständnis konnte man ja nur bei einem weiblichen Wesen finden; dazu brauchte man keinen Verstand, keine hohe Bildung, keine Gelehrsamkeit, Logik und wissenschaftliche Objektivität und den ganzen Schulkram, wie ihn Lewes besaß, mit dem er zusammenwohnte.

Als er die Tür mit seinem Drücker öffnete, machte er ein verdrießliches Gesicht. Da sitzt Lewes wieder mit seiner Gehirnarbeit. Gehirn, lauter Gehirn . . . Christopher hatte weder Mutter noch Schwester, und solange er zurückdenken konnte, war er stets nur mit Männern zusammengewesen – mit Onkeln, die ihn erzogen, mit Geistlichen, die ihn für die Schule vorbereiteten, mit andern Onkeln, mit denen er Golf spielte und die Feiertage verbrachte, Weihnachten, Ostern und Pfingsten; und jetzt wartete in seiner Wohnung schon Lewes auf ihn, der ewige Lewes, der tiefsinnige und blödsinnige Bemerkungen über alles und jedes machte und die halbe Nacht aufsitzen wollte, um zu disputieren. Disputieren! Davon hatte er zum Überdruß genug gehabt! Er sehnte sich nach jemand, mit dem zusammen er schwärmen, sich begeistern, träumen, ja sogar gottesfürchtig sein konnte, wenn er gerade in der Stimmung war, ohne sich schämen zu müssen. Und wie sehr er sich nach Berührung sehnte – wie es ihn danach verlangte, wohltuende weiche Flächen zu berühren, zu befühlen, Warmes an sich zu drücken! Er hatte genug von diesem unfruchtbaren, armseligen Leben mit Lewes. Drei Jahre hatte er so vegetiert, seit er von der Universität weg war, drei lange Jahre war er jeden Abend zu Lewes nach Hause gekommen, der fast nie am Abend ausging, hatte ihn tief vergraben in seinem Lehnstuhl gefunden, fast immer in der gleichen unveränderten Lage, die Füße auf dem Kaminsims, die Pfeife im Munde, hager, dürr, furchtbar gescheit. Und sie redeten und disputierten, und wenn sie auf die Liebe und die Frauen zu sprechen kamen, und natürlich kam zuweilen die Rede darauf, so förderte Lewes Ansichten zutage, die Christopher jetzt, da er Catherine kennengelernt hatte – er vergaß, daß er früher die gleichen Ansichten gehabt hatte – für Gewäsch hielt.

Er schloß die Tür so leise wie möglich, denn er wollte Lewes wenigstens diesen Abend ausweichen und direkt schlafen gehen. Er hatte in seinem Unverstand Lewes von seiner Bekanntschaft mit Catherine gesprochen, ihm, wie ihm erst später klar wurde, mit unnötiger Herzlichkeit von ihr erzählt, und so fragte ihn Lewes natürlich von Zeit zu Zeit, wie die Freundschaft sich weiterentwickelte. Das war Christopher sofort sehr unangenehm gewesen und wurde ihm immer unangenehmer, je mehr Catherine ihm gefiel, ganz besonders aber bedauerte er, Lewes in der ersten Erregung das Geständnis gemacht zu haben, daß Catherine eine Frau sei, wie man sie sich erträumt.

»Keine Frau gleicht jemals dem Ideal, das man sich erträumt«, behauptete Lewes, und der mußte es wohl wissen, denn er war dreißig Jahre alt.

»Wart' nur, bis du sie siehst, lieber Freund«, hatte Christopher etwas ärgerlich erwidert, obgleich er noch vor kurzem eine ganz ähnliche Bemerkung gemacht hatte.

»Mein lieber Christopher, sie sehen? Ich?« Und er machte eine abwehrende Bewegung mit der Pfeife und fuhr fort:

»Du müßtest doch längst wissen, daß ich mit den Frauen fertig bin.«

»Weil du keine kennst«, sagte Christopher, der Lewes in diesem Augenblick nicht ausstehen konnte.

Lewes sah ihn überrascht an.

»Weil ich keine kenne?« wiederholte er.

»Nicht genau. Anständige kennst du nicht genau, meine ich.«

Lewes sah ihn noch immer erstaunt an.

»Ich dachte«, versetzte er mit Geduld und Sanftmut, »du wüßtest, daß ich eine Mutter und Schwestern habe.«

»Mütter und Schwestern sind keine Frauen«, widersprach Christopher, »sondern bloß Verwandte.«

Seit diesem Tag fragte ihn Lewes weniger und behutsamer aus, aber er hatte Angst um seinen Freund. Er hatte Christopher gern, und der Gedanke, ihn vielleicht zu verlieren, beunruhigte ihn. Es schien ihm, daß Christopher wirklich im Begriff sei, sich ernstlich zu verlieben, und nach seiner Erfahrung pflegte die Liebe die besten Freunde zu entzweien. Freitag abend hörte Lewes ihn kommen und, was sehr ungewöhnlich war, sofort sein Schlafzimmer aufsuchen. Er war sehr erstaunt. Was war los? Machte Catherine ihn schon unglücklich? Vorsichtiger, schweigsamer war er bereits geworden: Wie ein eiserner Vorhang hatte sie sich zwischen ihm und Christopher erhoben.

Lewes rückte sich in seinem Sessel zurecht und fuhr fort, den Donne zu lesen, der ihm sehr zusagte; nur überraschte ihn die dauernde Leidenschaft des Dichters für seine Gattin. Aber Lewes merkte, daß er sich dem Genusse der Lektüre nicht so rückhaltlos hingeben konnte wie sonst, denn er horchte nach dem Nebenzimmer hinüber, und selbst als seine Augen die Seite hinunterlasen, drehten sich seine Gedanken beständig im Kreise: ›Armer Chris. Eine Witwe. Sie hat ihn in den Klauen. Und welch ein Name – Cumfrit! Mein Gott! Armer Chris! . . .‹

Im Nebenzimmer wurden jetzt Geräusche hörbar: Jemand ging auf und ab, aber sehr behutsam, wie um keine Aufmerksamkeit zu erregen, doch wie unter einem inneren Zwang – und wieder drehten sich die Gedanken des Freundes im Kreis, nur schneller und eindringlicher: ›Armer Chris! Eine Witwe! Cumfrit! Mein Gott! . . .‹

Das Schlimmste dabei war, sagte sich Lewes, indem er den Donne zusammenklappte und auf den Tisch schleuderte, daß in solchen Fällen Freunde nur untätig zusehen konnten. Es war absolut nichts zu machen, man konnte nur zusehen und aufpassen – wie an einem Totenbett, nur daß an einem solchen die Hüter zuweilen doch durch die sichere Hoffnung auf eine glorreiche Auferstehung getröstet wurden. Chris mußte es durchmachen und aus dem Leben des Freundes verschwinden; denn Lewes wußte aus Erfahrung, daß die Freundschaft nachher nie wieder die gleiche ist wie zuvor, ob nun das Abenteuer glücklich oder unglücklich ausgeht.

Die Schritte im Nebenzimmer hörten plötzlich auf. Gern hätte Lewes einen Blick hineingetan, um sich zu überzeugen, ob sein unglücklicher und wahrscheinlich verlorener Freund glücklich eingeschlafen war, aber das konnte er nicht. Er zündete sich also wieder die Pfeife an und nahm von neuem den Donne zur Hand, in den er sich mit mehr Sammlung vertiefen konnte, weil keine Schritte mehr hörbar waren; aber sein Ohr blieb immer gespannt.

Wie überrascht war er beim Frühstück am nächsten Morgen, als Christopher sehr vergnügt dasaß und mit gewohntem kindlichem Behagen Eier und Schinken verzehrte.

»Du scheinst ja sehr zufrieden zu sein«, konnte Lewes sich nicht enthalten zu bemerken.

»Bin ich auch«, versetzte Christopher, »es regnet.«

»Allerdings«, sagte Lewes mit einem Blick durch das Fenster; er schenkte sich schweigend den Kaffee ein, denn er konnte absolut keinen Zusammenhang zwischen den beiden Tatsachen finden.

»Ich brauche also nicht Golf zu spielen«, erklärte Christopher im nächsten Augenblick mit vollem Munde.

»Natürlich nicht«, sagte Lewes, der aber sehr wohl

wußte, daß Christopher bisher immer mit kindlicher Erwartung dem Sonntag entgegengesehen hatte.

»Ich war schon fort und habe meinem Onkel ein Telegramm geschickt«, bemerkte Christopher.

»Aber du hast ihn doch auch besucht, wenn das Golfspiel wegen schlechten Wetters ausgeschlossen war«, sagte Lewes, »und mit ihm Schach gespielt!«

»Das Schach soll der Teufel holen«, versetzte Christopher.

Und im Kopf des Freundes drehten sich wieder die Gedanken im Kreise: ›Armer Chris. Cumfrit. Klauen . . .‹

III

Nachdem Christopher am Abend zuvor fast eine Stunde lang in seinem Zimmer auf und ab gegangen war, hatte er plötzlich eine Eingebung: Er wollte morgen seinen Onkel mitsamt dem Golfspiel im Stich lassen und den Nachmittag dazu benutzen, Catherine zu besuchen und so Stephen zuvorzukommen. Wie einfach das doch war! Mochte sein Onkel beleidigt oder enttäuscht sein, mochte er sein Geld dem Stiefelputzer hinterlassen, was lag ihm daran. Er wollte Catherine aufsuchen, und wenn sie das erstemal nicht zu Hause war, den ganzen Nachmittag darauf verwenden, immer wieder hinzugehen. Nachdem er zu diesem Entschluß gelangt war, senkte sich Friede in sein Gemüt, und er ging zu Bett und schlief ein wie ein zufriedenes Kind.

Um drei Uhr war er in Hertford Street.

Sie war nicht zu Hause. Der Portier sagte es ihm, als er ihn fragte, in welchem Stockwerk sie wohne.

»Wann wird sie zurück sein?« fragte er.

Der Portier antwortete, das könne er nicht sagen, und Christopher faßte sofort eine Abneigung gegen ihn.

Er ging in den Park hinüber, der Boden war feucht, schwere Tropfen fielen von den Bäumen auf ihn.

Um halb fünf kam er wieder. Teezeit. Da war sie wohl zurück, falls sie nicht anderswo den Tee nahm. In diesem Fall gedachte er etwas später vorzusprechen, wenn sie bereits Tee getrunken hatte. Aber sie war noch immer nicht zurück.

»Ich will selbst hinaufgehen und nachfragen«, sagte Christopher, dem der Portier immer unangenehmer wurde.

Dem Portier gefiel er auch nicht.

»Es gibt nur *einen* Eingang«, erwiderte er steif, »ich hätte sie also sehen müssen.«

»Welches Stockwerk?« fragte Christopher kurz.

»Erstes«, antwortete der Portier noch kürzer.

›Das erste Stockwerk in einem Gebäude der Hertford Street‹, dachte sich Christopher, als er die mit einem dicken Teppich belegte Treppe hinaufstieg. Er nahm keine Notiz vom Lift, auf den ihn übrigens der empörte Portier nicht aufmerksam gemacht hatte, ›steht nicht sehr im Einklang mit der Notwendigkeit, die Untergrundbahn zu benutzen.‹ Und doch hatte sie ihm gesagt, daß sie stets mit der Untergrundbahn ins Theater fuhr. War es möglich, daß es Menschen gab, die an einer Fahrt in der Untergrundbahn Vergnügen fanden? Er hielt es für undenkbar. Und der Gedanke, daß jemand durch dieses imposante, in solidem Mahagoni getäfelte Treppenhaus zur nächsten Haltestelle der Untergrundbahn ging, anstatt in sein Auto oder wenigstens in ein Mietauto einzusteigen, erfüllte ihn mit anhaltendem Staunen. Ein Rolls-Royce hätte zu diesem Milieu nicht schlecht gepaßt, aber wenigstens sollte ein Mietauto benützt werden.

Wozu also diese Sparsamkeit, bei der sie sich nur übermüdete und ihre reizenden kleinen Füße naß wurden? Er sehnte sich danach, solche Dinge zu verhüten, sie zu hegen und zu pflegen, sie mit seiner großen, starken Person gegen alles Unangenehme zu schützen.

Das mußte jeder Mann. Jeder Mann – die Worte erinnerten ihn an Stephen, der doch sicher ein Bewerber um ihre Hand war, auch wenn sie seinen Namen einen Augenblick vergessen hatte. Vielleicht hatte sie ihn nur deshalb vergessen, weil er einer von vielen war. Was konnte wahrscheinlicher sein? Einer von vielen . . .

Es überkam ihn wieder ein Gefühl des Unbehagens, und er drückte eiligst auf die Glocke ihrer Wohnung, als ob er durch rasches Dazwischentreten den Ereignissen vorgreifen, sie zunichte machen könnte.

Die Tür wurde von Mrs. Mitcham geöffnet, die er später so ausgiebig kennenlernen sollte. Sie sahen einander zum erstenmal, ohne zu ahnen, was sich in der Zukunft ereignen würde. Mrs. Mitcham war eine höchst ehrsame ältliche Person, kein Stubenmädchen, denn sie trug kein Häubchen, auch keine Kammerjungfer, wie er überzeugt war, obgleich er wenig von Kammerjungfern wußte, sondern seiner Meinung nach eine ehemalige Kinderfrau; wie oft hatte er sich schon insgeheim eine solche gewünscht! Sie erblickte einen blonden jungen Mann mit langen Beinen und mit Augen wie denen eines Kindes, das zu einem Geburtstagsfest kommt.

»Wird Mrs. Cumfrit bald zurück sein?« fragte er, und diese Frage paßte zu dem Ausdruck in seinen Augen; »ich weiß, daß sie ausgegangen ist, wann wird sie zurück sein?«

»Das kann ich wirklich nicht sagen«, antwortete Mrs.

Mitcham, indem sie den jungen Mann mit dem erwartungsvollen Blick prüfend betrachtete.

»Na, sagen Sie einmal, könnte ich nicht auf sie warten?«

Natürlicherweise zögerte Mrs. Mitcham mit der Antwort.

»Ich müßte nämlich sonst unten im Hausflur warten, und ich kann den Portier nicht ausstehen.«

Der Zufall wollte, daß Mrs. Mitcham den Portier auch nicht ausstehen konnte, und ihr Gesicht hellte sich ein wenig auf.

»Erwartet Sie Mrs. Cumfrit?« fragte sie ihn.

»Jawohl«, antwortete Christopher kühn; sie erwartete ihn ja auch wirklich, wenn auch erst am nächstfolgenden Sonntag.

»Sonst sagt sie's mir immer«, bemerkte sie unsicher, aber sie machte ihm ein ganz klein wenig Platz, und daraufhin trat er rasch ein.

Als er ihr Hut und Rock reichte, hoffte sie im stillen, daß sie nichts Unrechtes tat, denn eigentlich kannte sie die Freunde und Bekannten ihrer Herrin alle sehr gründlich, und der junge Herr war ganz bestimmt noch nicht hier gewesen.

»Wen darf ich melden, wenn Mrs. Cumfrit zurückkommt?« fragte sie, indem sie sich an der Tür noch einmal umwendete.

»Christopher Monckton«, antwortete er zerstreut, denn er sollte ja Catherines Zimmer sehen, das Zimmer, in dem sie den größten Teil ihrer Zeit zubrachte, die heilige Stätte. Mrs. Mitcham zögerte noch immer ein wenig, vielleicht war es doch unrecht von ihr, einem Fremden Einlaß zu gewähren? Auf dem Tisch, der zum Tee gedeckt war, befanden sich die silbernen Löffel und die Zuckerdose Mrs. Cumfrits! Hätte sie ihn nicht doch lieber ersuchen sollen, im Vorsaal zu warten? Zweifel im Herzen, öffnete sie endlich die Tür und ließ ihn eintreten, sah ihn aber prüfend an, als er an ihr vorüberging.

Nein, so sah er doch nicht aus, sagte sie sich vorwurfsvoll im stillen und beruhigte sich wieder; sie wußte sofort, daß er ein Gentleman war. Trotz alledem ließ sie die Tür ein ganz klein wenig offen, so daß sie hören mußte, wenn ... Auch ging sie leise noch einmal über den Vorsaal, um einen Blick auf den Überrock des Besuchers zu werfen.

Es war unzweifelhaft der Rock eines Gentleman, aus rauhhaarigem Stoff, schon etwas abgetragen, aber unverkennbar. Sie ging in ihre Küche zurück, deren Tür sie weit offen ließ, und während sie so geräuschlos als möglich Butterbrot schnitt und strich, lauschte sie, ob ihre Herrin nicht bald käme, noch aufmerksamer aber, ob nicht jemand sich entfernte ...

Das wäre aber das allerletzte gewesen, was der junge Mann, der eben in den Salon eingetreten war, hätte tun wollen: ihn wieder verlassen. Am liebsten wollte er für immer dableiben. Wie wundervoll war es doch, daß er allein hier verweilen durfte, bevor sie erschien. Es war, wie wenn man das entzückende Vorwort eines herrlichen Buches läse. Er war fast so selig wie in ihrer Gesellschaft, denn diese Umgebung gehörte zu ihr wie die Kleider, die sie anhatte. Sie sollte ihm wenigstens ein Stück, und zwar ein echtes Stück ihrer Persönlichkeit offenbaren.

Aber als er den ersten Blick auf seine Umgebung richtete, hatte er sofort das Gefühl, daß es nicht ihr Zimmer, sondern das eines Mannes war. Georges Zimmer. George existierte noch immer. Ganz offenkundig, schamlos. In den großen Sesseln und Tischen aus Eichenholz, in den großartigen Ölgemälden und Büsten, weißen Marmorbüsten auf schwarzen Sockeln, die in allen Ecken standen und einen wie Leichen anstarrten. Ist denn keiner endgültig tot? fragte er sich entrüstet. Sind die Leute darauf versessen, auch nach dem Tode noch fortzuleben? George lebte weiter in den Möbeln, den Büsten, den Bildern, seine Seele wohnte noch immer greifbar mit seiner Witwe zusammen. Nie würde sie in einem solchen Mausoleum aufhören, sich seiner zu erinnern! Sie wollte ihn augenscheinlich nicht vergessen, sonst hätte sie die Einrichtung längst fortgeschafft und durch eine helle, farbige, blumige, weiche ersetzt. Sie wollte es offenbar nicht. Sie hatte George heiliggesprochen, wie manche Menschen unangenehme, lästige Personen in den Himmel heben, wenn sie erst einmal glücklich tot sind.

Er stand da und besah alles mit starren Blicken. Ach ja, er wußte genau, wie dies gekommen war: wie Catherine beim Tode Georges, überwältigt von Mitleid und Kummer, vielleicht auch von Liebe, nun, da sie nicht länger verpflichtet war, ihn zu lieben, all seine Verfügungen hochhielt, schmerzlich darauf bedacht war, alles genau so zu belassen wie zu seinen Lebzeiten und so wenigstens George in der Einrichtung weiterleben zu lassen.

Da, als er seine Blicke umherschweifen ließ und die Nase rümpfte in heftigem Hohn über Georges Dickköpfigkeit nach dem Tod und darauf gefaßt war, in einer Ecke auf dem Tisch Kognak oder staubig gewordene Zigarren zu finden – sah Christopher etwas Weißes auf dem schweren Sofa in der Nähe des Kamins, in dem ein winziges Feuer schwach glimmte. Endlich eine Spur von ihr, etwas, was ihr gehörte.

Er stürzte sich darauf: Es war weich und weiß und

duftig wie sie, eine kleine Fuchsboa, wie sie die Frauen um den Hals tragen, er hatte sie bereits an ihr gesehen.

Er ergriff sie und berührte damit sein Gesicht. Ganz wie sie, ganz wie sie selbst! Er versenkte sich darein und atmete den zarten, süßen Duft. So erblickte ihn Catherine, die leise eingetreten war.

Sie blieb still in der Türöffnung stehen und sah ihm überrascht und belustigt zu, denn es war gar zu drollig. Die Boa einer alten Frau! Ein wunderlicher junger Mann! . . .

Obwohl er keinen Laut gehört hatte, spürte er doch ihre Anwesenheit und wandte sich rasch um; da bemerkte er ihren belustigten Blick, und sein Gesicht wurde tiefrot.

Er legte die Boa behutsam auf das Sofa zurück und ging auf sie zu.

»Warum sollt' ich das nicht dürfen?« sagte er trotzig, indem er den Kopf zurückwarf.

Lachend reichte sie ihm die Hand und sagte ihm, sie freue sich sehr, daß er gekommen sei. Sie war so gemütlich, nahm alles so natürlich, was ihm so wenig selbstverständlich war, daß er erbebte. Wenn sie nur einen einzigen Augenblick lang scheu oder befangen wäre, sagte er sich, dann würde er sich – und auch sie – besser beherrschen. Aber sie war nicht einmal überrascht, ihn zu sehen, und er hatte ihr doch gesagt, daß er am Samstag unabkömmlich sei.

»Ich konnte nicht anders, ich mußte kommen«, sagte er, sein Gesicht blieb gerötet. »Sie haben doch nicht geglaubt, daß ich bis zum übernächsten Sonntag warten würde?«

»Ich freue mich sehr, daß Sie nicht gewartet haben«, erwiderte sie und läutete nach dem Tee; dann setzte sie sich und begann ihre Handschuhe abzustreifen.

Aber die blieben an den Fingern haften, weil sie im Regen naß geworden waren.

»Gestatten Sie, daß ich Ihnen helfe«, erbot er sich lebhaft; er wendete keinen Blick von ihr.

Sie hielt ihm sofort beide Hände hin.

»Sie waren im Regen draußen«, sagte er vorwurfsvoll, indem er die nassen Handschuhe abstreifte. Dann blickte er ihr ins Gesicht, auf welches das graue, unbarmherzige Licht des Märznachmittages aus den hohen Fenstern fiel. Er sah, daß sie müde, ja sogar erschöpft aussah, und fügte besorgt hinzu: »Ja, was haben Sie denn gemacht?«

»Was ich gemacht habe?« wiederholte sie, indem sie lächelte, weil er sie so anstarrte: »Je nun, ich hab' mich so rasch als möglich aus dem Regen nach Hause geflüchtet!«

»Aber Sie sehen so müde aus?«

Sie lachte.

»So?« sagte sie. »Aber ich bin wirklich nicht ein bißchen müde.«

»Warum sehen Sie dann aus, als wenn Sie Hunderte von Meilen zurückgelegt und wochenlang nicht geschlafen hätten?«

»Ich habe Ihnen ja gesagt, daß Sie mich bei Tageslicht sehen müssen«, versetzte sie, belustigt über sein besorgtes Gesicht. »Sie haben mich bisher nur bei Abendbeleuchtung oder im Dunkeln gesehen. Das hat Sie getäuscht, im Dunkeln sieht jeder frisch aus.«

»Unsinn«, widersprach er, »Sie sind zu viel gegangen und in der Untergrundbahn gefahren. Hören Sie mich an, ich möchte, daß Sie mir etwas sagen . . .«

»Ich will Ihnen alles sagen, was Sie wünschen«, versetzte sie.

Was sie für herrliche Augen hatte, unglaublich

schöne Augen – wenn sie nur nicht so müde blickten . . .

»Aber Sie müssen sich setzen«, fuhr sie fort. »Sie sind so ungeheuer groß, daß mir das Genick weh tut, wenn ich zu Ihnen hinaufschauen muß.«

Er warf sich in einen Sessel neben dem ihren.

»Was ich wissen möchte, ist . . .«, begann er, indem er sich vorbeugte.

Er hielt inne, denn die Tür öffnete sich, und Mrs. Mitcham brachte den Tee.

»Fahren Sie fort«, ermutigte ihn Catherine, »außer, es ist etwas überwältigend Ungebührliches.«

»Also, ich wollte Sie fragen: Mögen Sie die Untergrundbahn sehr?«

Sie lachte. Immer lachte sie.

»Nein«, antwortete sie, während sie den Tee einschenkte.

Die Teekanne war prachtvoll, wie alles, was zum Teegeschirr gehörte. Nur nicht, was es zu essen gab. In diesem Hause war Schmalhans Küchenmeister, der die Butter kaum sichtbar aufs Brot strich, keine Rosinen in den Kuchen tat. Nicht daß Christopher etwas davon gemerkt hätte, denn er sah nur Catherine; aber als er nachher den Besuch im Geiste noch einmal durchlebte, fiel ihm der merkwürdige Kontrast zwischen dem Tee und den Bilderrahmen auf.

»Warum benutzen Sie dann die Untergrundbahn?« fragte er, als Mrs. Mitcham hinausgegangen war und die Tür hinter sich geschlossen hatte.

»Weil sie billig ist.«

Anstatt zu antworten, ließ er seine Blicke durch das Zimmer schweifen. Im Geiste umfingen sie die ganze Hertford Street, die nahe Park Lane, die vornehme, kostspielige Halle und den imposanten, wenn auch persönlich unangenehmen Portier.

Sie folgte seinem Blick.

»Die Untergrundbahn und diese Einrichtung«, sagte sie, »ja, ich weiß, die passen nicht zusammen, nicht wahr? Vielleicht«, fuhr sie fort, »müßte ich gar nicht so schrecklich sparsam sein. Aber am Anfang hab' ich Angst. Wenn das erste Jahr vorüber ist, werde ich besser wissen, woran ich bin . . .«

»Welches erste Jahr?« fragte er, als sie innehielt.

Aber sie hörte ihm nicht recht zu, denn sie nahm eben den Hut ab, und so sah er sie zum erstenmal, ohne daß sie ihm zur Hälfte verborgen blieb.

Er starrte sie an. Sie begann zu sprechen. Er hörte sie nicht. Sie hatte dunkles Haar, das von der Stirn zurückgestrichen war. Es waren feine Silberfäden drin. Er bemerkte sie. Sie war, wie er schon früher gefühlt und gewußt hatte, älter als er; das war nicht von Belang, gerade nur so viel, daß er sie geziemenderweise anbeten durfte.

Er betrachtete ihre offene Stirn, die von kleinen Fältchen durchzogen war, als ob sie Kummer hätte. Der Gesichtsausdruck war unsäglich sanft und gütig, die schönen hellgrauen Augen – in schönem Abstand voneinander – mit den langen dunklen Wimpern machten den Eindruck, als ob sie geweint hätte. Das hatte er früher nie bemerkt. Im Theater hatten die Augen geleuchtet.

Sie hielt im Sprechen inne, als sie bemerkte, daß er ihr nicht zuhörte, sondern sie fast inbrünstig betrachtete. In ihr Gesicht trat ein belustigter Ausdruck.

»Warum sehen Sie mich so feierlich an?« fragte sie.

»Weil ich eine entsetzliche Angst habe, daß Sie geweint haben.«

»Geweint?« wiederholte sie erstaunt. »Worüber hätte ich weinen sollen?«

»Das weiß ich nicht, wie sollte ich es auch wissen? Ich weiß ja gar nichts.«

Er lehnte sich zu ihr hinüber und berührte leise ihren Ärmel. Er konnte einfach nicht anders und hoffte, daß sie es nicht bemerkt habe.

»Erzählen Sie mir etwas«, bat er.

»Das hab' ich eben getan, aber Sie haben nicht zugehört«, versetzte sie.

»Weil ich Sie angesehen habe. Ich habe Sie noch nie in meinem Leben ohne Hut gesehen.«

»Nie in Ihrem Leben«, wiederholte sie lächelnd. »Sie sagen das so, als ob Sie mich von Kindesbeinen an gekannt hätten.«

»Ich habe Sie immer gekannt«, sagte er feierlich.

Da bot sie ihm rasch etwas Kuchen an, aber er beachtete ihn nicht.

»In meinen Träumen«, fuhr er fort, indem er sie mit Blicken ansah, die – anders waren als die ihrer Bekannten.

»Ach, Träume, lieber Mr. Monckton. Bitte«, sagte sie und stellte sich entschlossen auf den Boden der Wirklichkeit, »nehmen Sie noch eine Tasse Tee.«

»Sie müssen mich Chris nennen.«

»Warum?«

»Weil wir uns immer gekannt haben. Weil wir uns immer kennen werden. Weil – weil ich . . .«

»Ja, aber das ist doch nicht richtig«, unterbrach sie ihn, denn wer konnte wissen, was ihr ungestümer neuer Freund noch sagen würde?

»Wo sind denn nur die Zigaretten? Ach ja, – dort sind sie. Auf dem Tischchen. Wollen Sie sie holen, bitte?«

Er stand auf und holte sie.

»Sie können sich nicht vorstellen, wie einsam ich mich fühle«, sagte er, indem er sich vor sie hinstellte.

»Wirklich? Das tut mir sehr leid. Ich hätte gedacht,

daß Sie unendlich viele Freunde haben müßten. Sie sind so, so . . .«, sie zögerte, »so warmherzig«, schloß sie.

Sie lächelte, als sie es sagte, denn sein Herz schien wirklich so flammend zu sein wie sein Haar.

»Eine Unmenge von Freunden hindert einen nicht, sich einsam zu fühlen, solange man nicht – die Eine, die Einzige hat. Nein, danke, ich möchte nicht rauchen. Wer ist Stephen?«

Wie er einen verblüffte! Sie konnte ihm gar nicht so rasch folgen. »Stephen?« wiederholte sie etwas bestürzt.

Dann erinnerte sie sich, und ihr Gesicht strahlte vor Heiterkeit.

»Ach ja, Sie dachten, ich würde morgen mit ihm in den Zoologischen Garten gehen! In den Zoologischen Garten! Aber morgen predigt er in der St.-Paul's-Kathedrale. Vielleicht gehen Sie auch hin und hören sich ihn an?«

Er ergriff ihre Hände.

»Eines müssen Sie mir sagen«, bat er. »Sie müssen unbedingt.«

»Ich hab' Ihnen ja schon versprochen, alles zu sagen, was Sie nur wissen möchten«, erwiderte sie, indem sie ihm ihre Hände entzog.

»Ist Stephen – sind Sie mit Stephen – Sie werden doch Stephen nicht heiraten?«

Einen Augenblick starrte sie ihn in höchstem Erstaunen an, dann begann sie zu lachen und lachte und lachte, bis ihr die Augen übergingen.

»Ach, Sie lieber Mensch!« lachte sie und wischte sich die Augen, während er sie aufmerksam ansah.

In diesem Augenblick erschien Mrs. Mitcham und meldete zwei Damen – der widerwärtige Name klang wie Fanshawe, und zwei Damen, die ganz so aussahen wie Fanshawes, segelten herein und umarmten Catherine mit ihren ungeheuer langen Armen, wenigstens erschienen sie ihm so, und küßten sie überschwenglich – wie er sie haßte! – und teilten ihr schreiend und kichernd mit, daß sie gekommen wären, um sie abzuholen, daß das Auto unten stehe, daß sie sich absolut nicht abweisen ließen, daß auch Ned unten warte . . .

Herrgott, was waren das für Schlangen!

Er ging sofort weg. Was hatte es auch für Sinn zuzusehen, wie die Fanshawes sie zu dem wartenden Ned hinunterschleppten? Und wer zum Teufel war Ned? Jawohl, da wartete er behaglich in dem Daimler, der sehr neu und kostbar aussah, während der Portier, der plötzlich ganz umgewandelt war, aufmerksam in der Nähe verweilte. Ned hatte wahrhaftig den neuen Daimler und die Pelzdecke und den scheußlich modischen Chauffeur nötig, als Gegengewicht für seine lächerliche Nase, dachte Christopher, als er mit höhnischem Ausdruck im Gesicht die Straße hinabschritt.

IV

Bis zum folgenden Freitag quälte er sich ab. Es war wundervoll, sie gefunden zu haben, sie zu lieben, aber es wäre noch wundervoller, wenn er etwas mehr von ihr wüßte. Er dachte immerfort an sie und hätte sie im Geiste gern jede Minute des Tages begleitet, sich ausgemalt, wie sie dies und das tat, da und dort hinging, doch es war ihm nicht möglich; seine Vorstellungskraft versagte, da war nichts als eine große Leere. Sie waren einander so fremd. Natürlich nur im niedern Sinne des Alltagslebens. Im himmlischen Sinne der herrlichen, elementaren Liebe, da hatte er sie, wie er ihr auch gesagt hatte, immer gekannt. Aber es war ihm peinlich, sie nur so zu kennen; es entfernte ihn vollständig von ihr. Er wußte gar nicht, was er nun tun sollte.

»Ich muß Sie sehen«, schrieb er ihr, nachdem er dreimal allein in der ›Unvergeßlichen Stunde‹ gewesen war. »Wann darf ich kommen?«

Und er schickte ihr das Billett mit Rosen, zarten, blassen Knospen, die sich in der Wärme so wundervoll entfalten, die ihn an sie gemahnten. Sie versinnbildlichten ihm, wie es ihr ergehen würde, wenn sie ihm gestatten wollte, sie mit Wärme zu umgeben. Und obgleich die Rosen sehr teuer waren, soundsoviel jede Knospe, so schickte er ihr drei Dutzend davon, voll überschwenglicher Glückseligkeit, daß er ihr etwas schenken konnte, was eigentlich über seine Mittel ging.

Sie antwortete ihm: »Aber Sie kommen ja am Sonntag zum Tee? Das war doch ausgemacht, nicht? Die Rosen sind herrlich. Ich danke Ihnen vielmals.«

Als Christopher ihren Brief, ihren allerersten Brief beim Frühstück neben seinem Teller fand, zum erstenmal ihre Handschrift sah, da riß er ihn so rasch an sich und wurde so glühendrot dabei, daß Lewes sich schmerzlich bewußt wurde, wer ihn geschrieben hatte. ›*Armer Chris! Cumfrit. Klauen.*‹

Er sollte sie also erst am folgenden Sonntag sehen. Nun, das konnte keinesfalls so weitergehen, es war zu lächerlich. Das nächste Mal mußte er rascher zu Werke gehen, mußte es zuwege bringen, sein Verhältnis zu ihr klarzustellen. Was das eigentlich für ein Verhältnis sein sollte, das vergaß er in seiner Aufregung zu erwägen.

Er war natürlich am Sonntag nach seinem Besuch bei ihr in der St.-Paul's-Kathedrale gewesen, hatte sie aber nicht gesehen. Er hätte geradesogut hoffen können, die winzigste Nadel im größten Heuschober zu finden, wie Catherine beim Abendgottesdienst unter den vielen, vielen Menschenreihen, die sich scheinbar ins Unendliche erstreckten.

Er hatte Stephen gesehen und gehört, aber der war bald vergessen; seinetwegen brauchte er sich nicht zu ängstigen. Nun wunderte er sich nicht mehr, daß sie in Lachen ausgebrochen war, als er sie fragte, ob sie mit ihm verlobt sei. Sie Stephen heiraten? Grundgütiger Himmel! Er sollte so alt sein wie sie? Er war alt genug, um ihr Vater zu sein! Auf der Kanzel sah er wie ein Habicht aus. Was er sprach, wußte Christopher nach dem ersten Satz nicht mehr, weil er immerfort nach Catherine ausschaute; aber seinen Namen erfuhr er aus dem Zettel, den ein Nachbar ihm in die Hand gesteckt hatte: Stephen Colquhoun, Oberpfarrer von Chickover und Barton St. Mary, wo immer das sein mochte; und das Thema seiner Predigt war die Liebe.

Was konnte *er* davon wissen? fragte sich Christopher, der selbst ganz erfüllt war von der herrlichen Leidenschaft, was konnte dieser Habicht, dieser bejahrte Knochenmann davon wissen? Geradesogut hätte man eine vertrocknete alte Jungfer auf die Kanzel stellen können, damit sie einer Versammlung von Müttern die Elternliebe definiere. Und er dachte nicht weiter an Stephen. Wünschte nicht mehr, daß er gesteinigt würde. Es wäre schade um die Steine.

Dagegen dachte er in diesen Tagen zuweilen an Ned, denn dieser war wohl ein Reptil, immerhin aber offenbar ein reiches Reptil und als solches vielleicht frech genug, Catherine mit prunkenden Aufmerksamkeiten zu belästigen. Aber er hatte zu viel Vertrauen zu Catherines schöner Seele, um Ned zu fürchten. Catherine, die das Schöne liebte, die so sehr davon bewegt wurde – man mußte nur ihr entzücktes Gesicht bei der Aufführung der ›Unvergeßlichen Stunde‹ gesehen haben! –, konnte unmöglich Schmeicheleien von einem Menschen anhören, der Neds Nase hatte. Außerdem war Ned schon ältlich. Das hatte Christopher deutlich gesehen, obwohl Ned die Pelzjacke bis zum Kinn hinaufgezogen hatte. Ältlichkeit und Liebe. Christopher schmunzelte. Wenn diese Leute sich selber sehen könnten . . .

Montag, Dienstag und Mittwoch ging er ins Theater, aber er saß ganz schlaff da, weil sie nicht anwesend war. Donnerstag früh schickte er ihr den Rosenstrauß. Freitag früh erhielt er ihren Brief, und anstatt zu arbeiten, verbrachte er viele Stunden mit Grübeln. Er sagte sich, daß es nicht so weitergehen könne; nun hatte er noch zweieinhalb Tage zu warten, und wenn er dann bei ihr vorsprach, fand er vielleicht ein paar alte Weiber wie die Fanshawes dort oder einen Fettklumpen wie Ned oder einen Eiszapfen wie Stephen.

Um die Mittagsstunde rief er sie telefonisch an, und während er auf die Verbindung wartete, versagte ihm der Atem, aus Angst, sie könnte ausgegangen sein.

Nein, das war ihre Stimme, ihr himmlisches Girren. Er fühlte sich so erleichtert, daß er um ein Haar ausgerufen hätte: »Liebster Schatz!« Es gelang ihm mit knapper Not, das Wort noch zu verschlucken.

Da dies eine Sekunde brauchte, wiederholte sie fragend mit ihrer sanften Stimme, die durch das Telefon einfach wundervoll klang: »Jawohl. Wer ist dort?«

»Ich bin's, Chris. Hören Sie mich an . . .«

»Wer?«

»Chris. Ach, Sie wissen ja, Sie haben versprochen, mich Chris zu nennen. Also Christopher. Monckton. Hören Sie mich an. Ich bitte, speisen Sie heute abend mit mir, ja? Sie können nicht? Aber Sie müssen! Warum können Sie nicht? Wie? Ich kann Sie nicht hören, wenn Sie lachen. Sie gehen doch nicht am Ende wieder zur ›Unvergeßlichen Stunde‹? Welch ein Unsinn. Das ist ja schon eine fixe Idee! Wir werden morgen abend hingehen. Warum sind Sie nicht gestern hingekommen? Oder vorgestern? Nein, ich will mit Ihnen sprechen. Nein, im Theater können wir nicht miteinander reden. Nein, wir müssen miteinander sprechen. Nein, es ist durchaus nicht dasselbe. Ich hole Sie um halb acht ab. Ich weiß ein famoses kleines Restaurant. Nein, Sie müssen. Ich denke, es wird doch besser sein, ich bin schon um sieben Uhr bei Ihnen. Sie werden fertig sein, nicht wahr? Ja, ich weiß, aber das hat bis morgen Zeit. Also gut, um sieben. Wissen Sie, es ist einfach entzü . . ., es ist sehr lieb von Ihnen. Hallo, hallo, sind Sie da? Man hat uns unterbrochen. Hören Sie mich an, ich möchte Sie doch lieber ein klein wenig vor sieben abholen, sagen wir, um drei Viertel, weil das Restaurant möglicherweise überfüllt ist. Und dann, hallo, hallo, unterbrechen Sie doch nicht immer! Verflucht noch einmal!«

Die letzten Worte sprach er ins Leere. Er hängte das Hörrohr auf, griff nach seinem Hut und begab sich in das Restaurant; es war ein fideler Ort, dessen Spezialität in spanischen Speisen bestand; er hoffte, daß es ihr dort gefallen würde, und sicherte sich einen Tisch für den Abend. Dann kaufte er einen Strauß von den gleichen Rosen, die ihr gefallen hatten, und übergab sie dem Oberkellner, der voll Verständnis war. Er trug ihm auf, sie bis drei Viertel sieben im Wasser aufzubewahren und dann erst auf seinen Tisch zu stellen. Dann ging er nach Hause, um Lewes, der fast den ganzen Tag zu Hause war, weil er an einer nationalökonomischen Arbeit schrieb, aufzufordern, mit ihm Squash zu spielen, denn er konnte natürlich nicht wie an einem ganz gewöhnlichen Tage wieder ins Office zurückgehen, und er mußte sich Bewegung machen – heftige Bewegung; sonst hätte er vor Glück bersten müssen.

Lewes war bereit. Er seufzte zwar, als er seine Bücher beiseite schob, daß er den Cumfritschen Klauen, die immer weiter griffen, seinen Nachmittag opfern mußte, armer Chris! Der war jetzt, wie ein Blick auf sein Gesicht zur Genüge bewies, im Stadium der Seligkeit, aber Lewes, der nicht nur ein vielversprechender Nationalökonom, sondern auch ein begeisterter Verehrer der Dichter war, kamen die Verse in den Sinn:

»Bald wird ihn drücken ihre Erdenlast
Und auf ihm wuchten wie ein harter Frost . . .«

Im nächsten Augenblick schalt er sich selber, daß er so zynisch sein konnte. Die Schuld daran trug natürlich Mrs. Cumfrit, dieses Weib. Daß sie aber die Macht hatte, ihn so zu erniedrigen, daß er einen schönen Vers so parodieren konnte, machte sie ihm nicht sympathischer. Wenn nur Adam von so eisiger Feindseligkeit gegen Eva erfüllt gewesen wäre, nachdem sie ihn überredet hatte, die Hälfte des Apfels zu essen! Aber der unerfahrene Mann war schwach und ließ sich verleiten, und diesem Umstande verdankten schließlich er, Chris und Mrs. Cumfrit ihr Dasein.

Adam und Chris, sagte sich Lewes nachdenklich, als er mit dem Freunde in den Klub ging, ohne daß sie unterwegs ein Wort miteinander sprachen, glichen einander darin, daß keiner von ihnen das Weib entbehren konnte.

Lewes erkannte an Christophers Gesicht, an seinem elastischen Schritt, an dem Ton seiner Stimme, an der frohlockenden Lebendigkeit und Genauigkeit, mit der er ihn im Spiel besiegte, daß sich etwas Wunderbares ereignet haben mußte. Wozu hatte die Witwe ihre Einwilligung gegeben? Keiner von ihnen erwähnte sie jemals. Wenn aber Lewes irgendeine Bemerkung über die Frauen oder die Liebe machte, so begann der arme Chris sofort und mit unnatürlich lauter Stimme von andern Dingen zu sprechen, zum Beispiel vom Pflaster in Wyndham Place oder von der wachsenden Zahl der schokoladenfarbenen Omnibusse auf den Straßen. Von solchen Dingen redete er. Von solch dummen Dingen, über die er dumme Bemerkungen machte. Und er war doch früher so gescheit, so geistreich gewesen! Es war ein Malheur.

Auf dem Heimweg war Christopher sehr vergnügt und befriedigt von dem erfolgreichen Spiel, und sie plauderten über Dinge, für die sie beide nicht das geringste Interesse hatten.

Da fragte Lewes den Freund, gerade nur, um zu hören, was er antworten würde: »Wollen wir heute abend nicht zusammen dinieren, lieber Freund?«

»Heute kann ich nicht«, antwortete Christopher, der plötzlich sehr wortkarg geworden war.

»Gehst wohl schon wieder in die ›Unvergeßliche Stunde‹?« fragte Lewes nach einer kurzen Pause so obenhin.

»Nein«, knurrte Christopher, »ich speise heute außer Haus.«

Lewes, dem so die Rede abgeschnitten wurde, machte ein melancholisches Gesicht und fügte sich resigniert.

V

Als Christopher in die Hertford Street kam, war Catherine noch nicht fertig, denn er war früher da, als vereinbart worden war. Mrs. Mitcham öffnete ihm, diesmal sehr einladend, freute sich sehr, ihn zu sehen, und führte ihn sofort in den Salon, indem sie ihm sagte, ihre Herrin würde nicht lange auf sich warten lassen.

Das Feuer war ausgegangen und das Zimmer so kalt, daß seine Rosen immer noch Knospen waren. Er merkte, daß am Nachmittag Besuch dagewesen war: In den Aschenbechern war Zigarrenasche, und die Sessel standen unordentlich umher. Aber keiner ihrer Gäste führte sie aus; mochten sie zu Besuch kommen, ausführen ließ sie sich von ihm.

Als sie eintrat, bemerkte er sofort, daß sie einen anderen Hut aufhatte. Einen hübschen Hut, viel hübscher als der andere. War es möglich, daß sie diesen für ihn aufgesetzt hatte? Der Gedanke war so überwältigend, daß er die größte Schwierigkeit hatte, sich davon loszureißen und sie anständig zu begrüßen. Er starrte sie an, drückte ihr sehr heftig die Hand und brachte kein Wort hervor. Um ihre Schultern trug sie die weiße Fuchsboa, die er neulich ans Gesicht gedrückt hatte! Und diese kleinen Schuhe, er wollte sie lieber nicht anschauen.

»Das ist aber lustig!« sagte sie, als er ihre Hand ergriff und es ihr gelang, den Schmerz zu verbergen, den er ihr zufügte, indem er ihre Finger und Ringe zusammenpreßte.

»Es ist himmlisch«, versetzte er.

»Ach nein, lustig ist mir lieber«, sagte sie, indem sie verstohlen die freigegebene Hand rieb und sich im stillen vornahm, das nächste Mal, wenn ihr starker junger Freund sie begrüßen sollte, keine Ringe zu tragen.

Der Schmerz hatte ihr das Blut ins Gesicht getrieben. Christopher starrte sie an. Wahrhaftig, sie war errötet! War es möglich, daß sie anfing, scheu zu werden? Der Gedanke erfüllte ihn mit einem unbeschreiblichen Glücksgefühl, und als sie ihn so beglückt dastehen sah, fing auch sie ein wenig Feuer und spiegelte es wider.

Sie lachte. Es war wirklich spaßig. Sie kam sich so jung vor, wie sie da mit einem großen entzückten Jungen Possen trieb. Er war ein so ungewöhnlicher, interessanter Mensch, voll Begeisterung und Schwärmerei. Man wußte doch immer erst, wie wundervoll die Jugend war, wenn man selbst alt geworden war. Nun denn, diesen einen Abend wollte sie auch jung sein. Er behandelte sie so, als ob sie es wäre – hielt er sie wirklich für jung? Sie war so lange ernsthaft gewesen, hatte so viele Jahre ausschließlich ihren Pflichten gelebt, und nun kam einer, der tat, als wäre sie zwanzig Jahre alt, so daß sie sich wirklich wie zwanzig vorkam. Wie amüsant! Für einen Abend . . .

Sie lachte fröhlich.

›Nein‹, dachte er, ›sie ist doch nicht scheu, sondern so sicher wie immer, das reizende Persönchen.‹ Er mußte ihr Erröten wohl nur geträumt haben.

»Wohin gehen wir?« fragte sie ihn. »Ich bin schon eine Ewigkeit nicht mehr in einem Restaurant gewesen! Ich bin übrigens durchaus nicht davon überzeugt, daß wir in der ›Unvergeßlichen Stunde‹ nicht glücklicher wären.«

»Aber ich«, versetzte Christopher. »Ich bin fest davon überzeugt. Wissen Sie denn nicht, daß wir uns Wunderbares zu sagen haben?«

»Das hab' ich nicht gewußt«, sagte sie, »aber vielleicht fällt mir unterwegs etwas ein. Wollen wir aufbrechen? Bitte helfen Sie mir in meinen Mantel.«

»Welch ein schönes Stück!« rief er aus, indem er ihr voller Freude und Aufmerksamkeit hineinhalf.

Er verstand nichts von Frauentoilette, aber er spürte, daß der Mantel sich wundervoll anfühlte, so leicht und so weich, obwohl er ganz aus Pelz bestand.

»Es ist ein Überbleibsel vergangener Pracht«, sagte sie. »Ich war einmal sehr wohlhabend, es ist noch gar nicht lange her. Und da habe ich einiges herübergerettet.«

»Ich möchte alles wissen«, bat er.

»Ich will Ihnen alles sagen, wonach Sie mich fragen«, versetzte sie, »nur müssen Sie mir versprechen, daß es Ihnen gefallen wird«, fügte sie lächelnd hinzu.

»Warum sollte es mir nicht gefallen?« fragte er rasch, während sein Gesicht sich veränderte. »Sie wollen – Sie sind doch nicht etwa verlobt?«

»Ach, seien Sie doch nicht so töricht. So, jetzt bin ich fertig. Wollen wir gehen?«

»Sie bestehen wohl darauf hinunterzugehen?«

Überrascht antwortete sie: »Wir können auch im Lift hinunterfahren, wenn Sie wollen, aber es ist ja nur ein Stockwerk.«

»Ich möchte Sie hinuntertragen«, antwortete er.

»Ach, seien Sie doch nicht so töricht«, sagte sie von neuem, diesmal mit einem Anflug von Ungeduld.

Sie sagte sich, daß der Abend nichts weniger als unterhaltend sein würde, wenn er sich so albern, wirklich albern benahm. Und wenn er schon jetzt damit anfing, war nicht alle Wahrscheinlichkeit vorhanden, daß es schlimmer werden würde? Sie erinnerte sich, daß George nach dem Diner immer ganz anders war als vorher. Immer liebenswürdig, wurde er nach dem Diner noch viel, viel liebevoller. Doch er war ihr Gatte. Da mußte man sich's gefallen lassen. Sie hatte aber nicht den leisesten Wunsch, von einem andern so sehr geliebt zu werden.

Nachdenklich verließ sie ihre Wohnung. Es wäre vielleicht besser, seiner Überschwenglichkeit vernichtend ein Ende zu bereiten, ein für allemal, am einfachsten vielleicht, das mußte doch wahrhaftig jede Regung im Keime ersticken, indem sie ihm beim Diner von Virginia erzählte. Wenn er seinen Irrtum nicht einsah, obgleich er sie bei Tageslicht gesehen hatte, die Mitteilung über Virginia mußte es zuwege bringen. Aber heute wollte sie es lieber noch nicht tun, heute abend wollte sie so gerne das seltsame, himmlische, vergessene Gefühl haben, wieder jung zu sein, für jung gehalten zu werden; beides kam eigentlich auf eins heraus.

»Sie sind doch nicht böse auf mich?« fragte er, als er sie erreichte. Er war von Mrs. Mitcham aufgehalten worden, die ihm seinen vergessenen Überrock nachtrug.

Sie lächelte.

»Nein, natürlich nicht«, antwortete sie, und einen Augenblick vergaß sie seine falsche Auffassung und tätschelte beruhigend seinen Arm, weil er gar so ängstlich aussah. »Es wird ein Hochgenuß für mich sein«, fuhr sie fort, »wir werden einen sehr vergnügten Abend haben.«

»Für mich wird es der glücklichste Abend meines ganzen Lebens sein«, sagte er. Wie entzückend war es doch von ihr, ihm den Arm zu tätscheln! Und doch, und doch – wäre sie scheu gewesen, sie hätte es nicht getan.

»Wenn wir uns verstehen wollen«, sagte sie kopfschüttelnd, »dürfen wir nicht in verschiedenen Stimmlagen sprechen. Wenn ich eine ganz gewöhnliche Bemerkung mache, dürfen Sie nicht mit einem Freudengeschrei antworten.«

Er mußte sich mäßigen. Er sah es ein. Aber wie sollte er das anstellen? Er mußte an sich halten. Aber wie? Wie? Und in einer Minute würden sie allein in einem dieser vermaledeiten Mietautos sitzen ... Vielleicht wäre es gescheiter, mit der Untergrundbahn zu fahren, aber konnte man eine Dame auf so armselige Art und Weise ausführen? Nein, das war unmöglich. Es war schon besser, das Auto zu riskieren und Selbstbeherrschung zu üben.

»Vor ein paar Tagen noch«, sagte sie, nachdem sie eingestiegen waren; das Auto fuhr glücklicherweise sehr rasch und mußte bald am Ziel sein, »pflegten Sie so gelassen und artig im Theater zu sitzen und gescheite Bemerkungen über die Kelten zu machen, von nichts anderem zu reden. Nun erwähnen Sie die Kelten mit keinem Wort und reden lange nicht mehr so gescheit. Welchem Umstand ist diese Veränderung zuzuschreiben?«

»Ihnen!« antwortete er.

»Das kann unmöglich wahr sein«, widersprach sie, »denn ich habe Sie fast eine Woche lang nicht gesehen.«

»Eben deswegen«, sagte er. »Aber hören Sie mich an. Ich will nichts sagen, was Sie veranlassen könnte, sich wieder die Ohren zuzuhalten, aber es passiert mir ganz bestimmt, wenn wir nicht von ganz gleichgültigen Dingen sprechen.«

»Einverstanden. Was schlagen Sie vor?« fragte sie lächelnd.

Er überlegte einen Augenblick.

»Ich weiß nichts«, sagte er dann. »Ich glaube nicht, daß es etwas gibt, was mich nicht sofort zu Ihnen zurückführt. Es gibt nichts auf der ganzen Welt, was mich nicht an Sie erinnert. Sogar die Pflastersteine, Sie sind darübergegangen. Die Schaufenster – Catherine hat einen Blick hineingetan. Die Straßen – diesen Weg ist sie gekommen. Bitte halten Sie sich doch nicht wieder die Ohren zu – bitte nicht. Hören Sie mich an! Sehen Sie, Sie füllen eben meine ganze Welt aus, ach, bitte stecken Sie doch nicht wieder die Finger in die Ohren . . .«

»Ich hab' gar nicht die Absicht gehabt«, erwiderte sie, »aber ich fürchte, ich bekomme Kopfschmerzen.«

»Kopfschmerzen?«

»Jawohl, ich leide nämlich daran.«

»Ach nein – wirklich?«

Er war ganz entsetzt.

»Wenn Sie etwas gegessen haben, werden Sie sich gleich wieder wohler fühlen«, sagte er. »Ist es sehr schlimm?«

»Wenn wir uns vielleicht ein wenig ruhig verhalten . . .«, murmelte sie und schloß die Augen.

Er wurde stumm wie ein Fisch. Der langersehnte Abend! Es wäre zu schrecklich, wenn er zu Wasser würde, wenn sie nach Hause zurückkehren müßte . . .

Sie saß in ihrer Ecke, die Augen fest geschlossen.

Er saß ganz steif in der seinen, als ob die leiseste Bewegung das Auto erschüttern und den Kopfschmerz verschlimmern könnte; von Zeit zu Zeit richtete er verstohlen angsterfüllte Blicke auf sie.

Keiner von beiden sprach ein Wort.

So kamen sie vor dem Restaurant an, und als er ihr beim Aussteigen behilflich war und sie voll Unruhe ansah, da lächelte sie ihm matt zu und sagte, sie fühle sich schon etwas besser. Bei sich aber beschloß sie: »Bei Tisch werde ich ihm von Virginia erzählen.«

VI

Aber sie war schwach; es war so lustig, sie konnte es nicht über sich gewinnen, sich und ihm den schönen Abend zu verderben.

Da waren die Rosen, die Schwestern der Rosen in ihrem Zimmer, die den Tisch vor allen andern auszeichneten, auf denen kläglich eine gelbe Narzisse oder eine verrunzelte Tulpe thronte, die von Buchsbaum oder Tannenzweiglein umgeben waren; da war der freundliche Oberkellner, der darüber wachte, daß die Speisen ordentlich serviert wurden, die alle ihre Lieblingsspeisen waren; da saß Christopher ihr gegenüber, der vor Glück strahlte und dessen Verliebtheit so offenkundig war, daß die andern Gäste im Speisesaal es bemerkten und häufig verstohlene Blicke voller Wohlwollen und Verständnis nach ihrer Ecke hinüberschickten. Christophers Gemütszustand schien aber keinem von ihnen unnatürlich zu sein, denn Catherine bemerkte sehr wohl, daß die wohlwollenden Blicke, die zuerst ihm galten, sich dann auch ihr zuwandten. Es war nur menschlich, daß es ihr Vergnügen bereitete, auf welchem Mißverständnis es auch beruhen mochte; es konnte nicht von Dauer sein, aber solange es währte, war es – unterhaltend.

Zu ihrer Linken befand sich ein langer Spiegel, und sie erblickte sich darin. Gewiß, die rosenfarbigen Lampen in diesem Speisesaal taten das ihrige, sie jünger erscheinen zu lassen. Was würde wohl Stephen sagen, wenn er sie jetzt sähe?

Der Gedanke war so belustigend, daß er ihr aus den Augen lachte; sie blickte rasch zu Christopher empor, und als sie seine anbetenden Blicke auf sich gerichtet fand, machte er einem neuen Gedanken Platz: Was würde Stephen wohl sagen, wenn er Christopher sähe? Und da wurde das Lachen schon ein wenig gezwungen. Aber heute abend wollte sie sich darüber keine Sorgen machen, sondern das Gute genießen, das die Götter ihr gewährten.

»Worüber lachen Sie?« fragte sie Christopher, dessen Gesicht strahlte.

»Ich dachte mir, was wohl Stephen – Ihr Freund Stephen – sagen würde, wenn er uns jetzt sähe«, sagte Christopher mit unehrerbietigem Behagen. »Armes Steh-uff-Männchen. Ich glaube, er würde uns für eigennützig halten.«

Sie beugte sich vor.

»Was?« fragte sie, während in ihrem Gesicht Lachen und Bestürzung wechselten. »Wie haben Sie ihn genannt?«

»Armes Steh-uff-Männchen«, wiederholte Christopher. »Das ist er ja auch. Ich hab' ihn in der St.-Pauls-Kathedrale am Sonntag gesehen, ich war natürlich dort; denn ich wäre überall hingegangen, wo ich die Möglichkeit gehabt hätte, Sie zu sehen. Der arme alte Knabe schwatzte drauflos. Über die Liebe. Wie er sich einbilden kann, etwas davon zu verstehen . . .«

»Vielleicht . . .«, sie zögerte. »Vielleicht weiß er sehr viel davon. Er hat nämlich«, wieder zögerte sie, »eine sehr junge Frau.«

»Wirklich? Dann sollte er sich schämen, dieses alte Gerippe.«

Sie starrte ihn an.

»Dieses alte – wie nennen Sie ihn?« fragte sie.

»Gerippe«, antwortete Christopher. »Aus einem Gerippe ist wohl nicht viel Liebe herauszukriegen.«

»Aber er liebt seine Frau sehr«, bemerkte sie.

»Dann ist er ein ruchloses altes Subjekt.«

»Aber Christopher!« rief sie ratlos aus.

Es geschah zum erstenmal, daß sie ihn bei seinem Vornamen nannte; sie stieß ihn halb tadelnd, halb belustigt-entsetzt hervor; aber wie sie ihn auch immer aussprach, die Hauptsache war, daß sie ihn »Christopher« genannt hatte; nun war nur noch ein kurzer Schritt zu »Chris«.

»Gewiß ist er's, denn in dem Alter dürfte er nicht mehr lieben, sondern sollte lieber beten.«

»Aber Christopher!« rief Catherine noch einmal aus. »Sie liebt ihn auch.«

»Dann ist sie ein abscheuliches Ding«, behauptete er in entschiedenem Ton.

Catherine starrte ihn einen Augenblick an, dann begann sie zu lachen, auf so himmlische Art zu lachen wie damals – da hatte sie auch über Stephen gelacht, Stephen war jedenfalls ein unerschöpflicher Gesprächsstoff –, so rückhaltlos, daß sie schließlich ihr Taschentuch hervorziehen mußte, um sich die Augen zu trocknen.

»Gegen diese Tränen habe ich nichts einzuwenden«, sagte Christopher huldvoll, »aber andere dürfen Sie mir nicht weinen.«

»Ach«, sagte Catherine, die sich immer noch die Augen trocknete und wieder zu Atem zu kommen suchte, »ach, Sie sind so drollig, Sie haben keine Ahnung, wie drollig . . .«

»Ich kann noch viel spaßiger sein«, versetzte Christopher stolz; er war ganz entzückt, daß er sie zum Lachen bringen konnte.

»Nein, bitte nicht – mehr könnte ich nicht vertragen. So gelacht habe ich schon lange nicht, ich weiß gar nicht mehr, wie lange. Jedenfalls jahrelang.«

»War George so beschaffen wie seine Einrichtung?«

»Seine Einrichtung?« wiederholte sie.

»Nun, Sie werden mir doch nicht einreden wollen, daß die steifen Möbel in Ihrem Salon nicht von George stammen. War er auch so? Ich meine nur, wenn er auch so beschaffen war, so ist es nur natürlich, daß Sie nicht viel gelacht haben.«

»Armer George!« sagte Catherine rasch und hörte zu lachen auf.

Es war taktlos von ihm, roh. Er hätte sich ihr am liebsten zu Füßen geworfen. Daran war natürlich nur der Champagner schuld, denn er hatte in Wahrheit eine hohe Meinung von George, der nicht nur bewunderungswürdig tot war, sondern, während er noch lebte, ihr offenbar viel Sorgfalt hatte angedeihen lassen.

»Es tut mir furchtbar leid, verzeihen Sie mir«, murmelte er zerknirscht. Was war über ihn gekommen, daß er George in ihr gemeinsames Fest hineinzerrte? »Und ich kann George wirklich gut leiden, ich bin überzeugt, er war ein hochanständiger Mensch. Und er kann doch nichts dafür, daß er ein wenig verknöchert war – nur in seiner Einrichtung, meine ich, und daß er noch immer zu spüren ist . . .«

Seine Stimme verhallte; er hatte die Situation nur noch verschlimmert. Catherine hatte ihr Gesicht über den Teller gebeugt; sie sah sehr ernst aus. Er hätte sich die Zunge abbeißen mögen. Er war ganz bestürzt über seine Torheit. War es je einem Menschen eingefallen, sagte er sich verzweifelt, bei einer solchen Gelegenheit den verstorbenen Gatten hineinzuzerren? Selbst wenn sie George nicht gern gehabt hätte, gebot es der Anstand, daß sie ein trauriges Gesicht machte, sobald er heraufbeschworen wurde. Aber sie hatte ihn gern gehabt, davon war er überzeugt, und es war eine Verrücktheit von ihm, ihn in einem solchen Augenblick auszugraben. Es konnte nur der Einfluß des Champagners sein. Ungeduldig winkte er dem Kellner ab, der ihm wieder welchen einschenken wollte, und starrte Catherine an, indem er nachdachte, womit er sie wohl wieder zum Lachen bringen könnte.

Sie blickte gedankenvoll auf ihren Teller nieder. Sie dachte natürlich an George, welch eine Vergeudung der kostbaren, kostbaren Zeit, aber das hatte er einzig und allein seiner Dummheit zuzuschreiben.

»Nicht doch«, flüsterte er flehend.

Sie schlug die Augen zu ihm auf und konnte sich nicht enthalten, ein wenig zu lächeln, so inständig, so flehentlich war der Ausdruck seines Gesichts.

»Was soll ich nicht?« fragte sie ihn.

»Nicht denken«, bat er. »Nicht jetzt. Nicht hier. Es wäre denn, Sie dächten über uns beide nach.«

»Aber das habe ich ja gerade getan, bis . . .«

»Ich weiß. Ich bin ein Dummkopf. Ich weiß nicht, wie es kommt, aber Ihnen gegenüber muß ich immer gleich mit allem, was mir in den Sinn kommt, herausplatzen. Und wenn Sie erst wüßten, was ich alles nur wie durch ein Wunder in mir erstickt habe! Ich weiß ja sehr gut, daß dies nicht der Ort ist, um von George . . .«

Schon wieder. Er biß die Zähne zusammen, preßte die Lippen aufeinander.

»Vielleicht ist es gerade das richtige«, sagte Catherine lächelnd, denn er sah genauso aus wie ein Hund, der etwas angestellt hat und nun in Todesangst um Verzeihung bitten will, »wenn wir von George reden; dann haben wir es überstanden. Der Gedanke wäre mir peinlich, daß wir ihn vermeiden wollen.«

»Aber bitte, sprechen Sie nicht zuviel von ihm«, bat Christopher, »denn schließlich habe ich ja nicht ihn zum Diner eingeladen.«

Kaum hatte er diese Bemerkung gemacht, so befand er sich wieder in Verlegenheit, denn er mußte sich sagen, er sei wieder sehr taktlos gewesen.

Aber sie hatte es offenbar nicht bemerkt, wie dankbar er dafür war! – denn ihr Gesicht wurde nachdenklich, als ob sie in Erinnerungen versunken wäre. ›Bedenke, was du getan hast‹, sagte er sich, ›sie veranlaßt, von George zu reden, obwohl der Abend sich so schön anließ!‹ Sie zerkrümelte das Brot, und er fand, daß sie wie ein Engel aussah, der im Herbstsonnenschein eine ehrenwerte und nicht unglückliche Vergangenheit an seinem geistigen Auge vorüberziehen läßt – wie kam er nur auf den Herbstsonnenschein? ging es ihm durch den Kopf.

Da sagte sie: »George war sehr gut gegen mich.«

»Davon bin ich überzeugt«, erwiderte Christopher. »Jeder Mann wäre . . .«

»Er war unendlich auf mein Wohl bedacht.«

»Davon bin ich überzeugt. Jeder Mann . . .«

»Solange er lebte.«

»Gewiß, solange er lebte«, stimmte Christopher ihr bei und fügte hinzu, daß es ihm nach dem Tode nicht gut möglich gewesen wäre.

»Und doch. Er hat es wenigstens versucht. Er hat gedacht – armer George, ich weiß nicht, ob er jetzt imstande ist, zu denken – er wird noch über den Tod hinaus für mich sorgen können.«

»Was hat er getan?«

»Er hat für meine Zukunft nach seinem Tode die gleichen Anstalten getroffen wie zu seinen Lebzeiten. Er hat mich nämlich sehr gern gehabt . . .«

»Jeder Mann . . .«

»Und er war von der Angst besessen, daß jemand«, zu seiner Erleichterung sprühte ihr Gesicht bei diesen

Worten wieder Heiterkeit, »mich würde heiraten wollen . . .«

»Jeder Mann . . .«, begann Christopher von neuem mit der größten Ernsthaftigkeit.

»Hören Sie mich doch an«, unterbrach sie ihn mit einer etwas ungeduldigen Gebärde. »Er hat nie daran gedacht, daß er sterben könnte, jedenfalls noch lange, lange nicht. Das ist doch nun einmal so. Er glaubte also natürlich, wenn es einmal einträte, würde ich schon viel zu alt sein, als daß mich einer . . .«, ihre Augen lachten, »um meiner selbst willen würde heiraten wollen. Sie müssen wissen, daß George ein reicher Mann war.«

»Ja, das hab' ich mir gedacht.«

»Und er wollte mich durchaus davor behüten, einem schlechten Menschen, dem es nur um das Geld zu tun war, zur Beute zu fallen, und das glaubte er verhindern zu können, indem er mich arm machte.«

»Ich begreife. Er war aufrichtig um Ihr Wohl bemüht.«

»O ja, o ja. Er hat mich innig geliebt.«

»Und sind Sie arm?«

»Sehr arm.«

»Warum wohnen Sie dann in der Hertford Street?«

»Das war sein Absteigequartier, wenn er geschäftlich in der Stadt zu tun hatte. Er glaubte, es würde groß genug sein für mich. Wir lebten ja auf dem Lande. Da war es wunderschön – das Haus, alles. Das hat er samt dem Bargeld, um den Besitz aufrechterhalten zu können, einer anderen Verwandten hinterlassen, und ich bekam seine Wohnung und die Einrichtung, der Zins wird von der Universalerbin bezahlt, und ein kleines Kapital, das für mich und einen Dienstboten zum Leben ausreichte, aber viel zuwenig war, um, wie er sagte, einen Mitgiftjäger anzulocken.«

Wieder lächelte sie, als sie George zitierte. Wie gut erinnerte sie sich dieses und anderer ähnlicher Aussprüche.

»Welch ein vorsichtiger, weitsichtiger Mann«, bemerkte Christopher, dessen Ansicht über George sich ein wenig geändert hatte.

»Er hat mich sehr geliebt«, erwiderte Catherine schlicht.

»Jawohl – und wen Gott liebt, den züchtigt er«, sagte Christopher, »wie Stephen ohne Zweifel nachdrücklich betont hat.«

»Ja, aber als George sein Testament abfaßte, war eine zinsfreie, vollständig eingerichtete Wohnung und ein Jahreseinkommen von fünfhundert Pfund für eine alleinstehende Frau durchaus keine Züchtigung«, wandte sie ein.

»Fünfhundert Pfund?« wiederholte Christopher. »Du meine Güte! Ich habe fast das Doppelte und komme mir so arm vor wie eine Kirchenmaus!«

»Ja, aber als George sein Testament machte, war es viel mehr wert!«

»So? Ja, wann war denn das?«

Catherine wurde sich plötzlich bewußt, daß sie auf diese Art im nächsten Augenblick unfehlbar hereinfallen und auf Virginia zu sprechen kommen würde, hielt einen Augenblick inne und sagte dann: »Vor seinem Tod natürlich«, und weigerte sich nachher, auch nur ein Wort weiter über George zu sprechen.

VII

Christopher wollte gar nicht weiter von George sprechen; er war nur zu froh, daß sie davon aufhörte. Er stellte sich George jetzt als einen beschränkten Menschen vor, mit einem Quadratschädel und einer langen Oberlippe. Aber sie hatte ganz recht gehabt, ihn aufs Tapet zu bringen und im Gespräch auszulüften, nachdem er ihn durch seine unglaubliche Dummheit heraufbeschworen hatte. Es schien den armen alten George auch ein wenig beruhigt zu haben, denn er drängte sich nicht wieder ungebeten über die Lippen Christophers. Sein Geist war gebannt, das Diner nahm ohne ihn seinen Fortgang; doch es hatte so früh begonnen, daß es unmöglich länger als bis neun Uhr ausgedehnt werden konnte, sosehr es auch Christopher durch langsames Kaffeetrinken und unzählige Zigaretten und das Schlürfen unwillkommener Liköre hinauszuziehen suchte. So ergeht es einem, wenn man vor sieben beginnt, dachte der Oberkellner, der die verzweifelten Anstrengungen des jungen Mannes beobachtete, noch länger dazubleiben. Es war ganz unmöglich, sie vor zehn Uhr nach Hause zu begleiten, sich so früh von ihr zu trennen. Elf Uhr wäre ihm schon furchtbar früh vorgekommen, aber zehn Uhr? Da hatte er eine Eingebung: Sie konnten zusammen zur ›Unvergeßlichen Stunde‹ gehen.

Gesagt, getan. Sie kamen noch zu der Liebesszene zurecht und konnten noch den ganzen zweiten Akt genießen.

Christopher fühlte sich unsäglich glücklich, als er neben Catherine in dem Theater saß, das er im stillen segnete. Hier hatte er sie kennengelernt. Er verglich die Gegenwart mit der Vergangenheit. Noch vor acht Tagen waren sie zwar auch zusammen hier, aber da war es noch ganz ungewiß, ob sie wieder miteinander zusammentreffen würden, und er wußte nicht einmal, wo sie wohnte! Sie waren einander fremd und plauderten, wie es Fremde zu tun pflegen, bei dieser Gelegenheit über die keltischen Legenden; George, Stephen und sogar Ned in seinem Daimler und die unruhigen Fanshawes, die jetzt aus seinem Gemüt nicht wegzubringen waren, schliefen damals noch, soweit es ihn anging, im Schoß der Zeit.

Nun saßen sie beisammen, und vor ihren Augen spielte sich eine Handlung ab, wie sich in wundervoller Weise ein Herz zum andern fand. Er wußte, daß sie bei dieser Szene immer erschauerte, und er fragte sich im stillen, ob sie sich diese Lektion, wenn auch nur unbewußt, zu Herzen nahm, ob sie, wenn auch nur in träumerischer Befangenheit, sich dachte: ›Ach, wie wundervoll! Wer das doch auch tun könnte!‹ Nun denn, er wollte sie immer wieder hierherbringen, es nicht mehr dem Zufall überlassen, sondern die Karten immer vorher nehmen und so oft mit ihr herkommen, bis es ihr bewußt wurde, daß es nicht nur köstlich war zuzusehen, wie andere umeinander warben, sondern nach Hause zu gehn und das gleiche zu tun. Wie lange würde sie wohl brauchen, um dieses Stadium zu erreichen? Er warf einen verstohlenen Blick auf das kleine ›Rührmichnichtan‹ neben sich; sie war ihm so nah und doch so fern. Wenn er sie erst dazu bringen könnte, ihn nur etwas zu lieben, dann, war er überzeugt, würde sie ihn bald unsäglich lieben, mit himmlischer Überschwenglichkeit . . .

Es war undenkbar, daß sie einer so großen, flammenden Liebe widerstand.

Als die Vorstellung zu Ende war, sprach sie den Wunsch aus, zu Fuß heimzukehren.

»Das können Sie nicht«, sagte er, »es ist zu weit.«

»Ich bin nicht müde«, sagte sie, aber ihr Gesicht war in dem grellen Licht draußen vor dem Theater von einer geisterhaften Blässe, »und ich möchte gern durch die alten Bloomsbury Squares gehen. Dann bekommen wir leicht einen Omnibus in Tottenham Court Road. Sie sehen«, schloß sie, »wie gut ich mich auskenne in diesem Armenviertel.«

»Ich sehe, daß Sie dringend jemand brauchen, der Sie in seine Hut nimmt.«

»Das besorgt Mrs. Mitcham schon ausgezeichnet.«

»Ach, Mrs. Mitcham! Ich meine jemand, der Autorität hat – die Autorität der Liebe.«

Doch er mußte ihr nachgeben und schritt neben ihr her; sie schien sehr rasch zu gehen, weil sie immer zwei Schritte brauchte zu einem von ihm.

Eine Pause trat ein.

Dann sagte Catherine sanft: »Es war ein so schöner, ein so entzückender Abend; es täte mir leid, wenn er mit Kopfschmerzen endete.«

»Spüren Sie etwas dergleichen?« fragte er sie besorgt.

»Ein wenig.«

»Dann müssen Sie unbedingt in einem Auto nach Hause fahren«, erwiderte er, indem er sich umschaute.

»Nein, nein, ein Auto würde es nur verschlimmern«, sagte sie rasch und packte seinen Arm, als er ihn erhob, um ihn in der Richtung des nächsten, aber ziemlich entfernten Standplatzes zu schwenken. »Die schütteln so. Das beste ist, wenn ich ruhig gehe und nicht viel spreche.«

»Dann bestehe ich darauf, daß Sie meinen Arm nehmen«, sagte er.

»Das will ich gern – an den Straßenübergängen«,

versetzte Catherine, die vorhin ihre Hand sofort wieder zurückgezogen hatte.

Sie gingen also zuerst zu Fuß immer weiter und weiter, denn in den stillen Straßen behagte es ihm doch noch besser als in einem Omnibus, aber endlich war sie wirklich müde, da stiegen sie in einen Omnibus, gingen dann wieder ein Stück Weges und gelangten so in die Hertford Street. Abschied nehmen mußten sie in Gegenwart des Nachtportiers.

›Welch kläglicher Abschluß!‹ dachte Christopher, als er, aus allen Himmeln gerissen, nach Hause ging; daß er zum Schluß doch um seine Fahrt im Auto gekommen war, verdroß ihn sehr.

›Wenn ich ihn das nächste Mal sehe‹, dachte Catherine, indem sie sich die Hand rieb, die er ihr zum Abschied geschüttelt hatte, ›muß ich ihm von Virginia erzählen. Es ist unbedingt notwendig . . .‹

Das nächste Mal – das war bereits der allernächste Tag, ein schöner Sonnabend; zum zweitenmal ließ er seinen Onkel in Surrey, der ihn erwartete, im Stich. Er telegraphierte ihm ab und erschien plötzlich, gleich nach dem Lunch, in einem offenen Auto in der Hertford Street; wenn sie nicht irgendwo eingeladen war, sagte er sich, mußte er sie zu Hause treffen. Bevor sie noch Zeit hatte, über eine Ausrede nachzudenken, entführte er sie nach Hampton Court, um dort die Krokusse zu besichtigen und nachher im Hotel zur Bischofsmütze mit ihm den Tee zu nehmen.

Es war ein Genuß. Die Sonne schien, die Luft war mild, an jeder Straßenecke leuchtete einem der Frühling aus herrlichen Blumenkörben entgegen, die ganze Welt schien jung und fröhlich zu sein, flog paarweise aus, lachend, sorglos, vergnügt. Warum sollte sie sich nicht auch das Vergnügen gönnen? Die anderen Frauen

– fast hätte sie gesagt, die andern Mädchen, korrigierte sich aber noch rechtzeitig ganz entsetzt –, die ebenfalls einen Ausflug machten und an ihnen vorüberkamen, streiften sie und Christopher mit verständnisvollen Blicken wie gute Kameraden. Sie hatten alle einen glücklichen Nachmittag vor sich. Als das Auto in Kensington festgerammt war und halten mußte, schob eine Blumenverkäuferin einen Veilchenstrauß hinein und fragte: »Frische Veilchen gefällig, Miß?«

Oh, es war so lustig. Christopher hatte eine Reisedecke mitgebracht und sie mit großer Sorgfalt darin eingewickelt und sah so glücklich aus, so lächerlich glücklich, daß sie ihm die Freude nicht verderben konnte. Nein, sie wollte ihm die Freude nicht verderben. Wenn sie ihn das nächste Mal sah, war es immer noch Zeit genug, ihm von Virginia zu erzählen, aber wenn es regnete, nicht an einem Frühlingstag wie heute. Wenn es regnete und zu Hause; das war die geeignete Zeit, der geeignete Ort dafür. Natürlich, wenn er sehr töricht wurde, dann mußte sie es ihm sofort mitteilen, aber solange er vernünftig war – und in einem offenen Auto mußte er es ja wohl sein –, solange er zufrieden war, mit ihr beisammenzusein, spazierenzugehen, die Krokusse zu betrachten, mit ihr den Tee zu nehmen, sie wieder einzuwickeln, als ob sie ein kostbarer, zerbrechlicher Schatz wäre, und nach Hause zu bringen, warum sollte sie da von Virginia anfangen? Es war so ergötzlich, ein Schatz zu sein, so entzückend. Sie wollte aufrichtig gegen sich sein: Es war entzückend. Jahrelang war sie kein Schatz gewesen, kein wirklicher, für den verliebte Männer alles tun, was in ihrer Macht steht – eigentlich niemals, denn George hatte sich von Anfang an wie ein Ehemann benommen, selbst als er noch keiner war. Er war um so vieles älter gewesen als sie, und verliebt war er eigentlich niemals in sie gewesen. Ihr ganzes Leben lang war sie, ganz wie Mrs. Mitcham, bestrebt, andere Leute mit Behagen und Glück zu umgeben; dafür wurde sie mit Liebe und Vertrauen belohnt. Sie selbst hatte sich dabei auch wohl und glücklich gefühlt, war nie von Begierden erschüttert, nie von Sehnsüchten aus ihrer Ruhe aufgestört worden. Es war ein ruhiges, geschütztes Leben gewesen. Heiter waren ihr die Jahre in ihrem schönen Heim auf dem Lande dahingegangen; nichts hatte sich ereignet, was nachher in ihrer Erinnerung noch einen hervorragenden Platz eingenommen hätte. Die Schmerzen dieses Lebens waren alle kleine Schmerzen, die Widerwärtigkeiten kleine Widerwärtigkeiten gewesen. Freundschaft, Zuneigung, Anhänglichkeit hatten jeden ihrer Schritte begleitet, denn sie selbst empfand Freundschaft, Zuneigung, Anhänglichkeit für die andern. Und wenn ihr die Leidenschaft plötzlich in einem Buch entgegenflammte oder wenn sie in der Musik darauf stieß, durchzuckte es sie einen Augenblick, daß sie erbebte, aber gleich darauf beruhigte sie sich wieder. Irgendwo in der Welt gab es Menschen, die diese Liebe fühlten, in ihr lebten, um sie himmelhoch jauchzten oder zu Tode betrübt waren; aber welche Betrübnis, welche Verwirrung, welche Unruhe hatte sie im Gefolge! Um wieviel besser war es doch, sich jeden Abend gelassen mit George, an den sie sich so gewöhnt hatte, zur Ruhe zu begeben und am folgenden Morgen aus ruhigem Schlaf wieder aufzuwachen, erfrischt und gestärkt für . . .

Zuweilen, wenn auch sehr selten, hielt sie bei diesem Gedanken inne und stellte sich die Frage: »Wofür?« Zuweilen, wenn auch sehr selten, wollte es sie dünken, daß sie ihr ganzes Leben damit verbrachte, sich zu erfrischen und zu stärken für eine Anstrengung, die niemals gemacht werden mußte, für ein Erlebnis, das sich niemals ereignete. Alle diese nahrhaften Mahlzeiten – wozu nahm man sie viermal täglich ein? »Die Maschine muß geheizt werden«, pflegte George zu sagen, wenn er sie zum Essen drängte, denn er schwor auf reichliches Essen, »sonst arbeitet sie nicht.« Auch das waren Vorbereitungen für Anstrengungen, die nie gemacht wurden. Nichts als Vorbereitungen ...

Zuweilen, wenn auch sehr selten, wurden diese Gedanken in ihr rege; dann wurden sie wieder eingelullt von den sanften Wellen der Anhänglichkeit, des Vertrauens, der Zuneigung, die sie umgaben. Sie machte ihre Umgebung glücklich, und die machte wieder sie glücklich. Das war so ungeheuer einfach, so ungeheuer leicht. Es schien wirklich, als gehörte nichts anderes dazu als Gutmütigkeit. Nie mürrisch sein: war dies das Geheimnis? Da sie selbst niemals mürrisch war, da sie nie in die Notwendigkeit kam, jemandem unangenehm zu werden, oder den Wunsch empfand, Kritik zu üben an einem Mitmenschen, war alles sehr einfach. Wo sie sich auch befand, überall verbreitete sie eine Atmosphäre sonnigen Friedens. Und dann dachte sie wohl: »So gedeihen die Pflanzen in gutgedüngten Gemüsegärten.«

George nannte sie sein ganzes Leben lang sein kleines Herzenslabsal. Niemals hatte er den geringsten Verdruß mit ihr. Er war ihr so dankbar dafür. Der Gedanke an seine Catherine, die wohlbehalten und zufrieden auf dem Lande in Liebe seiner Rückkehr wartete, erfüllte ihn mit einer Befriedigung, die niemals ihren Reiz verlor. Seine einzige Angst war nur, daß sie nach seinem Tode sich unglücklich verheiraten könnte, denn aller Wahrscheinlichkeit nach würde er früher sterben und sie zurücklassen müssen. Er tat, was er konnte, um sie durch ein wohlüberlegtes Testament zu schützen; und als der entsetzliche Augenblick eintrat und er gezwungen war, aus der Welt zu gehen, wußte er wenigstens, daß seine schützende Hand noch weiterhin ihr geliebtes Haupt beschirmen würde und daß er sie vor räuberischen Mitgiftjägern bewahrt hatte, indem er sie arm machte. Mit seinem letzten Atemzug segnete er sie und dankte ihr, und gleich darauf starb er mit dem größten Widerstreben, denn das Sterben war ihm entsetzlich.

Aber an dem Nachmittag in Hampton Court dachte sie nicht viel an ihn. Hier erinnerte sie nichts an George, denn sie war nie mit ihm zusammen dagewesen. Nicht ein einziges Mal in seinem Leben hatte er einen so unvorbereiteten Ausflug in einem Auto mit ihr unternommen und nachher in einem Gasthaus mit ihr Tee getrunken. Wozu auch? Wenn sie und George Luft schöpfen wollten, so waren sie in ihrem Daimler ausgefahren; wenn sie Tee trinken wollten, so wurde er ihnen in ihrem Salon serviert; *wenn* sie die Lust angewandelt hätte, Krokusse zu sehen, so hätten sie sie entweder vom Fenster oder vom bekiesten Gartenpfad aus bewundern können.

Wie alt war sie damals gewesen, mit heute verglichen! Sie lachte Christopher zu, der sie sehr rasch am Ellenbogen über feuchte Pfade führte, die in der Sonne leuchteten.

Christopher gab ihr das Lachen zurück. Er fragte sie nicht, warum sie gelacht hatte, er wußte auch nicht, warum er lachte, er fühlte nur die Seligkeit der Stunde.

Unzählige Male mußte er sich bezwingen, Catherine nicht in die Arme zu schließen und ihr zu sagen, wie wahnsinnig er sie liebe. Anfangs zählte er die Versuchungen, aber er mußte bald damit aufhören, es waren zu viele. Er hatte schreckliche Angst, sie zu beleidigen, aber was war seine Angst, verglichen mit seiner Liebe! Ihr Gesicht war von der Fahrt im Wind rosig angehaucht, und obgleich ihre lieben, schönen grauen Augen, in denen so viel Güte und Beruhigung wohnte, immer noch so rührend müde blickten, so sah sie doch heiterer und frischer aus, als er sie je zuvor gesehen hatte. Sie lachte, sie plauderte, sie war entzückt von allem, was sie sah, sie war offenbar glücklich.

In heiterster Stimmung nahmen sie den Tee im Hotel zur Bischofsmütze, in einem Erker; im Vergleich mit ihnen sahen die Leute an den anderen Tischen steif und gelangweilt aus. Die beiden sahen freilich niemand, Christopher sicher nicht, denn er sah nur Catherine. Er aß Brunnenkresse und Marmelade und Radieschen und Kuchen, ohne sich dessen bewußt zu sein; er saugte jedes Wort ein, das sie sprach, er lachte, er lobte sie und war aufs höchste erstaunt über ihre höchst ungewöhnliche, eigenartige Intelligenz. Einmal dachte er an Lewes, der jetzt zweifellos die lange Nase in die Bücher steckte, an Lewes mit dem ewigen Geschwätz darüber, wie wenig im Grunde der weibliche Geist zu sagen und zu bedeuten habe. Dieser Dummkopf, dieser unwissende Dummkopf! Er sollte Catherine sprechen hören! Selbst wenn sie von ganz gewöhnlichen Dingen sprach, die im Munde anderer Leute auch ganz gewöhnlich klangen, die Art, wie sie das sagte, wie sie am Schluß jedes Satzes sanft die Stimme hob, das war tausendmal bedeutungsvoller und fesselnder als alles, was der idiotische Lewes in seinen ellenlangen Tüfteleien vorbringen konnte.

›Als Mann und Weib schuf Er sie‹, dachte Christopher, der Catherine ansah, ohne einen Blick von ihr zu wenden; er war ganz hingerissen von dem beglückenden Gefühl, seine Ergänzung in ihr gefunden zu haben, mit dem ihre Gegenwart ihn erfüllte. Welch bewunderungswürdige Einrichtung der allweisen Vorsehung, die Menschen paarweise zu erschaffen! Seine andere Hälfte gefunden zu haben, mit ihr zusammenzusein nach der öden Einsamkeit mit Lewes und der Dürre seiner eigenen flüchtigen und abscheulichen sogenannten Liebesabenteuer – ihm war zumute, als hätte er heimgefunden.

»Sie sind ein solcher Herzensbalsam«, sagte er plötzlich, indem er sich über den Tisch lehnte und seine Hand auf die ihre legte.

Sie sah ihn bei diesen Worten mit so erschreckten Augen an und wurde so rot, daß er nicht nur sofort seine Hand entfernte, sondern sie um Entschuldigung bat.

»Verzeihen Sie«, bat er; auch er war rot geworden. »Es war stärker als ich . . .«

Er durfte also nicht einmal ihre Hand berühren. Was sollte er tun? Er liebte sie zu sehr. Er mußte eine vernünftige Situation schaffen – er mußte ihr einen Heiratsantrag machen.

Und er machte noch am selben Abend einen Heiratsantrag. Das ging folgendermaßen zu.

Im Auto konnte er sich noch nicht entschließen, denn es war offen und rasselte. Er war auch wieder nachdenklich geworden und erschrak bei dem Gedanken, wie leicht sie scheu wurde. Wenn schon die flüchtige Berührung ihrer Hand beim Tee genügt hatte, ihre Heiterkeit zu zerstören, was konnte nicht alles geschehen, wenn er sie um ihre Hand bat? Wenn sie ihn verabschiedete, nie wiedersehen wollte? Das wäre sein Tod, das wußte er bestimmt. Auf ein solches Todesurteil konnte er es nicht ankommen lassen. Da wollte er lieber warten; mit der Zeit mußte es gelingen – er wollte in seiner wunderbaren Selbstbeherrschung fortfahren. Aber er hatte sich doch zuviel zugetraut.

Als sie in die Hertford Street kamen, erinnerte er sie an ihr Versprechen, abends mit ihm in die ›Unvergeßliche Stunde‹ zu gehen, aber Catherine war ein wenig ernüchtert, als sie mit dem Kosenamen Georges angesprochen wurde, denn ihr war plötzlich, als benützte George im Grabe Christopher wie eine Posaune, durch welche er ihr eine Warnung zukommen ließ über die Gefahren, die ihr Benehmen nach sich ziehen könnte. Und so dankte sie ihm etwas gedrückt und schuldbewußt und lehnte unter dem Vorwand ab, sie sei zu müde.

Christopher machte ein so langes Gesicht, daß er grotesk aussah.

»Aber ich habe bestimmt darauf gerechnet!« rief er aus. »Und Sie haben doch gesagt . . .«

»Ja, aber statt dessen waren wir ja diesen Nachmittag zusammen aus. Und es war wunderschön, vielleicht noch schöner als die ›Unvergeßliche Stunde‹ – wegen der Abwechslung. Die Krokusse, wie die Sonnenstrahlen sie schräg beleuchteten . . .«

»Ach, lassen wir die Krokusse«, erwiderte Christopher. »Soll das heißen, daß ich Sie heute nicht mehr sehen darf?«

»Ach, was Sie doch für ein Baby sind!« sagte sie; sie konnte sich des Lachens nicht erwehren, als sie sein verzweifeltes Gesicht sah.

Er ging neben ihr die Treppe zu ihrer Wohnung hinauf, ihr Tuch auf dem Arm. Er hatte sich unten geweigert, es ihr zu überlassen, denn er sagte sich, daß sie ihn nicht fortschicken könne, solange er es festhielt.

»Lachen Sie mich nicht aus«, sagte er. »Es ist gar nicht spaßig, von Ihnen getrennt zu sein.«

Sie machte augenblicklich ein ernstes Gesicht.

»Ich könnte heute abend gar nicht mehr fortgehen«, versetzte sie, indem sie den Türschlüssel herausnahm, »denn ich glaube, mein Kopfschmerz meldet sich schon wieder.«

»Und ich glaube«, entgegnete er rasch, »daß sich diese Kopfschmerzen immer melden, sobald ich etwas sage – was ich fühle. Gestatten Sie«, fügte er hinzu, indem er ihr den Schlüssel aus der Hand nahm und die Tür aufschloß. »Nicht wahr, das mit den Kopfschmerzen ist nicht wahr?«

Er wurde störrisch, da mußte sie Strenge anwenden. Als die Tür offen war, streckte sie die Hand aus und sagte ihm Adieu.

»Ich danke Ihnen vielmals«, sagte sie mit übertriebener Höflichkeit. »Es war wundervoll. Es war wirklich zu lieb von Ihnen. Nochmals tausend Dank!«

»Wie lächerlich, so mit mir zu sprechen!« rief Christopher aus, indem er eine abwehrende Gebärde spöttischer Ungeduld machte. »Als wären wir Fremde, als stünden wir auf dem Fuße verbindlicher Bekanntschaft!«

»Ich halte viel von der Höflichkeit«, sagte Catherine, die mit einemmal eine sehr würdevolle Miene aufsetzte.

»Ich nicht. Das ist eine konventionelle Lüge, um mich fernzuhalten, mich abzukühlen, zu vertreiben. Als ob Sie mich jemals abkühlen könnten, wenn Sie nur in der Nähe sind!«

»Auf Wiedersehen!« sagte Catherine in merklich kühlem Ton.

»Nein«, versetzte Christopher. »Schicken Sie mich nicht fort! Es ist noch so früh, noch nicht sieben. Bedenken Sie doch die vielen Stunden, bis ich Sie wiedersehe!«

»Was ich denke«, kam es nun eisig von ihren Lippen, denn diese Weigerung, sich zu entfernen, ging schon ins Ungeheuerliche, und er demütigte sie geradezu mit seinen Abgeschmacktheiten, »ist, daß ich noch nie einem Menschen begegnet bin, der so viel törichtes Zeug in so kurzer Zeit zusammenredete.«

»Das ist aber nur, weil Sie noch nie jemandem begegnet sind, der Sie so liebt wie ich. So, nun ist es heraus – was werden Sie jetzt tun?«

Und er kreuzte die Arme über der Brust und stand mit glühenden Augen da und erwartete, daß sie ihm die Tür vor der Nase zuschlagen würde.

Einen Augenblick sah sie ihn an, dann errötete sie heftig und erbleichte im nächsten Moment.

»Ach, welch eine Torheit!« seufzte sie matt.

Jetzt mußte sie mit der Sprache heraus. Der ergötzliche kurze Traum von wiederaufgeblühter Jugend war vorüber. Sie war entschlossen, ihm von Virginia zu sprechen.

»Nun, was werden Sie jetzt tun?« wiederholte er trotzig. Er stand auf der Schwelle und wartete auf seine Strafe. Er wußte, daß er Strafe zu erwarten habe, er sah es ihr am Gesicht an. Aber was auch kommen würde, wenn es ihn nur nicht umbrachte, er wollte es tragen und nachher wieder von neuem anfangen.

Sie entfernte sich ein wenig von der Tür und wies auf den Eingang in den Salon.

»Sie bitten einzutreten«, antwortete sie.

VIII

Christopher starrte sie an.
»Ich soll – ich soll hineinkommen?« stammelte er verblüfft.

»Bitte.«

»Oh, mein Herzensschatz!« stieß er hervor, indem er das Tuch zu Boden fallen ließ und hineinstürzte.

Aber sie erhob ihre Hand wie der Schutzmann in Piccadilly und bemerkte in so eisigem Ton, daß er von neuem ganz verblüfft war: »Durchaus nicht!«

»Durchaus nicht?« wiederholte er verwirrt.

»Bitte kommen Sie in den Salon«, sagte Catherine, indem sie ihm voranging, »ich habe Ihnen etwas zu sagen.«

»Nichts, was Sie mir sagen könnten, wird mich jemals . . .«

»O doch, es wird Sie hindern«, versetzte Catherine.

Mrs. Mitcham trat ein.

»Soll ich Feuer machen, gnädige Frau?« fragte sie. »Es schien warm zu sein, und Mr. Colquhoun meinte . . .«

»War Mr. Colquhoun da?«

»Jawohl, gnädige Frau, er ist erst seit ein paar Minuten fort.«

»Wie schade!« sagte Catherine.

»Welch ein Glück!« bemerkte Christopher.

»Ich hätte es gern gesehen, wenn Sie ihn kennengelernt hätten«, versetzte Catherine. »Nein, danke, kein Feuer«, wandte sie sich an Mrs. Mitcham, die das Zimmer verließ und die Tür hinter sich schloß.

»Warum? Warum in aller Welt möchten Sie, daß ich Stephen kennenlerne?«

»Er hätte so kräftig die Moral der Geschichte herausgearbeitet, die ich Ihnen jetzt erzählen werde«, sagte sie lächelnd, denn sie fühlte sich wieder ganz sicher in dem Bewußtsein, daß Virginia ihn ein für allemal zur Vernunft bringen würde.

»Catherine, wenn Sie mich so anlächeln . . .«, begann er, indem er einen Schritt vorwärts tat.

»Christopher, es ist meine unumstößliche Überzeugung, daß Sie wahnsinnig sind«, erwiderte Catherine, indem sie einen Schritt nach rückwärts tat. »Ich habe noch nie gehört, daß ein junger Mensch sich so benimmt.«

»Ich würde jeden umbringen, der sich so gegen Sie benähme. Hören Sie mich an, Catherine. Was Sie mir auch immer zu sagen haben, das eine steht fest: Sie können mir sagen, was Sie wollen, Sie können mich fortschicken, sooft Sie wollen – es wird Ihnen nichts nützen: Ich liebe Sie zu sehr. Ich werde immer wieder und wieder zurückkommen, soooft Sie mich auch fortschikken, bis Sie's endlich so satt haben werden, daß Sie mich heiraten.«

»Ich Sie heiraten?«

»Jawohl, Catherine. Das pflegt man in solchen Fällen zu tun. Wenn man so wahnsinnig liebt . . .«

Sie sah ihn an, ganz entsetzt von seiner Ausdrucksweise.

»Ja, aber wer liebt wahnsinnig?« fragte sie ihn.

»Ich. Zunächst noch ich allein. Aber Sie werden sich auch nicht lange wehren können. Es ist nämlich absolut ansteckend . . .«

»Aber lieber Christopher«, unterbrach sie ihn, ganz entsetzt von dem Bild, das er von ihr entwarf, »reden Sie doch nicht so. Das ist ja schrecklich. Ich habe nie im Leben etwas ›Wahnsinniges‹ getan.«

»Ich werde Sie's lehren.«

73

Sie war entrüstet.

Rasch sagte sie: »Ich hätte Ihnen schon vor einer Ewigkeit von Virginia erzählen müssen – im Anfang, als Sie mit Ihren Torheiten anfingen.«

»Ich kümmere mich einen Pfifferling um Virginia – wer sie auch immer sein mag.«

»Sie ist meine Tochter.«

»Was kümmert das mich?«

»Sie ist erwachsen.«

»Dann muß sie sehr rasch gewachsen sein.«

»Seien Sie doch nicht so töricht. Virginia ist nicht nur erwachsen, sie ist sogar schon verheiratet. Vielleicht werden Sie jetzt verstehen . . .«

»George war also vorher schon verheiratet?« fragte er.

»Nein. Sie ist *meine* Tochter. Sie werden also jetzt einsehen . . .«

»Daß Sie älter sind als ich, hab' ich gewußt. Das hab' ich gleich gesehen.«

›Wie sonderbar doch die Menschen sind‹, dachte Catherine, die bei den letzten Worten Christophers einen Stich im Herzen empfand.

»Aber jetzt sehen Sie, um *wieviel* ich älter bin«, sagte sie.

»Viel! Wenig! Was für Worte! Ich weiß nicht, was sie bedeuten sollen. Sie sind Sie. Und Sie sind ich. Was geht mich Virginia an, und wenn sie fünfzigmal verheiratet wäre! Ich habe hier nur mit Ihnen zu tun und Sie mit mir . . .«

»Ich habe nichts mit Ihnen zu tun.«

»Verstoßen Sie sie. Vergessen Sie sie . . .«

»Oh, Sie sind total von Sinnen.«

»Catherine, Sie werden doch die Tatsache, daß Sie vor mir auf die Welt gekommen sind, nicht zwischen uns treten lassen?«

Erstaunt, bestürzt starrte sie ihn an. Virginia hatte also als Allheilmittel versagt. Das war ungemein wohltuend für ihre Eitelkeit, aber auch sehr erniedrigend für ihr Anstandsgefühl. In den zehn Jahren seit Georges Tod war die Tochter der Witwe herangewachsen, in die Welt eingeführt worden, hatte sich verlobt und dann geheiratet. Da hatte Catherine sich daran gewöhnt, in den Hintergrund zu treten. Denn im Vordergrund des Interesses stand natürlich das junge Geschöpf, Virginia, die bei ihrer Großjährigkeit oder wenn sie mit Zustimmung ihrer Mutter heiratete, den ganzen Besitz erbte. Catherine war ganz entsetzt bei dem Gedanken, aus der Verborgenheit hervorzutreten, die nach ihrer und der Ansicht der Verwandten und Freunde für ihr Alter angemessen war. Mit Gewalt wollte man sie nun aus dem Hintergrund in den Vordergrund der Bühne zerren, sie zwingen, die Primadonna zu sein, ihr leidenschaftlich zumuten zu singen.

Und doch mischte sich in das beleidigte Anstandsgefühl eine sonderbare, heiße Empfindung befriedigter Eitelkeit. Fern von Virginia, die bis vor drei Monaten immer an ihrer Seite gewesen war, war sie also doch noch anziehend, äußerlich noch so jung, daß Christopher sich offenbar Virginia nicht vorstellen konnte. Das war wirklich eine Ehre für eine Frau. Dann aber überwältigte sie wieder die Erinnerung, daß dieser junge Mann gerade das richtige Alter für Virginia hätte, und sie wendete sich in schamhaftem Erröten rasch ab.

»Ich habe doch meinen Stolz«, sagte sie.

»Stolz! Was hat der Stolz mit der Liebe zu schaffen?«

»Sehr viel mit der einzigen Liebe, die ich jemals kennen werde: Familienliebe, die die Liebe meiner Tochter in sich schließt und später hoffentlich die ihrer Kinder.«

»Ach, Catherine, reden Sie doch nicht solch krassen Unsinn zu mir, solch abgedroschene Fibelweisheit!« rief er aus, indem er näher kam.

»Sie sehen, um wieviel ich älter bin als Sie, Sie mögen sagen, was Sie wollen. Wir sprechen doch nicht einmal dieselbe Sprache. Was ich für vernünftig halte, erklären Sie für abgedroschene Fibelweisheit. Und wenn Sie Unsinn zusammenreden, so sind Sie fest davon überzeugt, es ist recht und billig.«

»Das ist es auch, denn es ist natürlich. Bei Ihnen ist alles Konvention und was die anderen Leute denken und was man Ihnen einredet, aber nicht, was *Sie* denken. Wenn Sie nur Ihren Naturtrieben folgen wollten!«

»Meinen Naturtrieben?«

Sie war ganz entsetzt, daß er derlei bei ihr voraussetzte. Bei ihrem Alter. Bei Virginias Mutter.

»Wollen Sie vielleicht behaupten, daß Sie nicht glücklich mit mir waren, daß Sie nicht gern mit mir zusammen in Hampton Court waren?«

»Ich leugne es nicht. Es war sonderbar, eigentlich hätte ich mich nicht darüber freuen dürfen...«

»Es war natürlich, das ist's. Sie waren natürlich und nicht von des Gedankens Blässe angekränkelt. Es ist natürlich, daß Sie geliebt werden...«

»Aber nicht von Ihnen«, versetzte sie rasch. »Das ist höchst unnatürlich. Jede Generation muß für sich bleiben. Sie müßten zwanzig Jahre älter sein, damit es anständig wäre.«

»Die echte Liebe ist nicht anständig. Die echte Liebe kennt keine Scham.«

Wieder hielt sie die Hand in die Höhe, wie um seine Worte abzuwehren.

»Leben Sie wohl, Christopher«, sagte sie mit fester

Stimme, »ich kann solche Torheiten nicht länger anhören. Solange Sie nichts von Virginia wußten, konnte ich sie verzeihen, nun aber, da Sie es wissen, kann ich sie einfach nicht mehr ertragen. Sie machen mich lächerlich. Ich bedaure sehr, daß ich's Ihnen nicht gleich anfangs mitgeteilt habe, aber ich konnte mir nicht denken, daß Sie es nicht selbst einsehen würden . . .«

»Was gibt es weiter zu sehen, als daß Sie meine Träume verwirklichen?«

»Oh, bitte, bitte. Leben Sie wohl. Es tut mir wirklich sehr leid. Aber in einem Jahr werden Sie darüber lachen, vielleicht werden wir zusammen darüber lachen.«

»Jawohl, wenn Sie meine Frau sind und ich Sie erinnere, wie Sie mich gepeinigt haben.«

Statt aller Antwort ging sie zum Kamin, um Mrs. Mitcham zu läuten, daß sie Christopher hinausgeleite. Es war nichts mit ihm anzufangen. Er war verrückt.

Aber er erreichte die Glocke zuerst.

»Nein«, sagte er, indem er sich davor hinstellte. »Bitte hören Sie mich an. Nur einen Augenblick noch. So kann ich nicht fortgehen. Bitte, Catherine – mein Herzensschatz, mein Herzensschatz, stoß nicht die Liebe so von dir . . .«

»Mr. Colquhoun, gnädige Frau«, meldete Mrs. Mitcham, die Tür öffnend.

Und Stephen trat ein.

»Willkommen, Stephen!« rief Catherine aus, die noch nie so froh gewesen war, ihn zu sehen, so daß sie ihm fast entgegenlief. »Wie ich mich freue!«

»Ich war schon einmal hier«, begann Stephen – und hielt beim Anblick des jungen Mannes mit dem flammenden Haar, der in der Kaminecke stand, inne.

»Richtig, das ist Mr. Monckton«, stellte Catherine hastig vor. Und zu Christopher sagte sie: »Das ist Mr.

Colquhoun«, und fügte mit klarer, deutlicher Stimme hinzu: »Mein Schwiegersohn.«

IX

Die Art und Weise, wie Christopher sich entfernte, war nicht gerade schön. So hätte er sich doch nicht benehmen dürfen, dachte Catherine, welche Gefühle ihn auch immer beseelten. Er tat, als sähe er Stephens ausgestreckte Hand nicht, sah ihn scheel an, ohne ein Wort zu sprechen, dann empfahl er sich sofort von ihr, und als er ihre Finger zusammenpreßte – sie hatte keine Zeit gehabt, die Ringe abzustreifen –, sagte er ganz laut: »Wie Sie sehen, tun die Generationen doch nicht, was sie sollten.«

»Ich habe keine Ahnung, was Sie meinen«, erwiderte sie kalt.

»Eben sprachen Sie den Grundsatz aus, daß jede Generation für sich bleiben müsse.«

Und er warf einen Blick auf Stephen.

Jawohl, Stephen und Virginia. Aber wie töricht von ihm, die beiden vergleichen zu wollen . . .

»Das ist etwas ganz anderes«, gab sie ihm rasch und trotzig zur Antwort.

»Finden Sie?« sagte er.

Und im nächsten Augenblick war er fort, und das Zimmer schien plötzlich verdüstert.

»Welch ein sonderbarer junger Mensch!« bemerkte ihr Schwiegersohn nach einer Pause, in der beide auf die geschlossene Tür starrten, als wenn sie wieder aufspringen und einen Strom geschmolzenen Metalls hereinlassen könnte. »Was hat er denn mit seiner Bemerkung über die Generationen gemeint?«

»Ich glaube, er weiß es selber nicht«, antwortete Catherine.

»Vielleicht nicht, vielleicht nicht«, sagte Stephen, gedankenvoll wie immer. »In seinem Alter kommt das öfter vor.«

Es fröstelte sie, und sie läutete Mrs. Mitcham, daß sie Feuer mache. Stephen sah so alt und vertrocknet aus, als brauche er Wärme, und sie hatte auch die Empfindung, als sei es plötzlich kühl geworden.

Aber wie gemütlich war es, mit dem tugendhaften, ruhigen Stephen friedlich beisammenzusein. So gemütlich. Wie man es gewohnt war. Sie hatte ihn eigentlich nie genügend geschätzt. Er war wie ein stiller Teich, auf seiner braven Fläche spiegelte sich der Himmel wider. Das tat ihr wohl nach dem stürmischen Wogen Christophers; sie fühlte sich so geborgen. Wie gut waren doch der Friede und die Gesellschaft eines gleichaltrigen Menschen. Aber sie fand, daß er wirklich sehr alt aussah. Er strengte sich übermäßig an mit den Verbesserungen, die er gemeinsam mit Virginia auf dem Gut unternahm, und außerdem predigte er zur Fastenzeit in verschiedenen Kirchen in London. Er kam also immer über das Wochenende nach London, während Virginia, die jetzt nicht reisen sollte, in Chickover blieb, wo der Unterpfarrer am Sonntag den Gottesdienst verrichtete.

»Sie sind müde, Stephen«, sagte Catherine sanft.

»O nein«, versetzte er; »nein, nein.«

Wie friedlich klangen diese einsilbigen Worte nach den stürmischen Reden des wahnsinnigen jungen Mannes.

»Ist Virginia wohl?«

»Ganz wohl, das heißt, den Umständen angemessen.«

»Sie muß sich jetzt schonen.«

»Das tut sie auch. Ich soll Ihnen herzliche Grüße von ihr ausrichten.«

»Das liebe Kind! Sie werden doch heute bei mir speisen, Stephen?«

»Danke, gewiß, wenn ich darf. Monckton heißt der junge Mann, nicht wahr?«

»Jawohl.«

»Kenne ich ihn? Oder ich sollte vielleicht lieber fragen, weiß ich etwas von ihm?«

»Ich glaube nicht.«

Stephen saß gedankenvoll da und blickte ins Feuer.

»Ein Hitzkopf, nicht?« fragte er.

»Er ist jung.«

»Ah, ja.«

Nachdenklich hielt er inne, die magere Wange auf die Hand gestützt; seiner Ansicht nach mußte die Jugend nicht zügellos sein. Virginia, dieses junge Geschöpf, dessen blühende Jugend ihm so viel unerschöpfliches, stolzes Glück gewährte, war es durchaus nicht.

Aber Christopher interessierte ihn eigentlich nicht. Die Welt war voll von jungen Leuten, die Stephen alle sehr gleich erschienen, deren übersprudelndes Temperament sich austoben mußte. Seine Gemeindekinder in Chickover entluden ihre überflüssige Energie an Wochentagen in der Arbeit, an Sonntagen beim Fußball oder Kricket. Aber alle erschienen sie ihm geräuschvoll und unruhig, und Monckton erinnerte ihn an eine brennende Fackel.

»Morgen predige ich in der St.-Clement-Kirche«, sagte er nach einer Pause.

»Über dasselbe Thema?«

»Es gibt nur eines, das alle anderen in sich schließt.«

»Jawohl, über die Liebe«, versetzte sie, und ihre Stimme wurde weich, als sie das letzte Wort aussprach.

»Jawohl, die Liebe«, wiederholte er und starrte immer noch nachdenklich ins Feuer.

Seine Predigten waren früher nicht hervorragend gewesen, aber seit er verheiratet war, sprach er nur noch über die Liebe, und das ganz ausgezeichnet. Er liebte Virginia und war erst seit drei Monaten verheiratet. Er liebte sie, und sie liebte ihn wieder. Sie beteten einander in der Stille an, wie es sich für einen geistlichen Herrn und dessen Gattin geziemt, und sie hatten sich beide vorgenommen, Virginias Reichtum edlen, menschenfreundlichen Zielen zuzuführen.

Virginia war wie ihr Vater: ganz für ein stilles Glück im Winkel geschaffen. Auch nicht schön, die Kirche hatte für Schönheit keine Verwendung. Aber Virginia war mit ihrer Jugendfrische und ihren schönen Augen eine hübsche Erscheinung, außerdem sehr tugendhaft und reich.

Stephen war zuerst Unterpfarrer, dann Oberpfarrer von Chickover. Die Pfarre verdankte er George Cumfrit, dem damaligen Patronatsherrn des Sprengels. Als er hinkam, war Virginia fünf und er vierunddreißig – da spielte er oft mit ihr. Bald war sie fünfzehn und er vierundvierzig. Er bereitete sie auf die Konfirmation vor. Als sie achtzehn war, eine junge Mädchenknospe, und er siebenundvierzig, hielt er um ihre Hand an. Catherine zögerte, denn Virginia war noch so jung und Stephen, mit ihr verglichen, alt, aber er behauptete, daß die Verschiedenheit des Alters nichts mit der Liebe zu tun habe. Da Virginia ihn wiederliebe, gehe der Altersunterschied nur sie selbst an. Wenn Mrs. Cumfrit ihre Einwilligung verweigere, so raube sie ihrer Tochter drei glückliche Jahre, denn sie sei entschlossen, Stephen zu heiraten, sobald sie großjährig werde.

So war sie die Seine geworden, bevor noch die jungen Leute Zeit gehabt hatten, auf Virginia aufmerksam zu werden. Stephen liebte sie mit der maßlosen Liebe eines Mannes in mittleren Jahren, wenn er auch vor der Welt sich jeder Überschwenglichkeit enthielt. Virginia war überzeugt – hatte er sie doch von Kindheit an in diesem Glauben erzogen –, er sei einzig in der Welt. Von seiner Schwiegermutter, die in seinem Alter war, genaugenommen um ein Jahr jünger, hatte Stephen eine so hohe Meinung, daß er ihr in jeder Beziehung entgegenkam. Sie hatte sich wunderbar benommen. Das Vermögen George Cumfrits stand ihr zur Verfügung, bis Virginia großjährig geworden war oder mit ihrer Einwilligung heiratete. Nun hätte sie sich den Genuß des Vermögens noch drei Jahre sichern können, wenn sie einfach ihre Einwilligung zu Virginias Heirat mit Stephen verweigert hätte; statt dessen hatte sie in dem Augenblick, da Stephen sie von dem Glück ihrer Tochter überzeugte, sofort mit der größten Bereitwilligkeit auf alles verzichtet. So hatte er nicht nur eine liebenswürdige junge Frau bekommen, die Geld genug hatte, um seine glühendsten altruistischen Träume zu verwirklichen, sondern auch eine wirklich ausgezeichnete Schwiegermutter: bescheiden, anspruchslos, unaufdringlich, gütig, eine feine Dame. Der Sturz von den Cumfritschen Tausenden von Pfund und dem Herrenhaus in Chickover zu fünfhundert Pfund jährlich und einer kleinen Wohnung in London hätte die meisten Frauen aus dem Gleichgewicht gebracht. Catherine nicht. Sie fügte sich ohne Murren, blieb so gütig wie immer. Sie stellte weder an Virginia noch an ihren Schwiegersohn die geringsten Ansprüche. Wenn sie sie einluden, fuhr sie zu ihnen, sonst nicht. Wenn Stephen sie besuchte, begrüßte sie ihn stets mit der gleichen Liebenswürdigkeit: eine feine, stille Frau, die sich nichts aus der Armut machte.

Catherine und Stephen dinierten, wie Catherine das leichte Mahl nannte, in dem kleinen pied-à-terre George Cumfrits, dieses ausgezeichneten, vorsichtigen, weisen Mannes, und Stephen sprach das Tischgebet über zwei mäßig volle Tassen Fleischbrühe und ein paar Rühreier.

Catherine wählte die Worte sehr, wenn sie mit Stephen zusammen war, und nannte Diner, was Mrs. Mitcham gegenüber Abendessen oder gar ›ein Bissen‹ hieß, um ihrem Schwiegersohn, der ihre Erbschaft angetreten hatte und nun in einem so herrlich eingerichteten Hause lebte, ja nicht den Unterschied fühlbar zu machen, den seine Heirat in ihren äußern Umständen hervorgerufen hatte. Stephen wieder strengte sich an, alles, was sie ihm vorsetzte, zu loben, damit sie nur ja nicht merke, daß es jetzt bei ihr gar nicht viel zu essen gab. Es war natürlich genug und gesund, denn es war ein großer Fehler, am Abend zu reichlich zu essen.

Sie saßen also ruhig beieinander und verzehrten die Rühreier und plauderten von gleichgültigen Dingen. Der Gedanke, daß sie noch vor wenigen Stunden als sichtlich junge Frau mit ihrem Anbeter einen Ausflug gemacht, fröhlich gelacht hatte, gehegt, verhätschelt, eine ›Frau von Bedeutung‹ gewesen war, kam ihr befremdlich vor. Wie unpassend, dachte sie und errötete heftig ...

»Jawohl, Stephen? Die alte Dymock?«
»Sie ist endlich gestorben.«
»Armes Ding!«
»Es ist eine Erlösung.«

Natürlich war es ein Unrecht, reinste Einbildung, ein pures Spiel. Hier war das nüchterne Leben, hier gehörte sie hin ...

»Was ist mit dem jungen Andrews?«

»Er hat sich beim Fußball das Bein gebrochen.«

»Armer Junge! Wie leid mir das tut!«

»Er ist selbst schuld daran. Ein wilder Bursche, ein sehr wilder Bursche.«

Nun befand sie sich wieder in ihrem farblosen Reich, in dem sie ihre Nichtherrschaft als Stephens Schwiegermutter ausübte. Sie wußte, daß er ihr geneigt war, und auch sie war ihm zugetan, aber sie wußte auch, daß einer den anderen nur in der Eigenschaft als zufriedenstellender Verwandter interessierte. Sie war für Stephen keine Frau, er für sie kein Mann ...«

»Wer ist denn nur Daisy? Ich kann mich wirklich nicht erinnern ...«

»Das Stubenmädchen meiner Mutter. Sie heiratet den Stallknecht auf der Toveyschen Farm.«

»Ihre Mutter wird sie vermissen.«

»Das fürchte ich auch.«

Als Virginia sich verlobte, hatte sie ihrer Mutter versichert, daß Stephen ein ausgezeichneter Kopf sei; Catherine wußte, seit er so beredt über die Liebe sprach, daß er ein weiches, verständnisvolles Herz habe, wenn sie aber mit ihrem Schwiegersohne beisammen war, so kam nichts davon an die Oberfläche.

Wie seltsam, daß die Verwandtschaft die Macht hatte, einem so viel von seinem Menschentum zu rauben ...

»Wie, Badezimmer?« fragte Catherine.

»Jawohl, in jedes Häuschen kommt eines. Und die neuerbauten werden in jedem Schlafzimmer einen Waschtisch mit Abfluß haben!«

»Das wird wirklich großartig sein.«

»Meine und Virginias Idee von wahrer Religion ist: Liebe und Reinlichkeit. Die gehen Hand in Hand. Wenn die Armen Gelegenheit haben, sich zu waschen – die bequeme Gelegenheit, denn wenn es Schwierigkeiten macht, tun sie es nicht –, dann werden sie auch Respekt voreinander haben. Und von Selbstachtung bis zur anständigen Werbung um ein anständiges Mädchen ist nur ein Schritt.«

Sie hatte die Empfindung, daß das Testament Georges jedem Schwiegersohn in ihrer Gegenwart Unbehagen verursachen mußte, und Stephen tat ihr leid. Sie tat, was in ihren Kräften stand, um ihm durch freundschaftliche Gesinnung begreiflich zu machen, daß sie vollkommen zufrieden sei. Sie war es eigentlich schon jetzt, und wenn sie sich in ihr neues Leben erst eingelebt hatte und ganz genau wußte, was sie mit ihrem jetzigen Einkommen sich gestatten durfte und was sie unterlassen mußte, dann, hoffte sie, würde sie glücklicher sein als je zuvor. Denn sie war zum erstenmal frei, und wenn sie zum Beispiel nur, sooft es ihr gefiel, in die ›Unvergeßliche Stunde‹ gehen konnte – George hatte sich nichts aus Musik gemacht – oder die Freunde bei sich sehen durfte – George war am glücklichsten gewesen, wenn er seine Frau für sich allein hatte – oder so oft und so lange lesen konnte, wie es ihr beliebte – George hatte es gern gehabt, wenn sie ihm zuhörte, und kein Mensch kann zugleich hören und lesen –, so war das schon sehr angenehm, und es war anzunehmen, daß es sich mit der Zeit noch angenehmer gestalten würde.

Nur durfte sie natürlich keine Torheiten begehen, indem sie zum Beispiel Christopher solche Vertraulichkeiten gestattete; daß er sie sich herausnahm, war ihre

Schuld. Aber wer hätte es sich auch träumen lassen, wer hätte es für menschenmöglich gehalten . . .

Und wieder errötete sie heiß bei dem Gedanken, was wohl Stephen sagen würde, wenn er das wüßte.

Aber auch wenn er von seinen Eiern aufgeblickt und das Erröten seiner Schwiegermutter ihm nicht hätte entgehen können, er hätte es doch nicht gesehen, denn von Schwiegermüttern erwartet man kein Erröten. Sie sind keine Frauen mit den gleichen Gemütsbewegungen wie andere, sie sind etwas Unpersönliches. Wie sie ihm als etwas Unpersönliches, so erschien er ihr merkwürdigerweise wie ein öffentliches Gebäude, ein Museum, ein Tempel, ein großer, kühler Raum, in dessen Leere es widerhallte, wenn man hindurchschritt. Welch eine Freude war das an einem heißen Tag! Und die letzten Tage Catherines waren heiß gewesen, heiß und aufregend; und sie fand es erfrischend, in Stephens Schatten zu sitzen. Bald verblaßten ihre Gedanken und wurden matt. Christophers Bild verblaßte und wurde matt. Und in dieser Atmosphäre verblaßte auch sie allmählich, bis sie dazu paßte. Als das Mahl sich seinem Ende näherte, war sie wie eine Maus, wie eine graue Maus, die die Farbe ihrer Umgebung hat, anspruchslos dasitzt und an ihrem Futter nagt.

Nun saß sie Stephen gegenüber, und der starrte ins Feuer und sprach nur wenig, so daß sogar ihr Talent zuzuhören ausruhen konnte. Das war Friede, dachte sie, vollkommener Friede, und sie lehnte den Kopf in die Sofakissen zurück und hätte am liebsten die Augen geschlossen.

Um neun sah Stephen auf seine Uhr. Er hatte sich vorgenommen, sie hervorzuziehen, auszurufen, wie schnell die Zeit verflogen sei, sich zu erheben und fortzugehen.

Aber die Zeit war nicht rasch verflogen. Sie hatten beide geglaubt, es sei mindestens zehn Uhr, wahrscheinlich aber später; als er sich überzeugte, daß es erst neun war, war er ein wenig fassungslos und erstaunt.

Er wußte nicht, was er tun sollte.

»Möchten Sie vielleicht«, schlug er vor, indem er unruhig in seinem Sessel hin und her rückte, »daß ich für Sie und die Dienerschaft bete, bevor ich mich entferne?«

Sie zögerte, denn sie fürchtete, es könnte aussehen, als beklagte sie sich. Sie wollte sagen, es sei keine Dienerschaft da, statt dessen fragte sie ihn, ob sie Mrs. Mitcham hereinrufen solle.

»Bitte sehr«, sagte Stephen.

Mrs. Mitcham kam.

Gedankenvoll stand Stephen auf dem Teppich vor dem Kamin. Mrs. Mitcham, die eine Miene aufgesetzt hatte, als wäre sie in der Kirche, wartete mit gefalteten Händen auf die Salbung, die sich über sie ergießen sollte.

Stephen erwog, was er den beiden Frauen für einen Segensspruch sagen sollte, um sich dann mit Anstand in sein Hotel und sein Bett zu begeben. Der Gedanke an das einsame, kalte Bett rief ihm Virginia ins Gedächtnis und daß er ihr seine große Entdeckung der Liebe zu verdanken hatte. Da erhob er segnend die Hände über seine Schwiegermutter und deren Dienerin.

Und er sagte schlicht: »Kindlein, liebet einander.«

Er konnte ihnen, das fühlte er, er konnte keinem auf der Welt etwas Besseres sagen. Dann wünschte er kurz Catherine gute Nacht.

»Kommen Sie morgen abend in die St.-Clement-Kirche?« fragte er sie.

»Jawohl, ich komme bestimmt«, antwortete sie.

Mrs. Mitcham half ihm ehrfurchtsvoll in seinen Überrock. Sie liebte es, Bibelstellen zu hören; sie hatte dann ein so eigentümliches, angenehmes Gefühl in der Brust.

X

Es war ein Viertel auf zehn geworden, ganz zeitig noch, und doch schien es Catherine spät. Sie kehrte wieder aufs Sofa zurück, drehte das Licht auf dem Tischchen an ihrer Seite ab, denn sie mußte sparsam sein, zog die Füße herauf und blickte etwas müde ins Kaminfeuer.

Stephen, der ihr nach dem glühenden Christopher wie ein kühler Zufluchtsort erschienen war, hatte sie beruhigt, aber nur bis zu einem gewissen Grade. Er hatte ihr die Erleichterung gewährt, wie sie ein Mensch empfindet, der, von der Sonnenhitze geblendet, plötzlich in die Kühle des Kellers tritt, aber von einem Keller hatte man bald genug. Sie hatte schon vor längerer Zeit die Entdeckung gemacht, sehr zu ihrem Bedauern, daß sie nur schwer die Augen offenhalten konnte, wenn sie kurze Zeit mit Stephen allein beisammen war. Sie schrieb es der Art seiner Unterhaltung zu: Es war nichts da, woran man sich hätte festhalten können; sie war beinglatt; man rutschte ab. Überdies sprach er auch so zu ihr, als ob auch Catherine Bein wäre. Gebein zu Gebein – wie trübselig! Wer kann es ertragen, wie Gebein behandelt zu werden?

Und doch kannte er die Liebe, und niemand konnte ihn darüber predigen hören, ohne hingerissen zu werden von seinem Verständnis der Liebe. Er verstand und würdigte sie von der Kanzel in allen ihren Gestalten.

›Kindlein, liebet einander . . .‹ Wie schön war das, und mit welcher Empfindung hatte Stephen es ausgesprochen! Aber er liebte die anderen nicht. Abgesehen von Virginia war die ganze übrige Welt aus seinem Herzen ausgeschlossen. Die Ermahnung hatte ihr und Mrs. Mitcham gegolten, und sie liebten einander seit langem und erwiesen einander tagtäglich Aufmerksamkeiten.

›Kindlein, liebet einander . . .‹

Sie war müde. Seit einer Ewigkeit war sie nicht so lange und so rasch gegangen wie heute nachmittag in Hampton Court. Und die Frühlingsluft wirkte erschlaffend. Und Christopher hatte so lange Beine und legte gemächlich eine Strecke Weges zurück, zu der sie unzähliger kleiner Schritte bedurfte. Und da er ganz toll war, hatte er nicht nur ihre Füße, sondern auch ihren Geist sehr ermüdet. Wie regungslos und gleichgültig war Stephen, wie rührig und ach! nur zu wenig gleichgültig dagegen Christopher! Und sie in der Mitte, immer nur liebenswürdig und liebenswürdig. Warum war sie eigentlich immer bemüht, gegen Stephen liebenswürdig zu sein, bei dem es vergebliche Mühe, oder gegen Christopher, bei dem es gefährlich war?

›Kindlein, liebet einander . . .‹

Sie döste, dann schlief sie ein. Aber fünf Minuten später kam Christopher zurück.

Er hatte ihr das Tuch noch nicht zurückgegeben, das er draußen auf dem Boden fand, wo er es hatte fallen lassen. Er hatte unter allen Umständen auf der Straße warten wollen, bis der unglaubliche Schwiegersohn fort war; dann gedachte er nochmals hinaufzugehen, es wäre denn sehr spät geworden. Aber das Tuch machte es ihm zur Pflicht, sie nochmals aufzusuchen, und als er vom gegenüberliegenden Bürgersteig Stephen um ein

Viertel auf zehn herauskommen sah, ging er noch zehn Minuten auf und ab. Vielleicht hatte der alte Rabe etwas vergessen und kehrte noch einmal um. Dann erst begab er sich mit der Würde und Gelassenheit hinauf, die eine erlaubte Angelegenheit einem verleiht.

Aber er war innerlich gar nicht gelassen. Als Mrs. Mitcham auf sein Läuten öffnete und – da sie noch unter dem Einfluß von Stephens Ermahnung stand, ›Kindlein, liebet einander‹ – ihn freundlich anlächelte, konnte er kaum die Worte hervorstottern, daß er noch etwas für Mrs. Cumfrit – abzugeben habe – ihr Tuch . . .

»Danke sehr«, sagte Mrs. Mitcham, »ich werde es ihr geben.«

»Ja, aber ich möchte Mrs. Cumfrit eine Minute sprechen. Es ist ja noch nicht spät. Es ist noch sehr früh. Ich will nur für eine Minute hineingehen . . .«

Und er gab ihr das Tuch und ging in den Salon.

Sie sah noch, wie er die Tür hinter sich schloß, und hoffte im stillen, es mache nichts, daß sie ihn nicht gemeldet hatte. Er war ja erst vor kurzem weggegangen, er kam ja heute nicht zum erstenmal, er war heute schon zum drittenmal da.

Unschlüssig stand sie noch einen Augenblick da, bereit, ihm die Tür zu öffnen, falls er wirklich nur eine Minute drinbliebe; als er aber nicht herauskam, ging sie wieder in die Küche zurück.

Christopher hätte sich wohl ganz anders benommen, wenn er Catherine im beleuchteten Zimmer gefunden hätte, wach in ihrem Sessel, mit Lesen oder Nähen beschäftigt. Er wollte nur vernünftig mit ihr reden. Er konnte sich nicht so fortschicken lassen, mitten in einem Satz, er mußte ihr wenigstens zu Ende sagen, was er ihr zu sagen hatte. Er konnte nicht so nach Hause gehen, eine Beute nagenden Kummers. Er konnte einfach nicht. Er mußte sie heute noch sprechen, wenn auch nur, um in Erfahrung zu bringen, wann er morgen vorsprechen dürfe. Das war sie ihm schuldig. Er hatte nichts getan, was sie hätte beleidigen können, ausgenommen, daß er ihr seine Liebe gestanden hatte. War das eine Beleidigung?

Anstatt nun Catherine im erleuchteten Zimmer zu finden, wie sie überrascht und vorwurfsvoll zu ihm aufblickte, umfing ihn Dunkelheit, und erst, nachdem er unschlüssig dagestanden und seine Augen sich daran gewöhnt hatten, erblickte er Catherines Gestalt bei dem düstern Schein des Feuers regungslos auf dem Sofa.

Er konnte nicht sehen, ob sie schlief, aber sie sagte kein Wort und bewegte sich nicht, sie mußte also schlafen. Im nächsten Augenblick überzeugte er sich davon, denn eine Flamme schoß im Kamin empor.

Ein unbeschreibliches Gefühl erfüllte sein Herz. Alle Mütter seiner Ahnenreihe wurden in ihm lebendig. Sie sah so klein aus, so hilflos, so zart und so müde, nicht ein Hauch von Farbe war in ihrem Gesicht zu sehen. Um nichts in der Welt hätte Christopher sie im Schlaf stören wollen. Er gedachte sich leise fortzuschleichen und die Ungewißheit, wann er sie wiedersehen könnte, zu ertragen. Eine so unaussprechliche Zärtlichkeit hatte er nie im Leben empfunden, und er wußte nun, daß er sie mehr liebte als alles auf der Welt, mehr als sich selbst.

Er wendete sich zum Gehen und hielt den Atem an; da, als er die Türklinke anfassen wollte, stieß er mit dem Fuß an Georges großen Lehnstuhl.

Catherine erwachte.

»Mrs. Mitcham . . .«, begann sie schläfrig.

Da sie aber keine Antwort bekam – Christopher wollte reden, brachte aber kein Wort hervor –, streckte sie die Hand aus und drehte das elektrische Licht auf.

Sie blinzelten einander an.

Erstaunen, auf das Entrüstung folgte, überflog Catherines Gesicht. Sie traute ihren Augen nicht. Christopher. Wiedergekommen. Wie ein Dieb in der Nacht. Sich eingeschlichen . . .

Sie richtete sich auf, auf die Hände gestützt.

»Sie?!« stieß sie hervor.

»Ja, ich mußte nochmals herkommen und Ihnen Ihr Tuch . . .«

Er wollte sich hinter dem Tisch verschanzen, dann aber schämte er sich dieser Kinderei.

Sie machte eine Bewegung, um aufzustehen, aber das Sofa war sehr niedrig, und es war etwas komisch, wie sie wieder darauf zurücksank; bevor sie den Versuch wiederholen konnte, war er hinübergeeilt, um ihr zu helfen.

»Nein, nein«, sagte Catherine, die noch nie im Leben so entrüstet gewesen war, und stieß die Hände, die er ausgestreckt hatte, fort.

Da hob er sie in die Höhe – mochte kommen, was da wollte –, und als er sie wieder auf die Füße stellte, hielt er sie fest in seinen Armen, er konnte nicht anders, und wenn es sein Tod gewesen wäre.

Einen Augenblick herrschte vollkommene Stille. Catherine war so bestürzt, daß sie eine Sekunde lang keinen Laut von sich gab.

Dann schnappte sie nach Luft, denn ihr Gesicht war an seinen Rock gepreßt.

»Oh!« keuchte sie schwach und unterdrückt, indem sie ihn fortzustoßen versuchte.

Aber sie hätte ebenso versuchen können, einen Felsen von der Stelle zu rücken.

»Oh!« keuchte sie nochmals, als Christopher – er konnte nicht anders, und wenn es sein Tod gewesen wäre – sie zu küssen begann. Er küßte, was in seinem Bereich war, ihr Haar, ihr Ohrläppchen, während sie, bestürzt und entsetzt, das Gesicht immer tiefer in seinen Rock vergrub, bemüht, es zu schützen.

Oh, diese Beleidigung! Nie in ihrem Leben . . . wie durfte er sich das nur unterstehen . . . weil sie allein war und niemanden hatte, der sie beschützen konnte . . .

Kein Wort von alledem wurde hörbar, sein Rock erstickte alles. Bestürzt, entsetzt, konnte sie nicht verhindern, daß er mit seinen Küssen fortfuhr, aber ihre Bestürzung und ihr Entsetzen wuchsen ins Ungemessene, als sie sich bewußt wurde – nein, nein, es war nicht möglich, es war absolut unmöglich, daß sie – daß dies – daß sie, abgesehen von ihrem Entsetzen – von einem Gefühl durchzuckt wurde, das durchaus nicht unangenehm war! Unmöglich, unmöglich . . .!

»Lassen Sie mich los!« keuchte sie in seinen Rock, »lassen Sie mich los . . .!«

Statt zu antworten, nahm er ihren Kopf in beide Hände und küßte sie, küßte sie auf den Mund, wie nie jemand sie je zuvor in ihrem Leben geküßt hatte.

Unmöglich, unmöglich . . .!

Sie stand da, ihre Arme hingen herab, sie zitterte am ganzen Leibe. Sie schien unfähig, sich zu rühren. Es war, als versänke sie immer tiefer in das Geschehene, als ginge sie immer mehr darin auf – ganz so restlos wie er, ganz so hinausgehoben über alle Wirklichkeit.

Das Zimmer, Georges Reliquien, die ganze Welt und alles, was sich in ihrem Leben ereignet hatte, verschwand. Die Jugend stürmte vom Himmel herab und nahm sie in ihre Arme, bis eine befremdliche, wohlige Vergessenheit sie umfing. Er und sie waren nicht mehr Christopher und Catherine; sie war einfach die Geliebte, und er war die Liebe selbst.

»Ich bete dich an«, flüsterte Christopher.

Wie im Traum hörte sie sein Flüstern, das sie wieder ins Bewußtsein zurückbrachte.

Sie schlug die Augen auf und sah zu ihm empor.

Er blickte sie an – schön, in Licht getaucht. Sie blickte ihn an – sie lag noch immer in seinen Armen und suchte sich zu fassen.

Was hatte sie getan? Was tat sie? Was war das? Oh, welche Schmach...

Sie machte eine ungeheure Anstrengung und stieß ihn mit beiden Händen fort.

Bevor er sie daran hindern konnte, lief sie zur Tür, in den Gang, in ihr Schlafzimmer und schloß sich darin ein.

Dann läutete sie heftig und trug Mrs. Mitcham durch die geschlossene Tür auf, Mr. Monckton hinauszubegleiten. Sie gehe sofort zu Bett, wegen entsetzlicher Kopfschmerzen... Und dann setzte sie sich auf ihr Bett und weinte bitterlich.

XI

Virginia hatte am Sonntag nach dem Lunch einen kurzen Spaziergang im Garten gemacht, wo die gelben Narzissen ihre ganze Pracht entfalteten und die Amseln einen Riesenlärm machten; sie hatte die Absicht, sich in ihrem Boudoir hinzulegen und bis zum Tee auszuruhen, da sah sie ihre Mutter auf der Terrasse stehen.

Ihr erster Gedanke war Stephen. Ihre Mutter war noch nie unerwartet gekommen, noch nie, ohne eingeladen zu sein. War Stephen etwas passiert?

Sie beschleunigte ihre Schritte.

»Ist etwas passiert?« rief sie besorgt ihrer Mutter zu.

Catherine schüttelte beruhigend den Kopf und ging ihr entgegen.

Sie küßten einander.

»Ich hatte eine solche Sehnsucht, dich zu sehen«, sagte Catherine als Antwort auf Virginias verwundertes Gesicht, und indem sie sich an sie schmiegte, fügte sie hinzu: »Ein solches Bedürfnis, dir nahe zu sein, ganz nahe.«

Sie nahm Virginias Arm, und sie gingen langsam auf das Haus zu.

»Wie lieb von dir, Mutter«, sagte Virginia.

Sie war größer als ihre Mutter, sie war George nicht nur im Gesicht, sondern auch in der Statur nachgeraten. Sie war noch immer sehr erstaunt.

Aber sie war noch mehr verwundert, als sie das Gepäck ihrer Mutter erblickte. Dieses ließ einen längeren Aufenthalt vermuten als jemals zuvor. Schon während sie auf das Schloß zuschlenderten, konnte Virginia ein Gefühl des Unbehagens nicht unterdrücken. Ihre Mutter war bis jetzt so vernünftig gewesen, hatte sich so davor gehütet, sich aufzudrängen, um nur ja die Glückseligkeit der ersten Monate ihrer jungen Ehe nicht zu stören. Stephen erging sich in Lobeserhebungen darüber, und Virginia war sehr stolz darauf, ihm eine Schwiegermutter in die Ehe gebracht zu haben, die, wie er selbst zugab, nicht übertroffen werden konnte. Sollte das plötzlich eine Änderung erfahren?

»Wie hast du es denn auf dem Bahnhof gemacht, Mutter«, fragte sie Catherine, »da du doch nicht erwartet wurdest?«

»Ich habe mir vom ›Drachen‹ einen Einspänner kommen lassen. Der alte Pearce war so nett und fuhr mich selbst. Ich hätte dich natürlich vorher benachrichtigt, aber es war keine Zeit mehr dazu. Ich – ich habe plötzlich die Empfindung gehabt, ich muß herkommen. Ich hatte eine solche Sehnsucht nach dem Frieden hier. Es macht dir doch keine Ungelegenheiten, liebes Kind?«

»Aber natürlich nicht, Mutter. Nur versäumst du heute Stephens Predigt.«

»Ja, das tut mir leid. Aber ich habe ihn gestern gesehen, er hat bei mir gespeist.«

»So?« fragte Virginia, die plötzlich lebhaft wurde. »Wie geht es ihm? Wie hast du ihn gefunden? Hat er eine gute Reise gehabt? Hat er etwas von den belegten Brötchen gesagt? Ich habe eine neue Köchin, und ich weiß nicht, ob sie die belegten Bröt...«

»Nein, ich vermute also, daß sie gut waren.«

»Ich hoffe es. Du weißt doch, daß er die Speisewagen nicht leiden kann, und er will also unterwegs keinen anständigen Lunch nehmen. Und es ist doch wichtig...«

»Gewiß. Wie geht es dir, mein Liebling?«

»Ganz gut. Es ist wunderbar, wie wohl ich mich fühle. Wie sieht Stephen aus?«

»Ganz gut.«

»Nicht müde? Diese allwöchentlichen Reisen sind so ermüdend. Ich muß gestehen, ich werde froh sein, wenn die Fastenzeit vorüber ist. Ist es nicht wunderbar, Mutter, wie er arbeitet, wie er sein Leben opfert...?«

»Und wie gut er spricht! Das ist dein Verdienst.«

»Mein Verdienst?«

»Jawohl. Durch deine Liebe hast du das bewirkt.«

Virginia errötete.

»Aber wie wäre das anders möglich?« fragte sie.

»Und durch deinen Glauben an ihn.«

»Ich denke, jeder muß an Stephen glauben«, sagte Virginia.

Ihre Mutter drückte ihren Arm an sich.

»Mein Liebling!« sagte sie leise.

Im stillen dachte sie: Wie seltsam doch die Liebe war, wenn Virginia in diesem alten Junggesellen, von dem man nie etwas anderes als Gemeinplätze gehört hatte, einen solchen Umschwung hervorgebracht hatte, daß seine sonst so nüchternen Kanzelreden sich in Poesie verwandelt hatten.

Bedurfte es dazu eigener Herzenserlebnisse? Konnte man nur unter dem Peitschenhieb von Leid- und Glücksgefühl die Wahrheit in so rührenden Worten verkünden?

Sie gingen die breite Treppe zu der wohlbekannten Terrasse hinauf. Die Pfauen – George war der Ansicht gewesen, daß jedes Schloß Pfauen haben müsse – betrugen sich nach Pfauenart. In den großen Pflanzenkübeln auf jeder Seite – George hatte Bilder von Terrassen gesehen, die alle Pflanzenkübel aufwiesen – wurden die ersten Tulpenknospen sichtbar. Die Kirchenglocken läuteten zum Abendgottesdienst, und die Töne schwebten über den stillen Baumwipfeln wie an allen Sonntagen all die Jahre hindurch, die Catherine hier verlebt hatte.

Jahre voll reiner Pflichten, reiner Zuneigungen, intimer Häuslichkeit. Und hier war ihre ernsthafte junge Tochter, die die Tradition fortführte. Und hierher war sie zurückgekehrt, aber mit Schmach bedeckt, um sich zu verbergen. Sie mußte sich verbergen! Es durchzuckte sie, und sie klammerte sich fester an Virginias Arm. Was würde die sagen, wenn sie es wüßte? Bei dem bloßen Gedanken schien es Catherine, als erröte ihre Seele.

Sie gingen ins Boudoir, das vor so kurzer Zeit noch das ihre gewesen war.

»Ich war gerade im Begriff, mich hier ein wenig auszuruhen«, sagte Virginia.

»Ja, du mußt dich besonders davor hüten, viel herumzustehen«, erwiderte ihre Mutter.

Sie deckte ihre Tochter sorgfältig mit der Decke zu, wie sie es früher so oft getan hatte, als sie noch im Kinderbettchen schlief, und dann plauderten sie miteinander, während der feuchte, süße Duft, von dem ein Garten im Vorfrühling erfüllt ist, durch das offene Fenster hereinkam und das Zimmer mit zarten Verheißungen erfüllte.

Fast die ganze Zeit sprach Virginia, und Catherine hörte ihr zu. So war es in dieser Familie immer gewesen: Catherine hörte zu. Wie dankbar war sie, daß sie auch jetzt zuhören durfte, daß keine Fragen an sie gerichtet wurden, daß es nicht auffiel, wie blaß sie war, wie müde ihre Augen blickten. Sie lehnte sich in ihren alten Lehnsessel zurück, den Kopf auf einem Kissen, das sie selbst genäht hatte. Ihr armer gedemütigter Kopf schmerzte heftig; vor kurzem erst hatte Christopher ihn in beiden Händen gehalten und – nein, sie wollte, sie konnte nicht daran denken.

Virginia hatte ihr viel zu erzählen von allem, was sie und Stephen vorhatten und hofften. Tief einschneidende Änderungen wurden vorgenommen, die leichtlebigen alten Tage im Schloß waren für immer vorbei. Sie drückte es nicht wörtlich so aus, denn das wäre vielleicht taktlos gewesen, da doch die leichte Lebensweise die ihrer Mutter gewesen war. Aber es war klar, daß eine echte, ehrliche Entschlossenheit entflammt war, die alten Einrichtungen niederzureißen und durch neue, bessere, heilsame zu ersetzen, die schließlich

Chickover bekehren mußten. Das Geld ihres Vaters, das so lange nur für das nüchterne materielle Wohl eines kleinen häuslichen Kreises verwendet worden war – Virginia drückte es nicht ganz so aus, aber so sickerte es in Catherines Bewußtsein ein –, sollte nun wie eine Fettschicht aufgestrichen werden. Sie sprach es nicht aus, doch schwebte ihr eine Art frommen Düngers vor, den der gottgefällige Stephen fleißig hineinstampfte in das weite Feld der ganzen Gemeinde, und die Ernte, die darauf aufkeimen sollte, waren gesunde Wohnungen.

Niemand, sagte Virginia, und Catherine hatte die Empfindung, Stephens Stimme zu hören, könne in einer musterhaft gesunden Wohnung leben, ohne daß nach und nach auch sein Körper gesund würde, und von einem gesunden Körper zu einer gesunden Seele sei nur ein Schritt.

»Stephen hat gestern etwas Ähnliches gesagt«, bemerkte Catherine, die mit gesenkten Augenlidern dalag.

»Er drückt es so wunderbar aus, ich kann es unmöglich so wiedergeben, aber ich möchte gern, daß du einen Begriff davon bekommst –«

»Ich möchte es gern hören«, versetzte Catherine, deren Stimme sehr schwach und müde klang.

Auf dem Tischchen neben dem Sofa lagen Pläne und Überschläge in einen Stoß geschichtet. Virginia erklärte ihrer Mutter einen nach dem andern und das Röhrenleitungssystem, dessen Abbildungen in Catherines Augen genauso aussahen wie das Innere des Menschen. Catherine hatte keine Ahnung davon gehabt, welchen Einfluß diese Dinge auf die Gesundheit und das Glück des Menschen hatten.

Sie lehnte sich in ihren Sessel zurück und hörte zu, und ihr war, als hörte sie das Wasser aus einem der neuen Hähne fließen, von denen Virginia gesprochen hatte. So ging es unaufhaltsam fort, nur daß Catherine gelegentlich ein Wort oder auch nur einen Laut der Übereinstimmung dazwischenwarf. Draußen beleuchtete der Schein der Nachmittagssonne die laublosen schönen Birken, und als die Kirchenglocken verstummt waren, konnte sie wieder die Amseln hören. Gesegneter Friede. Ihr war zumute wie nach einer Krankheit – sie hatte kein anderes Bedürfnis als nach Ruhe und Stille.

Und hier wußte sie sich unbedroht von Fragen. Virginia fragte sie niemals, womit sie sich beschäftige. Ganz wie George, der ihr immer sein Herz ausschüttete, aber nie das gleiche verlangte. Welch eine schätzenswerte Eigenschaft das doch war, obgleich sie sich deshalb oft einsam gefühlt hatte. Jetzt in besonderem Grade wertvoll. Sie hätte den fragenden Blick ihrer jungen Tochter nicht ertragen können. Sie hätte sich zu sehr geschämt ...

Der Kopf tat ihr sehr weh. Sie hatte nicht gefrühstückt, von dem heißen Wunsch beseelt, nur fortzukommen, und der langsame Sonntagszug bot keine Gelegenheit, einen Lunch zu nehmen. Aber sie hatte gar keinen Hunger; sie hatte nur ein Bedürfnis: ruhig hier sitzen zu bleiben und sich geschützt zu fühlen.

Als Mutter und Tochter den Tee nahmen, kam Mrs. Colquhoun, Stephens Mutter, zu ihrer Schwiegertochter auf Besuch.

Sie wohnte nun allein im Pfarrhaus ihres Sohnes und kam täglich durch den Park ins Schloß, um sich nach Virginias Befinden zu erkundigen. Sie war ungeheuer überrascht, als sie Catherine erblickte, die nie zuvor uneingeladen und unerwartet hergekommen war, aber sie begrüßte sie trotzdem herzlich, denn sie hatte eine hohe Meinung von ihr.

Niemand hätte weniger Ungelegenheiten bereiten

oder vernünftiger sein können als Mrs. Cumfrit anläßlich der Verheiratung ihrer Tochter. Niemals hatte sich in der langen Zeit zwischen dem Tod ihres Gatten und der Heirat ihrer Tochter ein Hauch von Klatsch oder übler Nachrede an sie herangewagt. Schließlich war sie erst Anfang der Dreißig, als der arme Mr. Cumfrit starb. Er hatte ein goldnes Herz, war aber durch eigene Kraft emporgekommen; er hatte weder Oxford noch Cambridge, nicht einmal ein Gymnasium besucht, und das war jammerschade, weil er Stephen ja sonst viel mehr Interesse entgegengebracht hätte, wenn sie miteinander plauderten, und sie war so hübsch und anziehend, wenn sie aufblickte und wenn sie sprach, daß es gar nicht überraschend gewesen wäre, wenn man ihren Namen zuweilen in Verbindung mit dem eines Mannes genannt hätte. Aber das war nie geschehen. Wenn sie Bewerber hatte, im Pfarrhaus wußte man nichts davon. Es kamen Leute ins Schloß, aber das waren lauter Verwandte, entweder sehr wunderliche aus der Familie Georges oder viel mehr erwünschte aus der Familie Catherines, deren Mutter eine Tochter des ersten Lord Bognor gewesen war. Jawohl, Mrs. Cumfrit war eine ruhige, sittsame, wohlerzogene Frau, die sich damit zufriedengab, sich ihrem Heim, ihrem Kind und dem Wohl der Gemeinde zu widmen, eine ausgezeichnete, taktvolle, unaufdringliche Schwiegermutter, eine gute Nachbarin, eine treue Freundin. Das einzige, was Mrs. Colquhoun sich vielleicht anders gewünscht hätte, war ihre persönliche Erscheinung: Sie sah immer noch viel jünger aus, als die Mutter einer verheirateten Tochter aussehen sollte. Aber es war vorauszusehen, daß das mit jedem Jahr besser werden würde.

Die beiden Schwiegermütter begrüßten und küßten sich und drückten einander geziemend ihre Freude aus.

»Das ist wirklich eine Überraschung«, sagte Mrs. Colquhoun mit einem Lächeln des Willkommens zu Catherine, während sie Virginia anschaute. Sie war ihrem Sohn sehr ähnlich – groß und mager, mit einem Vogelprofil. Sie überragte die kleine, rundliche Catherine um ein bedeutendes.

Virginia legte ihre Papiere nett zusammen; Stephen war ein solcher Feind der Unordnung, und zwei Mütter auf einmal konnten sie schon hervorrufen.

»Was hat Sie an einem Sonntag hierhergeführt, liebe Mrs. Cumfrit?« fragte Mrs. Colquhoun.

Sie hatte sich auf das untere Ende des Sofas gesetzt und tätschelte Virginias Füße, erstens, um sie zu versichern, daß sie sie nicht behinderten, dann, um ihre Zufriedenheit auszudrücken, daß sie sich ausruhte, wie sie ihr tagtäglich riet.

Catherine wollte antworten: ›Ein Eisenbahnzug‹, sah aber davon ab, weil es ihr kindisch erschien. In ihrer Unterhaltung mit Mrs. Colquhoun hatte sie stets das Bedürfnis, die schlichte Wahrheit zu sagen und sie immer wieder als unpassend zu unterdrücken.

Sie wußte wirklich nicht, was sie für einen Grund angeben sollte, und sah ihre Gegenschwieger hilflos an.

Mrs. Colquhoun fiel das schlechte Aussehen Catherines auf.

›Sie altert‹, dachte sie bei sich.

»Ich hatte Sehnsucht nach Virginia«, sagte Mrs. Cumfrit endlich; aber die Begründung kam ihr trotz ihrer Richtigkeit lahm vor.

Mrs. Colquhoun, die ältere, hoffte im stillen, daß diese Sehnsucht keine Fortsetzungen haben werde, denn sie hielt es für wichtig, daß ein junges Ehepaar nicht von Verwandten gestört werde, ganz besonders durften sie nicht die Empfindung haben, daß sie unerwartet heimgesucht werden könnten. Hatte Mrs. Cumfrit die Absicht, eine Ära von Überraschungsbesuchen zu eröffnen?

»Wie begreiflich!« sagte Mrs. Colquhoun. »Unsere liebe Virginia wird doch sicher entzückt gewesen sein.«

»Jawohl«, sagte Virginia, indem sie die Papiere aus dem Bereich der Marmelade entfernte, von der ihre Mutter eben achtlos etwas genommen hatte; Stephen konnte es nicht leiden, wenn etwas klebrig wurde.

»Aber Sie haben sich doch hoffentlich nicht um sie geängstigt?« fuhr Mrs. Colquhoun fort. »Sie ist hier in sehr guten Händen, und Sie können überzeugt sein, daß ich in Abwesenheit ihres Gatten sehr auf sie achte, nicht wahr, Virginia?«

»Jawohl«, sagte Virginia, die ängstlich ihre Mutter beobachtete. Catherine schien die Absicht zu haben, ihre Tasse auf den Stoß von Papieren niederzustellen.

Da stand Virginia auf und brachte den Tisch in Sicherheit, indem sie ihn fortzog. Stephen konnte Schmutzflecke nicht leiden.

»Davon bin ich überzeugt«, versetzte Catherine höflich.

Sie und Mrs. Colquhoun begegneten einander stets mit ausgesuchter Höflichkeit. Sie versuchte zu lächeln. Sie lächelte immer, wenn sie mit Mrs. Colquhoun sprach. Aber sie brachte es nicht zuwege. Bei dem Gedanken, wie sich das Gesicht verändern würde, wenn Mrs. Colquhoun sie gestern erblickt hätte, gefror ihr das Lächeln auf den Lippen.

›Sie sieht krank aus‹, dachte Mrs. Colquhoun. Sie hoffte inbrünstig, daß sie nicht am Ende gar hier erkranken würde.

Virginia bot ihnen Butterbrot an. Mrs. Colquhoun lehnte ab; sie wolle nur eine Tasse Tee trinken und wieder nach Hause gehen. Virginia dürfe nicht denken, daß sie aus selbstsüchtigen Gründen käme.

Virginia lächelte, denn das war einer der kleinen Scherze ihrer Schwiegermutter, aber sie hatte von Natur ein so ernstes Gesicht, daß es auch lächelnd nicht heiter aussah. Sie hatte dunkle dichte Augenbrauen und trug das Haar von Stirn und Ohren zurückgekämmt. Sie sah sehr jung aus, fast wie ein Schulmädchen im letzten Jahrgang, und war überaus einfach gekleidet, wie sie und Stephen es liebten.

Ihre Schwiegermutter sah ihr zu, wie sie den Tee bereitete und das schwere Silbergeschirr – George hatte darauf gesehen, daß Catherine schönes Silber hatte – mit dem liebevollen Stolz, den der Besitz verleiht, handhabte. Virginia nannte beide Schwiegermütter ›Mutter‹, und das führte natürlich Verwirrungen herbei, denn wenn sie Virginia nicht gerade ins Auge sahen, wußten sie nicht, zu wem von beiden sie sprach. So kam es, daß das Gespräch oft stockte. Virginia hätte am liebsten nur immer mit einer von beiden gesprochen. Bis jetzt war es freilich nicht oft vorgekommen, daß sie beide zusammen da waren, denn ihre Mutter war nur sehr selten dagewesen, und ihre Schwiegermutter, die stets von den Besuchen wußte, wollte in diesen Fällen nicht zudringlich sein, wie sie sagte.

In diesem Augenblick hatten Virginia und ihre Schwiegermutter keinen sehnlicheren Wunsch, als zu erfahren, wie lange Catherine hierzubleiben beabsichtigte. Aber man konnte natürlich nicht fragen. Zu ermitteln, was man so sehnlichst zu wissen wünschte, wäre unschicklich gewesen, dachte Virginia stirnrunzelnd; was das Leben doch für gesellschaftliche Verwicklungen mit sich brachte! Und sie war dankbar, während sie ihr Butterbrot aß, daß sie und Stephen auf dem Lande lebten, wo man doch weniger davon zu spüren bekam.

Und Catherine, die sich in ihren Sessel zurücklehnte – Mrs. Colquhoun lag nie zurückgelehnt in einem Sessel, außer, wenn sie unwohl war und ihren Schlafrock anhatte –, tat nicht das geringste, die beiden andern zu erleuchten. Sie sprach weder von ihren Absichten noch von anderen Dingen; sie saß einfach da und sah sehr verfallen aus. Warum?

»Nimm doch ein wenig Kuchen, Mutter«, sagte Virginia.

Da Catherines Blick auf das offene Fenster gerichtet war und Mrs. Colquhoun Virginia anschaute, lehnten beide zugleich dankend ab.

»Wie geht es der vortrefflichen Mrs. Mitcham?« fragte Mrs. Colquhoun liebenswürdig. »Wie sagt ihr die Verpflanzung aus der stillen Dorfgemeinde nach London zu? Hat sie sich in Mayfair schon eingelebt?«

Catherine antwortete, Mrs. Mitcham sei so brav wie immer und tue alles, um es ihr behaglich zu machen.

»Aber was sagt die gute Seele dazu, daß Sie sie verlassen?« fragte Stephens Mutter. »Natürlich lassen Sie sie niemals lange allein, das weiß ich ja. Sie ist Ihnen so treu ergeben.«

»Da du diese Woche nicht zu Hause bist«, meinte Virginia, »hätte Stephen in deiner Wohnung übernachten können. Der arme Stephen. Er hat das Hotelleben schon so satt! Wie schade, daß wir es nicht gewußt haben!«

»Oh!« rief Catherine aus, ganz erschrocken bei der Vorstellung, Stephen in ihrem Schlafzimmer zu wissen. In der ganzen Wohnung gab es nämlich nur zwei Schlafzimmer: das ihrige und das von Mrs. Mitcham.

Sie sah ihn in ihrem Bett schlafen, nach Gutdünken mit den entzückenden Toilettengegenständen verfahren, die sich auf dem Toilettentisch einer von ihrem Mann angebeteten Frau mit der Zeit ansammeln. Aber sie faßte sich und schloß: »Wie schade!«

»Vielleicht läßt es sich ein andermal so einrichten«, bemerkte Mrs. Colquhoun, in der Hoffnung, daß Catherine sie daraufhin wissen lassen würde, ob sie am folgenden Sonntag noch bei der armen Virginia zu sein gedenke. Hoffentlich doch nicht? Catherine, die so taktvoll war, konnte doch nicht plötzlich taktlos geworden sein?

Aber Catherine versetzte mit ihrer leisen Stimme nur, so höflich wie gewöhnlich: »Gewiß.«

Mrs. Colquhoun merkte nun, daß nur eine direkte Frage Catherine entlocken würde, was sie zu erfahren wünschte. Sie erhob sich mit gewohnter Lebhaftigkeit, sie war nahe an Siebzig, aber noch sehr lebhaft, und sagte, sie müsse nun wirklich gehen, beugte sich über Virginia und küßte sie.

»Nein, nein, liebes Kind, ich dulde nicht, daß du aufstehst«, sagte sie zu ihr und wandte sich dann an Catherine, die auch aufgestanden war und ihr die Hand reichte.

»Werde ich Sie wiedersehen, liebe Mrs. Cumfrit?« fragte sie.

Sie hoffte, daß die Antwort lauten würde: »Leider nicht, ich reise morgen früh wieder ab.« Aber Catherine sagte herzlich: »Ich hoffe es.«

Mrs. Colquhoun war so gescheit wie zuvor.

XII

Der Unterpfarrer Mr. Lambton kam zum Abendessen; in Stephens Abwesenheit speiste er nach dem Abendgottesdienst immer im Schloß. Wie sich herausstellte, speiste in solchen Fällen auch Mrs. Colquhoun im Schloß, sonst hätte Mr. Lambton nicht hinkommen können, erklärte Virginia ihrer Mutter, da es zweier Frauen bedurfte, wenn ein Herr eingeladen wurde, es wäre sonst unschicklich gewesen. An diesem Abend blieb Virginias Schwiegermutter nicht da, weil es unnötig war infolge der Anwesenheit Catherines. Indem Mrs. Colquhoun sich also unnötigerweise fernhielt und so Catherine unbehindert die Gesellschaft ihrer Tochter genießen ließ, gab sie ihr auf dem Gebiete der Schwiegermutterpflichten eine Lektion im Takt, die hoffentlich, dachte Mrs. Colquhoun, als sie einsam ihre Mahlzeit aß, die ihr gar nicht schmeckte, denn sie war nicht zu Hause erwartet worden, und es gab nichts Ordentliches zu essen, ihre Wirkung nicht verfehlen würde.

Lambton war jung und liebenswürdig und voller Hochachtung. Er verehrte seinen Oberpfarrer und dessen Gattin und Mutter und Schwiegermutter; er war bereit, auch die männliche und weibliche Dienerschaft und alles, was zum Schloß gehörte, zu verehren. Er war noch nicht lange von Cambridge fort, und dies war seine erste Stelle. Er war sehr aufmerksam gegen beide Damen, reichte ihnen den roten Rübensalat und brachte ihnen Fußschemel herbei, später, im Salon, holte er neuerdings Fußschemel. Catherine vergaß vollständig, daß er da war. Und nachdem er die Schwiegermutter seines Oberpfarrers in einem Lehnsessel untergebracht hatte, wo keine Zugluft war, und sie fragte, ob sie nicht einen Schal wünsche, nachdem er also seiner Pflicht gegen die ältere Generation genügt hatte, vergaß auch er, daß Mrs. Cumfrit da war, und besprach mit Virginia die geplanten Verbesserungen, worauf er mit stillem Behagen alle Papiere durchsah, die Virginia heute schon ihrer Mutter gezeigt hatte.

Catherine saß in ihrem Sessel und schlummerte. Sie fühlte sich unendlich alt. Schläfrig-erstaunt erinnerte sie sich an den gestrigen Nachmittag. Da war sie mit Christopher in den Gärten umhergerannt – jawohl, gerannt! –, während er sie am Ellenbogen festhielt, hatte mit seinen langen Beinen Schritt gehalten, gelacht, geplaudert, das Blut in den Adern lebhaft kreisen gefühlt, den Frühlingsduft in der Nase gespürt, die fröhlichen, schwärmerischen Reden des seltsamen jungen Menschen angehört. Lambton war wohl im selben Alter wie Christopher, dachte sie. Und doch war sie für Lambton nur eine von vielen, die man in einem Lehnstuhl unterbringt und dann verläßt. Wer von den beiden hatte recht? Es war so aufregend. War sie heute dieselbe Person wie gestern? War sie ein Doppelwesen? Oder war sie nur ein durchsichtiges Gefäß, in das andere Leute die Meinung, die sie von ihr hatten, hineingossen, so daß sie dann diese Meinung genau widerspiegelte?

Diese Vorstellung von ihrem Ich sagte Catherine nicht zu. Sie kam sich wie verloren vor, und unruhig rückte sie in ihrem Sessel hin und her. Aber sie gefiel sich überhaupt nicht, sie war so erstaunt und entsetzt und verwirrt. Schließlich war es eine Tatsache, daß sie in den Vierzigern war, und wenn es selbst Menschen auf der Welt gab, die sich auch noch in so alte Frauen verliebten – natürlich nur törichte, ungestüme Menschen –, sie selbst konnte doch nichts anderes dabei empfinden als eine sanfte, lobenswerte Gleichgültigkeit.

Andererseits konnte sie sich noch lange nicht für so alt halten, daß man sie in einen Lehnstuhl setzen und dann einfach ihrem Schicksal überlassen durfte. Es war wirklich ein Problem, und ein lästiges dazu. Gestern . . .

Bei dem bloßen Gedanken an gestern wurde sie vollständig wach und so ärgerlich, daß sie den Fußschemel ungeduldig mit dem Fuß fortstieß, so daß er auf dem glatten Eichenfußboden eine Strecke weit rutschte.

Lambton blickte von den Plänen auf, die er mit Virginia durchsah, und betrachtete die Frauengestalt beim Feuer einen Augenblick. Was war geschehen? Ein Geräusch war hörbar gewesen, und der Fußschemel war ein Stück weit gerutscht . . .

Er stand auf und stellte ihn Catherine wieder unter die Füße.

»Ist es so recht, Mrs. Cumfrit?« fragte er. »Wünschen Sie vielleicht noch ein Kissen?«

Er richtete diese Frage mit derselben Stimme an sie, mit der er die armen Alten und Kranken ansprach, die er besuchte, mit einer herzlichen, aufmunternden, etwas lauten Stimme.

Catherine dankte ihm, und aus purer Liebenswürdigkeit sagte sie, ein zweites Kissen wäre ihr sehr erwünscht, und er schob es vorsichtig hinter ihren Rücken, als Stütze für das Kreuz, wie er sagte; er wußte aus Erfahrung, daß auch seine alten Pfarrkinder dort die heftigsten Schmerzen hatten.

Ihr Kreuz. Sie hätte laut auflachen mögen. Wie viele ältliche Körperteile sie zu haben schien: Füße, die Fußschemel brauchten; Schultern, die einen Schal erforderten; das Kreuz, das mit Kissen gestützt werden mußte . . . Aber sie lachte nicht. Sie saß ruhig da, nachdem sie Lambton freundlich gedankt hatte, und fühlte sich im ganzen sehr behaglich mit Kissen und Fußschemel, und ganz besonders, weil man gar keine Ansprüche an sie stellte – jedenfalls hatte sie Ruhe.

Hier war sie eine Mutter, und das war ein Stand, der Ruhe und Frieden mit sich brachte. Abgesehen von den letzten drei Monaten hatte sie ihr ganzes Leben lang eine Funktion gehabt. Zuerst war sie eine Tochter, ein artiges kleines Mädchen; sie erinnerte sich deutlich, sehr artig gewesen zu sein, niemandem Ungelegenheiten bereitet und stundenlang allein und zufrieden gespielt zu haben. Aus der Kinderstube trat sie in die Ehe und war als Gattin wieder ein großer Erfolg, da sie stets tat, was von ihr erwartet wurde, und niemals, was man nicht wünschte. Als wieder diese Phase vorüber war, war sie zwölf Jahre lang ausschließlich Mutter. Aber wie war es nur möglich, daß sie nicht nachher die Arme reckte, der Sonne entgegen, und sich selber zurief: ›Nun will ich endlich einmal ich sein!‹

Sie hatte drei Monate Freiheit in London genossen; wie Pilze waren Freunde hervorgeschossen, immerfort mußte Mrs. Mitcham Tee bereiten, immerfort Zigarettenreste aus den Aschenbechern entfernen, und einige Vettern in London, die sofort nach ihrer Übersiedlung aufgetaucht waren, brachten ihre Freunde mit, und diese wurden bald ihre Freunde, und die drei Monate waren ein einziger glücklicher Feiertag, so ganz anders als früher. Alle waren so fröhlich und liebenswürdig, niemand behinderte sie in ihren Bewegungen; wenn sie allein sein wollte, dann konnte sie allein sein, und wenn sie Gesellschaft haben und plaudern wollte, konnte sie plaudern, und es gab nirgends ein Aufeinanderprallen mit dem Geschmack und dem Wunsch eines andern.

Ein angenehmes, unabhängiges, würdiges, bescheidenes, fröhliches Leben, das sich ihr eröffnete, während im Unterbewußtsein die Erinnerung an das andere Leben treu erfüllter Pflichten und Erwartungen lebendig blieb, ein gutes Ruhekissen für ihr Gewissen. Wie eine milde Landschaft am Nachmittag hatte ihr all das vorgeschwebt, und was hatte sie getan? Sich so blödsinnig benommen, daß sie gezwungen war zu fliehen, aber zu fliehen, ohne zu wissen, wann sie wieder imstande sein würde zurückzukehren.

Es war ein Unglück, daß sie Christopher kennengelernt hatte; er war einer unter zehn Millionen, der so toll war, sich in sie zu verlieben, und dazu war er noch ein so unbeherrschter Mensch. Er hätte doch ein sanfter Mensch sein können, einer von jenen, die im geheimen, aus der Ferne den Gegenstand ihrer Liebe anbeten, sich durch ein Wimperzucken, durch einen erhobenen Finger leiten lassen. Über Christopher jedoch hatte niemand Gewalt. Er war eine Elementarkraft und riß sie mit sich fort – wie in jenem kurzen Augenblick, da sie in seinen Armen so merkwürdig still geworden war. In seinen Armen. Welche Schmach. Wie sie das wurmte, an ihr nagte! Von einer solch sengenden Erinnerung verfolgt, konnte man nichts anderes tun als Fersengeld geben. Aber daß sie in ihrem Alter in die Lage kam, zu solchen Mitteln greifen zu müssen – die Schande!

Wieder schoß der Fußschemel über den spiegelglatten Fußboden hin. Die über den Tisch gebeugten Köpfe wendeten sich fragend zu ihr um.

»Bist du nervös, Mutter?« fragte Virginia ernst.

»Ich werde schlafen gehen«, antwortete Catherine, indem sie aufstand.

Lambton eilte zu ihr, um ihr beizustehen. Da überkam Catherine der seltsame Wunsch, dem jungen

Mann eine Ohrfeige zu versetzen. Gleich darauf errötete sie, daß ein solcher Wunsch in ihr hatte aufsteigen können.

»Aber doch nicht, bevor wir gebetet haben?« fragte Virginia überrascht.

»Ach ja, ich vergaß«, versetzte Catherine etwas beschämt.

Virginia dagegen schämte sich viel mehr. Wie bedauerlich, daß ihre Mutter das in Gegenwart Lambtons gesagt hatte! Es war schlimm genug, das Beten zu vergessen, noch schlimmer aber, es einzugestehen. Sie stand auf und läutete.

Die Dienerschaft kam herein, an ihrer Spitze das Stubenmädchen, das auf einem Teebrett Limonade und Sodawasser brachte. Catherine, die nach den Gesichtern alter Bekannter auslugte, merkte, daß diese sehr gelichtet waren; was früher ein großer Strom gewesen war, war jetzt ein rieselndes Bächlein. Sie wurden offenbar gegen Häuschen ausgetauscht. Kaum eine oder die andere waren übrig, die verstohlen zu ihr hinüberlächelten, bevor sie die Hände falteten und mit gesetzten, ausdruckslosen Gesichtern sich anschickten, Mr. Lambton zuzuhören.

Er verrichtete den Gottesdienst in Stephens Abwesenheit mit klarer Tenorstimme. Das Zimmer hallte wider von den gedämpften Responsen. Sie knieten alle nieder, die Gesichter zur Wand, die Schuhsohlen zu Lambton gekehrt. Catherine war etwas befangen bei dem Gedanken an ihre hohen Absätze, die nicht die Absätze der absolut Herzensreinen waren. Ihr schwebte ein Bild vor, das sie einmal gesehen hatte. Es stellte ein Paar Schuhe dar, die einer lasterhaften Frau gehört hatten, die aber, als sie diese Schuhe trug, noch tugendhaft war. Diese Schuhe waren das gerade Gegenteil von de-

nen, die Catherine jetzt trug. Unter dem Bilde hatte sich ein Vers befunden:
> O wie lieblich sind die Schuhe
> Demutsvoller Seelenruhe . . .

Beschämt sammelte sie ihre umherschweifenden Gedanken. Sie legte die Wange auf die gefalteten Hände und lauschte aufmerksam . . .

Virginia bemerkte die Haltung ihrer Mutter. Es war ihre Pflicht zu sehen, wie die Dienerschaft sich betrug, und natürlich umfaßte ihr Blick auch Catherine. Und sie hoffte im stillen, daß Lambton sie nicht auch bemerkte. Die Tradition verlangte, daß man beim Gottesdienst im Salon gerade niederkniete, die Hände gefaltet, die Augen geschlossen oder auf seinen Sessel gerichtet. Ihre Mutter hockte, ja sie saß fast auf dem Boden, die Arme hatte sie auf den Sesselsitz und den Kopf auf die Hände gelegt. Eine Mutter durfte das nicht. Selbst wenn ein müdes Kind sich das erlaubte, wurde es nachträglich ausgezankt. Glücklicherweise konnten die Dienstboten es nicht sehen, weil sie ihnen ja den Rücken zukehrten. Wie scharf man doch alles sah, was die eigene Mutter tat oder unterließ! Wie empfindlich wurde man in bezug auf die eigene Mutter, wenn man erwachsen war, wie ungemütlich empfand man eine gewisse Verantwortlichkeit für sie!

Nach zehn Minuten war der Gottesdienst zu Ende, die Dienerschaft marschierte im Gänsemarsch hinaus, Lambton trank etwas Sodawasser, machte eine schickliche Bemerkung über den schönen Abend und entfernte sich. Virginia, der es widerstrebte, schon in ihre frostige Einsamkeit hinaufzugehen, trat an den Kamin und wärmte sich die Hände am Feuer, um den melancholischen Augenblick noch ein wenig hinauszuschieben, und begann von Stephen zu sprechen.

»Ich vermisse ihn an diesen Wochenendtagen so sehr«, sagte sie, einen Seufzer unterdrückend.

Catherine streichelte voller Mitgefühl den Arm ihrer Tochter.

»Ich verstehe sehr gut, wie man jemand vermißt, den man liebt, wie du Stephen liebst«, versetzte sie.

›Die Mutter ist doch wirklich sehr lieb‹, dachte Virginia bei sich, ›trotz ihrer seltsamen Gewohnheiten.‹

Laut sagte sie, und ihre Augen glänzten vor Stolz: »Du hast keine Ahnung, was er für ein wunderbarer Mensch ist.«

›Wer‹, dachte Catherine bei sich, ›hätte sich das vorstellen können! Der alte steife Stephen!‹

»Ich bin so froh«, sagte sie laut, ihren Arm um Virginia legend. »Ich hab' solche Angst gehabt. Ich war nicht sicher, ob nicht vielleicht der Altersunterschied . . .«

»Der Altersunterschied?« wiederholte Virginia erstaunt.

Voll Mitleid sah sie ihre Mutter an.

»Wenn du nur wüßtest, Mutter«, sagte sie ernst, »wie wenig es auf das Alter ankommt, wenn man sich nur liebhat. Was hat das Alter dabei zu sagen? Wir denken niemals daran. Es kommt absolut nicht in Betracht. Stephen ist Stephen, wie alt er auch sein mag.«

»Hm«, stimmte Catherine etwas trübe zu, denn wenn Stephen anders wäre, würde sich's leichter mit ihm reden lassen.

»Ich sage mir oft«, bemerkte Catherine, nachdenklich ins Feuer blickend, ihr Gesicht an Virginias Arm gedrückt, »wieviel Glück durch die Furcht schon vereitelt wurde.«

»Durch welche Furcht?«

»Die Furcht vor der Welt – ganz besonders aber vor den Verwandten. Die Furcht vor ihrem Urteil.«

»Meiner Ansicht nach«, erwiderte Virginia errötend, denn sie hatte über dieses Thema noch nie mit einem andern gesprochen als mit Stephen, »sollte man alles aufgeben und dem Ruf der Liebe folgen.«

»Ja, aber welcher Liebe?«

Wieder errötete Virginia.

»Ach Mutter, natürlich nur der rechtmäßigen Liebe.«

»Du meinst Gattenliebe?«

»Selbstverständlich, Mutter.«

Und Virginia errötete zum drittenmal. Was stellte sich ihre Mutter vor? Welche Liebe hätte sie sonst meinen sollen?

Mit scheuem Ernst fuhr sie fort: »Die wahre Liebe sollte sich um gar nichts kümmern, was die Welt sagt.«

»Das glaube ich auch«, erwiderte Catherine, »und doch . . .«

»Es gibt kein ›Und doch‹ in der Liebe, Mutter. Nicht in der wahren Liebe.«

»Du meinst Gattenliebe«, sagte Catherine wieder.

»Ja, natürlich, Mutter«, versetzte Virginia, diesmal schon etwas ungeduldig.

Dieser herrlichen Unerfahrenheit, dieser prachtvollen Unbefangenheit gegenüber konnte Catherine nur stumm sein. Und sie hob ihr Gesicht zum Gutenachtkuß in die Höhe und murmelte, sie wolle nun wirklich zu Bett gehen.

Virginia schien nervös. Sie schien keine Lust zu haben, das Zimmer zu verlassen. Sie wühlte die Asche im Kamin auf, was ziemlich lange Zeit erforderte, dann schob sie die Sessel an ihren Platz und schüttelte die Sofakissen auf.

»Ich hab' einen Abscheu vor dem Schlafengehen«, sagte sie plötzlich.

Catherine, die ihr schläfrig zugeschaut hatte, wurde plötzlich wach und sah Virginia erstaunt an. Was sie gesagt hatte, klang so natürlich.

»Wirklich, liebes Kind?« fragte sie. »Warum?«

Virginia sah ihre Mutter einen Augenblick an, dann holte sie die Kerzen, die auf dem Tisch bereitstanden – auf Stephens Wunsch wurde das elektrische Licht um halb elf abends abgedreht. Sie reichte Catherine einen Leuchter.

»Ist es dir nicht . . .?« begann sie.

»Ist mir was nicht?«

»Ist es dir nicht auch so gegangen, wenn Vater abwesend war?«

»Ah, ich verstehe. Nein, das könnte ich nicht sagen, ich – ich war gern allein«, antwortete Catherine.

Sie standen da und schauten einander an, die Gesichter hell beleuchtet von den Kerzen. Catherine sah überrascht, Virginia ungemein ernst aus.

»Mir kommt das sehr merkwürdig vor, Mutter«, sagte Virginia endlich; dann fügte sie hinzu: »Du hast mich doch verstanden, nicht wahr? Was ich von der Liebe sagte, hat sich natürlich«, und sie errötete zum viertenmal, »nur auf sittliche Liebe bezogen.«

»Vollkommen, liebes Kind«, beeilte sich Catherine, sie zu versichern, »auf Gattenliebe.«

Und Catherine, die an Schlafzimmerkerzen nicht gewöhnt war, hielt ihren Leuchter schief, und es tropfte etwas Paraffin auf den Boden nieder. Virginia hielt nur mit der größten Mühe einen Aufschrei zurück. Stephen konnte Fettflecke auf dem Teppich nicht ausstehen.

XIII

Stephen kam am folgenden Morgen mit dem ersten Zug zurück. Er unterdrückte seine Erregung, als er aus dem Auto stieg und auf der Schwelle Virginia erblickte, die, wie gewöhnlich, im einfachen Morgenkleid, frisch und sauber, dastand und auf ihn wartete, um ihn willkommen zu heißen. Äußerlich machte er den Eindruck eines gesetzten Geistlichen mittleren Alters, der seiner Gattin einen flüchtigen Kuß gab, während die Dienstboten das Gepäck hineinbrachten; im Innern fühlte er sich bei ihrem Anblick dreißig, bei ihrer Berührung zwanzig. Auch sie unterdrückte jedes Zeichen von Freude, nahm seine Begrüßung mit ernstem Lächeln entgegen, und dann gingen beide sofort in sein Studierzimmer, dessen Tür sie schlossen. Darauf sanken sie einander in die Arme.

»Meine geliebte Virginia!« flüsterte Stephen.

»Mein geliebter Stephen!« flüsterte Virginia.

Das war ihre unwandelbare Begrüßung an jedem seligen Montagmorgen. Niemand, der Stephen allein mit Virginia gesehen hätte, würde ihn wiedererkannt haben; niemand, der Virginia allein mit Stephen gesehen hätte, würde sie wiedererkannt haben. Solche Verwandlungen bringt die Liebe zustande. Catherine vermied sie heute; sie begab sich taktvoll auf einen Spaziergang. Bis zum Lunch waren sie miteinander allein und konnten einander alles offenbaren, was sie in der Ewigkeit seit Samstag gedacht, gefühlt, gesagt und getan hatten.

Leider hatte Virginia Stephen diesmal etwas mitzuteilen, was nicht dazu angetan war, ihm Freude zu machen. Sie verschob es, solange sie konnte, aber er spürte mit dem Scharfblick der Liebe, daß etwas sie bedrückte.

Er fuhr ihr sanft mit dem Finger über die Stirn, die sonst immer vor reiner Freude strahlte, und sagte:

»Ein kleines Fältchen. Ich sehe ein winziges Fältchen. Was ist's, meine geliebte Virginia?«

»Mutter«, antwortete die junge Frau.

»Mutter? *Meine* Mutter?«

Stephen konnte es nicht glauben. Seine Mutter sollte die Schuld tragen an dem Fältchen?

»Nein. *Meine* Mutter. Sie ist hier.«

»Hier?«

Stephen war sehr überrascht. Am Samstag abend kein Wort, kein Anhaltspunkt für diese Absicht.

Stephen war sehr betroffen von dieser Nachricht. Bestürzt sah er seine Frau an. Er glaubte sich noch in den Flitterwochen. Was waren drei Monate? Nichts. Daß da die Mutter herkam und sie in ihrem Glück störte, noch dazu eine Mutter, der vor kurzem das ganze Haus gehört hatte . . ., das war bedauernswert, in hohem Grade bedauernswert.

»Wie merkwürdig!« sagte Stephen, der seine Schwiegermutter bisher für hervorragend taktvoll gehalten hatte. »Zwei Koffer, sagst du? Du hast sie also gezählt? Zwei Koffer. Das ist viel. Und deine Mutter hat nichts gesagt, als ich am Samstag mit ihr dinierte.«

»Ich hoffe, Schatz«, unterbrach ihn Virginia besorgt, »du hast genug zu essen bekommen?«

»Übergenug, übergenug«, antwortete Stephen, die Erinnerung an die Rühreier abwehrend. »Also, sie hat kein Wort gesagt, Virginia. Im Gegenteil, sie versicherte mir, sie würde Samstag abend in die St.-Clement-Kirche kommen, um mich predigen zu hören.«

»Ach Stephen, ich kann es einfach nicht fassen, daß sie sich entschließen konnte, darauf zu verzichten!«

»Hast du gar keine Idee, warum sie unangekündigt

hergekommen ist?« fragte Stephen, dessen Freude über die Heimkehr durch die Nachricht stark getrübt war.

»Nein, Liebster, ich kann mir's nicht erklären, es ist mir ein Rätsel.«

»Du weißt auch nicht, wie lange sie die Absicht hat, hierzubleiben?«

»Ich weiß nur, daß sie zwei Koffer mitgebracht hat. Mutter hat kein Wort gesagt, und ich kann sie nicht gut fragen.«

»Nein«, gab Stephen zu, »nein.« Dann schloß er: »Es ist sehr beunruhigend!«

Es gab wirklich zu denken, denn er sah, daß eine heikle Situation entstehen mußte, wenn der abgesetzte Monarch mit dem regierenden länger als einen oder zwei Tage zusammensein sollte. Dazu kam, daß kein besonderer Grund sie hergeführt hatte; sie war also nur einem Impuls gefolgt, weil sie nichts anderes zu tun hatte, und er bedauerte jeden Menschen, der nichts zu tun hatte und sich planlos gehenließ. Das führte immer zu Verdrießlichkeiten. Fruchtbare Tätigkeit war für jeden von größter Wichtigkeit, dachte er bei sich, ganz besonders aber für eine Schwiegermutter. Nur mußte der Schauplatz dieser Tätigkeit anderswo sein, das war der wesentliche Punkt: er mußte anderswo sein.

»Vielleicht«, sagte er, bemüht, zu trösten und Trost zu empfangen, indem er Virginias Haar streichelte, »wird sie doch nur ein, zwei Tage bleiben, trotz der beiden Koffer. Damen pflegen ja viel Gepäck mitzunehmen.«

Virginia schüttelte den Kopf.

»Mutter nicht«, erwiderte sie. »Sie hat immer nur eine Handtasche mitgebracht.«

Sie schwiegen. Er hatte aufgehört, ihr das Haar zu streicheln. Dann raffte er sich auf.

»Komm, komm. Was uns auch immer zustößt, Liebste, wir müssen alles tun, was in unseren Kräften steht, um es zu ertragen, nicht wahr?«

»Gewiß, Schatz«, versetzte Virginia, »du weißt ja, ich bin mit allem einverstanden, was du tust.«

Sie lehnte ihren Kopf an seine Brust, und sie überließen sich den glücklichen, erlaubten Liebkosungen, die die Freude und die Pflicht der verheirateten Leute sind. Welch wundervolle Einrichtung, dachte Stephen, der bis in sein mittleres Alter nach Zärtlichkeit gelechzt hatte und sie nun beseligender fand, als er in seinen kühnsten Träumen sich vorzustellen gewagt hatte. Welch wundervolle Einrichtung: Je mehr man liebte, desto tugendhafter war man.

»Wir haben ja einander, Herzensschatz«, flüsterte er.

»Ja, ja, Geliebter«, flüsterte Virginia.

»Meine einziggeliebte Virginia«, murmelte Stephen, sie fest an sich drückend.

»Mein herzgeliebter Stephen«, murmelte Virginia, sich selig anschmiegend.

Inzwischen eilte Catherine über schmutzige Felder und über Zauntritte, um nicht zu spät zum Lunch zu kommen. In dem Bestreben, ihre Kinder – war Stephen jetzt doch auch ihr rechtmäßiges Kind, so phantastisch auch der Gedanke war – so lange als möglich sich selbst zu überlassen, hatte sie des Guten zuviel getan und war zu weit gegangen, so daß sie zum Schluß laufen mußte. Sie war überzeugt, daß Stephen die Pünktlichkeit liebte, überdies wartet niemand gern mit dem Essen. Hoffentlich warteten sie nicht auf sie. Ihre Schuhe waren mit Lehmkrusten bedeckt, ihr Haar vom Märzwind zerzaust. Sie hoffte hineinschlüpfen zu können, ohne gesehen zu werden, und ihr Äußeres ein wenig in Ordnung zu bringen, bevor sie Stephen entgegentrat, aber als sie in die Nähe des Hauses kam, kamen sie beide – sie hatten am Fenster gestanden, seitdem die Mittagsglocke geläutet hatte – ihr entgegen.

»Ah, das hättet ihr nicht tun sollen!« rief Catherine aus, als sie nahe genug waren, um sie zu hören. »Ihr hättet nicht warten sollen! Es tut mir so leid. Hab' ich mich sehr verspätet?«

»Nur eine Viertelstunde«, antwortete Stephen artig. ›Welch ein wunderbarer Mensch er doch ist‹, dachte Virginia. »Kein Grund zur Aufregung. Guten Tag, das ist ein unerwartetes Vergnügen.«

»Ich hoffe, es ist Ihnen nicht unangenehm, Stephen«, sagte Catherine lächelnd, indem sie ihm die Hand reichte. »Ich war sehr impulsiv und fuhr her, als mich plötzlich eine heftige Sehnsucht nach Virginia überkam. Sie werden mich Selbstbeherrschung lehren müssen, Stephen.«

»Die brauchen wir alle«, versetzte er.

Er verbarg seine Gefühle, er brachte sogar ein Lächeln zustande. ›Wundervoll‹, dachte Virginia.

»Und am ersten Tag komme ich zu spät zu Tisch«, sagte Catherine. »Wie schade, daß ihr gewartet habt!«

Der Ausdruck ›am ersten Tag‹ schien sowohl Stephen als auch Virginia von übler Vorbedeutung zu sein, denn niemand sprach von einem ›ersten‹ Tag, wenn ihm nicht ein zweiter, dritter, vierter, eine ganze Reihe von Tagen folgen sollte. Es trat eine kurze Pause ein.

Dann sagte Stephen so höflich, als wenn er nicht hungrig wäre und heute nicht früher gefrühstückt hätte als sonst: »Aber bitte sehr!«

Catherine hatte wieder einmal die Empfindung, daß es ein bißchen schwierig war, mit ihm zu sprechen, und Virginia, die wußte, daß er es absolut nicht leiden konnte, mit dem Essen zu warten, selbst wenn er nicht hungrig war, liebte ihn mehr denn je.

In der Tat, sein Benehmen gegen ihre Mutter war tadellos, dachte sie, so geduldig, so – das lächerliche Wort drückte es aus – so wohlerzogen. Und so blieb er, selbst als Catherine in ihrem Bestreben, die Wartezeit abzukürzen, ihre schmutzigen Schuhe nur rasch an der Fußmatte abstreifte, so daß ihre Fußspuren auf dem Vorzimmerteppich sichtbar wurden. Stephen, der sehr reinlich war und Fußspuren auf seinen Teppichen nicht leiden konnte, sagte aber nur: »Kate wird eine Bürste bringen.«

Die Mahlzeit verlief ganz gut, wenn man all das bedachte, sagte sich Virginia. Natürlich war das nur Stephen zu verdanken. Er war anbetungswürdig. Er erzählte ihrer Mutter die Neuigkeiten der Gemeinde, vergaß nichts, was sie interessierte, weil sie die Leute kannte, zum Beispiel, daß der junge Andrews das Bein gebrochen hatte beim Fußballspiel und daß die törichte Daisy Logan ihre gute Stelle aufgab, um einen Stallknecht zu heiraten, und so in ihr Elend rannte, bevor die Notwendigkeit dazu vorlag. Und nachher, als sie im Salon den Kaffee nahmen – wenn sie mit Stephen allein war, tranken sie ihn gemütlich in seinem Studierzimmer, dem lieben Studierzimmer, das der Schauplatz so vieler seliger, heimlicher Stunden war –, ließ er sich von Kate die Pläne und Kostenüberschläge holen und ging sie so sorgfältig, so geduldig mit ihrer Mutter durch und erklärte sie ihr so unendlich viel besser und deutlicher als sie tags zuvor; das geschah in so bewunderungswürdig kurzen Sätzen; er brauchte fünf Worte, wozu sie mit ihrem ungeübten Verstand fünfzig gebraucht hatte, und er gab dadurch der Mutter zu verstehen, daß sie Wert darauf legten, sie von ihren Plänen zu unterrichten, damit sie teilnehme an ihren Interessen. Ihre Mutter sollte nicht das Gefühl haben, daß sie kaltgestellt sei. Der gute Stephen! Virginia erglühte in Liebe zu ihm. Wer sonst hätte in einem Augenblick der Enttäuschung mit solch unverminderter Liebenswürdigkeit denken und handeln können?

Die Zeit flog. Die Stunde war da, wo sie sich ausruhen mußte, aber sie konnte sich von Stephen und den Plänen nicht losreißen. Sie saß da und beobachtete ihn – wie sie dieses asketische, feingeschnittene Gesicht liebte! –, wie er sich über den Tisch beugte, während er mit dem Finger die Linien verfolgte, die er ihrer Mutter erklärte. Diese sah schläfrig aus. Virginia kam das komisch vor, es war doch noch so früh am Tag. Sie war auch am Abend zuvor schläfrig gewesen, aber das war nach der Reise und dem Frühaufstehen nur natürlich. Vielleicht war sie auch zu weit gegangen und übermüdet. Sie war eben nicht mehr jung.

»Sie sehen, wie einfach die Handhabung ist«, sagte Stephen. »Man dreht den Hahn a auf, und das Wasser fließt durch b und c, d entlang und rund um die Biegung zu f und spült unterwegs das ganze e fort.«

Ihre Mutter murmelte etwas. Virginia glaubte, »Wie gern wäre ich e« gehört zu haben; wenn sie das wirklich gesagt hatte, dann war es klar, daß sie nicht nur schläfrig aussah, sondern fast schlief. In diesem Fall war alle Mühe Stephens vergebens, und er konnte geradesogut aufhören.

Catherine fuhr auf und schüttelte sich. Dann sagte sie: »Jawohl.« Dann war sie bemüht, die Situation zu retten und Stephens Aufmerksamkeit von sich abzulenken – er sah sie gedankenvoll über seine Brillengläser hinweg an –, und wies auf eine ganz besonders verwikkelte Stelle des Planes hin, wo Röhren wie wahnsinnig verschlungen schienen, und fragte, was dieser Knoten zu bedeuten habe, bei – sie beugte sich tiefer darüber – jawohl, bei k.

Der harmlose Stephen begann sofort mit der größten Höflichkeit und Deutlichkeit eine Erklärung abzugeben, aber bevor er zur Hälfte fertig war, bemerkte Virginia neuerdings – es war wirklich sehr merkwürdig –, daß ihre Mutter die Augenlider wieder senkte.

Diesmal stand sie etwas ungeduldig auf. Sie konnte es einfach nicht mit ansehen, daß Stephen seine Arbeit und seine Güte so verschwendete.

»Ich muß mich jetzt hinlegen«, sagte sie, indem sie ihre Rechte, eine rosige Kinderhand mit einem schmalen Trauring, ihrem Mann auf die Schulter legte.

In diesem Augenblick wurde Catherine wieder munter.

»Soll ich mitkommen und dich zudecken?« fragte sie, indem sie eine Bewegung machte, wie um sie zu begleiten.

»Es ist sehr lieb von dir, Mutter, aber wenn es Stephen recht ist, so möchte ich mich heute in seinem Zimmer aufs Sofa legen; das ist ja so bequem.«

»Gewiß«, sagte Stephen.

Er unterließ es, ein Kosewort hinzuzufügen. Sie enthielten sich beide jeder Zärtlichkeit vor anderen Leuten. Erstens aus Prinzip, weil es in der Familie eines Geistlichen unstatthaft war, dann, weil sie fürchteten, daß sie sich dann nicht zurückhalten könnten, so groß war ihr gegenseitiges Entzücken in diesem ersten Stadium an den Liebesbezeigungen, so neu war ihnen das köstliche Spiel. Und dann waren sie auch scheu und konnten sich im tiefsten Herzen eines gewissen Schuldbewußtseins nicht erwehren, obwohl Gesetz und Kirche all ihrem Tun wohlwollenden Segen erteilt hatten.

»Oh, ich werde Stephens Studierzimmer nicht entweihen«, sagte Catherine lächelnd. »Ich komme nur mit, um dich zuzudecken, dann laß ich dich schlafen. Ich danke Ihnen, Stephen«, wandte sie sich an diesen. »Es war sehr lieb von Ihnen, mir alles zu erklären. Ihre Ideen sind wunderbar.«

Aber Virginia mußte bei sich denken, wie wenig ihre Mutter davon angehört hatte. Dann drückte sie die Schulter ihres Mannes, was soviel bedeutete als: ›Komm rasch nach, dann werden wir bis zum Tee uns gehören‹, und er berührte ihre Hand, was bedeutete, daß er in fünf Minuten bei ihr sein würde.

Die beiden Frauen gingen durch den schönen, alten Raum, während Stephen die Papiere sorgfältig in einen Korb aus Weidenzweigen legte, der diesem Zweck diente.

Wie wenig ihre Mutter Stephen zugehört hatte, wiederholte sich Virginia im stillen, und doch hatte sie ihm begeistert gedankt. Das mußte den Glauben an eine Mutter erschüttern, die augenscheinlich den größten Teil der Zeit verschlief, in der ihr Ideen entwickelt wurden, und dann, wenn sie aufwachte, mit jener ungezwungen weltlichen Hyper-Emphase, die Virginia nun längere Zeit nicht gehört hatte, mit jener liebenswürdig vorgespiegelten Begeisterung, die Virginia schon immer, seit sie denken gelernt hatte, als nicht ganz echt beargwöhnte, diese Ideen für wunderbar erklärte.

›Übrigens darf ich nicht ungerecht sein‹, sagte sich Virginia, als sie Arm in Arm — Catherine hatte Virginias Arm durch den ihren gezogen – ins Studierzimmer gingen. ›Ich habe Mutter gestern schon unsere Pläne erzählt, so wußte sie schon mancherlei, auch wenn sie heute nicht zuhörte. Aber warum ist sie so furchtbar müde?‹

»Hast du nicht gut geschlafen, Mutter?« fragte sie, als Catherine die Kissen auf dem Sofa aufschüttelte, um es Virginia behaglich zu machen.

»Nicht sehr gut«, antwortete Catherine, die errötet war und ganz so aussah wie ein Kind, dachte Virginia, das bei einer Ungezogenheit ertappt wird. Wie sich doch das Blatt oft wendet und wie unmerklich man die Rollen wechselt! Catherine sah genauso aus, wie sie, Virginia, wohl ausgesehen haben mußte, wenn sie Obst oder Marmelade genascht hatte. Aber warum sah Mutter so aus? Sie konnte es nicht begreifen.

»Ich werde besser schlafen, wenn ich mich erst wieder an das Bett gewöhnt haben werde«, bemerkte Catherine; sie war ganz entnervt von der Erkenntnis, daß Stephens Unterhaltung sie unvermeidlich einschläferte und daß Virginia nahe daran war, es zu merken.

An das Bett gewöhnt. Virginia überlegte diesen Ausdruck, während sie ihre ernsten Augen auf ihre Mutter gerichtet hatte; diese glättete ihr das Kleid. *An das Bett gewöhnt.* Das bedeutete eine Unendlichkeit. An ein Bett konnte man sich nicht gewöhnen, wenn man nicht viele Nächte darin zubrachte.

Virginia beobachtete ihre Mutter ernst, als diese sich bemühte, es ihr auf dem Sofa behaglich zu machen. An ihr war es, der Tochter eine Andeutung über ihre Absichten zu geben, aber sie hatte kein Wort gesagt.

»Liegst du so bequem, liebes Kind?« fragte Catherine und küßte das ernsthafte junge Gesicht, bevor sie ging.

»Sehr bequem, Mutter, danke, so lieb von dir«, antwortete Virginia und schloß die Augen. Sie wußte nicht warum, aber das Weinen war ihr nahe. Alles war so verkehrt. Warum ließ man sie und Stephen nicht allein? Und doch war ihre Mutter so gut, daß man sie unmöglich verletzen konnte. Aber der Gatte und sein Glück – kam das nicht zuerst?

Catherine entfernte sich und schloß die Tür leise hinter sich. Virginia lauschte auf die Schritte Stephens.

Auf ihrer Stirn war wieder eine Falte.

An das Bett gewöhnt . . .

XIV

In Chickover war Catherine in Sicherheit; dafür war sie dankbar. Davon abgesehen erschien es ihr jetzt so merkwürdig, so ganz anders als früher. Jeden Abend beim Auskleiden beschäftigte sie eine ganze Reihe neuer Betrachtungen. Welch eine sonderbare Woche dies doch war! Sie hatte eine ganz eigentümliche Atmosphäre. In der Feuchtigkeit, die sich entwickelte, so nämlich stellte es sich in ihrer Einbildungskraft dar, hatte sie die Empfindung, daß ihre Flügel, wenn sie welche gehabt hätte, immer steifer herabhingen. Wie die Tage ernst und feierlich einer nach dem andern sich hinschleppten, hatte sie ein eigentümliches Gefühl, als ob ihre Lebenskraft sich verminderte. Nebel hüllten sie ein. Es war so still im Haus, daß sie taub zu sein glaubte. Nach eingetretener Dunkelheit wurden nur so wenige Lichter angezündet, daß sie die Empfindung hatte, blind zu sein. Jawohl, sie war in Sicherheit – vor dem tollen jungen Menschen; aber es gab allerlei anderes, etwas Seltsames, Unerfreuliches, vor allem das bedrückende Gefühl, daß ein langsamer, schleichender, erstickender, feuchter Nebel sie allmählich ganz einhüllte.

Als sie Montag abend zu Bett ging, war sie noch nicht so weit, daß diese Gedanken ihr gekommen wären. Da ließ sie nur die Ereignisse des Tages mit leisem

Staunen an ihrem geistigen Auge vorüberziehen. An diesem Tag hatte sie viel gebetet, denn es gab nicht nur einen kurzen Hausgottesdienst vor dem Frühstück und vor dem Schlafengehen, sondern Stephen hatte sie nach dem Tee gefragt, ob sie nicht mit ihm zum Abendgottesdienst gehen möchte.

Die Winke eines Hausherrn sind Befehle; wenn er den Gast einlädt, muß derselbe schlechterdings annehmen. Catherine hatte mit der allen Gästen eigentümlichen versöhnenden Bereitwilligkeit Stephens Aufforderung Folge geleistet, überzeugt, daß er tat, was in seinen Kräften stand, um sie zu unterhalten. Andere Leute zeigen ihren Gästen Ruinen oder ähnliche Sehenswürdigkeiten; Stephen führte die seinen in die Kirche.

»Oh, das ist ja reizend«, hatte sie ausgerufen, als er ihr den Vorschlag machte; erst nachher fiel ihr ein, daß dieses Wort vielleicht nicht ganz richtig gewählt war.

Virginia ging nicht mit, weil es nicht gut war, wenn sie jetzt viel stand und kniete, und so machte sich Catherine mit Stephen in der Abenddämmerung gleich nach dem Tee auf den Weg; Stephen trug die Laterne, die auf dem Rückweg im Dunkeln angezündet werden sollte. Dies war heute schon das zweite Gespräch mit Stephen unter vier Augen, aber sie ging ziemlich rasch, und der Wind wehte heftig, so daß das Blut in Wallung geriet und sie keine Schwierigkeit hatte, sich wach zu erhalten. Dann hatte sie ja auch die Hoffnung, sich in der Kirche ausruhen zu können.

Aber in dem Kirchenstuhl, der einst der ihrige war, saß selbstbewußt und gespreizt Stephens Mutter. Sie gehörte zu den Leuten, die in der Kirche deutlich mitsprechen und singen, die den andern ein Beispiel geben wollen und sich tadelnd nach denen umschauen, die nur flüstern. Catherine mußte also auch laut beten und singen, sie konnte nicht anders. Ein Blick von Mrs. Colquhoun genügte: Catherine tat gefügig, wie schon so oft in ihrem Leben, was man von ihr erwartete.

Nach dem Gottesdienst hatten die beiden Frauen in der Vorhalle gewartet, bis Stephen aus der Sakristei kam, und inzwischen miteinander geplaudert. Dann gingen alle drei zu einer Versammlung in die Schule, wo Stephen eine Ansprache halten sollte. Catherine hatte nichts davon gewußt, aber als Stephen sie fragte: »Hätten Sie Lust, in die Schule mitzukommen, wo ich sprechen werde?«, konnte sie nicht nein sagen, so überwältigt sie auch von seiner Gastfreundschaft war.

Es war ein belehrender Vortrag. Catherine erfuhr erst jetzt, daß in dieser und der folgenden Woche – vierzehn Tage vor Ostern – täglich Morgen- und Abendgottesdienst, mehrere Predigten, viele Versammlungen geplant waren. Sie fragte sich im stillen, ob sie an allen würde teilnehmen müssen.

Auf dem Podium, vor einer riesengroßen schwarzen Tafel, stand Stephen und hielt seine Ansprache. Er sagte seinen Gemeindekindern, daß die feierlichste Zeit des ganzen Jahres im Anzug sei, daß ihnen außergewöhnliche Gelegenheiten geboten würden, sie zu feiern; er las ihnen eine Liste dieser Gelegenheiten vor und schloß mit der Ermahnung an die Anwesenden, einander zu lieben, ohne Unterlaß zu wachen und zu beten.

Ach ja, dachte Catherine. Ein Gast ist ein hilfloses Geschöpf; eine Schwiegermutter als Gast ist noch viel hilfloser, aber eine uneingeladene Schwiegermutter ist am allerhilflosesten, an Händen und Füßen gebunden.

Nach Schluß der Versammlung trat sie tiefernst aus dem dumpfen Schulzimmer, in dem es nach Schiefertafeln roch, in die kühle, reine Nachtluft hinaus. Es war fast halb acht, und so konnten sie die Einladung der Mrs. Colquhoun, im Pfarrhaus ein wenig auszuruhen, nicht annehmen. Aber Catherine mußte versprechen, übermorgen bei ihr vorzusprechen.

»Das heißt«, sagte Mrs. Colquhoun, um herauszubekommen, wie lange Catherine dazubleiben gedachte, »wenn Sie noch hier sind. Sie bleiben noch? Höchst erfreulich.«

Als Catherine sich Montag abend entkleidete und den Tag an sich vorüberziehen ließ, war sie trotz des Staunens, aus dem sie seit Stephens Ankunft nicht herausgekommen war, von Dankbarkeit erfüllt, daß sie da war. Es berührte sie wohltuend, mit Virginia beisammenzusein, in das Heim ihrer Tochter flüchten zu können. Stephen war ein ausgezeichneter Mensch. Sie empfand doch die größte Hochachtung für ihn. Was war es wohl, was sie immer so schläfrig machte, wenn sie mit ihm zusammen war? Nach den törichten letzten Erfahrungen in London war ihr der Aufenthalt an diesem reinen Orte wie ein Bad, ein großes, reines, ruhiges Bad.

So dachte Catherine Montag abend, als sie in ihrem Schlafzimmer war, während Stephen um dieselbe Zeit zu Virginia sagte: »Sag, Schatz, woher kommt es, daß deine Mutter so schläfrig ist? Heute nachmittag – dann wieder am Abend . . .«

»Werden nicht alle Leute schläfrig, wenn sie alt sind?« fragte Virginia.

»Ah«, erwiderte Stephen, »jawohl, das wird es wohl sein.« Dann erinnerte er sich, daß Catherine ein Jahr jünger war als er, und fügte hinzu: »Natürlich altern Frauen früher als Männer. Ein Mann im Alter deiner Mutter würde noch . . .«

»Ein Jüngling sein«, ergänzte Virginia, indem sie ihr Gesicht an das seine lehnte.

»Das wohl nicht«, versetzte Stephen lächelnd, »aber ein Mann im besten Mannesalter.«

»Natürlich«, sagte Virginia, ihre Wange an die seine schmiegend, »ein Jüngling im besten Mannesalter.«

»Ganz richtig, wenn er das Glück gehabt hat, dich zu heiraten.«

»Geliebter.«

»Mein geliebtes Kind!«

Dienstag abend ließ Catherine wieder, im Begriff, zu Bett zu gehen, den Tag an ihrem geistigen Auge vorüberziehen und dachte darüber nach. Heute waren ihre Gedanken schon ein wenig anders, sie reiften langsam. Sie hatte immer noch die Empfindung, daß Virginias Heim ihr natürlicher Zufluchtsort war, sie sagte sich immer noch, wie froh sie sein müsse, hier zu sein, aber sie hatte zeitweilig schon ein Unbehagen empfunden, das vielleicht von der Situation untrennbar war.

Die Dienstboten, die im und außer Haus beschäftigt waren, hatten noch keine Zeit gehabt, sie zu vergessen, und die Freude, die sie bei ihrem Wiedererscheinen an den Tag legten, war zwar sehr schmeichelhaft, setzte sie aber doch in Verlegenheit, denn sie zeigten ihr durch ihr Benehmen, daß sie immer noch sie als ihre eigentliche Herrin betrachteten. Das war sehr töricht und unangenehm. Sie hatte sich natürlich gefreut, wenn sie ein bekanntes Gesicht sah, hatte alle freundlich begrüßt und sich nach ihren Familienangelegenheiten erkundigt; sie kannte sie ja seit Jahren, hatte sich immer um sie und sie hatten sich um ihre Gebieterin gekümmert. Sie wurden aber viel zu warm in ihren Antworten. Es kam fast einer Kritik des neuen Regimes gleich. Sie mußte zurückhaltender sein.

Im Garten zum Beispiel schienen die Gärtner an diesem Tag gerade dort zu tun zu haben, wo sie sich befand, und natürlich hatte sie mit ihnen von den Herbstzwiebeln gesprochen, die noch unter ihrer Anweisung gesetzt worden waren, und sie hatten ihr das Ergebnis gezeigt: den Krokus in seiner ganzen Herrlichkeit, die gelben Narzissen, die eben zu blühen begannen, die Tulpen, die noch Knospen waren, und sie war – wie alle Menschen, die sich für derlei interessieren – bald in eifrigem Gespräch mit den Gärtnern.

So hatte Stephen sie gefunden, als er vorüberkam: Sie war ganz vertieft in den Anblick einer Rabatte, während der Obergärtner auf sie einredete. Das gefiel Stephen nicht, sie sah es ihm an. Er hatte nur den Hut gelüftet und war weitergegangen, ohne ein Wort zu sprechen. Sie mußte von nun an gleichgültiger sein gegen die Gärtner. Als wenn das etwas zu sagen hätte! ›Kindlein, liebet einander . . .‹

Sie seufzte bei dem Gedanken, wieviel Glück es in der Welt gäbe, wenn sie es wirklich täten. Eine von den wenigen, die sich noch im Hause vorfanden, war Ellen, jetzt zum ersten Stubenmädchen avanciert. In den alten Zeiten, als zweites Stubenmädchen, ein Muster von Zurückhaltung, sprach sie jetzt so viel, daß sie förmlich explodierte. Immer hielt sie sich in ihrer Nähe auf, immer brachte sie heißes Wasser und reine Handtücher und frische Blumen, paßte auf, wenn sie die Treppe heraufkam, um sie zu fragen, was sie jetzt für sie tun könnte. Als sie aus der Kirche zurückkam, fand sie Ellen in ihrem Zimmer; sie schürte das Feuer, behauptete, daß die Strümpfe der gnädigen Frau sicher feucht wären nach dem Gang, und kniete nieder, um sie ihr auszuziehen.

Catherine, die sich freute, Ellen so besorgt um sie zu sehen, sagte damals zu ihr: »Mir scheint gar, Ellen, Sie haben mich gern.«

Und Ellen war ganz rot geworden und hatte erwidert: »Oh, gnädige Frau!«

Die übergroße Ergebenheit, die aus ihrer Stimme sprach, war wieder eine Kritik des jetzigen Regimes, eine Warnung für Catherine, dies ja nicht zu ermutigen. Dienstboten waren wie Kinder, die Vergangenheit erschien immer in rosigem Licht, was sie besessen hatten, war immer so viel besser, als was sie besaßen. Sie mußte ihren Takt wieder auffrischen und etwas sorgfältiger in diesen unerwarteten Untiefen steuern. Sie seufzte leise. Takt war etwas so Ermüdendes. Sie sagte sich aber von neuem, wie dankbar sie sei, hier zu sein.

Mittwoch abend, als Catherine sich zu Bett begab, waren ihre Gedanken schon entschieden düsterer. Sie hatte an diesem Tag Mrs. Colquhoun nach dem Lunch im Pfarrhaus besucht und ihr Virginias Bitte ausgerichtet, sie zu begleiten und zum Tee ins Schloß zu kommen.

Aber Mrs. Colquhoun hatte die Einladung abgelehnt.

»Nein, nein, liebe Mrs. Cumfrit«, hatte sie gesagt, »wir müssen unser Töchterchen schonen, sie darf sich nicht übermüden. Zuviel Besuch ist ihr jetzt durchaus nicht zuträglich.«

»Aber es wird ja außer uns niemand dort sein«, hatte Catherine erwidert, »und Virginia behauptet, Sie schon eine Ewigkeit nicht gesehen zu haben.«

»Das ist richtig; seit dem Tag, da Sie ankamen, haben wir uns nicht gesehen. Auch mir scheint seither eine lange Zeit verflossen zu sein, aber glauben Sie mir, es wäre ein Unrecht gegen Virginia, wenn wir alle zugleich dort wären.«

Dann hatte sie angelegentlich von andern Dingen gesprochen, ihrem Gast erzählt, wie einfach, aber auch wie ausgefüllt ihr Leben sei, wie sie niemals müßig sei und deshalb auch nicht wisse, was Einsamkeit bedeute, und wie ihr absolut unverständlich sei, daß es Frauen gebe, die jemals anderswo sein wollten als in ihrem Heim.

»In unserem Alter«, sagte sie, »hat man doch in erster Linie das Bedürfnis nach seinem eigenen Heim, finden Sie das nicht auch, liebe Mrs. Cumfrit? So klein und bescheiden es auch sein mag, es ist doch ein Heim. Sind Sie nicht auch der Ansicht, daß uns, wenn wir älter werden, unser kleines Tagewerk, unsere kleinen Pflichten, wenn wir sie nur fröhlich und gründlich tun, vollkommen zufriedenstellen?«

Catherine bejahte.

Mrs. Colquhoun bat sie, einige Erfrischungen zu nehmen, da es in einem gewissen Alter Pflicht sei, sich nicht zu überanstrengen.

»Wir Großmütter«, sagte sie lächelnd.

Catherine bemühte sich, auf die scherzhafte Bemerkung ihrer Gegenschwieger einzugehen, aber auf ihre Art.

»Aber wir dürfen unsere Enkelkinder nicht zählen, bevor sie ausgebrütet sind«, erwiderte sie lächelnd.

Mrs. Colquhoun schien ein wenig unangenehm berührt. Das Wort ›ausgebrütet‹ in Verbindung mit dem Kinde Stephens . . .

»Meine liebe Mrs. Cumfrit . . .«, hatte sie darauf erwidert, aber in einem Ton, als wenn sie ihr ein Vergehen zu verzeihen hätte.

Aber als Catherine am Mittwoch abend ihre Kleider ablegte, war sie nicht infolge ihres Besuches bei Mrs. Colquhoun so nachdenklich gestimmt, sondern weil sie sich die höchst unangenehme Tatsache eingestehen mußte, daß sie von Stephen genug hatte. Sie hatte es gleich beim ersten Spaziergang, den sie mit ihm allein unternahm, befürchtet; jetzt hatte sich ihre böse Ahnung erfüllt.

Das betrübte sie sehr, denn er war Virginias geliebter Mann, er war ihr Gastgeber, sie wollte nichts anderes für ihn empfinden als herzlichstes, liebevollstes Interesse. Es war schwer, es war sehr, sehr schwer.

Sie saß noch lange nachdenklich beim Feuer und fragte sich, wie sie nur weiterhin diese Gänge zur Kirche und wieder nach Hause aushalten sollte. Wie gut war es, einen Zufluchtsort zu haben, aber der Preis war manchmal . . .

Um die gleiche Zeit sagte Stephen im Schlafzimmer zu Virginia: »Ich vermisse unsere Mutter sehr.«

»Welche?« fragte Virginia, die ihn nicht gleich verstand.

»Unsere«, antwortete Stephen. »Sie war seit der Ankunft deiner Mutter nicht wieder hier. Hast du das bemerkt, Schatz?«

»Gewiß. Und ich vermisse sie auch sehr. Ich ließ sie bitten, heute zum Tee zu kommen, aber sie wollte nicht. Übrigens war mir die Antwort, die meine Mutter mir brachte, nicht ganz klar.«

Eine Pause trat ein.

Dann sagte Stephen: »Sie hat soviel Takt.«

»Welche?« fragte Virginia wieder, obwohl sie schmerzlich empfand, daß er nicht ihre Mutter meinte.

»Unsere«, antwortete Stephen, indem er Virginia liebkosend über das Haar strich; gleich darauf fügte er hinzu: »Wir müssen Nachsicht üben.«

Virginia seufzte.

Als Catherine am Donnerstag abend im Begriff war, sich auszukleiden, saß sie lange Zeit am Feuer und starrte hinein. Sie war zu müde, um ihre Kleider abzulegen, geistig so müde wie leiblich. Sie war sehr niedergeschlagen. Denn wenn sie gestern der Tatsache gegenübergestanden hatte, daß sie Stephens überdrüssig war, so konnte sie sich heute der viel schlimmeren Überzeugung nicht verschließen, daß Stephen ihrer überdrüssig war. Auf ihrem zwölften gemeinschaftlichen Weg war es ihr klargeworden und hatte ihre Seelenkämpfe nur noch vermehrt. Aber was konnte sie Stephen sagen, wenn sie es in allen Gliedern spürte, daß er ihrer überdrüssig war? Wie schwierig war in solchen Fällen ein Gespräch! Wenn aber zwei erwachsene Menschen miteinander gingen, ohne zu sprechen, das war doch lächerlich. Es blieb ihnen doch nichts anderes übrig, als zu plaudern. Da aber Catherine in geselliger Unterhaltung mehr Erfahrung besaß als Stephen, so mußte sie, wenn er nach und nach ganz verstummte, die ganzen Kosten des Gesprächs tragen.

Im Hause verhielt es sich ebenso. Die Mahlzeiten waren fast lauter Monologe – von Catherine –, denn die ehrliche Virginia war außerstande, zu sprechen, wenn sie nichts zu sagen hatte, oder vielmehr, wenn sie es nicht für wünschenswert hielt, etwas zu sagen. Ohne Catherines Anstrengungen hätte Totenstille bei Tisch geherrscht. Auch so gelang es ihr nur, den anderen beiden gelegentlich das eine oder andere einsilbige Wort abzuringen.

Nun war es ja klar, daß man gewöhnlich in solchen Fällen den Gastgeber, dem man lästig geworden war, verließ. Aber war dies ein gewöhnlicher Fall? Catherine hielt ihn nicht dafür. Obwohl sie sonst nie daran dachte, jetzt konnte sie nicht umhin, sich vor Augen zu halten, daß sie Stephen nicht die geringsten Schwierigkeiten in den Weg gelegt, daß sie ihm das Haus überlassen und alles, mit beiden Händen alles, gegeben hatte – sie konnte sich des Gefühls nicht erwehren, daß sie nicht gar soviel von ihm verlangte, wenn sie ein paar Tage oder gar ein paar Wochen hierbleiben wollte. Nicht etwa, daß er ihr nicht gestatten wollte zu bleiben, er war immer noch unverdrossen in seinen Aufmerksamkeiten, unterließ es nie, ihr die Tür zu öffnen, die Kerze anzuzünden und so weiter; aber sie wußte, daß er ihrer überdrüssig war, in solchem Grade überdrüssig, daß er in ihrer Gegenwart einfach nicht mehr sprach. Catherine war nicht sehr eitel, aber was sie an Eitelkeit besaß, wurde tief verletzt.

Wie sie so in dem großen Haus saß mit den vielen Gängen und leeren Räumen, der ganze Flügel, in dem sie wohnte, dunkel und öde, da überkam sie das Gefühl, daß sie ein Gespenst war, das unüberlegt in seine alten Schlupfwinkel zurückgekehrt war, um sich dann zu überzeugen, was es hätte wissen können, daß es nicht mehr dort hingehörte. Auch diese Empfindung wehrte sie ungeduldig ab, denn sie durfte sie nicht in ihrem Herzen aufsteigen lassen, solange sie Virginia hatte.

Und während sie so dasaß, die Arme über die Sessellehnen hängen ließ, zu müde, um zu Bett zu gehen, ins Feuer starrte, sagte Stephen im Schlafzimmer zu Virginia: »Welch ein Glück ist es doch, daß jeder Tag zu Ende gehen muß und daß die Nacht darauf folgt, nicht, Schatz?«

Und Virginia erwiderte: »Ach ja, Liebster. Welch ein Glück!«

XV

Am Samstag sollte Stephen wieder nach London fahren, um seine beiden letzten Fastenpredigten zu halten, und Catherine beschloß, in seiner Abwesenheit noch hierzubleiben, da konnte sie ihn doch nicht durch ihre Anwesenheit bedrücken, und am Montag gedachte sie abzureisen, bevor er zurückkehrte.

Zu diesem Entschluß war sie Freitag früh gelangt, während sie ihren Tee trank und aufstand. Im Morgenlicht, die Sonne schien heute, kam es ihr spaßhaft vor, daß ihrem Schwiegersohn so schnell die Geduld ausgegangen war, ihre Gegenwart zu ertragen. Ihr Schicksal sollte also das übliche Schicksal aller Schwiegermütter sein! Und sie hatte sich eingebildet, so viel netter zu sein als die meisten!

›Wie komisch!‹ dachte sie, indem sie sich bemühte, es von der komischen Seite zu betrachten; aber es war durchaus nicht komisch. Dann machte sie sich wieder den Vorwurf, daß sie zu eitel sei.

Jawohl, sie wollte dem Beispiel der Gegenschwieger folgen und in ihrem Heim bleiben. Vielleicht war dies das Geheimnis des Erfolges der Mrs. Colquhoun als Schwiegermutter; denn es war offenbar: Als Schwiegermutter hatte jene Erfolg. Sie wollte ihr nacheifern und von ihrem eigenen Heim aus mit Christopher fertig werden.

Nur seinetwegen hatte sie ja ihr Heim verlassen. Welch ein Malheur, daß sie einem so tollen Menschen begegnen mußte. Wenn Stephen und seine Mutter den wahren Grund erführen, der sie in ihrer Mitte erscheinen ließ, würden sie nicht ihre Klugheit loben? Konnte eine Frau unter solchen Umständen etwas Schicklicheres tun als entfliehen? Aber der wahre Grund würde solches Entsetzen in ihnen hervorrufen, daß sie sie, davon war sie überzeugt, schaudernd betrachten würden. Sie, nicht Christopher. Und diese Denkweise wäre ja leider natürlich. ›Wir Großmütter‹ . . .

Catherine errötete. Glücklicherweise würde hier niemand etwas erfahren. In dieser Atmosphäre, wo man sie für gleichaltrig mit Mrs. Colquhoun hielt, mußten die Begegnungen mit Christopher noch schlimmer erscheinen als in London, so schlimm, daß man sie nicht für möglich halten würde.

Jawohl, Montag wollte sie nach London zurückkehren, sich absolut nicht mehr aus ihrem Heim vertreiben lassen, strenge Maßregeln ergreifen. Christopher durfte sie nie wiedersehen. Wenn er es doch versuchen sollte, würde sie ihm einen Brief schreiben, daß ihm ein Licht aufgehen würde. Und sie wollte den Rest ihres Lebens mit unwandelbarer Würde auf dem ihr zugewiesenen Pfade dem Alter entgegenschreiten. Was konnte Christopher schließlich tun? Zwischen ihm und ihr stand erstens der Portier, dann Mrs. Mitcham. Diesen beiden wollte sie genaue Vorschriften geben.

Catherine war zumute, als wenn ein matter, aber immerhin sichtbarer Lichtstrahl einen Moment lang die Nebel erhellte, die sie umgaben; in diesem Gemütszustand erhob sie sich am Morgen. Aber sie befand sich nicht im gleichen Gemütszustand, als sie des Abends zu Bett ging, denn da hatte sie bereits eine weitere Entdeckung gemacht, eine Entdeckung, die ihr die letzte Lebenskraft raubte, die sie noch besaß: Virginia war ihrer ebenfalls überdrüssig.

Virginia.

Es war unmöglich. Sie konnte es nicht glauben. Aber glauben oder nicht glauben, sie wußte es. Am Nachmittag hatte Mrs. Colquhoun sich doch endlich überreden lassen, zum Tee ins Schloß zu kommen, und als Catherine ihr eine Frage dahin beantwortete, daß sie am Montag nach London zurückkehren müsse, da hatte Virginia keine Zeit gehabt, sich in acht zu nehmen, und ihr Gesicht hatte eine ungeheure, unverkennbare Erleichterung gezeigt. Ein Leuchten war in ihre Augen gekommen, und obwohl sie sofort die Lider wieder gesenkt hatte, so hatte Catherine das Leuchten doch gesehen.

Daraufhin war Catherines Stimmung auf den Gefrierpunkt gesunken. Sie ließ sich von Stephen zur Kirche führen – warum quälte sie sich übrigens noch damit ab, liebenswürdig gegen ihn zu sein? – weil sie zu mutlos war abzulehnen. Diesmal gingen sie zu vieren hin, denn Lambton war auch zum Tee dagewesen. Sie schwieg unterwegs; die anderen waren fast lustig: Ihre Ankündigung hatte die Wirkung, daß Stephen die Sprache wiederfand, daß seine Mutter herzlicher war als je und daß sogar Lambton, der zwar die Ursache nicht kannte, aber doch deutlich das plötzliche Ansteigen der Temperatur spürte, von einer fast ausgelassenen Lustigkeit war. Wie hübsch es doch war, dachte Catherine traurig, sie suchte den heftigen Schmerz durch Ironie zu bekämpfen, daß man durch die bloße Ankündigung seiner Abreise vier Menschen glücklich machen konnte!

Schweigend ging sie mit ihnen. Die Ritterlichkeit hielt nicht lange an, und sie sagte sich, daß Virginia ihrer nicht überdrüssig war, das sah ihr gar nicht ähnlich, dahinter steckte nur Stephen. Virginia war so eins mit Stephen, daß sie sich an ihm angesteckt hatte, wie man sich eine Krankheit zuzieht. Aber diese Krankheit war kein Bestandteil Virginias; sie würde wieder verschwinden, und Virginia würde sein wie zuvor. Trotz alledem wollte Catherine keine Minute länger bleiben als bis

Montag früh. Ach, diese Familienverwicklungen und Empfindlichkeiten, diese entzündeten Stellen, an die man nicht rühren durfte; diese komplizierten Gemütsbewegungen, diese Beleidigungen, Vermeidungen und Verheimlichungen, diese liebevollen Absichten und diese unglückseligen Folgen! Es war nicht leicht, mit Erfog Mutter zu sein, es war aber auch nicht leicht, mit Erfolg eine Tochter zu sein, wie sie jetzt erfahren hatte. Es war auch nicht leicht, die Stellung einer Schwiegermutter auszufüllen, die sie als eine natürliche so leicht genommen, an die sie ohne Bedenken gedacht hatte. Sie sah ein, daß auch Schwiegersöhne nicht leicht zu behandeln sind, und zum Schluß – die Gesellschaft hatte inzwischen den Kirchhof erreicht – fand sie, daß es ungeheuer schwer sei, mit Erfolg ein Mensch zu sein. Sie kam sich sehr alt vor. George fehlte ihr.

Lambton öffnete die Pforte und trat mit dem Oberpfarrer zur Seite. Mrs. Colquhoun nahm sich vor, Catherine den Vortritt zu lassen, aber Catherine war in Gedanken vertieft und ging einfach voraus, als sie das offene Pförtchen gewahrte.

›Zerstreut‹, dachte Mrs. Colquhoun, die sich nur so die Manierlosigkeit Catherines erklären konnte. ›Sie wird alt‹, fügte sie im stillen hinzu, als sie merkte, wie schleppend der Gang ihrer Gegenschwieger war, aus dem man wirklich auf Altern schließen mußte.

Als die anderen Catherine erreichten, rief Mrs. Colquhoun scherzend aus:

»Was gäb' ich drum, wenn ich wüßte, was Sie jetzt denken, Mrs. Cumfrit!«

Sie kamen an Georges Grab vorüber. Ach, der nie versagende, herzensgute George, der so unveränderlich liebreich, so unentwegt treu war, der sie so sehr geliebt hatte und ihrer nie, nie überdrüssig geworden wäre! –

»Ach, George fehlt mir so!« sagte Catherine, so plötzlich aus ihren Gedanken gerissen.

Nach dieser Antwort waren die andern wie begossen, so unerwartet kam sie. Lambton, der erst seit kurzem in Chickover war, wußte nicht, was für ein George ihr eigentlich fehlte, aber auch er empfand das plötzliche Sinken der Temperatur und versank in Schweigen. Weder Mrs. Colquhoun noch Stephen fiel eine Erwiderung ein. Etwas aber mußte schon mit Rücksicht auf Lambton geschehen, und Stephen begann: »Ah«, und da ihm nichts anderes einfiel, wiederholte er: »Ah!«

Mrs. Colquhoun faßte Catherine unter den Arm und entfernte sich mit ihr von den andern.

»Liebe Mrs. Cumfrit«, sagte sie, »ich kann Ihnen das nachfühlen. Habe ich es nicht auch durchgemacht?«

»Ich weiß nicht, warum ich mich so habe gehenlassen«, versetzte Catherine mit geröteten Wangen und wunderte sich über sich selbst.

»Es ist doch so natürlich, so natürlich«, versicherte Mrs. Colquhoun.

Am Abend sagte Stephen im Schlafzimmer zu Virginia: »Deiner Mutter geht dein Vater ab.«

Virginia blickte ihn mit erschrockenen Augen an, den Kamm, mit dem sie ihr langes, dunkles Haar gekämmt hatte, sinken lassend. Das war doch unnatürlich, daß Mutter plötzlich wieder den Vater zu vermissen begann. Das hätte sie sicher nicht getan, wenn sie nicht bemerkt hätte . . . Wie entsetzlich! Der Gedanke war ihr unerträglich, daß sie ihrer Mutter weh getan haben könnte. Arme Mutter! Aber was sollte sie tun? Stephen und seine Ruhe und sein Glück kamen zuerst.

»Glaubst du . . ., vermutest du . . .«, stammelte sie.

»Ihre Bemerkung ist nicht gerade schmeichelhaft für uns, Liebste«, sagte er.

»Ach Stephen, ja, ich weiß, daß du alles getan hast, was in deinen Kräften stand. Du warst bewunderungswürdig . . .«

Sie legte den Kamm hin und ging zu ihm hinüber, und er schloß sie in seine Arme.

»Ich wünschte . . .«, begann sie.

»Was, meine geliebte Virginia?« fragte er, indem er ihr die Hand wie segnend auf den Kopf legte. »Hoffentlich ist's etwas Gutes, denn du weißt ja, Schatz, wenn du dir etwas wünschst, so bin ich außerstande, es nicht auch zu wünschen.«

Sie lächelte und seufzte und schmiegte sich an ihn.

»Mein geliebter Stephen«, flüsterte sie, und nach einem nochmaligen Seufzer fügte sie hinzu: »Ich wünschte, Mutter vermißte Vater nicht.«

»Jawohl«, erwiderte Stephen, »das wünsche ich auch. Aber«, fügte er hinzu, indem er das herrliche, dichte, lange Haar streichelte, »wir müssen Nachsicht üben.«

XVI

Am folgenden Morgen ging Catherine zum letztenmal in die Kirche, denn wenn Stephen in London war und sie nicht einladen konnte, ihn zu begleiten, was er vor jedem Gottesdienst in feierlicher Weise getan hatte, brauchte sie nicht mehr hinzugehen. Sie sang also heute zum letztenmal im Verein mit Mrs. Colquhoun die Psalmen. Sie war mittendrin, als sie die Empfindung hatte, daß jemand sie anstarrte. Sie blickte von ihrem Gebetbuch auf, konnte aber nur einige Gottesfürchtige sehen, die ihr mit dem Rücken zugekehrt waren. Sie fuhr mit ihrem Psalm fort, aber die Empfindung wurde immer stärker, so daß sie endlich gegen die gute Sitte verstieß und sich umkehrte.

Es war Christopher.

Sie stand da, das offene Gebetbuch in der Hand, und starrte ihn so lange an, daß Mrs. Colquhoun den nächsten Vers ohne sie singen mußte. Sie sang laut und deutlich, mit ermahnender Stimme. Ja, was war denn über Virginias Mutter gekommen, daß sie dem Altar plötzlich den Rücken kehrte? »Der Stein, den die Bauleute verworfen, ist zum Eckstein geworden.« Sie mußte auch die weiteren Verse ohne Begleitung Catherines hersagen, denn Virginias Mutter nahm zwar ihre alte Stellung wieder ein, war aber fortan – welch ein merkwürdiges Benehmen! – stumm.

Vielleicht war sie nicht wohl? Sie sah nämlich entschieden blaß oder vielmehr gelb aus, dachte Mrs. Colquhoun, die sie beobachtete, wie sie mit gesenkten Augen dasaß und, wie es Mrs. Colquhoun vorkam, immer gelber wurde.

»Liebe Mrs. Cumfrit«, flüsterte sie endlich Catherine zu, indem sie sich zu ihr hinüberbeugte, denn sie sah wirklich krank aus, und es wäre doch schrecklich, wenn sie . . ., »möchten Sie vielleicht hinausgehen?«

»O nein«, lautete die rasche, entschiedene Antwort.

Der Gottesdienst war rasch wie der Blitz, schien es Catherine, zu Ende. Sie hatte keine Zeit gehabt, irgend etwas zu beschließen. Sie wußte absolut nicht, was sie tun sollte. Wie hatte er sie gefunden? Hatte Mrs. Mitcham sie verraten? Trotz ihrer genauen, strikten Befehle? Ließen sie alle im Stich, sogar Mrs. Mitcham? Wie durfte er sich unterstehen, sie zu verfolgen? Und was sollte sie tun, was in aller Welt sollte sie tun, wenn er sich schlecht benahm, wenn er seinen blödsinnigen, tollen Gefühlen freien Lauf ließ?

Sie blieb nach dem Segen so lange auf den Knien, daß Mrs. Colquhoun nervös wurde. Sie konnte nicht hinausgehen, denn die kniende Catherine hinderte sie daran. Die äußere Tür der Sakristei wurde zugeschlagen, das bedeutete, daß Stephen und Lambton die Kirche verlassen hatten, aber Catherine kniete noch immer.

»Liebe Mrs. Cumfrit...«, ermahnte sie.

Da stand Catherine auf. Sie war sehr blaß. Der Augenblick war gekommen, da sie sich umwenden und Christopher entgegentreten mußte.

Aber die Kirche war leer. Es war niemand mehr darin außer dem Kirchenaufseher, der geduldig mit seinen Schlüsseln an der Tür wartete.

Wenn Christopher nur fortgegangen wäre! Wenn der Gottesdienst ihn gerührt und einsehen gelehrt hätte, daß er sich unerhört benahm, und wenn er fortgegangen wäre!

Auch die Vorhalle war leer. Vielleicht war er wirklich fort! Vielleicht, sie begann fast zu hoffen, daß er gar nicht dagewesen war, daß sie sich nur eingebildet hatte, ihn zu sehen. Langsam ging sie neben Mrs. Colquhoun den Pfad entlang bis zum Kirchhof. Stephen war an ein Krankenbett geeilt, Lambton hatte sich nach Hause begeben, um seine Sonntagspredigt vorzubereiten.

»Sie fühlen sich nicht wohl, Mrs. Cumfrit?« fragte Mrs. Colquhoun, indem sie ihre Schritte denen Catherines anpaßte, die klein und langsam, fast schleppend waren.

»Ich habe heute Kopfschmerzen«, antwortete Catherine mit einer Stimme, die immer schwächer wurde, denn als sie um eine Biegung kamen, erblickte sie Christopher.

Er betrachtete das Grab Georges.

Mrs. Colquhoun sah ihn im selben Moment, und ihre Aufmerksamkeit wendete sich von Catherine ab und ihm zu. Fremde waren selten in diesem stillen Erdenwinkel, und sie betrachtete Christopher prüfend, angelegentlich, mit scharfen Augen. Der junge Mann, der ein Autokostüm aus Leder trug, gefiel ihr, denn er hatte nicht nur eine hübsche Gestalt, sondern er las die Grabschrift auf George Cumfrits Grab barhäuptig. Ihrer Meinung nach sollten alle Hic-iacet-Inschriften so gelesen werden. Sie sagte sich, daß dies von einem ehrerbietigen Zartgefühl zeuge, das man bei diesen Kilometerfressern nur selten fand. Wenn Mr. Cumfrit der ›Unbekannte Krieger‹ selbst gewesen wäre, hätte man seine Grabschrift nicht respektvoller lesen können.

Sie war erfreut und fragte sich selbstzufrieden, wer dieser Fremde wohl sein mochte; aber bevor sie sich dessen versah, wendete er sich von dem Grab ab und kam auf die beiden Damen zu.

»Wahrhaftig, er scheint . . .«, begann sie, denn der junge Mann sah aus, als erkenne er sie, er grüßte mit dem ganzen Gesicht und reichte im nächsten Augenblick ihrer Begleiterin die Hand.

»Guten Tag«, sagte er mit solcher Herzlichkeit, daß Mrs. Colquhoun daraus schloß, er müsse Catherines Lieblingsneffe sein.

Sie hatte zwar nie etwas von Neffen gehört, aber in den meisten Familien gab es doch welche.

»Guten Tag«, erwiderte Catherine ohne jede Herzlichkeit mit tonloser Stimme.

Der Neuankömmling, der barhäuptig in der Sonne stand, war flammendrot: sein Gesicht war rot, das Haar schimmerte rot. Er gefiel Mrs. Colquhoun. Voller Kraft, voller Leben. Ein erfrischender Anblick.

»Bitte stellen Sie mir den Herrn vor«, sagte sie lebhaft, mit der Offenheit, zu der sie sich infolge ihres Alters den jungen Leuten gegenüber berechtigt hielt. »Sie sind sicher«, wandte sie sich in herzlichem Tone an Christopher, indem sie ihm die Hand entgegenstreckte, die von einem praktischen, lose sitzenden Waschlederhandschuh umschlossen war, »ein Neffe von Mrs. Cumfrit, also ein Vetter unserer lieben Virginia«.

»Fällt mir nicht ein!« rief der Fremde aus. »Ich wollte sagen«, fügte er hinzu, indem er feuerrot wurde, »nein.«

»Mr. Monckton«, stellte Catherine mit einer Stimme vor, die wie aus weiter Ferne klang.

»Mrs. Cumfrit sagt Ihnen nicht, wer ich bin«, lächelte Mrs. Colquhoun, seine Hand fest drückend; er gefiel ihr noch immer, trotz seines Ausrufs. Sie mochte junge Leute überhaupt gern, und außerdem hieß es allgemein, daß sie sehr gut mit ihnen auskam und sie zu behandeln verstand. »Sie haben wohl auch schon bemerkt, daß man bei Vorstellungen zuweilen den andern zu nennen vergißt. Ich bin die andere Schwiegermutter.«

Eine schwache Hoffnung begann sich im Herzen Catherines zu regen. Christopher sah aus, als wüßte er nicht, was er erwidern sollte. Das war ihr fremd an ihm. Wenn Mrs. Colquhoun ihn dazu bringen konnte, daß er schwieg, dann war es vielleicht doch noch möglich, daß die nächsten paar Minuten halbwegs glimpflich abliefen.

»Mrs. Cumfrit und ich«, erklärte Mrs. Colquhoun, indem sie Catherines Arm durch den ihren zog, »sind die Schwiegermütter eines reizenden Ehepaares – ich die ihrer Tochter, sie die meines Sohnes. Wir sind also unlöslich miteinander verbunden.«

Christopher hätte sie am liebsten umgebracht. Da aber die schönen Zeiten eines so einfachen Verfahrens vorüber sind, wußte er überhaupt nicht, was er tun sollte.

›Dieses Weib hat einen Schnabel‹, dachte er, während er feuerrot und stumm vor ihr stand. ›Sie ist ein Raubvogel. Sie hat ihre Klauen im Fleisch meiner Catherine! Unlöslich verbunden! Herrgott!‹

Da die Schicklichkeit es ihm verbot, diese und andere Empfindungen laut auszusprechen, schwieg er und ging an der Seite Catherines dem Ausgang zu.

In Catherines eingeschüchtertem Gemüt regte sich plötzlich wie ein winziger Strahl wiederkehrenden Mutes der leise Wunsch zu lachen. Zum ersten Male, seit sie sich in Chickover befand, stieg dieser Wunsch in ihr auf, und sie konnte nicht umhin, die Wahrnehmung zu machen, daß es gleichzeitig mit Christophers Erscheinen geschah.

Mrs. Colquhoun war von dem Schweigen ihrer beiden Begleiter etwas überrascht. Mr. Monckton, wer er auch immer sein mochte, ging nicht so bereitwillig auf ihre Liebenswürdigkeit ein wie andere junge Leute, und Mrs. Cumfrit erwiderte auch nichts. Dann erinnerte sie sich, daß Catherine sich während des Gottesdienstes nicht wohl gefühlt hatte, und verzieh ihr; was Mr. Monckton betraf, so war er wahrscheinlich nur schüchtern. Nun denn, sie verstand es, mit jungen Leuten umzugehen: Ihr gegenüber blieben sie nicht lange scheu.

»Mrs. Cumfrit«, redete sie über den Kopf Catherines hinweg den jungen Mann neuerdings an, »ist heute nicht wohl.«

»Ah?« sagte Christopher rasch mit einem besorgten Blick auf Catherine.

»Nein. Es ist also besser, wenn sie nicht spricht, Mr. Monckton. Sie hatte eine leichte Ohnmachtsanwandlung in der Kirche«, wieder überkam Catherine der Wunsch zu lachen, »aber es wird ihr bald wieder ganz gut sein, und wir wollen miteinander plaudern. Sie sollten mir erzählen, wie Sie sozusagen aus den Wolken in unsere Mitte geraten sind!«

Christophers sehnlichster Wunsch war, einen Grabstein zu fassen und sie damit zu Boden zu schlagen. Diese alte Krähe war also Stephens Mutter . . . Gleich und gleich . . . Die wollte ihn wohl zum Narren haben.

»Bitte erzählen Sie«, ersuchte ihn Mrs. Colquhoun freundlich über Catherines Kopf hinweg, als er stumm blieb.

Catherine, die schweigend zwischen den beiden einherging, hatte die Empfindung, in guten Händen zu sein.

»Es ist nicht viel zu erzählen«, versetzte Christopher, der von neuem bis in die Haarwurzeln errötete.

»Uns hier interessiert alles«, versicherte ihm Mrs. Colquhoun ermutigend. »Alles ist Wasser auf unsere kleine Mühle, nicht wahr, Mrs. Cumfrit? Nein, ich habe vergessen, Sie sollen ja nicht sprechen. Das werden wir beide schon besorgen, nicht wahr, Mr. Monckton?«

Sie waren beim Tor angelangt; Christopher stürzte darauf zu und riß es auf.

Als Catherine hindurchging, sagte er leise und rasch zu ihr: »Sie sehen ja um viele Jahre älter aus!«

Sie erhob die Augen zu ihm.

»Ich war immer älter«, murmelte sie mit, wie sie hoffte, grauenerregendem Nachdruck.

»Älter?« wiederholte Mrs. Colquhoun, deren Gehör, wie sie ihren Freunden oft sagte, gottlob noch ganz ungeschwächt war, »das können wir alle täglich von uns sagen. Mrs. Cumfrit wird wohl selbst an Ihnen eine Veränderung wahrnehmen. Haben Sie einander lange nicht gesehen?«

»Seit einer Ewigkeit nicht«, antwortete Christopher in einem Tone, als ob er fluchen wollte.

Auf der Straße stießen sie auf ein Motorfahrrad mit einem Beiwagen, und Mrs. Colquhoun blieb davor stehen.

»Das gehört wohl Ihnen, Mr. Monckton?« sagte sie. »Darin sind Sie vom Himmel zu uns herniedergefahren. Und einen Beiwagen hat es auch. Freilich einen unbenützten. Ich kann mir einen jungen Mann mit einem unbenützten Beiwagen nicht gut denken. Aber vielleicht ist die junge Dame nur spazierengegangen?«

»Ich will Mrs. Cumfrit darin nach London zurückbringen«, erwiderte Christopher steif. Aber was nützte ihm seine Steifheit, was nützte ihm seine Würde, wenn er wie ein dummer Junge behandelt wurde?

»Wirklich?« fragte Mrs. Colquhoun, die ungeheuer erstaunt war. »Aber sie fährt ja erst am Montag zurück, nicht wahr, liebe Mrs. Cumfrit? Ach nein, bitte, reden Sie nicht. Ich habe ganz vergessen.«

»Ich kehre auch erst am Montag zurück«, versetzte Christopher.

»Wirklich?« fragte Mrs. Colquhoun neuerdings; dann schwieg auch sie.

Ein Beiwagen erschien ihr als ein höchst unpassendes Gefährt für eine Person im Alter Catherines. Sie konnte sich auch nicht erinnern, solange sie diese kannte, sie jemals in einem solchen gesehen zu haben. Ihr Instinkt sagte ihr, wie sie später gern ihren Bekannten erzählte, daß die Situation nicht ganz normal war. Wie wenig normal sie war, das war der alten Dame, die Großmutterfreuden entgegensah, unmöglich zu erraten.

»Sie haben uns ja gar nichts davon gesagt, liebe Mrs. Cumfrit«, sagte sie zu ihrer blassen Begleiterin, die sich offenbar nicht wohl fühlte, »daß Sie die Rückreise in einem solchen Vehikel antreten wollen. In gewisser Beziehung sicher höchst angenehm, aber ich würde die

Erschütterung fürchten. Junge Leute empfinden das nicht so wie wir. Sie bleiben also wohl über den Sonntag irgendwo hier in der Umgebung?«

»Jawohl«, antwortete Christopher, indem er ein Plaid aus dem Beiwagen hervorzog und es entfaltete.

»Ich möchte gern wissen, wo. Sie werden mich für eine neugierige alte Frau halten, aber ich möchte wirklich gern wissen, wo. Ich kenne nämlich die ganze Umgebung so gut, und es ist nirgends – ach ja, Sie sind wahrscheinlich bei den Parkers eingeladen. Die haben gewöhnlich das Haus mit jungen Leuten voll über das Wochenende. Sie werden sich sehr gut unterhalten. Die Gegend ringsum ist – Wie? Sie gehen wirklich schon? Also leben Sie wohl, liebe Mrs. Cumfrit. Beim Lunch sehen wir uns wieder. Virginia wünscht, daß ich am Samstag in Stephens Abwesenheit hinüberkomme. Es ist ein frommer Brauch geworden. Beachten Sie meinen Rat und legen Sie sich für ein halbes Stündchen nieder. Ich bin eine vernünftige Person, Mr. Monckton, ich weiß, daß es nicht immerfort so weitergehen kann, wie wenn man noch fünfundzwanzig Jahre alt wäre.«

Christopher trat auf Catherine zu und versperrte ihr den Weg.

»Ich fahre Sie zurück«, sagte er.

»Ich möchte lieber gehen«, erwiderte sie.

»Dann werde ich Sie begleiten.«

Und er warf das Plaid wieder in den Beiwagen.

»Wie? Und Ihr Motorrad und das Plaid und alles andere ohne Aufsicht hierlassen?« rief Mrs. Colquhoun aus, die überrascht das kurze Zwiegespräch mit angehört hatte. Wer Monckton auch immer sein mochte, er war weder ihr Sohn, denn sie hatte keinen, noch ihr Neffe, denn er hatte es aufs nachdrücklichste behauptet; sein herrisches Wesen war also ein wenig unerklärlich.

»Es ist viel besser, daß ich Sie fahre«, beharrte er, ohne den Ausruf der Mrs. Colquhoun zu beachten. »Sie sollen nicht gehen. Bitte steigen Sie ein.«

Und Mrs. Cumfrit, die nach der Ansicht ihrer Gegenschwieger etwas hilflos dreinsah, als wenn ihr plötzlich das Rückgrat abhanden gekommen wäre, erwiderte: »Meinetwegen.«

Das war doch ganz merkwürdig.

»Virginia wird sich wundern«, bemerkte Mrs. Colquhoun und sah mit gespitztem Mund zu, wie Catherine sorgfältig in das Plaid eingepackt wurde, als wäre sie aus Porzellan, und bis zum Kinn hinauf, als hätte sie Tausende von Meilen und mindestens bis nach Lappland zu reisen. »Aber Sie haben ihr wohl gesagt, Mrs. Cumfrit, daß Sie Mr. Monckton erwarten.«

»Ich werde nur einen Teil des Weges fahren«, versetzte Catherine. Mrs. Colquhoun bemerkte, daß ihr Gesicht etwas Farbe gekommen hatte; vielleicht würgte sie das Plaid, »aber ich werde so jedenfalls rascher zu Hause sein.«

»Na, wer weiß«, erwiderte Mrs. Colquhoun beißend.

Sie sah ihnen nach, bis sie in einer Staubwolke verschwanden, und schlug dann den Weg zum Pfarrhaus ein, wo sie noch vor dem Lunch mancherlei zu tun hatte. Aber nach kurzer Überlegung entschloß sie sich, lieber ins Dorf zu gehen, wo sie Stephen treffen konnte. Der war vielleicht imstande, ihr eine Aufklärung über Monckton zu geben. Catherine kam aber doch nicht schneller nach Hause; es überkam sie gleich nach der Abfahrt eine böse Ahnung deswegen, denn sie sagte sich, wenn sie auf ihren Füßen stand, konnte sie gehen, wohin sie wollte, in Christophers Wagen aber mußte sie fahren, wohin er wollte.

»Da müssen wir einbiegen!« rief sie aus, sie mußte sehr laut sprechen, um sich bei dem Lärm, den das Motorrad verursachte, verständlich zu machen, indem sie auf eine Straße zur Rechten wies, die vor ihnen lag.

»So?« rief Christopher zurück und sauste vorüber.

XVII

Das Geräusch, die Erschütterung, der Wind machten es unmöglich, viel zu sprechen. Vielleicht hörte er wirklich nicht auf seinem hohen Sitz oben; jedenfalls benahm er sich so, als ob er nichts hörte. Da sie, was sie auch immer sagen mochte, keine Antwort von ihm bekam, blickte sie zu ihm empor. Er saß vornübergeneigt, gespannt, mit zusammengepreßten Lippen, das Haar – er hatte keine Kopfbedeckung – von der Sonne beleuchtet, vom Wind nach rückwärts geweht.

Der Ärger auf ihrem Gesicht erstarb. Was ihr da geschah, war so lächerlich, daß sie unmöglich böse sein konnte. Das war das Ende all der Mühe, die sie sich gegeben, aller Leiden, die sie ausgestanden und die sie über Stephen und Virginia gebracht hatte, daß sie einfach erwischt und in einem Motorbeiwagen entführt wurde! Wie er da oben in der Sonne saß, wie sich in seinem Gesicht Triumph und Kummer, Entschlossenheit und Besorgnis, Glück und Schrecken spiegelten, konnte sie ein Lächeln nicht unterdrücken, verbarg es aber sorgfältig in ihrem Schal.

Als sie sich in ihrem Plaid zurechtrückte, denn sie konnte ja in diesem Augenblick nichts anderes tun als fahren, rasen, dahinsausen, als sie sich diese ungewöhnliche Entführung gefallen ließ, da überkam sie ein seltsames Gefühl; ihr war, als wäre sie aus der Kälte in ein

Zimmer gekommen, in dem ein helles Feuer brannte. Ja, es war ihr kalt gewesen, und bei Christopher war es so warm. So lächerlich es war, sie hatte die Empfindung, wieder mit einem gleichaltrigen Menschen zusammenzusein.

Rasch wie der Blitz ließen sie das Dorf hinter sich. Stephen, der sich noch auf dem Weg zu dem Kranken befand, wurde überholt, ohne daß er wußte, wer da an ihm vorüberfuhr. Er sprang zur Seite, als er das Geräusch hörte – sehr rasch, denn er war vorsichtig, und das Motorrad war schon sehr nahe –, ohne den Insassen einen Blick zu schenken, denn Motorräder und die jungen Leute, die sie benutzten, waren ihm ein Greuel.

Mit einem lauten Hupensignal raste Christopher an ihm vorüber. Es klang sehr herausfordernd, so daß Catherine schloß, Christopher müsse ihren Schwiegersohn erkannt haben.

Außerhalb Chickover steigt der Weg lieblich hügelan; wenn man den Weg etwa zwanzig Meilen weit fortsetzt, kommt man ans Meer. Dorthin brachte Christopher an jenem Vormittag Catherine, ohne einen Augenblick zu halten, ohne die Geschwindigkeit im mindesten zu verringern, außer wenn die Klugheit es erforderte, ohne ein Wort zu sprechen. Ganz zuletzt ging es steil bergab, da fuhr er, eingedenk der Kostbarkeit seines Passagiers, sehr vorsichtig. Die Straße mündete in Steingeröll und in die See. Da hielt er, stieg ab und trat zu ihr, um sie aus dem Plaid herauszuschälen.

Davor hatte er Heidenangst.

Sie sah so klein aus, wie ein kleines Polster in den Plaid gehüllt und im Beiwagen aufgerichtet, daß in ihm Bedenken aufstiegen. Den ganzen Weg über hatte er Bedenken gehabt, jetzt mehr als je. Er hatte die Empfindung, daß es unbillig war, ein so kleines Geschöpf zu verletzen, zu ärgern, ja auch nur aus der Ruhe zu bringen; daß er, wenn es schon ein Angriff werden mußte, sich dafür eine Person von seiner Größe hätte aussuchen müssen.

Aber sie sagte kein Wort. Er wußte, daß sie wiederholt zu ihm gesprochen hatte, als sie die Biegung hinter sich gelassen hatten, aber er hatte nichts verstanden, und dann hatte sie geschwiegen. Sie schwieg auch jetzt, aber sie sah ihn über den Schal hinweg, der sich komisch um ihre Ohren verschoben hatte, starr an.

»So. Da wären wir«, sagte er, »hier können wir reden. Wenn Sie aufstehen wollen, wickle ich das Plaid auf.«

Einen Augenblick glaubte er, daß sie sich weigern würde, seiner Aufforderung nachzukommen, aber sie sagte nichts und ließ sich von ihm in die Höhe heben. Sie war so fest eingewickelt, daß es ihr schwergefallen wäre, sich ohne Hilfe zu bewegen.

Er nahm das Plaid ab und legte es geschäftig wieder zusammen, um nur ja nicht ihrem Blick zu begegnen, denn er hatte große Angst.

»Helfen Sie mir hinaus«, sagte sie.

Plötzlich sah er ihr gerade ins Gesicht.

»Ich bin froh, daß ich's getan habe«, sagte er, den Kopf zurückwerfend.

»So?« erwiderte sie.

Sie streckte die Hand aus, um sich von ihm beim Aussteigen helfen zu lassen. Sie sah ganz zerdrückt aus.

»Ach, Ihr Mantel!« murmelte er, indem er ihn glattstrich; die Hand zitterte ihm, weil er sie so unendlich liebte – »Ihr Mantel« – wiederholte er. Dann richtete er sich stramm auf und sah ihr in die Augen. »Wir müssen miteinander reden, Catherine«, sagte er.

»Und dazu haben Sie mich hierhergebracht?«

»Jawohl«, antwortete Christopher.

»Und Sie bilden sich ein, daß ich Sie anhören werde?«

»Jawohl«, antwortete Christopher.

»Und Sie schämen sich nicht?«

»Nein«, antwortete Christopher.

Sie stieg aus und ging auf den Kieselstrand und wendete ihm den Rücken zu, indem sie scheinbar die Aussicht betrachtete. Es war Ebbe, und die See war ziemlich entfernt, jenseits des feuchten Sandes. Die Bucht war geschützt und sehr ruhig, und Catherine hörte die Lerchen über der grasbewachsenen Böschung singen. Es war schrecklich, wie wenig böse sie war. Sie wendete ihm den Rücken zu, damit er es nicht sehe. Sie war eigentlich überhaupt nicht böse, wußte aber, daß sie es sein müßte. Sie hätte Christopher sofort und für immer den Abschied geben müssen, aber zweierlei sprach dagegen – erstens, daß er nicht gehen würde, zweitens, daß sie ihn nicht gehen lassen wollte. Wider alles geziemende Empfinden, wider ihr eigenes Schicklichkeitsgefühl war sie unsäglich froh, wieder mit ihm zusammenzusein. Sie brauste weder auf vor Empörung, noch vernichtete sie ihn mit Vorwürfen – kurz, sie tat nichts, was sie hätte tun müssen. Es war eine Schande, aber es war nun einmal so: Sie war unsäglich froh, wieder mit ihm zusammenzusein.

Christopher beobachtete sie und redete sich Mut ein. Er hatte eine so entsetzliche Woche hinter sich, daß es ihm, was auch immer geschehen mochte, nicht mehr schlimmer ergehen konnte. Und sie, sie sah auch nicht glücklicher aus, obwohl sie vor ihm Reißaus genommen hatte.

Er bemühte sich, die Angst aus seiner Stimme zu verbannen.

»Catherine«, sagte er, »wir müssen miteinander sprechen. Es hat doch gar keinen Sinn, mir den Rücken zuzukehren und die blödsinnige Aussicht zu betrachten. Sie sehen sie ja auch gar nicht, warum machen Sie mir also etwas vor?«

Sie rührte sich nicht. Sie fragte sich im stillen, wie sich ihre Stimmung im Laufe der letzten Woche so entwickelt hatte. Während sie in der ganzen Zeit so entrüstet gegen ihn war, wurde sie in Wahrheit mit ihm, mit dem Gedanken an ihn vertraut. Dazu hatte natürlich Stephen beigetragen. Ungeheuer viel beigetragen. Virginia ebenfalls.

»Ich hab' Ihnen gesagt, daß Sie mir nicht entrinnen werden«, fuhr er fort, indem er allen Trotz, den er aufbringen konnte, in seine Stimme legte. Aber es stand ihm so wenig davon zu Gebote, es war nur ein Einschüchterungsversuch, sein Herz war von demütiger Angst erfüllt.

»Ihre Handlungsweise setzt mich in Erstaunen«, sagte Catherine zur Aussicht.

»Warum sind Sie entflohen?«

»Warum haben Sie mich dazu gezwungen?«

»Genützt hat es ja nichts, da wir doch wieder zusammengekommen sind.«

»Nein, es hat nichts genützt.«

»Durchbrennen darf man nur zu zweit. Dann bin ich Feuer und Flamme dafür. Vergessen Sie das das nächste Mal nicht. Und dann hätten Sie dem armen Teufel, vor dem Sie auf und davon sind, doch einen Gedanken schenken können. Er hat ein kümmerliches Leben geführt. Wenn ich den Versuch machen wollte, Ihnen zu beschreiben, was für Herzeleid er zu ertragen hat, so würden Sie es nicht einmal verstehen, Sie grausames, selbstsüchtiges Geschöpf.«

Catherine starrte noch immer die Aussicht an. Hoffentlich hörte sie ihn.

»Wollen Sie sich nicht zu mir umwenden, Catherine?« fragte er.

»Jawohl, aber nur wenn Sie bereit sind, mich nach Chickover zurückzufahren!«

»Dazu werde ich bereit sein, wenn wir zu irgendeinem Abschluß gekommen sind. Soll ich zu Ihnen hinüberkommen? Wir könnten doch besser miteinander sprechen, wenn wir uns ins Gesicht sähen.«

»Es hätte keinen Zweck«, antwortete Catherine.

»Weil Sie mir bald wieder den Rücken zukehren würden?«

»Jawohl.«

Stillschweigen.

»Sind wir nicht töricht?« sagte Christopher.

»Idiotisch!« versetzte Catherine.

Stillschweigen.

»Ich weiß, daß Sie sehr böse auf mich sind«, sagte Christopher.

»Ich war die ganze Woche furchtbar böse auf Sie«, erwiderte Catherine.

»Das kommt eben davon, wenn man sich hartnäckig gegen die Natur stemmt. Sie stecken zum Lachen voll von Vorurteilen und schimmligen Bedenken. Warum lassen Sie sich nicht einfach gehen?«

Stillschweigen.

Sie und sich gehenlassen! Sie konnte nur mit Anstrengung ihr Lachen hinter ihrem Schal verbergen. Seit ihrem letzten Zusammensein mit Christopher hatte sie noch nicht ein einziges Mal gelacht. In Chickover lachte niemand. Ein ernstes Lächeln bei Virginia, ein stereotypes bei Mrs. Colquhoun, das war alles. Stephen lachte niemals. Dabei ist das Lachen eine der köstlichsten von Gottes Gaben, das Salz, das Licht, der Atem des Lebens, eine göttliche Läuterung, ein himmlischer Reinigungsprozeß. Konnte man je mit jemand Freundschaft schließen, mit dem man nicht zusammen zu lachen vermochte? Natürlich nicht. Sie und Christopher lachten beide gern. Ach, wie hatte er ihr gefehlt . . . Aber er war so ungestüm, so gefährlich, er mußte immer wieder in seine Grenzen verwiesen werden . . .

Sie wandte ihm also noch weiterhin den Rücken zu, denn sie wußte, daß ihr Gesicht sie verraten würde.

»Ich möchte einen Eid darauf ablegen, daß Sie hier nicht glücklich waren«, sagte er. »Ich hab' es sofort in Ihrem Gesicht gelesen.«

»Sie brauchen keinen Eid abzulegen, denn ich behaupte nicht, daß ich glücklich war. Ich war sehr böse auf Sie, und ich habe mich verlassen gefühlt.«

»Verlassen?«

»Jawohl. Man vermißt – seine Freunde.«

»Aber Sie waren ja von Verwandten belagert!«

Stillschweigen.

Dann sagte Catherine: »Ich bin zu der Überzeugung gelangt, daß weder Blutsverwandte noch angeheiratete Verwandte Freunde sein können.«

Christopher sagte nach einer Pause: »Würden Sie einen Gatten auch einen angeheirateten Verwandten nennen?«

»Es kommt darauf an, wessen Gatten«, antwortete Catherine.

»Ihren natürlich. Sie wissen, daß ich Ihren meine.«

Sie schwieg einen Augenblick, dann sagte sie vorsichtig: »Den würde ich George nennen.«

Rasch trat er einen Schritt auf sie zu und sah sie an, bevor sie Zeit hatte, sich abzuwenden.

»Sie lachen ja«, rief er aus, und in sein Gesicht kam ein

Leuchten. »Ich hab' mir's gleich gedacht. Ich glaube Ihnen auch gar nicht, daß Sie böse sind, im Gegenteil, ich glaube, Sie sind froh, daß ich gekommen bin. Nicht wahr, Catherine, Sie sind froh, daß ich da bin? Sie haben Stephen und Virginia und die Alte mit dem Profil satt, und ich bin eine Art von Erholung. Ist es nicht so? Sind Sie froh, Catherine?«

»Ich glaube eher, daß sie mich satt haben«, erwiderte Catherine gelassen.

»Sie satt haben? Was? Dieser alte Gänserich und die alte Gans?« Er starrte sie an. »Warum bleiben Sie dann bis Montag hier?« fragte er.

»Virginias wegen.«

»Sie meinen, daß *sie* natürlich Sie *nicht* satt hat?«

»O doch, sie auch.«

»Sie auch?«

Das verstand er kaum.

»Warum in aller Welt wollen Sie dann hierbleiben?« fragte er noch einmal.

»Weil ich nicht will, daß sie weiß, daß ich weiß, daß sie mich satt hat. Christopher, Sie sehen, wie ansteckend Ihre Ausdrucksweise ist . . .!«

Er schmunzelte über das ganze Gesicht.

»Herrgott«, sagte er, »in was für Verwicklungen man doch mit Verwandten gerät!«

»Ach ja«, pflichtete ihm Catherine bei.

»Gott sei Dank, daß ich keine habe.«

»Ach ja«, wiederholte Catherine und fügte mit einem leisen Seufzer hinzu: »Ich hätte überhaupt nicht herkommen sollen.«

»Als ob das von allem Anfang an nicht sonnenklar gewesen wäre.«

»Ich meine nur, weil man junge Leute nicht stören soll.«

»Junge Leute? Stephen?«

»Also ein junges Ehepaar.«

»Er ist doch kein junges Ehepaar.«

»Virginia hat ihn verjüngt. Sie müssen sich selbst überlassen werden. Nicht etwa, daß Virginia mich nicht gern hat, aber sie liebt Stephen mehr und will mit ihm allein sein.«

»Sie ist ein abscheuliches Geschöpf«, sagte Christopher im Tone tiefer Überzeugung.

»Sie ist mein Kind, und ich liebe sie«, erwiderte Catherine. »Vergessen Sie das nicht, denn das ist mir sehr wichtig.«

Er ergriff ihre Hände und küßte sie.

»Ich bete Sie an«, sagte er schlicht.

»Das hat keinen Zweck«, sagte sie.

»Was hat keinen Zweck?«

»Eine Frau anzubeten, die alt genug ist, um Ihre Mutter zu sein.«

»Der Henker hole die Mütter«, versetzte Christopher.

»Ah, das hab' ich mir schon die ganze Woche gedacht!« rief Catherine aus.

Dann aber machte sie ein so entsetztes Gesicht, daß Christopher in Lachen ausbrach, und eine Minute später lachte auch sie, und nun standen sie da und lachten beide herzlich, und er hielt ihre Hände fest, und eine Welle von Glück kam wieder über beide.

»Was wir für gute Freunde sind!« sagte sie, indem sie ihn freudig überrascht anblickte.

»Das will ich meinen«, erwiderte Christopher, indem er von neuem ihre Hände küßte.

Nachdem ihr gleichzeitiges Lachen sie von ihrer Zurückhaltung und Angst befreit hatte, überkam sie beide die Empfindung, daß ihre Vertrautheit ungeheuer gewachsen war. Sie gingen ein Weilchen die Dünen entlang. Catherine sprach ihre Ansicht über Wesen und Verhalten wahrer Freundschaft aus, wie andere Frauen es bei ähnlichen Gelegenheiten tun, und Christopher, genau wie andere Männer es bei solchen Gelegenheiten tun, tat so, als ob er genauso dächte wie sie.

Und er verfiel nur ein einziges Mal wieder in seine hitzige Redeweise. Als sie nämlich sagte: »Ganz besonders bei dem großen Altersunterschied zwischen uns beiden«, da ließ er sich zu dem Ausruf hinreißen: »Hol der Teufel den Altersunterschied!«

Es fiel ihm schwer, ihr keine Predigt über diesen Gegenstand zu halten, ihr nicht zu sagen, wie lächerlich er diese fixe Idee finde, aber er hielt sich zurück. Er wollte sich diese Stunde nicht verderben. Es war zu schön, so zu zweit auf den gesegneten einsamen Dünen umherzuwandern, es war zuviel Seligkeit, als daß er sie aufs Spiel setzen konnte.

Mochte sie sagen, was sie wollte, mochte sie davon schwärmen, wie schön Freundschaft sei; im nächsten Augenblick würde sie ihm wahrscheinlich versichern, daß sie ihm wie eine Schwester zugetan sei oder wie eine Mutter, an die er sich in der Not wenden könne, oder sonst eine abgeschmackte Verwandte. Er wollte sie nicht unterbrechen, sondern sie anhören und innerlich sich ins Fäustchen lachen. Seine Catherine. Sein Lieb. So sicher, wie sie da neben ihm ging, so sicher, wie sie mit ihren kleinen schwankenden Füßen eine Doppelreihe von Fußspuren im Sande zurückließ, so sicher war sie sein Lieb.

»Catherine«, sagte er, »daß ich nur hier mit Ihnen zusammen spazierengehen darf, macht mich schon so glücklich, und es ist sonnenklar, daß eine wundervolle, harmonische Freundschaft uns verbindet.«

Ach, welch eine Erlösung war es doch, wieder mit Christopher zusammenzusein! So begehrt zu sein, durch ihre bloße Gegenwart, die er allem andern auf dieser Welt vorzog, ihm so viel Freude zu bereiten!

»Ich bin so glücklich, daß ich mitgekommen bin!« sagte sie, indem sie zu ihm emporlächelte. Und wie sie ihn ansah und er mit seinem hellen Haar und seinen jugendlichen Gliedern so harmonisch mit dem klaren Morgen und der kühlen See übereinstimmte, hätte sie fast hinzugefügt: ›Ich hab' Sie lieb, Christopher!‹ Aber sie fürchtete, daß er das mißverstehen könnte. Was auch sicher der Fall gewesen wäre.

Bevor sie umkehrten, kamen sie überein, daß er sie am Nachmittag nach London zurückbringen sollte. Das Gepäck konnte mit der Bahn nachgesandt werden. Es wäre töricht, sagte er, bis Montag zu bleiben, wenn sie keine Lust dazu hatte und weder Virginia noch sonst jemand es wünschte, während doch in London ihre Freunde wären, die sich alle nach ihr sehnten ...

»Ein Freund«, lächelte sie.

»Nun denn, ein Freund genügt, um einem die ganze Welt zu verwandeln.«

»Ach ja«, stimmte sie ihm mit leuchtenden Augen zu. Sie fürchtete aber doch, daß es sich schwer machen ließe. »Virginia wird sich über das Motorrad wundern ...«

»Davon ist sie bereits unterrichtet«, versetzte Christopher. »Sie können drauf wetten, daß die alte Dame es ihr längst erzählt hat. Wahrscheinlich ist sie sogar deswegen extra zu ihr hingerannt.«

›Wenn schon, denn schon!‹ dachte Catherine und erklärte sich also einverstanden, mit ihm nach London zu fahren, besonders ...

»Sagen Sie nur nicht ›besonders bei dem Altersunterschied zwischen uns beiden‹, ich bitte Sie!«

»Nein, das wollte ich nicht sagen; was ich sagen wollte, war: ›besonders, da alle damit zufrieden sein werden‹.«

»Jawohl, mein Lieb, ich wollte sagen, meine liebe Freundin, aber zugeben werden sie es wohl nicht.«

Es wurde also vereinbart, daß er sie in Chickover absetzen und sie beim Lunch Virginia von seiner Ankunft und ihrer Absicht Mitteilung machen sollte und daß er sie um zwei Uhr abholen würde. Doch mußte er vorher Virginia vorgestellt werden.

»Muß das sein?« fragte er.

»Aber natürlich«, antwortete Catherine.

Diesmal packte Christopher Catherine mit ganz andern Gefühlen in das Plaid ein. Ohne Angst, ohne Beklemmung. Sie war wieder dieselbe Catherine wie in Hampton Court, so fröhlich lachte sie. Nur war sie ihm so viel nähergekommen, war so eng bei ihm, war ganz aus freien Stücken gekommen, geradewegs in sein Herz.

XVIII

Der Morgen im Schloß verging inzwischen in gewohnter ruhiger, aber ernst-geschäftiger Weise. Virginia ging ihren häuslichen Pflichten nach, während ihre Mutter mit Stephen in der Kirche war, und machte selbst die belegten Brötchen zurecht, die er nach London mitnehmen sollte, weil er ihr gesagt hatte, daß die letzten sehr schlecht gewesen waren.

Die Köchin sah Virginia mit einem Gesicht zu, wie es Köchinnen unter solchen Umständen immer tun;

Virginia wußte zwar, wie belegte Brötchen schmecken sollten, hatte aber nie selbst welche gemacht, und als sie damit fertig war, war sie über das Aussehen derselben ein wenig bestürzt.

»So hat sie der gnädige Herr gern«, sagte sie etwas unsicher, während sie die seltsam geformten Brötchen in die dazu bestimmte Aluminiumbüchse tat.

»Jawohl, gnädige Frau«, erwiderte die Köchin.

Virginia schritt mit dem gewohnten Seufzer der Erleichterung durch die mit einem Fries überzogene Tür, die den Wirtschaftsflügel des Hauses von jenem trennte, in dem das Glück wohnte, um die Aluminiumbüchse mit den belegten Brötchen sowie Stephens Pyjamas und Predigten in seinen Handkoffer zu packen. Er konnte nur für ganz kurze Zeit nach Hause kommen, bevor er zum Bahnhof fuhr, weil er heute einen Krankenbesuch zu machen hatte, der arme Stephen; aber ihre Mutter mußte bald zurück sein.

Virginia hatte sich vorgenommen, sich während dieses Wochenendes ausschließlich ihrer Mutter zu widmen und alles zu tun, was in ihren Kräften stand, um den Verdacht zu zerstreuen, daß sie ihr vielleicht nicht sehr willkommen sei. Arme Mutter, sagte sich Virginia mit einem Seufzer, wenn sie doch nie einen Schmerz zu erleiden hätte! Sie war so herzensgut und oft so bezaubernd. Aber eine Mutter im vorgerückten Alter war ein Problem, außer wenn sie fromm war oder so vernünftig wie ihre Schwiegermutter.

Das Haus schien leer zu sein. Sie tat einen Blick in alle die großen Zimmer, alle waren leer. Nur der milde Frühlingssonnenschein war darin und Möbel und Schweigen.

Sie ging die Treppe hinauf, aber im Zimmer ihrer Mutter fand sie nur Ellen, die einen frischen Blumenstrauß in eine Vase tat. Schon wieder, und die gestrigen waren doch noch so schön! Stephen konnte Blumen in einem Schlafzimmer nicht leiden, aber wenn das nicht der Fall wäre, würde Ellen so aufmerksam darauf achten, daß sie immer frisch waren? Virginia hätte Ellen gern vorgehalten, daß es eine Verschwendung sei, um diese Zeit, wo sie noch so selten waren, unnötigerweise immerfort welche zu pflücken, aber da sie für ihre Mutter bestimmt waren, unterließ sie es.

Ohne ein Wort zu sagen, entfernte sie sich, und Ellen fühlte sich erleichtert, als sie fort war. Genau wie Virginia froh war, wenn sie von den Dienstboten fortkam, so freuten sich diese, wenn sie ging.

Virginia holte sich einen Schal aus dem Schlafzimmer. Es sah schon so verlassen aus, als wüßte es, daß Stephen zwei ganze Nächte darin fehlen würde. Sie stieg wieder die Treppe hinab und begab sich auf die Terrasse. Sie ging mehrmals auf und ab und erwartete jeden Augenblick, ihre Mutter auf einem Pfade zu entdecken.

Aber niemand kam: Der Garten war so leer wie das Haus. Und die Zeit verging. Stephen mußte nun bald zurück sein; ihre Mutter würde sich doch sicher von ihm verabschieden wollen, es war also unwahrscheinlich, daß sie gerade an dem Morgen seiner Abreise einen Spaziergang unternommen haben sollte. Abgesehen davon, daß er sie am Montag nicht mehr hier vorfinden würde, mußte sie ihm schon deshalb Adieu sagen, weil sie ihn nicht eingeladen hatte, das Wochenende in ihrer Wohnung zu verbringen. Stephen haßte die Hotels. Es war traurig, daß er die Wohnung in Hertford Street nicht benutzen durfte, obwohl sie leer war. Aber ihre Mutter hatte eine Ausrede gebraucht: daß sie Mrs. Mitcham für diese Zeit Urlaub gegeben habe oder dergleichen. Virginia hatte die Empfindung, daß es ihr nicht angenehm gewesen wäre, Stephen Gastfreundschaft zu erweisen. Und da kam auch schon Stephen und mußte in ein paar Minuten aufbrechen, und ihre Mutter war immer noch nirgends zu erblicken.

»Was ist aus Mutter geworden?« rief sie ihm zu, als er in Hörweite war.

Er antwortete ihr erst, als er ganz nahe bei ihr war. Er sah verärgert aus.

»Ist sie denn noch nicht hier?« fragte er.

»Nein. Wo ist sie denn?«

Er sah Virginia an, dann machte er eine Bewegung der Ungeduld.

»Ich verstehe nicht«, antwortete er, indem er die Uhr herauszog und rasch über die Terrasse durch die geöffneten Türen in den Salon schritt. Er sah, daß er bis zum Abgang des Zuges nicht mehr viel Zeit hatte. »Was ist über deine Mutter gekommen?«

»Über sie gekommen ist?« wiederholte Virginia höchst erstaunt.

»Etwas so Ungehöriges«, antwortete Stephen, indem er rasch durch den Salon schritt, von Virginia gefolgt. »So was!« schloß er in beunruhigender Weise.

Virginia sank das Herz.

»Ungehörig?« wiederholte sie zaghaft.

Dieses Wort, auf ihre Mutter angewendet, und noch dazu von Stephen, erschreckte sie. Was hatte ihre Mutter getan? Was konnte sie getan haben, um solchen Verdruß, solche Aufregung in dem sonst so ruhigen, so beherrschten Stephen hervorzurufen?

»Sie hat mich auf meiner eigenen Dorfstraße fast überfahren«, sagte er, indem er in sein Studierzimmer eilte und hastig seine Sachen zusammenraffte.

Wieder konnte Virginia nur wiederholen: »Überfahren?«

Sie war ganz verblüfft.

»Jawohl. Du weißt, wie verhaßt mir die Motorräder sind und die Jünglinge, die sie benutzen. Wo ist mein Halstuch?«

»Motorräder?« fragte Virginia erstaunt.

»Ich hatte natürlich nicht die entfernteste Ahnung, daß es deine Mutter sein könnte, aber Mutter, unsere Mutter, traf mich und erzählte mir . . . jawohl, Kate, ich weiß . . . ich komme sofort. Leb wohl, Geliebte . . . ich werde noch den Zug versäumen . . .«

»Aber Stephen . . .«

»Mutter wird dir erzählen. Es fällt mir wirklich schwer, es zu glauben. Und sie ist noch immer nicht zurück, immer noch per Motorrad unterwegs.«

Er ging in die Halle, bestieg das Auto. Er war fort.

Virginia stand da und blickte ihm nach. Stephen fort – und so! Kein Verweilen, kein liebes Wort zum Abschied, nichts als Hast und Ärger. Was war geschehen? Was hatte ihre Mutter getan?

Das unglaubliche Wort, das er zuletzt gebraucht hatte, klang ihr noch in den Ohren. Per Motorrad? Es tat ihr leid, daß sie nicht in das Auto gesprungen und mit ihm zum Bahnhof gefahren war, da wäre doch etwas mehr Zeit gewesen zu hören, was eigentlich geschehen war. Allein Stephen konnte Ungestüm nicht leiden und sie eigentlich auch nicht. Aber es gab doch Augenblicke im Leben, wo es berechtigt war.

Sie wandte sich um und kehrte ins Haus zurück, die Augen auf den Boden geheftet, die Brauen in schmerzlichster Bestürzung gerunzelt.

Sollte sie Stephens Mutter entgegengehen, die zum Lunch kam und offenbar wußte, was geschehen war? Sie hatte diese sehr gern, wie wäre es auch anders möglich, da Stephen sie gern hatte? Und sie bewunderte ihre guten Eigenschaften ungemein, aber sie liebte sie nicht so wie ihre eigene Mutter.

Familienstolz, Anhänglichkeit und das eigentümliche Herzweh der manchmal mißbilligenden, manchmal wehmütigen, manchmal enttäuschten, manchmal mitleidigen, aber immer vorhandenen Liebe zu ihrer Mutter erstickten den Wunsch, von Stephens Mutter zu erfahren, was geschehen war.

Bei Stephen war das etwas ganz anderes; wenn er es erzählte und tadelte, so war es sein gutes Recht, er gehörte zur Familie. Seine Mutter dagegen durfte es nicht. Von ihr könnte sie ihre Mutter nicht tadeln hören, auch nicht, wenn es in der taktvollsten Weise geschah. Nein, sie wollte ihr nicht entgegengehen. Ihre Mutter kam sicher zum Lunch zurück, und zwar vor ihrer Schwiegermutter. Ach, die Mütter! Es waren ihrer zu viele, dachte sie in plötzlicher Ungeduld, und dann schämte sie sich – war sie doch die Gattin eines Priesters des Herrn.

Die Salontür war offen, und ihr gerade gegenüber befand sich das weitgeöffnete Fenster aus der Zeit Williams und Marys, Ende des siebzehnten Jahrhunderts. Als Virginias Blick durch dieses Fenster fiel, sah sie Stephens Mutter mit größerer Lebhaftigkeit als sonst über die Terrasse kommen.

Virginia wollte in ihr Schlafzimmer flüchten und sich verstecken, aber sie war nicht rasch genug in ihrem Entschluß: Mrs. Colquhoun hatte sie schon erblickt.

»Ach, liebe Virginia«, rief sie aus, »ich bin so besorgt um deine Mutter. Ist sie heil zurückgekehrt? Ich hatte keine Ruhe, mußte herkommen und mich überzeugen, daß sie nicht zu sehr durchgerüttelt wurde. Der junge Mann fuhr mit solch rasender Schnelligkeit.

Und Stephen erzählte mir, daß er ihn fast überfahren hätte. Ich muß sagen, ich bewundere den Mut deiner Mutter. Ich hoffe, sie ist nicht zu Schaden gekommen?«

»Ich habe Mutter noch nicht gesehen«, antwortete Virginia, die in ihrem ganzen durchsichtigen Leben noch nie der Lüge so nahe gewesen war wie jetzt. Aber Mrs. Colquhoun ließ sich durch Ausflüchte nicht abspeisen.

»Was?« rief sie aus. »Sie ist noch nicht zurück?«

»Ich habe sie nicht gesehen«, versetzte Virginia hartnäckig.

Mrs. Colquhoun starrte sie an.

»Ja, aber, wo . . .?« begann sie von neuem.

»Ich sehe nicht ein«, sagte Virginia, die feuerrot geworden war, mit hochgezogenen Brauen, »warum Mutter nicht in einem Motorrad fahren soll, wenn es ihr Vergnügen macht.«

»Aber natürlich, natürlich. Und Mr. Monckton ist doch sicherlich ein alter Freund, nicht? Das heißt, ein so alter Freund, wie ein so junger Mensch sein kann. Ich vermute, daß er eigentlich ein Bekannter von dir ist, nicht? Obwohl ich mich nicht erinnere, ihn je zuvor in Chickover gesehen zu haben.«

»Ich kenne ihn nicht«, antwortete Virginia steif.

Sie wollte es sich selbst nicht zugeben, daß sie erstaunt und erschüttert war; sie wollte keinem andern Gedanken Raum geben, als daß es vollkommen natürlich war, in einem Motorrad zu fahren, wenn man Lust dazu hatte, und durchaus nicht ungewöhnlich, für niemand, ihre Mutter inbegriffen.

»Du kennst ihn überhaupt nicht?« rief Mrs. Colquhoun aus.

»Mutter hat viele Freunde, die ich nicht kenne«, sagte Virginia, die sehr steif dasaß.

»Natürlich. In London.«

»Jawohl. Sie haben mir nicht gesagt, was vorgefallen ist, Mutter.«

»Nun denn, der hochgewachsene und sehr hübsche Mr. Monckton wartete auf dem Kirchhof am Grab deines Vaters, als wir nach dem Gottesdienst die Kirche verließen.«

»Er wartete auf meine Mutter?«

»Jawohl. Er sagte, er sei nur zu dem Zweck hergekommen, um sie in seinem Motorrad, es hat einen Beiwagen, nach London zu fahren. Sein Motorrad stand draußen, und er überredete deine Mutter, einzusteigen und hierherzufahren. Gesagt, getan, fort waren sie, wie der Wind. Deine Mutter ist wirklich sehr mutig. In ihrem Alter! Ich bewundere sie. ›Einfach großartig‹, sagte ich mir. ›Das ist Lebenskraft, das Beste, was man haben kann. Ohne diese Lebenskraft kann man nichts tun.‹ Aber ich will fortfahren. Ich sah ihnen nach und bemerkte, daß sie nicht in die erste Gasse einbogen, und dann traf ich Stephen im Dorf, und der sagte mir, sie wären gerade durchgerast und hätten ihn fast überfahren. Du bist so blaß geworden, liebes Kind, sie haben ja Stephen nicht überfahren. Es ist also weiter gar nichts Aufregendes dabei, du hast keine Ursache zu erschrecken. Du weißt ja, daß dir das sehr schadet.«

»Aber ich bin nicht erschrocken, Mutter, warum sollte ich es auch sein?« versetzte Virginia, die sich aufrecht hielt.

»Ich habe deine Mutter nie etwas Ähnliches tun sehen«, sage Mrs. Colquhoun.

»Nein«, erwiderte Virginia, »aber glauben Sie nicht auch, daß einmal der Anfang gemacht werden kann?«

Mrs. Colquhoun war überrascht. Sie sagte: »Gewiß«, im Tone herzlicher Zustimmung. »Gewiß«, wiederholte sie. »Gewiß muß es einen Anfang geben. Immer. Von allem und jedem. Ich frage mich nur, ob nicht vielleicht . . . jedenfalls zeugt es von einer wunderbaren Lebenskraft, und da niemand deine Mutter im Dorf erkannt hat . . .«

»Ja, ist es denn ein Verbrechen, im Beiwagen eines Motorrades zu fahren?« fragte Virginia höchlich erstaunt.

»Ganz und gar nicht, liebes Kind. Nur . . . nur ein wenig ungewöhnlich für deine Mutter. Die Leute sind es nicht an ihr gewohnt. Es ist etwas, was . . . was junge Menschen tun, aber nicht . . . Wie ich schon sagte, solche Lebenskraft, solcher Mut sind zu bewundern. Ich gestehe, daß ich es nicht wagen würde. Kein junger Mann auf Erden hätte mich dazu bewegen können.«

Virginia war sehr unglücklich. Hier zu sitzen und ihre Mutter verteidigen zu müssen, ihre Mutter, die immer so hoch dagestanden hatte . . . Es war wie ein böser Traum. Und wo war sie? Warum kam sie nicht zurück? Am Ende war ihr etwas widerfahren? Es mußte ihr etwas widerfahren sein, sonst hätte sie es doch nicht unterlassen, Stephen Adieu zu sagen.

Eine schmerzliche Angst begann sich in ihrem Herzen zu regen. Sie hatte nicht viel Phantasie; so stellte sie sich auch nicht dramatisch einen Unglücksfall vor: ihre Mutter herausgeschleudert und leblos in einem einsamen Gäßchen, aber sie hielt es immerhin für möglich, daß ihr etwas Unangenehmes geschehen sei. Mit weitgeöffneten, besorgten Augen starrte sie ihre Schwiegermutter an und fragte sich im stillen, was es denn zu bedeuten habe, ob ihre Mutter auch in fünfzig Motorrädern durch fünfzig Dörfer raste, wenn sie nur unversehrt wiederkäme.

Die Mittagsglocke ertönte.

»Lunch«, sagte Mrs. Colquhoun lebhaft; sie erschrak über den Gesichtsausdruck Virginias, die in ihrem jetzigen Zustand vor allem der Ruhe bedurfte. »Willst du noch warten?«

»Horch!« sagte Virginia, indem sie die Hand hob.

Im nächsten Augenblick hatte auch Mrs. Colquhoun das Geräusch gehört: Es war ein Motorrad, das immer näher kam.

Virginia fühlte sich so erleichtert und froh, daß es sie trieb, die Treppe hinunter ihrer Mutter entgegenzueilen und sie zärtlich zu umarmen. Aber schon im nächsten Augenblick trat der Rückschlag ein. Es war ihr nichts zugestoßen, sie befand sich wohl, und es war wirklich hart, daß sie in dem dummen Beiwagen gefahren war. Man war doch berechtigt, von seiner Mutter Würde zu erwarten und Sinn für das, was sich gehört. Betreten, verletzt, blieb Virginia steif auf der Treppe stehen. Sehr rasch und leicht, wie ein Blatt, das der Wind die Allee heraufweht, kam ihre Mutter näher und winkte grüßend, mit gezwungener Fröhlichkeit. Virginia sah den Ausdruck in ihrem Gesicht, den sie schon einmal in den letzten Tagen wahrgenommen hatte: Es war der Blick eines Kindes, das Marmelade nascht und dabei von den Erwachsenen erwischt wird.

XIX

Catherine war sehr rasch die Allee heraufgekommen, weil sie fürchtete, sich verspätet zu haben. Ihr Gesicht war ganz heiß von der Bewegung, ihre Augen hell – von Christopher. Sie sah ganz anders aus als jene Catherine, die in der Frühe blaß und teilnahmslos mit Stephen den Weg zur Kirche eingeschlagen hatte. Christophers Betragen in London war wie ausgelöscht, sie hatte die Empfindung, daß ihre Beziehungen auf eine neue Basis gestellt waren. Sie war glücklich und wollte Virginia rasch ihren Plan mitteilen, bevor er seine Natürlichkeit, die ihr in Christophers Beisein so sonnenklar erschienen war, eingebüßt hatte, was in Gegenwart der Schwiegermutter wohl zu erwarten war.

Sie mußte sich also beeilen, solange sie noch unbefangen war. Alle wollten sie los sein, und sie wollte auch fort. Warum sollte sie also nicht fahren?

»Ich hab' mich verspätet«, sagte sie atemlos, indem sie die Treppe hinaufeilte und Virginia küßte. »Hast du geglaubt, daß ich verlorengegangen bin, liebes Kind?«

»Ich fürchtete, daß etwas passiert sein könnte, Mutter«, antwortete Virginia ernst und steif.

»Ach, wie mir das leid tut, liebste Virginia! Du hast dich doch nicht aufgeregt?«

»Ich war ein wenig unruhig. Aber nun ist ja alles in Ordnung, da du hier bist. Das Essen ist bereit, Mutter wartet. Wollen wir hineingehen?«

»Sie wird dir von meinem tollen Streich erzählt haben, nicht wahr?« sagte Catherine etwas nervös, während sie ins Speisezimmer gingen, denn Virginia war gar so ernst.

»Ich hoffe, du hast eine angenehme Fahrt gehabt«, erwiderte Virginia, die bei dem Wort ›toller Streich‹ zusammengezuckt war.

Sie saß am Kopfende des Tisches, an jeder Seite eine Mutter, der sie gehacktes Fleisch vorlegte, zuerst einer, dann der andern, mit eisiger Miene. Nach der Abreise Stephens am Samstag erhielten beide Stubenmädchen Urlaub, und Ellen stellte die Schüsseln auf den Tisch. An diesen Samstagen gab es immer gehacktes Fleisch zum Lunch, weil es die Köchin weniger anstrengte. Dann brauchte gehacktes Fleisch auch nicht tranchiert zu werden. Aber gehacktes Fleisch war nicht dazu angetan, gute Kameradschaft zu fördern, eine gesellige Stimmung kam unmöglich dabei auf. Die drei Damen wären zwar an diesem Tag auch nicht fröhlich gewesen, wenn es zum Beispiel Wachteln gegeben hätte; denn im Bewußtsein jeder einzelnen waren das Motorrad und der junge Mann, der dazugehörte, lebendig.

Virginia sowohl als ihre Schwiegermutter hatten keinen dringenderen Wunsch, als daß weder das Motorrad noch der junge Mann bei Tisch erwähnt würden, schon Ellens wegen, und Mrs. Colquhoun tat auch, was in ihren Kräften stand, und plauderte lebhaft über allerlei. Catherine aber war bestrebt, ihnen möglichst rasch mitzuteilen, was sie vorhatte. Sie wußte, daß es schon ein Uhr vorüber war und daß Christopher um zwei Uhr mit seinem Motorrad erscheinen würde, um sie abzuholen, und daß der ganze Haushalt von ihrer Abfahrt hören mußte. Sie mußte unbedingt davon sprechen und benützte die erste Pause in der Rede ihrer Gegenschwieger dazu.

Aber wie schwer wurde es ihr! Es war schlimmer, als sie gefürchtet hatte. Ihre Wangen glühten. Sie stotterte, als sie Virginias gekränkten, erstaunten Blick sah. Und Mrs. Colquhoun erhob die Hände, als sie von der geplanten Fahrt nach London hörte, nachdem doch Catherine bereits am Morgen Gott weiß wo gewesen war, und rief aus: »Unersättlich!«

Virginia brachte dieser kurze Ausruf ganz außer Fassung.

»Wenn du durchaus schon heute abreisen mußt, Mutter«, sagte sie verletzt und bestürzt, »so hättest du doch mit Stephen zusammen fahren können.«

»Aber die frische Luft, mein liebes Kind«, rief Mrs. Colquhoun aus, »die frische Luft! Deine Mutter sieht nach der Spazierfahrt schon ganz anders aus. Es gibt nichts Besseres als frische Luft. Luft, Luft, wir alle brauchen Luft. Und die Fenster sollten nachts alle weit offen sein.«

»Und dann«, fuhr Virginia gekränkt fort, »sagtest du doch, daß Mrs. Mitcham Urlaub hätte.«

»Ich muß heute abreisen, liebes Kind«, murmelte Catherine, indem sie mechanisch das gehackte Fleisch aß.

»Natürlich«, sagte Mrs. Colquhoun in herzlichem Ton. Sie wollte Ellens wegen das Thema so rasch als möglich fallenlassen. »Natürlich kann man sein Heim nicht für lange verlassen. Ich muß Ihnen da beistimmen, liebe Mrs. Cumfrit. Wir werden Sie natürlich sehr vermissen, aber ich muß Ihnen beistimmen.«

Sie lehnte sich über den Tisch und lächelte. Sie hatte ihre Gegenschwieger unterstützt, sie durch ihre Zustimmung geschützt. Angesichts solchen Schutzes konnten die Dienstboten nichts Ungewöhnliches merken.

Zum Schluß gab es Backpflaumen. Bei Backpflaumen hält man sich nicht lange auf, und so verließen die drei Damen das Speisezimmer, zwanzig Minuten nachdem sie eingetreten waren.

Catherine ging in ihr Schlafzimmer, um nach ihrem Gepäck zu sehen, wie sie sagte. Virginia folgte ihr. Mrs. Colquhoun versicherte ihnen, sie könnten sie ruhig allein lassen, sie langweile sich niemals, wenn sie allein sei, sie würde ganz zufrieden im Salon warten, sie sollten gar nicht weiter an sie denken.

»Mutter...«, begann Virginia, als sie im Schlafzimmer waren, ihre Augen waren ganz dunkel vor Bestürzung.

»Du machst dir doch nichts daraus, mein liebes Kind?« erwiderte Catherine. »Ich meine, daß ich so plötzlich abreise.«

Dann lachte sie ein wenig.

»Ich bin plötzlich gekommen und reise plötzlich ab«, sagte sie. »Eine solche Mutter ist wohl sehr unerfreulich?«

Virginia wurde feuerrot. Wie konnte sie die Wahrheit sagen und bejahen! Wie konnte sie lügen und verneinen!

»Mutter«, sagte sie schmerzlich, und die Frage bahnte sich einen Weg durch die eisige Schicht, »du fährst doch nicht etwa schon heute, weil du..., weil du dir denkst...«

Sie hielt inne und sah ihre Mutter an.

Catherine aber hatte keine andere Möglichkeit als eine fromme Lüge, wenn sie vor der Alternative stand, zu lügen oder Virginia weh zu tun.

Sie küßte also ihre Tochter auf beide Wangen und sagte sanft: »Nein, mein Herzblatt, ich fahre nicht deswegen, und ich denke mir gar nichts.«

Vollkommen unwahr war es nicht. Sie ging nicht Virginias wegen schon heute fort, sondern Christophers wegen. Das Leben war so schwierig. Lüge war mit Wahrheit verknüpft. Und die Liebe drängte sich überall ein, und wo sie war, konnte man sich der Lüge nicht entziehen. Das einzige gerade, einfache und unbefangene Gefühl war noch eine ganz gewöhnliche liebevolle Freundschaft.

Als Virginia in den Salon kam, fand sie dort einen jungen Mann in braunledernem Autokostüm, auf den

Mrs. Colquhoun einredete. Er wandte sich rasch um, als Virginia eintrat, und ihr kam es vor, daß bei ihrem Anblick sein erwartungsvoller Gesichtsausdruck sich in einen recht unangenehmen verwandelte.

»Virginia, mein Kind«, sagte Mrs. Colquhoun mit mehr als gewohnter Lebhaftigkeit, »dies ist ein alter Freund deiner Mutter, Mr. Monckton. Mr. Monckton, dies ist meine Schwiegertochter, Mrs. Stephen Colquhoun. Daß es gerade mir bestimmt ist, Sie beide miteinander bekannt zu machen! Ich hätte geglaubt, daß Sie zusammen in kindlichen Lauten gelallt, sich auf dem Rasen getummelt hätten, an ein und demselben Ort aufgewachsen wären. Ich hoffe, Mr. Monckton, Sie bewundern mit mir den Dichter, den ich zitiere?«

»Wir sollten schon aufbrechen«, sagte Christopher, indem er auf seine Armbanduhr blickte.

Es war ihm unerträglich, hier allein zu sein mit den beiden Frauen, in dem Haus, in dem einst Catherine gehört hatte, dem jungen Geschöpf gegenüber, das nach seiner Überzeugung George aus dem Gesicht geschnitten war und ihn mit großen kritischen Augen ansah, während die alte Dame ihn mit einem Trommelfeuer von weiß Gott was für argwöhnischen Blicken überschüttete.

»Möchten Sie Ihrer Mutter sagen, daß es hohe Zeit ist«, wandte er sich mit einer raschen Bewegung der Ungeduld an Virginia.

Sie sah ihn einen Augenblick an, ohne ihm zu antworten.

Dann sagte sie langsam: »Meine Mutter wird kommen, wenn sie fertig ist.«

›Ach nee!‹ hätte Christopher fast laut gesagt; flüsternd fügte er hinzu: »Fratz!«

Dann erinnerte er sich erst, daß sie die Gattin des betagten Geiers Stephen war. So schrecklich es auch war, daß sie einen Mann geheiratet hatte, der vom Alter mottenzerfressen war, gab ihm dieser Umstand doch eine Waffe in die Hand, und zwar eine sehr kräftige, die er gegen Catherine gebrauchen wollte, wenn die Gelegenheit dazu kam.

»Der Teufel auch«, murrte er und schnellte den Ellbogen in die Höhe, um nochmals auf seine Armbanduhr zu sehen.

»Wenn Ihre Mutter nicht bald kommt«, sagte er, »dann sehe ich keine Möglichkeit, noch heute abend London zu erreichen.« Und im stillen sagte er sich schmunzelnd: ›Das wird Eindruck machen!‹

Und so war es auch.

»Vielleicht gehst du zu deiner Mutter hinauf, Virginia«, sagte Mrs. Colquhoun augenblicklich aufgeregt und etwas unwirsch, »und bittest sie, sich zu beeilen. Oder soll ich lieber hinaufgehen? Die Treppe . . .«

Aber da war Catherine schon, und ihn dünkte, daß frostiges Dunkel sich plötzlich in Licht und Wärme verwandelt hätte.

»Oh, Christopher!« rief sie überrascht aus, als sie ihn erblickte – ›Christopher!‹ notierte Mrs. Colquhoun im Geiste – »Sie sind schon da? Ich habe Sie gar nicht kommen hören. Ist es nicht noch zu früh?«

»Weit davon entfernt«, sagte Mrs. Colquhoun, indem sie aufstand, um in die Halle zu gehen und dieser Abreise beizuwohnen, die einzig war in ihrer Art. »Im Gegenteil, Mr. Monckton sagt, es sei schon sehr spät, kaum Zeit genug, London noch zu erreichen.«

»Dann müssen wir freilich sofort aufbrechen. Sind Sie Virginia vorgestellt worden? O ja, ich habe einen Pelz, er ist in der Halle. Mein Herzblatt, gib acht auf dich, ja? Adieu, Mrs. Colquhoun . . . O ja, ich weiß es ... Ich weiß, daß sie in Ihren Händen gut aufgehoben ist. Und wenn du mich brauchst, liebste Virginia, wenn du mich brauchst ..., nur ein Wort, und ich komme.«

»Sehr lieb von dir, Mutter.«

Selbst gegen ihre Mutter benahm dieses Geschöpf sich wie ein Stock, dachte Christopher. Er hoffte inbrünstig, bald meilenweit von Chickover entfernt zu sein und den abscheulichen Ort nie wiederzusehen.

Wieder packte er Catherine bis zum Kinn hinauf in das Plaid ein. Diesmal lachte sie. Die beiden Frauen, die auf der Treppe standen und zuschauten, lachten nicht. Virginia war ganz ausdruckslos; Mrs. Colquhoun trug ein Lächeln zur Schau, das starre, unverwandte Lächeln, das von dem Entschluß geboren wird, in der geziemenden Liebenswürdigkeit nicht um Haaresbreite nachzulassen, bis die Tür geschlossen und der Gast um die Ecke ist. Um ihres Sohnes willen, sagte sie sich, hatte sie den Gast hinausbegleitet. Virginia tat es natürlich aus eigenem Antrieb. Stephens Mutter war dankbar, daß ihr Sohn nicht zugegen war. Was hätte er sich wohl gedacht? Sie setzte ihre Brille auf, um besser sehen zu können, was draußen vorging.

Der junge Mann, der mit dem Plaid hantierte, sah ganz anders aus als vorhin im Salon: Er lächelte, und sein Gesicht strahlte. Bei Mrs. Cumfrit das gleiche. Mrs. Colquhoun war ganz betroffen von dieser Heiterkeit. Und sie erinnerte sich, wie müde und gelb Mrs. Cumfrit vorigen Sonntag nach ihrer Ankunft ausgesehen hatte und wie sie im Laufe der Woche ebenso gelb geblieben und sichtlich gealtert war. Und heute morgen in der Kirche war sie nahe daran, von Übelkeit befallen zu werden oder einen Ohnmachtsanfall zu erleiden. Merkwürdig, sehr merkwürdig.

»Adieu, adieu! Sie werden sehr vorsichtig sein, Mr. Monckton, nicht wahr?«

Sie waren fort. Im nächsten Augenblick schon waren sie wie ein Fleck unten in der Allee, dann verbarg sie die Biegung, das Geräusch erstarb, und die beiden hatten Chickover wieder allein für sich. Der Ausdruck ›gassenbübisch‹ schwebte Mrs. Colquhoun auf den Lippen. Aber sie wehrte den Gedanken ab. Sie konnte ihn im Zusammenhang mit der Schwiegermutter Stephens nicht gelten lassen.

XX

Christophers Motorrad fuhr an diesem Nachmittag am langsamsten von allen Zweirädern auf der Landstraße. Zuweilen bewegte es sich so gemächlich wie ein Einspänner. Langsam fuhren sie im Sonnenschein dahin, fanden immer einen Vorwand zu halten – ein schöner Ausblick, ein altes Haus, ein Büschel Primeln. In Salisbury tranken sie Tee und besahen die Kathedrale und plauderten vom letzten Roman Thomas Hardys, dessen Held doch wahrhaftig ein unglückseliger Mensch war. Dann kamen sie naturgemäß auf Tod und Verderben zu sprechen, aber sie waren dabei ganz vergnügt. Wieviel sie doch einander zu sagen hatten. In ihrem Gespräch, ihrem lebhaften Gedankenaustausch trat keine Pause ein. In Catherines Gemüt war Chickover verblaßt wie ein Traum; sie selbst, die jeden Abend mit wachsender Betrübnis dort zu Bett gegangen war, ein Traum in einem Traum. Bei Christopher wurde sie lebendig, denn er war es in so hohem Grade, daß man eine regelrechte Mumie hätte sein müssen, um nicht Leben von ihm zu empfangen und wach zu werden.

Aber sie sahen nur einander, während sie in Salisbury herumstiegen und die Sehenswürdigkeiten in Augenschein nahmen, ohne sie eigentlich zu sehen, so sehr waren sie immer mitten im Gespräch. Was konnte unschuldiger sein, als plaudernd in Salisbury umherzuschlendern? Und doch wären in Stephen, Virginia, Mrs. Colquhoun unangenehme Empfindungen aufgestiegen, wenn sie ihnen begegnet wären. Einmal kam Catherine dieser Gedanke. Das war, als sie in einer Konditorei den Tee nahmen und Christopher ihr das Semmelkörbchen reichte. Da sah sein Gesicht aus wie das eines Seraphs, von einer Strahlenkrone umgeben, und sie nahm eine Semmel und hielt sie in der Hand und sah ihn an, während der Gedanke ihr kam, und sagte: »Warum darf man eigentlich nicht glücklich sein?«

»Man darf glücklich sein«, erwiderte Christopher, »und man ist es.«

»Man ist es«, lächelte sie, »aber man darf es nicht sein. Wenigstens darf man nicht immerfort glücklich sein. Nicht zum zweitenmal. Nicht so. Nicht . . .«, sie suchte nach einem passenden Wort, »außer der Tour.«

»Man darf sich absolut nicht darum kümmern, was die Verwandten denken oder wünschen oder billigen oder beklagen«, sagte Christopher, der irgendwo im Hintergrund ihrer Bemerkung Stephen witterte, »wenn man in der Entwicklung fortzuschreiten wünscht.«

»Meine Entwicklung scheint mit halsbrecherischer Geschwindigkeit vor sich zu gehen.«

»Außerdem ist es Eifersucht. Fast immer. Tief eingewurzelt. Die Mißgunst des Halbtoten gegen den Ganzlebendigen, des Überflüssigen gegen den Begehrten. Da sie es nicht zuwege bringen, lebendig zu sein, erklären sie, nur das Tote sei anständig, rein, heilig. Und wenn man ihnen nicht den Gefallen tun will, auch tot zu sein, so tun sie furchtbar entsetzt. Verwandte sind nun eben einmal so«, fügte er hinzu, indem er sich eine Zigarette anzündete und aus der Tiefe einer Erfahrung sprach, die sich auf einen einzigen Onkel stützte, den liebenswürdigsten, bescheidensten Menschen, der nie kritisierte, nie einen Rat gab und nur die eine Anforderung an den Neffen stellte, daß er zuweilen Golf mit ihm spielte; »man muß ihnen Trotz bieten, sonst erdrosseln sie einen.«

Sie lachte.

»Das tun wir ja!« bemerkte sie.

Die Sonne sank bereits, als sie Salisbury verließen und mit der gleichen Gemächlichkeit die Richtung nach Andover und London einschlugen.

»Sollten wir nicht ein wenig rascher fahren?« fragte Catherine, als sie bemerkte, wie tief die Sonne bereits stand.

»Ist es zeitig genug, wenn Sie um neun Uhr zu Hause sind?« fragte er.

»Hinlänglich«, antwortete sie. »Diese Fahrt macht mir so viel Vergnügen!«

»Ich möchte bis in alle Ewigkeit so fahren«, sagte Christopher.

»Sind wir nicht gute Freunde?« lächelte Catherine.

»Das will ich meinen«, versetzte Christopher mit tiefer Empfindung.

Zu ihrer Rechten erblickten sie einen Schornstein auf einem alten Haus, das Catherine interessierte, weil es mitten unter Bäumen stand. Sie verließen die Hauptstraße, um es zu besehen. Es war nicht besonders schön, aber der gewundene Weg, der dorthin führte, war wundervoll; hinter dem Haus setzte er sich im Wald fort.

Sie fuhren auf diesem Weg weiter, weil die Hauptstraße langweilig war und sie auch auf diesem kleinen Umweg ohne Zweifel nach Andover gelangen mußten.

Es war entzückend, so langsam in der weichen, am Horizont violett schimmernden Abendluft dahinzugleiten. Der feuchte Gras- und Erdgeruch im Wald war köstlich. Totenstille überall, so daß sie zuweilen hielten, um dieser Stille zu lauschen.

An der Lisiere stießen sie auf eine Gruppe von Bauernhäusern, ein kleines Dörfchen, das einsam dalag, wie eingebettet, fern von dem betäubenden Gewühl, so klein, daß es nicht einmal eine Kirche besaß – glückliches Dörflein, dachte Catherine, als sie sich an Chickover erinnerte, wo sie kaum aus der Kirche herausgekommen war, und in einem Garten, der warm und geschützt war, sah sie den ersten blühenden Strauch in diesem Jahr.

Er stach herrlich ab von dem grauen Hintergrund des schattigen Gartens, die Blüten rosenrot und karmesinrot in der Dämmerung leuchtend. Christopher hielt, als er ihren entzückten Ausruf hörte, stieg ab, ging in das Bauernhaus und bat die alte Frau, die darin wohnte, ihm einen Strauß von den Blüten zu verkaufen; und die alte Frau, die ihn und Catherine ansah und, als sie ihre friedvollen Augen sah, überzeugt war, daß sie sich auf der Hochzeitsreise befanden, pflückte einen Strauß, trat damit an die Gartenpforte und gab ihn Catherine. Sie wollte kein Geld dafür annehmen und wünschte, er möchte ihnen Glück bringen.

Weiterhin war die Gegend einsam, still und frei. Es waren keine Anzeichen von einer nahen Stadt zu bemerken; nur eine wellenförmige Hügelkette und hie und da eine kleine Baumgruppe. Einige matte Sterne zeigten sich an dem blassen Himmel.

»Sollten wir nicht schneller fahren?« fragte Catherine wieder; sie hatte den Schoß voll von den roten Blumen.

»Wir werden es zwischen Andover und London einbringen«, sagte Christopher. »Wenn wir um halb zehn anstatt um neun in Hertford Street ankommen, ist das zeitig genug?«

»Hinreichend«, antwortete Catherine ruhig.

Und gemächlich fuhren sie weiter durch die Gasse, die plötzlich enger und grasig wurde, gerieten in Vertiefungen und arbeiteten sich wieder heraus. Kein Haus weit und breit, keine Menschenseele. Abendstille Sterne.

Wie sie so durch das hügelige Land fuhren, den weiten Himmel über sich, überkam Catherine plötzlich die Empfindung, daß auf der ganzen Welt nichts sonst vorhanden sei als sie und Christopher und die Sterne.

Etwa sieben Meilen von dem Dörflein mit dem blühenden Strauch, auf der Höhe des Bergrückens, blieb das Motorrad plötzlich stehen.

Catherine, die aus dem Traum erwachte, in dem sie versunken war, glaubte, Christopher hätte es, wie schon oft zuvor, zum Stillstand gebracht, um auf die Stille zu lauschen, aber es war von selbst stehengeblieben.

»Verflucht!« rief Christopher aus, indem er an gewissen Teilen des Motors zu zerren, zu schieben und zu stoßen begann.

»Was ist los?« fragte Catherine behaglich.

»Der Motor ist stehengeblieben.«

»Vielleicht muß man ihn aufziehen?«

Christopher stieg ab und beugte sich darüber und begann seine Untersuchung. Catherine saß ruhig da, den Kopf zurückgelehnt, das Gesicht nach aufwärts gerichtet, und betrachtete die Sterne. Es war wunderschön hier in der großen Stille der hereinbrechenden Nacht.

Am Himmel war noch eine mattrote Linie zu sehen, wo die Sonne untergegangen war, aber vom Osten schob sich langsam ein düsterer Vorhang zu ihnen herüber. Der Weg machte gerade an der Stelle, an der sie sich befanden, eine Biegung nach Süden. Sie befanden sich auf einer Erhöhung inmitten der weiten Ebene, und Catherine war, als könnte sie bis ans Ende der Welt sehen. Nun, da der Motor verstummt war, herrschte tiefste Stille ringsum.

Christopher kam auf sie zu und sah sie an. Sie lächelte, sie war vollkommen zufrieden und glücklich.

Aber er erwiderte ihr Lächeln nicht.

»Das Benzin ist ausgegangen«, sagte er.

»So?« bemerkte sie ruhig.

Wenn bei Autofahrten das Benzin ausging, öffnete man eine neue Kanne und goß wieder welches hinein.

»Es ist keines mehr da«, fuhr Christopher fort. »Und ich glaube, wir sind zehn Meilen weit von einem menschlichen Ort entfernt.«

Er war überwältigt von seinem Mißgeschick. Er wollte sich in Salisbury den Behälter frisch füllen lassen, aber in seiner Glückseligkeit hatte er es vollständig vergessen. Welch ein heilloser, unverbesserlicher Esel er doch war . . .

Er starrte sie an.

»Was werden wir also machen?« fragte sie ihn; der bittere Ernst in seinem Gesicht schien ihr die Augen zu öffnen.

»Wenn wir einer menschlichen Behausung näher wären«, sagte er, einen Blick ringsum werfend.

»Können wir nicht in das kleine Dorf zurückfahren?«

»Der Motor rührt sich nicht von der Stelle.«

»Und wenn wir gehen?«

»Es sind mindestens sieben Meilen bis dahin.«

Sie blickten einander an in der zunehmenden Dunkelheit.

»Dann, Christopher . . .«

»Ich weiß es«, sagte er. »Wir sind in einer höllischen Klemme, und ich allein bin schuld daran. Ich hab' einfach vergessen, den Behälter in Salisbury frisch füllen zu lassen.«

»Aber es muß doch einen Ausweg geben.«

»Nur wenn zufällig jemand vorüberkommt, den ich überreden kann, zur nächsten Benzinstation zu gehen und uns welches zu bringen.«

»Können Sie nicht gehen?«

»Und Sie hier allein lassen?«

»Kann ich nicht gehen?«

»Das ist unmöglich!«

Schweigend standen sie da und blickten einander an. Die Sterne wurden heller. Weiß schimmerten ihre Gesichter in der Landschaft, die immer dunkler wurde.

»Catherine, verzeihen Sie mir«, sagte er, indem er seine Hand auf die ihre legte.

Die Worte gaben seine Gefühle nur sehr schwach wieder. Er war einfach niedergeschmettert. Würde sie sich ihm wohl je wieder anvertrauen? Wenn nicht, dann verdiente er sein Schicksal.

»Ich war so glücklich in Salisbury«, sagte er, »daß ich nicht an das Benzin dachte. Ich bin ein unverbesserlicher Dummkopf.«

»Aber was sollen wir jetzt tun?« fragte Catherine ernst.

»Hol mich der Henker, wenn ich das weiß«, antwortete er.

Wieder starrten sie einander stumm an. Mit der Schnelligkeit eines ungeheuren Raubvogels schien die Nacht sich auf sie zu stürzen.

»Es ist vielleicht doch das beste, wir lassen das Rad hier und gehen zu Fuß weiter«, schlug sie vor. »Es ist ja sehr unangenehm, aber vielleicht treffen wir doch jemanden oder gelangen irgendwohin. Oder vielleicht könnten wir das Rad schieben? Ist es sehr schwer?«

»Zwei Meilen weit könnte ich es schieben, aber das wäre das Äußerste!«

»Aber ich würde ja helfen.«

»Sie?!«

So unglücklich er auch war, so mußte er doch lachen.

»Wir könnten auf die Hauptstraße stoßen«, sagte er, indem er in die Richtung blickte, in der sie – wie viele Meilen entfernt? – wahrscheinlich lag.

»Es kann doch nicht sehr weit sein«, sagte sie, »und vielleicht fährt ein Automobil vorbei und hilft uns weiter.«

Er zündete ein Streichholz an und dann die Laternen, das Licht tröstete sie ein wenig, holte seine Karte hervor und studierte sie.

Wie er gefürchtet hatte, war weder der unbekannte Fahrweg noch das Dörflein darauf verzeichnet.

Weit drüben im Norden, von einer Baumgruppe her, ertönte das Geschrei einer Eule; sie kamen sich noch verlorener vor als vorher.

»Ich glaube, wir tun am besten zu bleiben, wo wir sind«, meinte er.

»In der Hoffnung, daß jemand vorbeikommt?«

»Jawohl. Die Laternen werden wir brennen lassen, die muß man meilenweit sehen. Vielleicht wundert sich jemand, warum sich hier nichts weiterbewegt. Es ist doch immerhin möglich. Freilich«, fügte er hinzu, »sind die Menschen im allgemeinen sehr wenig neugierig.«

»Besonders, wenn neugierig sein soviel heißt wie im Finstern hier heraufsteigen.«

Sie versuchte, mit ihrer gewohnten Stimme zu sprechen, aber es fiel ihr schwer, denn sie war ganz bestürzt über das Mißgeschick, das sie ereilt hatte.

»Wenn Sie vielleicht rufen?« schlug sie vor.

Er rief. Es klang entsetzlich. Es hob die Einsamkeit noch nachdrücklicher hervor. Sie erbebte. Und jedesmal, wenn Christopher aus Leibeskräften geschrien hatte, kreischte die Eule in weiter Ferne. Es war die einzige Antwort.

»Warten wir ruhig«, sagte sie, indem sie ihre Hand auf seinen Arm legte. »Früher oder später wird sicher jemand das Licht sehen.«

Ein kleiner Wind erhob sich; anfangs war es nur leichtbewegte Luft, aber es war sehr kühl, und wenn er stärker wurde, mußte es sehr unangenehm werden.

Christopher blickte sich um. Links vom Weg senkte sich der Boden und bildete eine jener Vertiefungen, in die sie schon früher geraten waren und aus denen sie sich wieder herausgearbeitet hatten, nachdem sie das Dörflein verließen.

»Wir wollen uns dort hineinsetzen«, sagte er.

Er trug das Plaid und die Wagenpolster über das Gras den Abhang hinab.

Mit Hilfe einer Laterne, die er mitgenommen hatte, fand er eine kleine Mulde in der Vertiefung, breitete das Plaid darin aus und legte die Wagenpolster darauf.

»Es ist erst nach acht«, sagte er, auf seine Armbanduhr schauend. »Noch ganz früh. Wenn wir ein wenig Glück haben . . .«

Er hielt inne, sie setzte sich hinein, und er deckte sie mit den Enden und Zipfeln des Plaids zu.

»Bleiben Sie hier«, sagte er, »während ich wieder zu dem vermaledeiten Rad hinaufgehe und noch einmal zu rufen versuche.«

Er ging die Höhe hinauf, und bald hallte der traurige Ruf ringsum wider. Die Nacht erbebte davon.

Als er heiser war, kehrte er zu ihr zurück; mit gespanntem Ohr saß er da und lauschte auf etwa näherkommende Schritte.

»Ist Ihnen kalt?« fragte er. »Ach Catherine, verzeihen Sie mir!«

»Ganz warm«, antwortete sie lächelnd. »Und ich mache mir gar nichts draus. Es ist wirklich sehr spaßig.«

Er schwieg. Er, der sonst so zungenfertig war, wußte nichts zu sagen. Schweigend saß er neben ihr und lauschte.

»Ich bin froh, daß wir so viele Semmeln zum Tee gegessen haben«, sagte sie plötzlich.

»Sind Sie hungrig?«

»Noch nicht. Aber ich werde es wohl bald sein, und Sie auch.«

»Und es wird Ihnen, fürchte ich, bald auch kalt werden. Ach Catherine . . .«

»Es ist mir noch lange nicht kalt«, unterbrach sie ihn und lächelte von neuem, denn was nützte es, wenn der arme Christopher sich Vorwürfe machte.

Er sah ihr ins Gesicht, das in der Dunkelheit weiß schimmerte, und er sah, daß sie lächelte. Er packte sie fester in das Plaid ein. Er hätte ihr die Füße küssen mögen, er betete sie an, sie war so heiter und geduldig, aber was nützte es?

Es war halb zehn geworden.

Er blieb eine halbe Stunde oben und ließ von Zeit zu Zeit seinen Ruf erschallen, bis ihm die Stimme versagte. Als er wieder zur Mulde hinabkletterte, war Catherine eingeschlafen.

Er setzte sich vorsichtig neben sie; er getraute sich nicht, sich eine Zigarette anzuzünden, aus Angst, daß der Geruch sie aufwecken könnte. Es war besser, wenn sie schlief.

Es wurde kälter, sehr kalt. Unten zog sich ein Nebel zusammen und kroch zu den kleinen Hügeln empor. Der Wind konnte sie in der Mulde nicht erreichen, aber ein feuchter, klebriger Nebel legte sich einem auf die Glieder. Catherine bewegte sich, und er wandte sich rasch zu ihr.

Da erwachte sie, schlug die Augen auf und sah in stummem Staunen seinen Kopf, der dunkel und schattenhaft war, sich über sie neigen.

Das war ja Christopher, aber wie kam er hierher?

Da erinnerte sie sich.

»Ah«, sagte sie matt, »wir sind noch hier . . .«

Sie bemühte sich, ihr Zittern zu unterdrücken, aber es war ihr sehr kalt, und wenn man an ein Bett und Decken gewöhnt ist, was ist einem da ein Plaid auf feuchtem Gras? Dann war auch ihre Oberfläche klein, und ihr wurde schneller kalt als großen Leuten.

Er sah, wie sie vor Kälte zitterte, und ohne sie erst um Erlaubnis zu fragen oder die Zeit mit Phrasen zu verschwenden, rückte er näher und nahm sie in seine Arme.

»Das entspringt nur meinem Entschluß«, sagte er, als sie eine Bewegung des Widerstandes machte, »Sie nicht vor Kälte umkommen zu lassen. Übrigens wird auch mir so viel wärmer sein, das wäre nicht der Fall, wenn ich bis zum Morgen allein für mich dasäße.«

»Bis zum Morgen«, wiederholte sie mit sehr schwacher Stimme. »Werden wir . . ., glauben Sie, daß wir die ganze Nacht werden hierbleiben müssen?«

»Es sieht so aus«, antwortete er.

»Ach Christopher . . .«

»Ich weiß.«

Sie sagte nichts weiter, und er hielt sie und ihren Mantel und das Plaid fest in den Armen.

So saßen sie schweigend da. Die erste Empfindung Catherines war Bestürzung darüber, daß sie sich nachts mit Christopher in einer unbekannten Gegend auf einem einsamen Hügelabhang befand und durch die Umstände gezwungen war, sich so fest wie möglich an ihn zu schmiegen; als ihr wärmer und sie schläfriger wurde und die Natur den Sieg davontrug über die Schicklichkeit, erfüllte sie eine seltsame Befriedigung, ein Friede ohnegleichen. Und was empfand erst Christopher, als er seine Wange an ihren Kopf lehnte und zu den Sternen emporblickte!

»Natürlich«, murmelte Catherine, die im Einschlafen war, »ist das nur eine Vorsichtsmaßregel . . .«

»Gewiß«, flüsterte Christopher und drückte das Plaid fester um sie.

Aber der Schlaf lockerte den moralischen Sinn. Wie soll man Gutes von Bösem unterscheiden, wenn man schläft? Wie kann man in diesem Zustand die Vernunft walten lassen? Catherine schlief, und Christopher küßte sie. Sie spürte im Traum, daß sie geküßt wurde, aber es war ein so sanfter, zarter Kuß, der ihr ein solches Gefühl der Sicherheit gab . . . und niemand war da, der Anstoß daran genommen hätte . . . und das Gestern war so weit entfernt . . . und der Morgen kam vielleicht gar nicht mehr . . .

Aber so fest schlief sie doch nicht, daß sie nicht gewußt hätte, wie glücklich sie war; andererseits war sie nicht wach genug, um ihm zu wehren.

XXI

Mrs. Mitcham, die ihre Herrin erst am Montag erwartete, ging am Samstag zu Besuch zu einer Freundin in Camden Town, und als sie nach neun Uhr abends zurückkam, war sie überrascht, Virginias Gatten an der Tür zu begegnen, der gerade läutete. Er sollte doch wissen, daß Mrs. Cumfrit nicht da war, dachte Mrs. Mitcham, denn sie war doch in Virginias Haus in Chickover.

Der Teppich auf der Treppe war dick, und so kam Mrs. Mitcham oben an, ohne daß Stephen sie bemerkte. Er war sehr vom Läuten in Anspruch genommen, er läutete immer wieder.

»Entschuldigen Sie, Hochwürden«, sagte Mrs. Mitcham ehrerbietig.

Rasch wandte er sich um.

»Wo ist Mrs. Cumfrit?« fragte er.

»Mrs. Cumfrit?« wiederholte sie sehr erstaunt. »Ich denke, sie kommt erst am Montag zurück.«

»Sie hatte das Schloß heute nachmittag verlassen, um nach Hause zu fahren. Sie sollte längst hier sein. Haben Sie kein Telegramm erhalten, das Ihnen ihre Ankunft meldet?«

»Nein, Hochwürden.«

»Aber ich habe eins«, erwiderte er und zog ein Telegramm aus der Tasche seines Überziehers. Er sah sehr aufgeregt aus, wie Mrs. Mitcham bemerkte. »Meine Frau telegraphiert mir, daß ihre Mutter abgereist sei, und bittet mich nachzusehen, ob sie heil angekommen ist.«

»Heil?« wiederholte Mrs. Mitcham, die das Wort überraschte.

»Mrs. Cumfrit ist – im Auto hergefahren. Sie wissen,

daß meine Frau jetzt nicht beunruhigt werden darf«, sagte Stephen stirnrunzelnd. »Das ist nicht wünschenswert.«

»Jawohl, Hochwürden«, versetzte Mrs. Mitcham. »Aber ich bin überzeugt, es ist kein Grund dazu. Mrs. Cumfrit wird sicher bald hier sein. Es ist ja erst neun Uhr.«

»Sie ist um halb drei weggefahren.«

»Man muß auch auf eine Panne gefaßt sein«, bemerkte Mrs. Mitcham ehrerbietig.

Stephen ging in den Salon, ohne den Überrock abzulegen. Mrs. Mitcham sah, daß er sehr aufgeregt war. Sie war froh, daß sie in ihre stille Küche gehen konnte.

Stephen war furchtbar aufgeregt. Um sechs Uhr hatte er Virginias Telegramm erhalten, gerade als er in seinem Schlafzimmer im Hotel seine Predigten durchsah und noch einmal daran feilte. Die Nachmittags- und Abendstunden an den Samstagen, bevor er predigte, waren ihm sehr kostbar. Er begab sich jedoch sofort in die Hertford Street. Er verstand nicht viel von Motorrädern, aber wenn er nach der Schnelligkeit schloß, mit der Monckton in Chickover gefahren war, glaubte er annehmen zu dürfen, daß er Zeit genug gehabt hatte, um schon in London zu sein.

Aber niemand war in der Wohnung, nicht einmal Mrs. Mitcham, deren Pflicht es doch gewesen wäre, anwesend zu sein. Er läutete vergebens.

Um halb acht kam er wieder. Er sagte sich schmerzlich, daß seine Predigten darunter leiden würden. Das gleiche Ergebnis. Da war es schon dunkel, und auch er fing an, besorgt zu werden; nicht um seine Schwiegermutter, denn es war ihre Schuld, wenn ihr etwas widerfuhr, sondern um Virginia. Sie würde in einem schrecklichen Zustand sein, wenn sie wüßte, daß ihre Mutter noch nicht zu Hause war. Daß auch Mrs. Mitcham noch immer abwesend war, erschien ihm nicht nur sehr tadelnswert, sondern er schloß daraus, daß sie von der bevorstehenden Rückkehr ihrer Herrin nicht unterrichtet war, was ihm merkwürdig vorkam.

Unmittelbar nach dem Abendessen – es war schlecht, aber er hätte es in seinem Gemütszustand nicht zu schätzen gewußt, wenn es gut gewesen wäre – begab er sich wieder in die Hertford Street; trotz der Versicherungen des Portiers wollte er nicht glauben, daß noch niemand oben sei, und läutete wiederholt. So fand ihn Mrs. Mitcham.

Als Mrs. Mitcham hereinkam, um Feuer zu machen, starrte er zum Fenster in die Finsternis hinaus. Das wenige Licht, das im Zimmer herrschte, kam von den Straßenlaternen her. Er tat ihr leid. Sie hätte nicht geglaubt, daß er Mrs. Cumfrit so zugetan war. Jetzt war sie selbst auch schon besorgt, und als sie ihr Bett machte und alles für sie vorbereitete, tröstete sie sich nur mit dem Gedanken, daß ein Auto vier pneumatische Reifen hatte, die alle eine Panne erleiden konnten, ganz abgesehen von all den anderen zahllosen Bestandteilen, mit denen ja auch etwas passieren konnte.

»Ich werde jetzt Feuer machen, Hochwürden.«

»Für mich nicht«, antwortete Stephen, ohne sich zu rühren.

»Wünschen Sie etwas, Hochwürden?«

»Nein«, antwortete Stephen, dessen Blick unentwegt auf die Straße gerichtet war, »nichts.«

Die ganze schreckliche Nacht hindurch stand Stephen am Fenster. Mrs. Mitcham kam von Zeit zu Zeit, um zu sehen, ob er etwas brauche. Um elf Uhr machte sie Kaffee und brachte ihn herein, um Mitternacht war er noch unberührt, und so trug sie ihn wieder hinaus.

Um ein Uhr brachte sie ein paar Decken herein und machte ihm auf dem Sofa ein Bett zurecht, das er aber nicht benützte. Um fünf Uhr brachte sie ihm Tee, den er nicht trank. Um acht Uhr machte sie das Frühstück zurecht. Die ganze Nacht hatte er am Fenster gestanden, oder er war im Zimmer auf und ab gegangen, und jedesmal, wenn sie ihn sah, schien er ihr magerer geworden zu sein. Jedenfalls sah sein Gesicht spitzer aus als am Abend zuvor.

»Ich muß mich waschen«, sagte Stephen heiser, als Mrs. Mitcham ihm meldete, das Frühstück, das ihm sicher guttun würde, sei bereit.

Sie führte ihn ins Badezimmer.

»Ich muß mich rasieren«, fuhr er fort, indem er sie aus hohlen Augen ansah. »Ich muß heute vormittag predigen. Ich muß ins Hotel zurückfahren und mich rasieren.«

»Ach nein, das wird nicht nötig sein«, sagte Mrs. Mitcham und brachte ihm Georges Rasiermesser; sie waren zwar stumpf, aber immerhin waren es Rasiermesser.

Er sah sie an, und seine Augen wurden noch größer.

»Rasiermesser?« fragte er. »Wie kommen die hierher?«

»Vom seligen Mr. Cumfrit«, antwortete Mr. Mitcham.

Natürlich. Seine Selbstbeherrschung war verschwunden, er war nicht imstande, seine Gedanken zu sammeln, sie machten die unglaublichsten Sprünge. Er zog die Rasiermesser ab und dachte daran, wie sein Schwiegervater sie zum letztenmal benützt hatte, der sich nie wieder rasieren würde. Pulvis et umbra sumus, sagte sich Stephen in seiner tiefen Niedergeschlagenheit; er vergaß einen Augenblick die glorreiche Auferstehung, an die er so innig glaubte.

Sein Gemüt wandte sich wieder seiner Sorge zu, und er fragte sich, wann es wohl an der Zeit sei, die Polizei zu benachrichtigen.

Er zwang sich, etwas zu frühstücken, aus Angst, er könnte sonst auf der Kanzel zusammenbrechen, und er trank aus demselben Grunde auch eine Tasse starken Kaffee. Der Gedanke, daß seine eigene Schwiegermutter diese Aufregung über ihn gebracht hatte, verletzte ihn tief. Es war klar, daß sie einen Unfall erlitten haben mußte; Gott allein wußte, wie er die Predigt überstehen würde. Die Angst, welche Wirkung eine so schreckliche Nachricht auf die geliebte Mutter seines Kindes haben mußte, zermalmte ihn fast. Mit einem jungen Mann durch Feld und Wald zu stürmen, das war ja schändlich. Und die Strafe dafür, der Unfall, der seiner Schwiegermutter offenbar zugestoßen war, ereilte, wie es leider rätselhafterweise so oft geschieht – nur durfte man Gottes Weisheit nicht anzweifeln –, mit Wucht den Unschuldigen. Gab es auf der ganzen Welt ein so unschuldiges Geschöpf wie seine Frau? Höchstens noch das Kind, das Liebespfand, das sie unter dem Herzen trug. Er senkte den Kopf auf die Arme und betete. So fand ihn Mrs. Mitcham, als sie hereinkam, um den Frühstückstisch abzuräumen. Es tat ihr furchtbar leid; er schien ihrer Herrin viel mehr zugetan, als man geglaubt hätte.

»Sie werden sich wohler fühlen, Hochwürden«, sagte sie, »wenn das Frühstück erst seine Wirkung getan hat.« Dann wagte sie die Frage: »Ist die gnädige Frau im Auto der Miß Virginia gefahren? Bitte um Entschuldigung, ich wollte sagen, in Ihrem Auto? Denn dann kann man sich auf den Chauffeur sehr gut verlassen.«

Stephen schüttelte den Kopf. Er konnte keine Fragen ertragen. Er konnte sich Mrs. Mitcham gegenüber nicht in die Geschichte mit dem Motorrad einlassen.

Er war die ganze Nacht auf den Beinen gewesen, er fühlte sich krank; der Kopf tat ihm weh zum Zerspringen. Er stand auf und verließ das Zimmer.

Bevor er zur Kirche ging, mußte er sich seine Predigt aus dem Hotel holen. Er wartete bis zum letzten Augenblick damit, in der Hoffnung, daß vielleicht doch endlich eine Nachricht käme; als er aber nicht länger warten konnte und Mrs. Mitcham ihm in seinen Überzieher half, sagte er ihr, daß er sofort nach dem Gottesdienst zurückkommen und überlegen würde, welche Schritte man tun müsse, um die Polizei zu verständigen.

»Die Polizei?« wiederholte Mrs. Mitcham ganz entsetzt.

Die Polizei und ihre Herrin! Der letzte Hauch von Optimismus schwand ihr aus dem Herzen. Sie hatte die Empfindung, daß die Polizei unbedingt etwas Schreckliches ausfindig machen würde, wenn man sie nur auf die Suche schickte, auch wenn nichts passiert war; im Augenblick, da sie anfingen, nach ihr zu fahnden, geschah sicher etwas.

Von dem Bewußtsein überwältigt, daß sie nur eine schwache Frau in einer Welt voll von starken Männern sei, öffnete sie die Tür, und als Stephen hinausging, stieß er auf Catherine, die eben aus dem Lift stieg, vollkommen gesund und unversehrt – und mit ihr Christopher.

Alle drei blieben wortlos stehen.

»Sie hier, Stephen?« sagte Catherine endlich sehr zaghaft. »Warum . . ., wieso . . .?«

»Ich habe die ganze Nacht auf Sie gewartet.«

»Ich . . . wir . . . sind steckengeblieben.«

Stephen gab dem Liftjungen ein Zeichen, daß er mit ihm hinunterfahren wolle.

»Genug, genug«, sagte er mit einer seltsamen Gebärde, als wollte er sie und alles, was mit ihr zusammenhing, von sich schieben, stieg hastig in den Lift und verschwand.

Catherine und Christopher sahen einander an.

XXII

Das war ein furchtbarer Tag für Stephen. Manche Männer haben zerrissenen Herzens die Entdeckung gemacht, daß ihre Frauen, die sie bisher als Muster der Unschuld betrachtet hatten, insgeheim ihre Familie, ihr Heim verrieten, aber Stephen konnte sich nicht an einen einzigen Fall erinnern, daß jemand diese Entdeckung in bezug auf die Mutter seiner Frau gemacht hätte. Es war freilich nicht ganz so entsetzlich, sagte er sich, als wenn man seine Frau ertappte; andererseits aber war es eine ganz besondere, abnorme Abscheulichkeit. Ein junges Mädchen darf, von jugendlichem Ungestüm getrieben, diese schiefe Ebene hinuntergleiten, aber wenn Frauen in reiferen Jahren, Matronen, Witwen, denen nur noch die Pflicht obliegt, den andern ein leuchtendes Vorbild zu sein, denen es Befriedigung gewähren sollte, sich still und ruhig zu verhalten, geachtet und hochgehalten zu werden – wenn diese sich eines Benehmens schuldig machen, das sie zugrunde richtet und Schande über ihre Familie bringt, das ist in einem gewissen Sinne noch viel schrecklicher, viel entsetzlicher. Bei jeder Frau in reiferen Jahren war es abscheulich, bei dieser war es gar nicht auszudenken, wie abscheulich, denn sie – oh, welches Entsetzen! – war seine eigene Schwiegermutter.

Er las mechanisch seine Predigt herunter, ohne eine Empfindung dafür zu haben, was er las, ohne seine

Augen von dem Manuskript zu erheben. Das übernächtigte Paar, sie hatten ungemein übernächtigt ausgesehen, als sie schuldbewußt und ertappt im schonungslosen Licht des Sonntagmorgens dastanden, schwebte ihm beständig vor den Augen und machte ihm unmöglich, seine Gedanken auf seine Predigt zu konzentrieren.

Die Gedanken wirbelten hin und her, während seine Lippen herunterlasen, was er in den letzten Tagen ungetrübten Friedens über die Liebe geschrieben hatte, die nun, ach, so weit entfernt waren. Liebe! Welche Sünden, dachte Stephen, werden in diesem Namen verübt! So unglaublich es war, so schwer, fast unmöglich man es sich vorstellen konnte bei dem Altersunterschied zwischen Catherine und Christopher, so sehr es alle Begriffe von Anstand und Schicklichkeit in Aufruhr versetzte, das Wort war sicher öfter im Verkehr der beiden gefallen.

Ihn schauderte. Es gab Dinge, an die man einfach nicht denken konnte. Und doch dachte er daran, sie verfolgten ihn. »Wir sind steckengeblieben«, hatte sie gesagt. Personen, die sich in ihrer Lage befanden, pflegten das zu sagen. So viel Kenntnis hatte auch er von der Welt, um zu wissen, was das zu bedeuten hatte. Und – ihre Gesichter, diese erschrockenen, schuldbewußten Gesichter, als sie sich ihm so unerwartet gegenübersahen.

»Die Liebe«, las Stephen aus einem Manuskript, indem er mechanisch die Hand erhob und in eindringlichem Ton fortfuhr, seiner Gemeinde die Worte fest einzuprägen, »denkt nichts Böses.«

Nach dem Gottesdienst begab er sich sofort in die Hertford Street. Es war zwecklos, vor seiner Pflicht zurückzuschrecken. Seine erste Regung, der er auch gefolgt war, trieb ihn, sofort jedes Zusammentreffen mit seiner Schwiegermutter zu vermeiden. Aber er war ein Priester; er war ihr nächster männlicher Verwandter; es war seine Pflicht, etwas zu tun.

Er fuhr direkt in ihre Wohnung und fand sie im Speisezimmer, wo sie gemütlich einen Hammelbraten aß.

Stephen war es immer sehr schmerzlich und bedauernswert erschienen, daß an den Lasterhaften nicht auch physische Spuren ihrer Sünden wahrnehmbar waren, sondern daß ein wenig Reinlichkeit genügte, um sie von denen, die nicht gesündigt hatten, ununterscheidbar zu machen. Seine Schwiegermutter zum Beispiel sah so aus wie sonst, wie irgendeine andere ehrenwerte, harmlose Dame, die am Sonntag ihren Hammelbraten aß, als ob nichts geschehen wäre. In diesem kritischen Moment, dieser niederschmetternden Entscheidung für ihrer aller Leben – Catherines, seines, das seiner geliebten Virginia, die in ahnungsloser Unschuld seiner harrte – hatte er nur die eine Empfindung: Alles hätte seine Schwiegermutter tun dürfen, nur dies nicht.

Er hatte Mrs. Mitcham, die ihm die Tür öffnen wollte, beiseite geschoben und war unangemeldet eingetreten.

Catherine blickte auf.

»Ich bin froh, daß Sie wiedergekommen sind, Stephen«, sagte sie, indem sie den Sessel zu ihrer Rechten hervorzog, damit er sich setze – als ob er im Traum daran dächte, sich zu setzen! –, »denn ich möchte Ihnen gern sagen, was geschehen ist.«

Er beachtete den Sessel nicht und blieb am Ende des Tisches stehen, auf den er sich so heftig mit beiden Händen stützte, daß die dünnen Knöchel weiß wurden.

»Wollen Sie sich nicht setzen?« fragte sie.

»Nein.«

»Haben Sie schon gegessen?«
»Nein.«
»Möchten Sie etwas essen?«
»Nein.«

Catherine wußte, daß nichts zu machen war, als Stephen anzuhören und die Folgen zu tragen, aber sie dachte sich im stillen, er hätte wenigstens sagen können: »Nein danke.« Da sie sich aber eine Blöße gegeben hatte, nahm sie seine einsilbigen Antworten hin, ohne eine Bemerkung darüber zu machen. Übrigens sah der arme Stephen ganz verstört aus, er mußte eine entsetzliche Nacht gehabt haben.

Er tat ihr sehr leid. Sie fing an, ihm zu erzählen, wie das Benzin ausgegangen war, als sie sich auf der öden Strecke zwischen Salisbury und Andover befanden . . .

Stephen erhob die Hand.

»Ersparen Sie mir das alles«, sagte er, »ersparen Sie es mir und sich.«

»Es ist nichts zu ersparen«, versetzte sie. »Ich versichere Ihnen, daß ich mich gar nicht scheue, Ihnen zu erzählen, was passiert ist.«

»Sie sollten schamrot werden«, sagte Stephen, indem er sich noch fester auf seine Knöchel stützte und vornüber beugte.

»Schamrot werden?« wiederholte sie.

»Wissen Sie nicht, daß Sie bedenklich bloßgestellt sind?«

»Mein lieber Stephen . . .«

Er hätte ihr am liebsten verboten, ihn bei diesem Namen zu nennen.

»Bedenklich«, wiederholte er.

»Mein lieber Stephen, seien Sie nicht kindisch. Ich weiß, daß es sehr bedauerlich ist, daß ich erst heute früh zurückkommen konnte . . .«

»Bedauerlich!«

»Aber wer wird es jemals erfahren? Und ich kann nichts dafür! Sie glauben doch nicht etwa, daß es mir angenehm war?«

Als sie diese Worte sprach, überkam sie die Erinnerung, wie Christopher sie warm in seinen Armen gehalten und wie er sie auf die Augen geküßt hatte. Jawohl, es war ihr angenehm gewesen, er hatte sie sehr glücklich gemacht.

Sie wurde glühendrot, als sie sich daran erinnerte, und mußte die Augen niederschlagen.

Stephen entging das nicht, und der letzte Schimmer von Hoffnung, daß ihre Geschichte vielleicht doch wahr sei, erlosch. Seine Seele schien in einen schwarzen Schacht zu sinken. Sie war schuldig. Sie hatte etwas Unerhörtes getan. Virginias Mutter! Es war greulich, in einem Zimmer mit ihr beisammenzusein.

»Das muß gesühnt werden«, sagte er leise, die Augen weit geöffnet und flackernd, als wenn er in der Tat etwas Greuliches vor sich sähe. »Es gibt nur ein Mittel. Es ist zwar eine Schmach, es in Verbindung mit einem jungen Menschen in seinem und einer Frau in Ihrem Alter aussprechen zu müssen, aber das einzige, was Ihnen übrigbleibt, ist, ihn zu heiraten.«

»Ihn zu heiraten?«

Sie starrte ihn mit offenem Munde an, starr vor Überraschung.

»Es gibt sonst keine Rettung für Sie, weder vor dem Verdammungsurteil der Welt noch vor der Strafe Gottes.«

»Stephen«, sagte sie, »sind Sie von Sinnen?« Er wollte sie drängen, Christopher zu heiraten! »Ja, warum soll ich denn das tun?«

»Warum? Sie fragen mich, warum? Soll ich vielleicht

die Schmach erdulden, mit Worten aussprechen zu müssen, was Sie getan haben?«

»Sie sind ganz entschieden von Sinnen, Stephen«, sagte Catherine, die zwar den Kopf hochzuhalten versuchte, aber wie gelähmt war durch die Erinnerung an die Küsse Christophers. Ihr Leben war so tadellos gewesen, daß der kleinste Fleck darauf ihr ungeheuerlich vorkommen mußte. Wenn sie nur die ganze Nacht im Schmutz sich weitergeschleppt hätte trotz aller Erschöpfung, dann hätte sie Stephen mit der gehörigen Entrüstung ungerecht beargwöhnter Tugend entgegentreten können; aber sie hatte warm in Christophers Armen gelegen und im Schlaf seine Küsse gespürt. Und Stephen war so überzeugt, als wenn er das Paar in einem Hotel überrascht hätte.

›Scheußlich‹, dachte er, ›geradezu scheußlich.‹

»Ich habe nichts mehr zu sagen«, erwiderte er langsam, mit einem Gesicht, das hart war wie ein Fels, »ich mache Sie nur darauf aufmerksam, daß Sie meine Frau nicht wiedersehen dürfen, wenn Sie Monckton nicht heiraten. Freilich ist die Heirat eine Schmach . . .«

Sie war totenbleich geworden und starrte ihn an.

»Aber Stephen . . .«, begann sie.

Diese Torheit, dieser Wahnsinn, diese Entschlossenheit, ihre Sündhaftigkeit als ausgemacht zu betrachten! Sie hätte lachen mögen, wenn sie nicht so böse gewesen wäre, wenn er nicht die Macht gehabt hätte, sie von Virginia fernzuhalten. Aber diese Macht hatte er, er, der Fremde, dem sie Einlaß gewährt hatte durch ihre Tore, wo sie doch so leicht hätte unedel sein können und ihm den Einlaß verwehren. Es wäre nicht einmal unedel, es wäre nur lebensklug gewesen. Drei Jahre Freiheit hätte sie dadurch gewonnen, daß sie ein einziges Wort gesprochen hätte, drei Jahre länger hätte sie ihr Kind für sich allein besessen. Und sie hatte dieses Wort nicht gesprochen. Sie hatte ihm Einlaß gewährt. Und jetzt hatte er die Macht, sie zu vernichten.

Sie sah ihn an. Sie war totenbleich.

»Dann ist es wenigstens ein Glück«, sagte sie, während in ihren Augen Tränen der Entrüstung über die Ungerechtigkeit, die Grausamkeit des Mannes glänzten, den sie so glücklich gemacht hatte, »daß ich Christopher liebe!«

»Sie lieben ihn!« rief Stephen aus, ganz entsetzt über die Schamlosigkeit eines solchen Geständnisses.

»Jawohl, ich liebe ihn sehr«, antwortete Catherine. »Er liebt mich unaussprechlich, und es ist mir unmöglich – es ist mir unmöglich –«

Ihre Stimme stockte, aber sie machte eine große Anstrengung und gewann sie wieder.

»Und es ist mir unmöglich«, fuhr sie fort, »gute Menschen, die mich liebhaben, nicht wiederzulieben.«

»Sie wagen es, das Wort Liebe in den Mund zu nehmen?« sagte Stephen. »Sie wagen es, dieses Wort auf diesen Knaben und sich anzuwenden?«

»Wollen Sie, daß ich ihn heirate, ohne ihn zu lieben?«

»Es ist eine Schmach«, sagte Stephen, der ganz außer sich war über die unverschämte Frechheit, »daß Sie in Ihrem Alter auch nur an Liebe zu einem so viel jüngeren Mann denken.«

»Und Sie und Virginia?« fragte Catherine.

Es war das erste Mal, daß sie auf den Altersunterschied zwischen ihm und ihrer Tochter anspielte. Aber es tat ihr schon leid. Es war immer ihr Grundsatz gewesen, lieber Unrecht zu leiden, als Unrecht zu tun, sich lieber beleidigen zu lassen, als andere zu beleidigen.

Er sah sie einen Augenblick an, das magere Gesicht

totenbleich über diese Beschimpfung. Dann wandte er sich um und ging fort, ohne ein Wort weiter zu sagen.

XXIII

Sie verbrachte den Nachmittag, indem sie im Salon auf und ab ging. Sie suchte ihre Gedanken zu sammeln, um die Wirrnis, in der sie sich befanden, zu klären.

Was ihr widerfahren war, war von jedem Gesichtspunkt aus höchst unangenehm. Sie mußte weinen, dann wieder blieb sie mitten im Zimmer stehen, und bei dem Gedanken an Virginia ergriff sie ein entsetzliches Gefühl der Beklemmung. Sie wußte, daß Stephen, ein Mann von Wort, ihr den Weg zu Virginia abschneiden würde, und wie konnte er das tun, ohne einen Grund, seinen Grund, dafür anzugeben? Es blieb ihr also nichts anderes übrig, als Christopher zu heiraten. Was aber würde Virginia davon denken? Wenn sie aber Christopher heiratete – wie unglaublich war es doch, daß gerade Stephen sie dazu zwang, diese Alternative auch nur in Betracht zu ziehen! – so mußte doch Stephen einen Beweis darin sehen, daß er recht gehabt hatte, daß sie schuldig war.

Schuldig! Sie wurde feuerrot vor Ärger und Demütigung.

Welch eine Schmach, sich vor ihrer Tochter gegen eine solche Beschuldigung verteidigen zu müssen! Und natürlich konnte es nie, nie wieder zwischen ihnen sein wie früher, nach dem, was Stephen gesagt hatte!

Catherine fuhr fort, auf und ab zu gehen. Es war unerträglich, die ganze Situation war unerträglich. Sie wollte sich das nicht gefallen lassen. Bis ans Ende der

Welt wollte sie wandern, weit, weit weg, und nie wieder in ein Land zurückkehren, in dem Stephen wohnte. Allen wollte sie den Rücken kehren, den Staub von ihren Füßen schütteln, sich irgendwo in Afrika oder Australien ansässig machen, zu vergessen suchen ...

Kaum hatte sie das beschlossen, so erklärte sie auch schon, daß sie absolut nicht daran denke. Nein, sie wollte sich nicht aus ihrer Heimat vertreiben lassen von Stephen und seiner gemeinen Denkungsart. Sie wollte hierbleiben und ihm Trotz bieten. Sie wollte jedermann erzählen, was geschehen war, nicht nur Virginia, sondern Mrs. Colquhoun und allen Bekannten in London und Chickover, und auch die Fortsetzung wollte sie ihnen allen erzählen, und welchen Preis ihr geistlicher Schwiegersohn von ihr dafür verlangte, daß sie wieder in die Reihe der ehrbaren Frauen zugelassen würde, sie wollte ihn lächerlich machen, ihn zur Zielscheibe des Gelächters machen ...

Kaum hatte sie das beschlossen, so erklärte sie auch schon, daß sie absolut nicht daran denke. Nein, sie wollte sich nicht verbittern lassen, sie wollte Stephen nicht lächerlich machen, nichts dergleichen tun. Wie könnte sie auch Virginia so entsetzlich weh tun? Aber schreiben wollte sie ihr und ihr die tückischen Zufälle jener Nacht beschreiben, ihr so taktvoll als möglich erklären, wie Stephen in seiner übertriebenen Besorgnis das Urteil der Leute wegen dieses Abenteuers fürchtete, daß sie aber überzeugt sei, wenn er erst mehr Zeit zur Überlegung hätte, würde er sicher einsehen, daß er sich unnötig geängstigt habe und daß kein Mensch etwas daran finden könne.

Darauf wollte sie sich beschränken. Sie konnte sich nicht entschließen, Virginia Stephens Befehl mitzuteilen, daß sie Christopher heiraten müsse. Christopher heiraten! Sie warf den Kopf zurück und lachte laut, immerfort, bis sie merkte, daß sie nicht lachte, sondern weinte; denn die Tränen, und sicherlich keine Freudentränen, flossen ihr über die Wangen herab. Sie trocknete sie und begann wieder auf und ab zu gehen.

Aber sosehr sie sich auch bemühte, das Chaos aufzuhellen, das in ihrem Gemüt herrschte, sie konnte kein klares Licht sehen. So groß auch ihr Zorn, ihre Entrüstung über Stephens abscheuliche voreilige Schlußfolgerung war. »Und das will ein Priester Gottes sein!« sagte sie, indem sie ihr feuchtes Taschentuch zu einem Ball zusammenknüllte. In ihrem Unterbewußtsein haftete die Erinnerung an die Küsse Christophers auf ihre geschlossenen Augen. Was man im Dunkeln alles tat! Wie anders benahm man sich da! Die Erinnerung an diese Küsse zermalmte ihre Moral, ihr Stolz verwandelte sich in Demut. Wenn sie nur darauf bestanden hätte, zu Fuß weiterzugehen! Aber es war so natürlich gewesen, sich niederzusetzen, um so mehr, als man nicht wußte, wohin man sich wenden sollte! Alles übrige war nur eine natürliche Folge.

In Zwischenräumen von je einer halben Stunde läutete das Telefon, und Mrs. Mitcham meldete jedesmal, daß Mr. Monckton am Telefon sei.

»Sagen Sie ihm, daß ich schlafe«, sagte Catherine jedesmal und wandte ihr Gesicht ab, damit Mrs. Mitcham nicht sehe, daß sie geweint hatte.

Um fünf Uhr meldete Mrs. Mitcham, Mr. Monckton lasse fragen, wann er vorsprechen dürfe.

»Sagen Sie ihm, ich schlafe noch immer«, gab Catherine zur Antwort und blickte zum Fenster hinaus.

Christopher! Was sollte sie mit ihm anfangen?

Ohne etwas zu sehen, denn sie war blind vom Weinen, blickte sie auf die düstergraue Straße. Wenn sie bedachte, daß das geschehen war, als sie gerade ihre Beziehungen zu Christopher auf eine vernünftige, erfreuliche Basis gestellt, als sie ihm alle Torheiten ausgetrieben hatte! Zwar gestern nacht – aber das zählte nicht, das war ein Zufall, weil es so kalt und dunkel war, und sie war ja auch gar nicht wach, als es geschah –, nein, das zählte nicht. Sie hatte ihm die Torheiten ausgetrieben, und da kam nun Stephen daher mit seiner schrecklichen Meinung, seinem frommen Argwohn, und zertrümmerte die ganze Freundschaft. Und wenn sie auch noch so sehr den Wunsch gehabt hätte, Christopher zu heiraten – sie hatte nie, nie den Wunsch gehabt, aber gesetzt den Fall –, jetzt konnte sie es gar nicht, denn es wäre ein Zugeständnis, daß sie ihn heiraten müsse.

Sie lehnte die Stirn an die kalte Fensterscheibe. Die Häuser gegenüber starrten ihr aus verhüllten Fenstern entgegen. Es regnete, und die Straße sah schmutzig und schwarz aus und verlassen und öde, gleichgültig, ja feindselig. Was konnte ein Mensch tun, wenn er in Nöten war und niemand hatte, an den er sich wenden konnte? Was sollte sie tun?

»Mr. Monckton, gnädige Frau«, meldete Mrs. Mitcham, indem sie die Tür öffnete.

»Sooft er auch telefoniert«, sagte Catherine mit erstickter Stimme, das Gesicht geflissentlich der Straße zugewandt, »sagen Sie ihm jedesmal, ich schlafe noch immer.«

Die Tür schloß sich, und im Zimmer herrschte wieder Schweigen. Dann hörte sie, wie es jemand durchschritt. Sie glaubte, es sei Mrs. Mitcham, die Kohlen im Kamin auflegen wollte, und sie empfand grollend die Unmöglichkeit, selbst in unglücklicher Stimmung den fortwährenden Unterbrechungen zu entgehen, die die Gewohnheiten des Alltagslebens mit sich brachten.

Da mußte Feuer gemacht werden, da mußte man sich zum Essen setzen und tun, als ob man äße, dann mußte man sich anziehen und wieder ausziehen, wie konnte man ordentlich unglücklich sein, mit seinem Elend ringen, den Kampf austragen, wenn man immerfort unterbrochen wurde?

Da wußte sie plötzlich, daß es nicht Mrs. Mitcham, sondern Christopher war. Rasch wandte sie sich um, um ihn fortzuschicken, aber er war so nahe an sie herangetreten, daß sie an ihn anstieß.

Im nächsten Augenblick hatte er sie mit seinen Armen umschlungen, und sie hatte sofort das gleiche Gefühl wie am Abend zuvor, als sie im Einschlafen war: das Gefühl unendlichen Behagens, der Wärme und Sicherheit.

»Nicht doch!« versuchte sie zu protestieren; aber er hielt sie fest, und während sie ihm wehrte, wußte sie, daß es doch so sein mußte.

»Ach Chris!« flüsterte sie, während sie ihre Wange an seinen Rock drückte, »ich schäme mich so sehr, so sehr . . .«

»Warum?« fragte Christopher, der sie immer noch so festhielt, daß sie sich nicht hätte freimachen können, wenn sie gewollt hätte. Aber sie wollte nicht.

»Stephen war hier und hat so entsetzliche Dinge gesagt . . .«

»Soso«, versetzte er, seinen Kopf auf ihrem, mit einer Hand sanft ihr Gesicht streichelnd. »Aber er ist trotzdem ein guter Kerl«, fügte er hinzu.

»Wer? Stephen? Aber das ist doch nicht wahr!«

»O doch. Er hat mich heute nachmittag besucht.«

»Ah!«

»Und ich halte ihn für einen vernünftigen Kerl.«

»Was hat er? Was hat er denn . . .«

»Er ist natürlich beschränkt und in vieler Beziehung ein Dummkopf, wie ich ihm mehrmals ganz klar und deutlich sagte, er ist außerdem ein ekelhafter Schweinekerl, mit einer schmutzigen Phantasie . . .«

»Ah, dann hat er also . . . hat er . . .?«

»Aber sonst wirklich ein so anständiger, vernünftiger Mensch, so gut er es eben versteht, als man sich nur wünschen kann.«

»Ach Chris, dann hat er also . . .«

»Jawohl. Und das werden wir auch.«

Zweiter Teil

I

Von Ende März, als diese Ereignisse sich zutrugen, bis Ende April, als Catherine sich mit Christopher trauen ließ, sprachen die Chauffeure, Omnibusschaffner und Eisenbahnkondukteure Catherine mit Fräulein an.

Eine solche Wirkung hatte Christopher auf sie. Wenn er nicht gewesen wäre, so hätten sie sie bestimmt mit ›Frau Mutter‹ angesprochen; wenn er nicht gewesen wäre, so hätte sie sich tiefunglücklich gefühlt. Sie war von Scham und Schmerz erfüllt, weil jeder Weg zu Virginia ihr abgeschnitten war; ihre Briefe an sie kamen ungeöffnet zurück, von Stephen umadressiert; und sie wußte, daß nur innerliches Elend die Frauen äußerlich so verändert, daß sie wie alte Mütterchen aussehen, daß aber umgekehrt nichts so sehr wie innerliches Glück sie äußerlich in Mädchen, in junge Mädchen verwandelt. Sie besaß dieses innerliche Glück, denn sie hatte Christopher, der sie liebte, sie tröstete, sie mit holden Namen rief, und sie erblühte in dieser Wärme zu einer Schönheit, die sie in den kühlen Tagen Georges nie besessen hatte. Die Welt brauchte offenbar die Liebe. Das mußte Catherine jedesmal denken, wenn sie ihr verwandeltes Gesicht im Spiegel erblickte.

Als ihre Freunde sie wiedersahen, waren sie verblüfft über die wunderbare Wirkung, die ihr Besuch in Chickover gehabt hatte. Sie alle, die Fanshawes an der Spitze, behaupteten, daß ein so reizvolles Persönchen, deren einziges Kind nun verheiratet war, nicht länger als Witwe verkümmern dürfe, sondern daß ein passender Gatte mit viel Geld so rasch als möglich für sie gefunden werden müsse. Es wurde also eine ganze Reihe von Abendgesellschaften gegeben, wieder die Fanshawes an der Spitze, und in jeder sollte Catherine einen netten reichen Mann nach dem anderen kennenlernen. Aber diese Pläne schlugen alle fehl; erstens hatten die meisten reichen netten Männer bereits Frauen, und wenn sie noch keine besaßen, so hatten sie dafür etwas ebenso Schlimmes, nämlich hohes Alter, schlechte Gesundheit, oder sie waren eingefleischte alte Junggesellen; zweitens weigerte sich Catherine, in diesen Gesellschaften zu erscheinen.

Sie wollte absolut nicht. Zuletzt weigerte sie sich sogar, ans Telefon zu kommen, und sie war niemals zu Hause anzutreffen. Vergebens besuchten sie um jene Zeit, Mitte April, ihre Freundinnen: Sie war vollständig von Christopher und den Vorbereitungen zur Trauung in Anspruch genommen. Diese waren einfach genug, denn Christopher hatte nur seine Wohnung aufzugeben und in die Hertford Street zu übersiedeln. Mrs. Mitcham sollte von nun an außer Haus schlafen, ihr Zimmer wurde in ein Ankleidezimmer für Christopher verwandelt. Catherine und Christopher hatten zusammen vierzehnhundert Pfund jährlich Einnahmen und freie Wohnung. Es war genug. Später würde er natürlich mehr verdienen, und sie, wie er versicherte, mit der Zeit noch eine reiche Frau werden; darüber lächelte sie, denn sie machte sich nichts aus Reichtum. Die Vorbereitungen an sich waren also sehr einfach, aber Catherine mußte sie vor ihren Freunden geheimhalten. Sie hatte eine Riesenangst, daß sie hinter das Geheimnis kommen und ebenso überrascht sein würden wie sie selbst über die plötzliche Wendung in ihrem Geschick.

Sie ließen sich auf dem Standesamt in der Princes Row trauen. Die Zeugen waren Mrs. Mitcham, in einem neuen Hut und, wie immer, voll froher Hoffnung, und Lewes, der so aufgeregt war, daß er nur mühsam den Trauschein unterzeichnen konnte. Aus diesem starrten ihm in deutlichen Worten die unglückseligen Tatsachen entgegen: Witwe, sechsundvierzig; ledig, fünfundzwanzig. Vom Standesamt ging es, wie Christopher wußte, geradewegs in den Himmel, oder, wie Catherine gelassen sagte, auf die Isle of Wight.

Bis zu diesem Zeitpunkt hatte Catherine Christopher geliebt, war aber nicht in ihn verliebt. Es war ein glückseliger Zustand, der ein gewisses angenehmes, warmes Gefühl der Sicherheit in sich schloß. Sie liebte ihn, er war in sie verliebt. Er schüttete ihr sein Herz aus, sie empfing es und war getröstet. Er tat alles, um Chickover in Vergessenheit zu bringen und Stephen und Virginia; er warb so heftig um sie, daß ihr Gesicht vor Freude über seine Koseworte strahlte. Er schmeichelte ihrer Eitelkeit, bis sie zur Seligkeit wurde. Selbst im Schlafe lächelte sie. Aber im Grunde ihrer Seele blieb sie unberührt. Man kann doch nicht mehr tun, dachte sie, als einfach lieben.

Nach ihrer Verheiratung fand sie jedoch, daß man sehr wohl mehr konnte, nämlich nicht nur lieben, sondern verliebt sein. Das waren zwei verschiedene Dinge, wie sie gleich und mit etwas Unbehagen zu merken begann. In jenen ersten Tagen, als sie noch böse auf ihn zu sein pflegte, hatte er behauptet, Verliebtsein sei ansteckend. Aber sie hatte sich die ganze Zeit über, da er um sie warb, nicht angesteckt. Das geschah erst in den Flitterwochen: Sie verliebte sich so hilflos, so vollständig in ihn, daß ihr angst und bange wurde. So also war die Leidenschaft beschaffen, die in der Musik verborgen war und ihr Tränen entlockt hatte, die sich ihr in der Dichtung offenbart hatte, daß sie erbebt war. Nun hatte sie sie erfaßt – war es Schmerz oder Lust? Es war Lust, aber eine so heftige Lust, daß die geringste Berührung sie in Qual verwandelte, ein so makelloser Himmel, daß der kleinste Schatten, das winzigste Flöckchen ihn in die Hölle verkehren mußte. Wie sollte sie es ertragen, fragte sie sich, entsetzt über diese heftigen neuen Gemütsbewegungen, wenn er sie jemals weniger liebte? Ihr Herz sagte es ihr, jetzt gab es keine halben Maßregeln mehr, keine halben Töne, keine unparteiischen Gebiete – alles war entweder ganz hell oder – wie entsetzlich! – ganz schwarz.

Sie hatten ein möbliertes Häuschen in der freundlichen Straße gemietet, die zwischen St. Lawrence und Blackgang die See entlangführt; es blickte auf die See hinaus, und gegenüber befand sich eine Wiese voll Butterblumen, die gerade blühten. Eine Frau kam täglich aus St. Lawrence und bediente sie tagsüber, und nachts hatten sie das Häuschen und den winzigen Garten und die stille Straße und die flüsternden Fichten und die murmelnde See ganz allein für sich. Das waren poesievolle Tage für sie, und sie sagte sich und auch ihm, indem sie ihre Lippen an sein Ohr legte, daß er ihrem Leben erst Sinn und Inhalt gegeben habe, daß es sich so von ihrem früheren Dasein unterscheide wie ein unbeleuchtetes Zimmer von dem gleichen, in das die helle Lampe hereingebracht wird, eine wunderschöne Lampe mit silbernem Fuß und einem Licht, rosenfarben wie das Innere der Rose.

Und Christophers Antwort lautete wie die Antwort

aller jungen Liebenden, die noch nicht ganze zwei Tage verheiratet sind, und es kam beiden so vor, als wären sie wahrhaftig im Himmel.

Sie hatten beide solches Glück nicht für möglich gehalten, solch eine Offenbarung alles dessen, was das Leben sein konnte, was es wirklich war, wenn es bis zum Rande voll war von einer einzigen Liebe. Sie liebte ihn leidenschaftlich, dachte an niemand, an nichts mehr auf der Welt als an ihn. Nun diese Leidenschaft spät im Leben über sie hereingebrochen war, nahm sie alle ihre Sinne gefangen, bis sie in süßer Liebespein fast verging. Wer war sie, was hatte sie getan, daß ihr diese unvergleichliche junge, frische Liebe zu Füßen gelegt wurde? Und Christopher sagte sich, daß er es immer gewußt hatte: Wenn es ihm nur gelang, sie aus ihrem Schlaf zu erwecken, dann würde sie die wundervollste Geliebte werden.

Sie lachten niemals; sie waren immer furchtbar ernst. Meist flüsterten sie miteinander, denn die Leidenschaft flüstert immer. Drei Tage lang lebten sie nun schon in dem seligen, unbewohnten Eiland. Die Ostertouristen waren schon fort, die Sommerfrischler noch nicht da. Sie waren unten am Strand oder oben im Wald, auf der Wiese mit den Butterblumen, und ihre Liebeslust hatte nicht im geringsten abgenommen.

Drei Tage. Der dritte Tag ist gewöhnlich der kritische in den Flitterwochen, aber da sie nie zuvor Flitterwochen gekannt hatten – sie hatte die Empfindung, daß dieses holde Wort nicht auf die Hochzeitsreise mit George angewendet werden konnte, und jedenfalls hatte sie die schon vergessen –, wußten sie das nicht, und Christopher war so jung, daß sie auch diesen Tag in höchster Glückseligkeit verbrachten.

Am Morgen des vierten Tages frühstückte Christopher allein, denn Catherine hatte noch geschlafen, als die Glocke läutete, und er hatte der Aufwartefrau verboten, sie zu stören; nach dem Frühstück ging er mit seiner Pfeife in das Gärtchen, lehnte sich an das Gartentor und schaute auf den hellen, herrlichen Teppich von Butterblumen hinaus. Da überkam ihn plötzlich das Verlangen, ein wenig nachzudenken. Ganz allein. Zwei Stunden lang. Wenn das nicht ging, hätte er gern Golf gespielt. Er mußte sich Bewegung machen. Im Freien. Mit einem Mann.

Wo nur der Spielplatz war? Wenn er hinging, war ihm das Glück vielleicht hold, und er fand am Ende gar einen Bekannten dort. Catherine spielte nicht Golf, er wollte auch nicht, daß sie mit ihm spielte. Er wollte ein wenig mit einem Mann beisammen sein, mit ihm umherstreifen, ohne zu reden, es wäre denn, wenn es die Gelegenheit erforderte, einen kräftigen Fluch auszustoßen, und dabei die ganze Zeit das Bewußtsein haben, daß er bald wieder bei ihr sein würde – wie erstaunlich es doch war! – bei ihr, seiner geliebten Frau. Oder er hatte Lust, zur See hinunterzustürmen und weit hinauszuschwimmen, sich dann von der Sonne trocknen zu lassen und einen tüchtigen Marsch zu machen, über die Felsen hinauf, die sich hinter dem Häuschen erhoben, wo der Wind frisch wehte und die munteren kleinen Lerchen sangen. Catherine konnte nicht so marschieren oder schwimmen, und er verlangte es auch nicht von ihr; er wollte allein fort, um dann die erstaunliche Freude zu haben, wieder bei seiner geliebten Frau zu sein.

Er ging ins Haus, die Treppe hinauf, um zu sehen, ob sie schon wach war, und um ihr zu sagen, daß er einen raschen Gang machen wolle. Aber als er leise die Tür öffnete und sich ins Zimmer schlich, fand er sie noch schlafend, und da konnte er nicht widerstehen, kniete nieder und küßte sie. Sie schlug die Augen auf und lächelte ihn so holdselig an, daß er den Arm um sie schlang und sein Gesicht neben das ihre auf das Kissen legte, und nun fingen sie wieder an zu flüstern.

An diesem Tage ging er nirgends hin. Nachmittags legten sie sich zusammen ins Freie und lasen Gedichte. Sie bat ihn darum. Um diese Zeit war das Verlangen nach Alleinsein und Nachdenken noch heftiger in ihm aufgestiegen, und er hatte keine Lust, Gedichte zu lesen.

Sie merkte sofort, daß er anders las als früher, fast widerstrebend; aber das war doch nicht gut möglich, da er die Gedichte so liebte.

»Fehlt dir was, Chris?« fragte sie ihn, indem sie besorgt das Gesicht zu ihm niederbeugte.

Er nahm es in seine beiden Hände.

»Ich liebe dich!« sagte er.

Wie müde sie aussah! Er war ganz betroffen, als er sie ansah, Besorgnis erfüllte ihn.

»Bist du nicht wohl, Geliebte?« fragte er sie.

»Vollkommen wohl. Warum fragst du?« erwiderte sie erstaunt; dann fügte sie rasch hinzu, indem sie sich ihm entzog: »Sehe ich müde aus?«

»Du bist so blaß.«

»Aber ich fühl' mich nicht müde«, versetzte sie, indem sie den Kopf abwandte, so daß er nur ihr Profil sehen konnte.

Sie versuchte zu lachen, aber sie machte die Entdeckung, daß Christophers Frage, ob sie nicht wohl sei, ihr unangenehm war. Sie sah sicher erschöpft aus, und sie hatte den leidenschaftlichen Wunsch, nicht erschöpft auszusehen, nicht jetzt, in den Flitterwochen, nicht als Christophers Frau, niemals.

»Ich fühle mich nicht müde«, wiederholte sie, indem sie zu lachen versuchte und das Gesicht abwandte, so daß es nicht von der Sonne beschienen wurde. »Innerlich fühle ich mich ganz rosig.«

Sie sprang auf.

»Wollen wir nicht einen Spaziergang machen, Schatz?« fragte sie ihn, indem sie die Butterblumen, die er über sie gestreut hatte, aus dem Kleid schüttelte. »Wir haben keinen ordentlichen Spaziergang gemacht, seit wir hier sind.«

»Bist du nicht müde?« erwiderte er, indem er ebenfalls aufstand.

»Müde?«

Und um ihm zu zeigen, was sie leisten konnte, ging sie mit großen Schritten voraus und kletterte über den Zauntritt, der fünf Querbalken hatte, auf die Straße, bevor er sie erreichen und ihr helfen konnte. Aber sie war doch müde, und obgleich der rasche Gang sie erhitzte und ihre Blässe verbarg, so erschrak sie über ihr Gesicht, als sie wieder in ihrem Zimmer war, um sich für den Abend anzuziehen. Alle Farbe war daraus gewichen, sie sah geisterhaft aus. Die Müdigkeit schien es in die Länge gezogen zu haben, gab dem Mund ein klägliches Aussehen, und die Augen waren tief eingesunken und von schwarzen Schatten umgeben. Und wie weiß sie aussah! Entsetzt starrte sie ihr Bild im Spiegel an. Sie mußte an die liebenswürdigen Omnibusschaffner und Chauffeure denken, die sie alle angelächelt und mit ›Fräulein‹ angesprochen hatten.

Wirklich jung ... ah, wie herrlich mußte es sein ... mit Christopher verheiratet und wirklich jung ...

Die Lampe im Wohnzimmer war wie alle Lampen in den kleinen Häuschen: sie brannte so unangenehm hell. Es war nur eine da, und die stand jetzt auf dem Eßtisch;

sie hatte einen weißen Lampenschirm, und wer – außer, er war nicht älter als fünfundzwanzig Jahre – konnte nach einem langen heißen Spaziergang bergauf das Licht einer Lampe mit einem weißen Lampenschirm vertragen? Selbst in ihrem Schlafzimmer, das nur von zwei riesigen Kerzen beleuchtet wurde, sah sie hinfällig aus, wie würde sie also im Wohnzimmer unten aussehen, wenn Christopher sie bei dem unerträglichen Lampenlicht mit prüfenden Blicken betrachtete?

Es war, wie sie gefürchtet hatte: Er starrte sie an. Zuerst fragend und besorgt, dann verstohlen, denn sie konnte es nicht verbergen, daß sie davor zurückbebte, durch ihre Erschöpfung Aufmerksamkeit zu erregen.

Sie beeilte sich mit dem Essen und erhob sich, bevor er fertig war, trat an das offene Fenster und blickte zu den Sternen empor.

»Was ist, mein Herzblatt?« fragte Christopher besorgt, indem er seinen Teller fortschob und ihr folgte.

»Es ist eine so herrliche Nacht. Laß uns die Lampe auslöschen, damit wir die Sterne sehen können.«

»Aber dann werden wir einer den anderen nicht sehen!«

»Müssen wir das?«

Sie hatte recht. Wozu sehen, wenn man fühlen kann?

Sie löschten die Lampe aus, setzten sich an das offene Fenster, atmeten die würzige Abendluft ein, die nach feuchtem Gras und nach der See duftete, und er vergaß seine Besorgnis.

Sie schüttelte die törichten Gedanken ab. Alles war nur Einbildung. Hier war Christopher, so wirklich, so lieb, so nahe bei ihr...

Sie schlang ihren Arm um seinen Hals, schob sich

ein wenig höher hinauf und lehnte ihre Wange an seine.

»Ich wußte nicht, daß man so glücklich sein kann«, sagte sie, indem sie sich fest an ihn schmiegte.

Und wieder begannen sie zu flüstern.

II

So schön auch die Nacht ist und die Sterne und erst die holde Zwiesprache mit der Geliebten, auch der Tag ist schön mit seinem Leben, seiner Geschäftigkeit, den Menschenstimmen und dem Wind über der Heide.

Das waren Christophers Betrachtungen genau am achten Tag nach seiner Hochzeit; er ging nach dem Frühstück in das Gärtchen hinaus, lehnte sich über die Pforte, während er rauchte und die Wiese mit den Butterblumen betrachtete. Das Leben war wundervoll. An diesem schönen Maimorgen war er überzeugt, der glücklichste Mensch auf der Insel zu sein, niemand konnte glücklicher oder auch nur ebenso glücklich sein wie er, denn niemand besaß Catherine außer ihm. Aber am heutigen Tag wäre er doch gern . . .

Was wäre er gern – doch nicht Catherine ferngeblieben? Das war doch unmöglich! Und doch wünschte er es. Ein paar Stunden nur, ein Weilchen wäre er gern allein gewesen, wenn auch nur, um die Freude zu haben, wieder zu ihr zurückzukehren. Und er war sich bewußt, und dieses Bewußtsein überraschte ihn, daß er das Verlangen hatte, sie ein Weilchen lang nicht zu küssen. Es war wirklich so. Aber wie war das nur möglich, wenn er doch vor vier Wochen noch alles verpfändet hätte, was er besaß, sogar seine Seligkeit, um sie küssen zu dürfen! Das kam nur daher, dachte Christopher, indem er die Augen zusammenkniff, um ein weißes Segelboot weit draußen auf der See zu beobachten, das sich im Wind ganz auf die Seite legte – Herrgott, wie famos war es doch, sich so vom Wind treiben zu lassen! –, daß es keinen Gegensatz gegeben hatte. Wie sollte man die Freude der Rückkehr empfinden, wenn man nicht fortgewesen war?

An diesem Tag wollte er allein fortgehen, irgend etwas ohne sie unternehmen und wieder frisch zu ihr zurückkehren. Er wollte meilenweit zu Fuß gehen, von dem Wind umweht, der so herrlich hinter den schützenden Felsen tobte – Herrgott, wie die Jacht dort die See durchschnitt! –, draußen im Freien, wo die Lerchen sangen; viele, viele Meilen wollte er in der Sonne wandern, daß seine schlaffen Muskeln sich wieder strafften, tüchtig schwitzen wollte er und dann Unmengen von Bier trinken und so die feuchte Mattigkeit loswerden, die ihn ergriffen hatte. Er konnte auch nicht einen einzigen Tag mehr so zubringen, herumsitzen oder langsam schlendern; er mußte irgend etwas tun!

Er öffnete die Pforte und trat auf die Straße hinaus. Der Bäckerwagen aus Ventnor bog gerade um die Ecke auf seinen beiden hohen Wagenrädern, und der Bursche knallte mit der Peitsche und pfiff dazu. Ein solcher Tag konnte einen schon veranlassen zu pfeifen. Der Bursche schmunzelte, als er an Christopher vorüberkam, und dieser schmunzelte ebenfalls. Gern wäre er selbst mit der kleinen, flinken Stute gefahren und hätte dabei ein frohlockendes Hochzeitslied, ein Epithalamium, in die Luft hinausgeschmettert. Wie lautete wohl der Plural von Epithalamium? Er mußte Lewes fragen. Zum Henker auch, warum konnte man nicht seine Freunde öfter um sich haben? Immer waren sie irgendwo anders. Wenn Lewes jetzt hier wäre, könnten sie beide dem

Golfklub beitreten und fidele Zeiten haben. Lewes war ein sehr guter Golfspieler. Eigentlich verstand Lewes alles aus dem Effeff; was konnte er dafür, daß er außerdem noch so verdammt gescheit war und den größten Teil seines Lebens die Nase in die Bücher steckte? Und dann konnte man auf Lewes fluchen, mußte sich absolut keinen Zwang antun, konnte alles sagen, was einem auf die Zunge kam.

Christopher schlenderte ziellos die Straße entlang, indem er mit dem Fuß die Steine aus seinem Weg stieß. Er wünschte, daß der alte Lewes plötzlich um die Ecke von St. Lawrence her erschiene und sich überzeugte, wie das Glück aussah. Lewes hatte Catherine von allem Anfang an falsch beurteilt. Ganz falsch. Der arme Kerl hatte keine Ahnung davon, was Liebe war. Aber wenn er auch von der Liebe nichts verstand, in allem andern kannte er sich aus, und es wäre famos, sich wieder einmal mit ihm auszusprechen und ihm zuzuhören, wie klug er redete.

Christopher blickte die Straße hinauf und hinab, gerade als ob Lewes auf seinen Wunsch hin wirklich erscheinen müßte. Die jungen Blätterknospen im Walde zu beiden Seiten brachen auf und zeichneten zarte Schattenbilder in den Staub. Der Himmel war tiefblau, ein warmer Wind, der nach Hagedornblüten duftete, trieb die runden kleinen Wolken vor sich hin. Herrgott, war das ein Tag, ein Tag, wie geschaffen für ein Abenteuer!

Er wandte sich rasch um, kehrte zum Häuschen zurück, blickte zu Catherines Fenster empor und begann leise zu pfeifen.

Wenn sie wach war, kam sie sicher ans Fenster, und da wollte er ihr sagen, daß er rasch einen Gang machen wolle; wenn sie noch schlief, wollte er ihr eine Zeile schreiben und fortgehen.

Das Schlafzimmerfenster war offen, aber die Vorhänge waren zugezogen.

Er pfiff noch einmal und gab acht, ob sich nichts dahinter regte.

Nichts rührte sich.

Er ging hinein, kritzelte ein paar Worte, daß er zum Lunch zurück sein würde, ließ das Billett auf dem Tisch im Wohnzimmer liegen, ergriff einen Stock und ging mit langen, energischen Schritten die Straße hinauf in der Richtung nach Blackgang. Es war elf Uhr, zwei Stunden lang wollte er stramm marschieren. Das mußte ihm guttun, mußte die Schlaffheit kurieren. Ah, wie wohl tat das, wieder einmal zu marschieren, wirklich zu marschieren...

Aber kaum war er ein paar Meter von dem Häuschen entfernt, als er Catherines Stimme hörte. Er hörte ihr Stimmchen trotz des Knarrens seiner Schritte, trotz des frühlingsmäßigen Blätterrauschens in den Bäumen, wie er sie hören würde – davon war er überzeugt –, wenn sie ihn riefe und er bereits den Todesschlaf schliefe. Er blieb stehen, dann kehrte er langsam zurück.

Sie stand am Fenster des Schlafzimmers und hielt die Vorhänge ein ganz klein wenig auseinander, denn sie wollte sich ihm nicht zeigen im hellen Tageslicht, bevor sie ihr armes Gesicht hergerichtet hatte, das jetzt immer so übernächtigt aussah.

»Chris! Chris! Wohin gehst du?« rief sie ihn an.

»Ich will einen Spaziergang machen.«

»Ach, da möcht' ich so gern mitkommen – warte fünf Minuten, ja?«

»Aber ich will sehr rasch gehen und so weit ich bis zum Lunch kommen kann.«

»Wir müssen ja nicht zum Lunch zurück sein, da

brauchen wir uns nicht zu beeilen. In fünf Sekunden bin ich unten.«

Und er hörte, wie sie sich rasch im Zimmer hin und her bewegte.

Er setzte sich auf die Stufen der Veranda und zündete sich eine Pfeife an. Nun denn, da war nichts zu machen, er mußte schon bis morgen mit dem Marsch warten.

Es dauerte nicht fünf Sekunden, sondern fünfundzwanzig Minuten. Aber als sie kam, einen breitrandigen Hut auf dem Kopf, der ihr Gesicht beschattete, ihn mit ihrem holdseligen Lächeln grüßte und ihre Hand durch seinen Arm zog, da gab er fröhlich den Gedanken an einen strammen Marsch auf und freute sich, daß sie da war. Sein Lieb. Seine Catherine. Sein verkörperter Traum. Sein märchenhafter Engel von einer Frau.

»Laß uns den ganzen Tag fortbleiben, ja?« schlug sie vor. »Wir werden uns im Hotel in Blackgang ein paar belegte Brötchen bestellen und sie mitnehmen. Ach Chris, welch ein prachtvoller Tag! Hast du je so einen erlebt? Ach, wie glücklich ich bin! Übrigens – guten Morgen!«

Sie blieb stehen und erhob ihr Gesicht zu ihm. Er lachte und küßte sie.

»Liebster Schatz!« sagte er und küßte sie noch einmal.

Es wäre niederträchtig von ihm gewesen, fortzugehen und sie allein zu lassen.

Im Hotel verlangten sie, wie Catherine vorgeschlagen hatte, einen kalten Lunch zum Mitnehmen, und während er zubereitet wurde, verließen sie die heiße Veranda mit den Treibhausblumen und gingen in den Garten hinaus, in dem die Maiblumen blühten.

Im Garten saß Mr. Jerrold, der berühmte Journalist, und las die *Times*. Er war mit seiner Tochter Sybil für vierzehn Tage hergekommen, um auszuruhen und sich zu erholen. Eine Woche hatte er bereits hinter sich, und der Gedanke begann sich ihm aufzudrängen, daß auch Ruhe übertrieben werden kann. Seine Tochter Sybil, die zu seiner Gesellschaft mitgekommen war, wußte das schon lange. Das Hotel war leer – als er die Zimmer nahm, hatte er sich nichts Besseres gewünscht. Jetzt aber wäre es ihm nicht unangenehm gewesen, wenn es außer ihnen noch jemand bewohnt hätte – und als er die Augen von der *Times* erhob und zwei Gäste erblickte, die eben die Glasveranda verließen, in der er seine einsamen Abende lesend unter den Blattpflanzen verbrachte, freute er sich.

Seiner Tochter Sybil erging es ähnlich. Sie war seit dem Frühstück schon dreimal auf dem Felsen oben gewesen und fragte sich gerade im stillen, was sie wohl bis zum Lunch anfangen sollte.

Mr. Jerrold beobachtete mit tiefem Interesse die Ankömmlinge, die ihm als angenehmer Zuwachs erschienen. Der junge Mann war der Typus des reinlichen, netten jungen Engländers, dem man das Gymnasium und die Universität ansah; der war eine Akquisition für die arme Billy, deren Wunsch nach langen Spaziergängen er selbst nicht nachkommen konnte. Die Dame dagegen, die ihm gerade das angenehme Alter zu haben schien, in dem man eine Plauderstunde anstrengender Bewegung vorzieht, war sicher eine gute Gesellschaft für ihn.

Er saß mit Billy unter den Hagedornsträuchern und wartete, bis sie näher kamen, dann wollte er sie ansprechen, sie fragen, ob sie schon die heutige *Times* gesehen hätten, und so das Eis brechen.

Aber die Neuankömmlinge gingen über den Rasen;

sie wußten ohne Zweifel noch nicht, wie selten man an diesem einsamen Ort Gelegenheit hatte, ein wenig zu plaudern, wie kostbar diese also war. Er stand daher auf und ging ihnen nach.

»Armer Vater«, dachte seine Tochter, die ihn als sehr zurückhaltend kannte, »ich hatte keine Ahnung, daß er sich so sehr langweilt!«

Mr. Jerrold holte das Paar am Ende des Gartens ein, wo sie stehengeblieben waren, um das Meer zu betrachten, das in strahlendem Blau durch die orangefarbenen Zweige des Stechginsters schimmerte.

»Wundervolle Farben«, sagte Mr. Jerrold freundlich, indem er seine *Times* in der Richtung der See und des Stechginsters schwenkte.

»Wundervoll«, sagte der junge Mann lebhaft.

»Ganz wundervoll«, zirpte die Dame.

Einige Minuten später unterhielten sie sich bereits wie Freunde miteinander, und Christopher erschien bei näherer Bekanntschaft Mr. Jerrold noch viel mehr geeignet, seiner armen Billy Gesellschaft zu leisten, als zuvor, so liebenswürdig war er.

Mr. Jerrold rief seine Tochter herbei, die in ihrem Korbsessel sitzen geblieben war.

»Komm her, Billy, und laß dich vorstellen!«

Und als sie erschien, stellte er sie der Dame vor.

»Meine Tochter Sybil«, sagte er und erwartete, nun die Namen der anziehenden neuen Gäste zu hören.

Er bekam sie zu hören.

»Wir heißen Monckton«, sagte der junge Mann lachend, indem er ganz rot wurde. Warum lachte er? Warum errötete er? fragte sich Mr. Jerrold im stillen; er konnte natürlich nicht wissen, daß Christopher zum erstenmal sich und Catherine gemeinsam Monckton nannte.

»Unser Name ist Jerrold«, sagte der alte Herr und versicherte der Dame, daß sie das Hotel sehr behaglich finden werde.

Als er erfuhr, daß sie nicht hier wohnen würden, sondern nur aus St. Lawrence hergekommen seien, um sich etwas Proviant mitzunehmen, war er sehr enttäuscht, so sehr hatten ihm die beiden auf den ersten Blick gefallen, so wunderbar paßten sie im Alter zu ihm und Billy.

Beide Jerrolds machten lange Gesichter. Billys breites Lächeln verzog sich zusehends. Sie hatte sehr weiße Zähne, die endlos zu sein schienen, so breit war ihr Lächeln, und sie sahen noch weißer aus, weil der Seewind ihr Gesicht gebräunt hatte. Aus demselben Grund sahen auch die Augen blauer aus, als sie wirklich waren, und die Sonne hatte ihr Haar flachsblond gefärbt, da sie die ganze Woche keinen Hut aufgesetzt hatte. Sie war ein strammes Geschöpf, das fest auf den Füßen stand. Nicht besonders hübsch, aber wie sie bloßköpfig dastand und der Wind ihr das Haar über die Stirn blies und wie sie jedermann freundlich anlächelte, paßte sie harmonisch in den jungen, fröhlichen Maimorgen hinein.

Christopher dachte im stillen, sie sehe wie ein gutmütiger junger Haifisch aus.

»Wie jammerschade!« sagte sie. »Wir hätten zusammen Ausflüge machen können!«

Sie sagte es mit so herzlichem Bedauern, daß alle lachen mußten. Zum Schluß gingen die Jerrolds, als die belegten Brötchen endlich kamen, plaudernd mit den Moncktons mit, zuerst bis zum Gartentor, dann auf die Straße und, immer noch plaudernd, noch weiter.

Die Jerrolds hatten eine ganze Woche mit niemandem gesprochen und konnten einfach nicht aufhören. Mr. Jerrold hatte den Wunsch, der liebenswürdigen kleinen Dame zu sagen, wer, wie, was er war, und tat es mit einer Vollständigkeit, daß er selbst ganz überrascht war. Seine Tochter, die mit dem jungen Mann vorausschritt – es war so natürlich, daß die beiden jungen Leute, kaum daß sie auf der Straße waren, sich aneinanderschlossen –, erklärte ihrem Begleiter mit derselben Ausführlichkeit – und Christopher schien sie sofort zu verstehen – das entsetzliche Gefühl, das sie nach einer Woche des Herumsitzens mit ihrem Vater überkam. Sie konnte ihn nicht gut sich selbst überlassen, während sie auf der Insel umherstieg, er aber war zu alt und gebrechlich, um sie auf Ausflügen begleiten zu können.

»Schauen Sie sich das stürmische junge Volk an«, sagte Mr. Jerrold, indem er wohlgefällig lächelnd die vier mit Wollstrümpfen bekleideten, sich so rasch bewegenden Beine der beiden jungen Leute betrachtete und die schwingenden Arme und die bloßen Köpfe, die sie einander zuwandten, während sie lachend miteinander plauderten.

Catherine sah hin, sagte aber kein Wort. Mr. Jerrold fragte sich im stillen, wie Mrs. Monckton wohl mit dem jungen Mann verwandt sei, und kam zu dem Schluß, daß sie entweder die zweite Frau seines Vaters oder eine angeheiratete Tante sei. Blutsverwandte waren sie entschieden nicht, dazu waren sie einander zu unähnlich.

»Gibt es wohl einen erquicklicheren Anblick auf der ganzen Welt«, fuhr Mr. Jerrold fort, »als einen gesunden jungen Engländer und eine junge Engländerin?«

Darauf antwortete seine Begleiterin, daß die beiden bald außer Sichtweite sein würden, wenn sie weiter in dem Tempo ausschritten.

»Ganz richtig«, erwiderte er. »Hallo, ihr Ausreißer! Etwas langsamer! Wir können nicht Schritt halten!«

Aber der Wind wehte, und so hörten sie ihn nicht und marschierten stramm weiter.

»Übrigens hätte ich gar nichts dagegen einzuwenden«, fuhr Mr. Jerrold fort, indem er sich galant Catherine zuwandte, »wenn sie weitergingen. Warum auch nicht? Wir beide können uns irgendwo hinsetzen und weiterplaudern.«

»Aber Christopher hat die belegten Brötchen!« sagte seine neue Freundin.

»Ach so. Also Christopher heißt er. Ein schöner Name. Ein reizender junger Mensch. Wollen wir die belegten Brötchen nicht Christopher überlassen, der sie vielleicht nach den ersten zwanzig Meilen mit Billy teilen wird, und mir gestatten Sie, daß ich Sie um das Vergnügen Ihrer Gesellschaft zum Lunch im Hotel bitte.«

»Sehr liebenswürdig von Ihnen. Aber Christopher . . .«

»Ja, aber er hört uns nicht«, erwiderte Mr. Jerrold. »Ich glaube, er wird es gar nicht merken, daß wir nicht nachkommen. Wenn junge Leute zusammenkommen . . . Ich versichere Ihnen, daß es mir ein großes Vergnügen sein wird, in Ihrer Gesellschaft den Lunch zu nehmen, und nachher können wir in den Korbsesseln in dem hübschen Garten sitzen bleiben, bis die Ausreißer zurückkehren.«

Und Mr. Jerrold blieb mit gewinnender Liebenswürdigkeit auf der Straße stehen. Eine ganze Woche lang hatte er mit keiner Menschenseele außer mit seiner Tochter gesprochen, er sehnte sich nach Gesellschaft. Seine Frau war schon einige Jahre tot. Diese Dame war ungemein anziehend, und er hatte die Empfindung, daß die Situation sich romantisch anließ. Er wünschte nichts sehnlicher, als sie zum Lunch einzuladen.

»Aber . . .«, begann sie.

»Von Aber will ich nichts hören, gnädige Frau«, erwiderte er noch galanter; »Ihr Neffe ... Ist der junge Mann Ihr Neffe? Er wird gar nicht bemerken ...«

»Er ist mein Mann«, versetzte sie und wurde feuerrot.

Welch eine Überraschung! Nicht etwa, daß nicht jeder Mann sich glücklich schätzen mußte, eine so liebenswürdige Frau zu besitzen, aber der junge Mann schien ihm zu jung zu sein, um überhaupt schon eine Frau zu besitzen. Und wenn er schon heiraten mußte, dann hätte ein junges Geschöpf, etwa so alt, wie Billy war, viel besser zu ihm gepaßt.

Ja, Mr. Jerrold war sehr überrascht. Er wußte nicht recht, was er sagen sollte.

»Dann freilich ...«, begann er.

Aber es wollte ihm wirklich nichts weiter einfallen, und so blieb er mitten auf der Straße stehen und starrte die kleine Dame durch sein Monokel an, er trug ein Monokel, und sie sah ihn an, während die Röte in ihrem Gesicht langsam verblich.

III

Zwei Tage später hatte Christopher wieder den unbändigen Wunsch nach Bewegung, ein wildes Verlangen, irgend etwas zu tun, nur nicht wieder im Gras zu liegen und Catherine Gedichte vorzulesen. Wenn er es aber ablehnte, fragte sie ihn sicher, warum, denn am Anfang hatte er nichts lieber getan. Er mietete also ein kleines Auto und fuhr mit ihr um die ganze Insel herum. Die Nacht wollten sie in einem kleinen Hotel verbringen, dessen Lage ihnen gefiel, und als sie hineingingen und fragten, ob sie für eine Nacht Unterkunft finden könnten, antwortete die junge Dame im

Bureau nach einem prüfenden Blick auf das Paar, es täte ihr sehr leid, aber sie hätte nur noch ein Zimmer frei.

»Aber wir wollen ja nur ein Zimmer«, sagte Christopher, über ihre Antwort erstaunt, »ein Zimmer für zwei Personen.«

»Oh, entschuldigen Sie«, erwiderte die junge Dame, die ganz rot geworden war und sich über das Buch beugte, »jawohl . . .«, fuhr sie fort, indem sie mit dem Finger über die ganze Seite fuhr, »ich kann Ihnen Nummer sieben geben.«

»Was meinst du, hat sie geglaubt, daß wir nicht verheiratet sind?« fragte Christopher belustigt, als sie sich in Nummer sieben befanden und ihre Reisekassetten aufsperrten. »Oder hat sie uns für so vornehm gehalten, daß sie glaubte, wir müßten unbedingt einen Salon haben?«

Catherine, die mit Auspacken, wie es schien, sehr beschäftigt war, erwiderte nichts. Sie hätte kein Wort herausbringen können. Ihr war so übel, als hätte ihr jemand einen Schlag auf den Kopf versetzt. Wieder hatte man sie für Christophers Tante gehalten. Oder vielleicht gar für seine . . . nein, gegen dieses Wort sträubte sich ihr Herz, sie konnte es nicht einmal in Gedanken aussprechen.

Noch einige Tage, und der Honigmond war zu Ende. Christopher hatte nicht wieder den Versuch gemacht, Catherine allein zu lassen, denn sie schien nicht wohl zu sein. Freilich versicherte sie ihm das Gegenteil, versicherte es ihm eifrig, mit einem Ungestüm, das etwas Krankhaftes an sich hatte, beteuerte, es sei nur der Frühling. Er aber glaubte es nicht und blieb bei ihr und verzärtelte sie. Sie liebte es, ruhig in seinen Armen zu liegen, meist im Freien, während er ihr vorlas oder sie beide einnickten. Er war zappelig, unterdrückte aber seine Unruhe, denn er wußte, wenn er ihr sagte, daß er einen Spaziergang machen wolle, würde sie ihn begleiten wollen. Dann wäre sie müde geworden, und er hätte doch nicht die Bewegung gehabt, nach der ihn verlangte. Einmal überkam ihn ganz plötzlich der Gedanke, wie seltsam es doch eigentlich sei, daß sie so wenig miteinander sprachen. Bevor sie verheiratet waren, pflegten sie immerfort zu reden, jetzt kaum, ausgenommen, wenn sie zu flüstern begannen. Aber das war kein Gespräch, das war Gemütsbewegung, die sich hinter spärlichen Worten verbarg. Nun, es war doch eine himmlische, wonnevolle Zeit gewesen, an die man sein Leben lang mit Freude zurückdenken mußte.

»Wenn wir einmal alt sind«, sagte er am letzten Abend vor der Heimkehr, »wie werden wir uns da an diese Tage erinnern!« Sie schmiegte sich eng an ihn, wie um so den Gedanken, der sie bei seinen Worten überkam, besser von sich abzuwehren: Wenn er alt war, hatte sie ihn längst überflügelt und war allem Denken entrückt.

Er mußte Ende der zweiten Woche wieder in seinem Office sein, und so leid tat es ihnen, auch nur Minuten der kostbaren Zeit in Unbewußtheit zu verlieren, daß sie die letzte Nacht an der Stätte ihres Glücks kaum ein Auge schließen konnten. Die Folge davon war, daß Christopher am folgenden Morgen munter war wie eine Lerche, fröhlich frühstückte und eifrig einpackte, während Catherine sich vor Müdigkeit kaum rühren konnte und ganz entsetzt war, als sie ihr aschgraues Gesicht im Spiegel erblickte.

Glücklicherweise bemerkte er nichts davon; er war zu sehr mit Einpacken beschäftigt, zu sehr vergnügt über die Abwechslung, über die bevorstehende Reise. Und dann, war er nicht entschlossen zu arbeiten wie ein Galeerensklave? Hatte er doch jetzt Verpflichtungen übernommen, die süßesten, wundervollsten Verpflichtungen von der Welt. Es verlangte ihn schon danach, sich in die Arbeit zu stürzen, sich auszuzeichnen, ihr Ehre zu machen, Geld zu verdienen wie der alte George.

In gehobener Stimmung packte er seine verstreuten Sachen in den Koffer und pfiff die Liebesmelodie aus der ›Unvergeßlichen Stunde‹ dazu, in gehobener Stimmung bezahlte er die Rechnungen, gab er der Aufwartefrau ihr Trinkgeld, in gehobener Stimmung ging er, seinen Arm in Catherines Arm gelegt, das letztemal den Pfad entlang durch das Gartenpförtchen und winkte der Butterblumenwiese zu, in der er nun nicht mehr liegen mußte. Er war sehr aufgeräumt. Es war doch höchst fidel, wieder zur Arbeit zurückzukehren, sie unter so köstlichen Bedingungen wieder anzutreten, mit Catherine vereint, die ihm morgens Lebewohl und abends Willkommen sagen würde. Nun würde er Abwechslung haben, Arbeit und Liebe, Alleinsein und Beisammensein im richtigen Verhältnis.

Er wollte auch Lewes gleich morgen in seiner Höhle aufsuchen und ihn zum Lunch in eines jener famosen kleinen Restaurants führen, in die keine Damen kommen, wo man aber ausgezeichnet ißt, da wollte er ihn totreden, so viel hatte er ihm zu erzählen. Und am Samstag wollte er Catherine zu seinem Onkel mitnehmen, der sich ganz bestimmt sofort in sie verlieben würde, und während die geliebte kleine Frau sich im Garten erging und vergnügte, wollte er mit dem alten Knaben eine Runde spielen, denn der sehnte sich schon nach dem Golfspiel. Er sehnte sich übrigens auch schon sehr danach. Die Flitterwochen waren wundervoll gewesen, aber zwei sind genug.

»Ich bin so glücklich«, sagte er und schlang seinen Arm um Catherine, als niemand hinschaute. Er konnte ihr Gesicht nicht sehen; sie saß zu nahe bei ihm, und dann hatte sie einen Autoschleier umgebunden.

»Liebster Schatz!« flüsterte sie und lächelte durch den Schleier hindurch.

Aber es hätte sie angenehmer berührt, wenn er gerade heute nicht so überschwenglich glücklich gewesen wäre. Schließlich war es das Ende des Honigmonds, und sie würden nie wieder einen haben. Übrigens war es vielleicht besser, daß die Flitterwochen zu Ende waren. Wenn sie erst wieder zu Hause war und er seinem Beruf nachging, konnte sie doch wenigstens tagsüber schlafen . . .

In London hatte Mrs. Mitcham, die es für das Richtige hielt, alle Vasen mit Blumen gefüllt, so daß der Salon mit den schweren dunklen Möbeln noch mehr als sonst einem gutgehaltenen Mausoleum ähnlich war. Sie sah sehr nett und rein aus, hatte ihre beste Schürze vorgebunden und empfing die Neuvermählten mit dem gehörigen Willkommenslächeln, obwohl sie in Wahrheit ungeheuer aufgeregt und nervös war. Sie hatte Christopher immer gut leiden mögen, wie ja oft ältliche weibliche Dienstboten ein gewisses nachsichtiges Gefallen finden an den vorwitzigen jungen Herren im Hause; sie wußte sehr wohl, daß Heirat Heirat war, aber sie errötete doch, als Christopher in das Schlafzimmer ihrer Herrin hineinspazierte, als wenn es seines wäre. Jetzt war es natürlich auch das seine, aber viele, viele Jahre war es nicht das seine gewesen, und noch viele, viele Jahre früher war es nicht nur nicht das seine, sondern das des armen Mr. Cumfrit gewesen. Gerade weil sie eine so lebhafte Erinnerung an den armen Mr. Cumfrit hatte. Wie oft hatte sie morgens ihm und Mrs.

Cumfrit den Tee in dieses Zimmer gebracht, und wie zufrieden und vergnügt hatten sie sich in dem Doppelbett befunden! Und deshalb war sie so unangenehm berührt, als sie Christopher hineingehen sah.

Mrs. Mitcham, die so gut abgerichtet war, daß selbst ihre Gedanken voller Respekt waren, hätte auch nicht im Traume daran gedacht, Christopher mit einem Kuckuck zu vergleichen, aber sie hatte von den Gewohnheiten dieses Vogels in bezug auf Nester, die ursprünglich nicht die seinen waren, viel gehört, und tief in ihrem Unterbewußtsein, wo die Erziehung nie eingedrungen war und schlichte Offenherzigkeit herrschte, regte sich die Erkenntnis der Tatsache, daß ihre Herrin die natürliche Beute der Kuckucke war, zuerst Stephens, der sie aus ihrem ursprünglichen Nest verjagt hatte, dann Christophers, der von dem jetzigen Besitz ergriff.

Sie konnte nur hoffen, daß alles sich gut gestalten würde. Wem es nicht gutging, was übrigens jeder auf den ersten Blick erkennen mußte, das war ihre Herrin. Mrs. Mitcham hätte eine solche Veränderung in so kurzer Zeit gar nicht für möglich gehalten. ›Ja, diese Flitterwochen‹, sagte sie sich, als sie bei ihren Kochtöpfen den Kopf schüttelte. Die taten keiner Frau gut, dachte sie, jedenfalls nicht, wenn sie schon ein gewisses Alter erreicht hatte. Um sie zu ertragen, mußte man von gesunden Eltern sein. Keine Ruhe. Keine Regelmäßigkeit. Man wußte nicht, wo man hingehörte. Er, der junge Ehemann, sah sehr gut aus, und ihre Herrin sah sicher nicht schlecht aus, weil sie sich etwa nicht glücklich fühlte. Schon in der ersten Viertelstunde nach der Ankunft der Neuvermählten hatte Mrs. Mitcham mehr Liebe zu sehen bekommen als die ganze Zeit hindurch, da Mr. Cumfrit hier gewohnt hatte. Sie konnte nicht anders, sie mußte sich vorstellen, was der arme Herr wohl sagen würde, wenn er sehen könnte, was in seiner Wohnung vorging. Er würde wohl keine Freude daran haben, sagte sie sich, aber vielleicht würde kein Toter Freude empfinden, wenn er plötzlich zurückkehren und sich überzeugen könnte, wie es nun zuging. Ihr eigener Mann, Mitcham, wohl auch nicht; auch wenn er sonst keine Ursache zum Murren fände, schon der Umstand allein, daß sie so gut ohne ihn auskam, würde ihn verdrießen.

Sie trug den Spargel ins Speisezimmer. Wieder hatte sie ein Gefühl des Unbehagens. Hätte sie nicht doch lieber zuerst anklopfen sollen? In ihrer ganzen Dienstzeit hatte sie nur an die Schlafzimmertür anklopfen müssen, niemals an eine andere. Sooft sie ins Zimmer kam, war alles immer so wohlanständig, wie man es nur erwarten konnte: Mr. Cumfrit, am oberen Tischende, nippte an seinem Rotwein, Mrs. Cumfrit, zu seiner Rechten, aß ruhig ihr geröstetes Brot. Und zuweilen sagte Mr. Cumfrit: ›Heute hab' ich ein vortreffliches Geschäft gemacht.‹ Und Mrs. Cumfrit erwiderte: ›Das freut mich sehr, lieber George.‹ So ging es im Speisezimmer zu, ganz wie man es erwartete. Oder im Salon. Da saß Mr. Cumfrit an der einen Seite des Kamins, Mrs. Cumfrit an der anderen, und sie lasen ihre Zeitung, und zuweilen lasen sie einander eine Stelle daraus vor. ›Mir scheint wahrhaftig, die elende Regierung weiß nicht, was sie will‹, sagte Mr. Cumfrit, und darauf antwortete Mrs. Cumfrit ruhig und fein: ›Es hat wirklich den Anschein.‹

Aber was sie jetzt da zu sehen und zu hören bekam ...

Es war gar nicht anders möglich, Mrs. Mitcham fuhr zusammen und wich zurück. Fast hätte sie den wundervollen Spargel auf den Teppich fallen lassen. Daran war sie nicht gewöhnt und ihre Herrin doch auch nicht. Das hätte sie nie geglaubt...

»Kommen Sie nur, Mrs. Mitcham, kommen Sie nur!« rief ihr der junge Ehemann freundlich zu, indem er seine Serviette aufhob, die auf den Boden gefallen war. »Wir sind ja verheiratet. Es ist alles in Ordnung. Sie haben ja selbst den Trauschein unterzeichnet.«

Mrs. Mitcham lächelte nervös. Die Sauciere klirrte, als sie sie ihrer Herrin reichte. An so etwas war Mrs. Mitcham nicht gewöhnt.

IV

Von einer sentimentalen Empfindung getrieben, gingen sie am ersten Abend in die ›Unvergeßliche Stunde‹. An diesem Ort hatten sie vor kaum zwei Monaten gesessen, voneinander getrennt, einer des anderen kaum gewahr, einander kaum beachtend.

»Erinnerst du dich noch des Abends, an dem ich zum ersten Male ganz nahe zu dir rückte?« flüsterte Christopher.

»Ob ich mich erinnere!« gab sie leise zurück.

»Ach Catherine,« fuhr er flüsternd fort, »ist es nicht wundervoll, daß wir wirklich verheiratet sind?«

»Sch-sch«, zischte das Publikum, das immer noch spärlich vorhanden war, immer noch leicht in Harnisch geriet.

Sie war wieder voller Seligkeit. Er liebte sie so sehr. Er war so entzückend gewesen in Hertford Street, so begeistert von allem, daß die kleine düstere Wohnung ganz erfüllt war von Jugend und Lachen und Glück und strahlender Zuversicht. Es war so unfaßbar nach all den ruhigen Jahren, die sie mit George verlebt hatte.

Am Abend war sie furchtbar müde gewesen, und sie wußte, daß sie wie ein Gespenst aussah; aber es lag ihr nichts daran, solange es dunkel war und er ihr lebloses, weißes Gesicht und die Ringe um die übernächtigten Augen nicht sehen konnte. Es war nur ein Zwischenakt, und da verbarg sie ihr Hut. ›Die unvergeßliche Stunde‹ war eine so schöne Oper, die im Dunkeln spielte: im ersten Akt herrschte ewiglange, pechschwarze Finsternis. Das war so beruhigend, so wohltuend.

Bald war sie fest eingeschlafen, den Kopf an seinen Arm gelehnt. Er hatte es nicht bemerkt und dachte im stillen, wie sie beide doch zwei Seelen und ein Gedanke waren, wie sie doch eigentlich der ewig anbetungswürdigen ›Unvergeßlichen Stunde‹ einander zu verdanken hatten.

»Mein teures Lieb!« murmelte er, indem er sich über sie beugte, um sie im dunkelsten Augenblick zu küssen. Diese Seligkeit, eins zu sein mit der unsäglich Geliebten, sich nicht mehr einsam zu fühlen, diese Freude, die sein ganzes Wesen durchdrang...

Sie schlief fest.

Aber sie erwachte, als der Vorhang sich vor dem zweiten Teil des Aktes senkte. Die Besucher, die zum ersten Male anwesend waren, klatschten Beifall, trotzdem die Musik weiterspielte, und die alten Getreuen zischten sie entrüstet nieder. Sie richtete sich auf und rückte ihren Hut zurecht. Es war derselbe kleine Hut, den sie am Anfang immer getragen hatte, und er hatte sie eigens gebeten, ihn aufzusetzen.

»Ja, jetzt heißt es, sich anständig benehmen«, sagte Christopher, indem er sie anlächelte.

»Sch-sch!« zischte das empörte Publikum.

Wie vertraut ihnen alles war, wie glücklich sie sich fühlten! Sie war so froh, daß er es nicht gemerkt hatte, wie sie eingeschlafen war. Es war eigentlich schrecklich, daß sie bei einer solchen Gelegenheit schlief, aber sie war eben so unendlich müde gewesen. Nie zuvor im Leben hatte sie sich so erschöpft gefühlt. Ah, nun begann die Liebesszene ... da konnte sie wieder schlafen ...

Leise schob sie ihre Hand in seine, die sich fest darüber schloß; nahe, ganz nahe nebeneinander saßen sie, durchschauert von den Erinnerungen, von der Musik, die ihnen so viel bedeutete; bei der schönsten Stelle fühlte Catherine, wie ihre Schauer nachließen und ganz aufhörten, und wieder sank ihr Kopf auf seine Schulter, und sie schlief fest ein.

»Ich liebe dich, ich liebe dich«, flüsterte Christopher, indem er den Arm um sie legte, überzeugt, daß sie in unwiderstehlicher Gemütsbewegung den Kopf sinken ließ.

»Sch! Sch!« zischte das Publikum.

Nach der Vorstellung wollte er sie in ein Restaurant führen, um mit ihr zu soupieren.

»Soupieren?« wiederholte Catherine mit schwacher Stimme; sie glaubte, umkommen zu müssen vor Erschöpfung.

»Jawohl. Wir müssen doch unsere Heimkehr festlich begehen, darauf anstoßen«, antwortete Christopher, indem er ihre Hand durch seinen Arm zog und sie stolz zu einem Auto geleitete. Seine Frau. Es war wundervoll. Nun gab es kein Entschlüpfen mehr, verstanden? »Gehen wir irgendwohin, wo man tanzen kann«, fügte er hinzu. »Ich explodiere noch, wenn ich mich nicht ein bißchen austobe.«

»Tanzen?« wiederholte Catherine wieder, mit noch schwächerer Stimme, als er sie in das Auto hob.

»Weißt du auch, daß wir noch nie miteinander getanzt haben?«

»Aber in dieser Toilette können wir doch nirgends hingehen.«

Das war richtig. Daran hatte er nicht gedacht. Nun, dann wollten sie also morgen abend ordentlich Toilette machen und tanzen bis zur Bewußtlosigkeit.

Catherine lehnte sich in ihrem Sitz zurück. Tanzen? Sie hatte jahrelang nicht getanzt, nicht seit ihrer Hochzeit mit George. Seither nie wieder.

Sie sagte es Christopher, aber der lachte nur und erwiderte, dann sei es ja hohe Zeit, daß sie wieder anfange; er tanzte leidenschaftlich gern und sehnte sich danach, mit ihr zu tanzen.

»Ach Christopher«, sagte sie, indem sie ganz nahe zu ihm rückte, »das allerbeste wird es doch sein, wenn wir beide, du und ich, köstliche Abende zu Hause verbringen. Möchtest du nicht jetzt schon nach Hause fahren? Müssen wir wirklich irgendwo soupieren?«

»Müde, Herzliebste?« fragte er sie sofort besorgt und bückte sich, um ihr unter den Hut zu schauen.

»O nein, gar nicht. Nicht im geringsten. Wirklich nicht«, antwortete sie rasch. »Aber es ist unser erster Abend, zu Hause ist es so wundervoll . . .«

Er lehnte sich zum Fenster hinaus und gab dem Chauffeur die neue Adresse an.

»Jawohl, natürlich«, sagte er und nahm sie in die Arme, »das ist das aller-, allerbeste . . .«

Und sie begannen zu flüstern.

Am folgenden Tage ging er ins Office; als er um zehn Uhr fortging, war Catherine noch im Bett.

»Hast du etwas dagegen, wenn ich nicht mit dir frühstücke?« hatte sie ihn gefragt, als Mrs. Mitcham sehr sachte den Gong rührte oder vielmehr tätschelte.

Mrs. Mitcham hatte einige Augenblicke peinlicher Unentschlossenheit zu überwinden, bevor sie den Gong in Angriff nahm. Es war überhaupt ein sehr unangenehmer Morgen für sie. Nie zuvor hatte sie sich in einer solche Lage befunden. Mann und Frau und so weiter, das wußte sie alles; aber es war doch höchst peinlich, und es widerstrebte ihr, sie zu wecken. Aber es war Frühstückszeit. Der Befehl lautete: Punkt neun Uhr. Endlich überwand sie sich und tippte leise den Gong, sie schwankte zwischen ihrer Pflicht und der eigentümlichen Abneigung, ihre Herrin und den jungen Ehemann aus dem Schlafzimmer herauskommen zu sehen, ihnen gegenübertreten zu müssen . . .

»Bleib, wo du bist, Herzensschatz«, sagte Christopher, indem er die Kissen glattstrich und Catherine so zärtlich einpackte, als wenn sie ein Säugling gewesen wäre, »ich bring' dir das Frühstück.«

»Eigentlich«, sagte sie nach kurzem Zögern, indem sie ihm zulächelte, als er sich über sie beugte – sie, die nicht ein einziges Mal versäumt hatte, um halb neun George den Kaffee einzuschenken und ihm auf der Schwelle einen Abschiedskuß zu geben –, »eigentlich stehe ich zum Frühstück nie auf.«

Diese Gewohnheit war also eingeführt, und Mrs. Mitcham wußte, daß sie sie vor dem Lunch nicht sehen konnte. Manchmal schlief sie sogar noch länger, und ein- oder zweimal blieb sie sogar den ganzen Tag zu Bett und stand gerade rechtzeitig auf, um sich zum Diner anzukleiden. Das war freilich nur in den ersten paar Wochen der Fall. Mit der Zeit wußte Mrs. Mitcham ganz genau, daß ihre Herrin um zwölf Uhr ihr Bad nahm und um ein Uhr fertig war.

Mrs. Mitcham war sehr dafür, daß Catherine viel ruhte und sich pflegte, denn sie hatte sie sehr gern, aber sie konnte sich doch nicht verhehlen – sie erlaubte sich nicht etwa, es zu denken, aber sie hatte die Empfindung, daß es ungehörig war, den Tag so in die Nacht zu verwandeln. Die Nacht ist lang genug, dachte sich Mrs. Mitcham, für die, die sie benutzen wollen, aber freilich, wenn ...

Mrs. Mitcham, die die Wäschestücke ihrer Herrin zusammenlegte, schüttelte den Kopf. Auch diese Wäsche! Sie schüttelte den Kopf darüber. Derlei war in Mrs. Cumfrits Garderobe nie vorhanden gewesen. Schöne Sachen hatte sie gehabt, so schön, wie man sie sich nur wünschen konnte: Batist, Seide, feine Stickereien, aber niemals, was Mrs. Mitcham ›Spinnweb‹ nannte. Wie dünn das alles war, nicht nur dünn, durchsichtig. Jedesmal, wenn Mrs. Mitchams Auge darauf fiel, war sie von neuem entsetzt. Mrs. Cumfrit, sie korrigierte sich und sagte Mrs. Monckton, hatte sie am ersten Tag nach ihrer Rückkehr von der Isle of Wight gekauft; und sie war doch sonst immer so sparsam, mit den Kohlen zum Beispiel, und nie vergaß sie, das elektrische Licht abzudrehen. Da waren sechs Nachthemden, die hätte man einzeln durch einen Trauring ziehen können. Aus Seide. Rosa, zitronengelb und so weiter. Und alle so durchsichtig wie das Tageslicht. Welch ein Glück, dachte Mrs. Mitcham, daß es nachts finster ist! Und das Badezimmer! Was gab es da für wohlriechenden Puder und Kristallflaschen mit Flüssigkeiten! Sie rochen gut, aber unanständig, sagte sich Mrs. Mitcham, die verstohlen daran gerochen hatte. Was würde auch Mr. Cumfrit zu seinem Badezimmer sagen, er, der nie etwas anderes darin gehabt hatte als einen großen Schwamm und ein Stück Pears' Seife?

Nach dem Besuch der Fanshawes fand Mrs. Mitcham zum ersten Mal einen Lippenstift auf Catherines Toilettentisch. Sie war ganz aus dem Häuschen. Bei keiner Dame, mit der sie zu tun gehabt hatte, hatte es je so etwas auf dem Toilettentisch gegeben. Puder war etwas anderes, denn Puder brauchte man zuweilen, man puderte doch zum Beispiel auch Säuglinge, und diese armen Knirpse konnte man doch nicht im Verdacht haben, anders aussehen zu wollen, als Gott sie erschaffen hatte. Aber ein Lippenstift! Dieses rote Zeug! Das die Schauspielerinnen benutzten und nichtsnutzige Frauenzimmer! Ihre Herrin und ein Lippenstift! Was würde Miß Virginia dazu sagen?

Die Fanshaws, die die unmittelbare Veranlassung waren, daß Catherine sich den Lippenstift kaufte, kamen am zweiten Sonntag nach ihrer Rückkehr zum Tee: Ned, seine Mutter und seine Schwester. Sie waren ungemein bestürzt über Catherines Aussehen. Catherine, die das letztemal, als sie sie sahen, wie eine Sechzehnjährige ausgesehen hatte, Catherine mit den blitzenden Augen, den jugendlichen Bewegungen, mit dem herrlichen Teint und der glatten Stirn, sie konnten es nicht verwinden.

»Der Teufel hole diese Weibsbilder«, hatte Christopher bemerkt, als nach hartnäckigem Telefonieren und Schreiben und leidenschaftlichen Anfragen, was denn aus ihr geworden sei und wann sie sie besuchen dürften, Catherine einsah, daß es am besten war, wenn sie den Widerstand aufgab. Sie schrieb ihnen also, daß sie wieder geheiratet habe, und lud sie am Sonntag zum Tee ein, um sie mit ihrem Gatten bekannt zu machen. Als Christopher erfuhr, daß nicht nur die Frauenzimmer, sondern auch Ned erwartet wurde, verwünschte er ihn in Grund und Boden, einzig und allein, weil er eine lächerliche Nase hatte und die Reisedecke bis zum Kinn heraufzog. Nachdem er seinen größten Abscheu darüber geäußert hatte, daß er an seinem einzigen freien Nachmittag wegen eines solchen Philisters mit Catherine zu Hause bleiben müsse, ging er rasch in den Park, versprach aber heilig, rechtzeitig zurück zu sein.

Er war nicht rechtzeitig zurück. Die Fanshawes waren zuerst da, und die Wohnung hallte wider von ihrem Geschrei, als Christopher die Tür öffnete.

Catherine saß auf dem Sofa zwischen den beiden weiblichen Fanshawes, die sie mit ihren Armen umschlangen, mit ihren freien Händen streichelten, und der unmögliche Ned saß in Christophers Lehnstuhl und sah ihnen zu.

»Ich habe Influenza gehabt, deshalb«, log Catherine, als er hereinkam.

»Aber daß Sie uns mit keinem Wort gesagt haben, daß Sie sich wieder verheiratet haben!«

»Das haben wir längst aufs innigste gewünscht, nicht, Ned?«

»Sie liebes Geschöpf, wir freuen uns ja so sehr darüber, nicht, Ned?«

»Erzählen Sie, wie alles gekommen ist. Ist er nicht ganz von Sinnen vor Glück? Und wie Virginia sich freuen muß . . .«

»Wie erfreulich, daß sie wieder einen Vater hat.«

»Haben sie sich schon angefreundet?«

»Waren Sie schon mit ihm in Chickover?«

»Wir wünschen uns innig, ihn kennenzulernen.«

Da stand Christopher auf der Schwelle.

»Hier ist er«, sagte Catherine errötend und erhob sich ein wenig. Sie wandten alle die Köpfe um. Einen Augenblick schwiegen sie alle. Er näherte sich ihnen mit ausgestreckter Hand und zwang sich, das Gesicht zu einem Grinsen zu verziehen und den gastfreundlichen Hausherrn zu spielen.

Dieser junge Mensch. Dieser Knabe. Den sie einmal hier getroffen hatten, als sie Catherine besuchten, der im selben Augenblick davongerast war. Und als sie damals fragten, wer das sei, hatte Catherine lachend geantwortet, alles, was sie von ihm wüßte, wäre, daß er toll sei.

Dieser Bengel. Dieser Grünling, der durch das Fenster in das Auto hineingeblickt und fast die Faust geballt hatte ...

Die Fanshawes konnten kein Wort hervorbringen. Sie konnten sich nicht bewegen. Sie waren ganz verblüfft.

V

In Chickover hatten die peinlichsten Konferenzen zwischen Stephen und seiner Mutter stattgefunden. Was sollten sie unter diesen beklagenswerten Umständen tun? Virginia verständigen oder nicht? Mußten sie es ihr nicht sagen? Nicht alles, natürlich; alles durfte sie nie erfahren. Die Nacht, die ihre Mutter irgendwo zwischen Chickover und London verbracht hatte – Stephen und Mrs. Colquhoun hatten die Empfindung, daß fortab die ganze Strecke Landes zwischen Chickover und London verpestet war –, die Nacht, die diese schmachvolle Heirat notwendig machte, mußte Virginia immer verborgen bleiben. Aber schon nach einer Woche war es klar, daß man Virginia etwas sagen mußte, wenn auch nur um das Schweigen ihrer Mutter zu erklären.

Ende der Woche sagte Virginia: »Ich begreife nicht,

warum Mutter mir gar nicht schreibt«, und sie sah sehr besorgt aus und schrieb viele Briefe.

Stephen nahm sie alle aus dem Briefkasten in der Halle an sich und verbrannte sie.

»Eine schmerzliche Notwendigkeit«, sagte er zu seiner Mutter, denn das tat er nur ungern, es war gegen seine Natur als Gentleman, versicherte er Mrs. Colquhoun, die ihn kaum mehr verließ, ihm riet, ihn tröstete, so gut sie es vermochte.

Als wieder eine Woche verflossen war, wollte Virginia ein Telegramm an ihre Mutter absenden, wurde aber durch Stephen daran gehindert. Nun mußte sie etwas erfahren.

»Wenn ich auf dieses Telegramm keine Antwort bekomme«, sagte sie, während sie es schrieb, »werde ich nach London fahren und sehen, was los ist.«

»Armes Kind!« murmelte Mrs. Colquhoun, denn der Augenblick der Aufklärung war offenbar gekommen. »Möchtest du, daß ich dabei bin?« flüsterte sie ihrem Sohn ins Ohr.

»Ich halte es für besser, wenn ich mit ihr allein bin«, flüsterte er zurück.

Als er mit Virginia allein war, zog er sie auf sein Knie. Sie hielt das Telegramm in der Hand, das sie in aller Eile absenden wollte.

»Nun, Stephen, worum handelt es sich?« fragte sie, etwas ungeduldig darüber, daß sie aufgehalten wurde, und in so großer Sorge wegen des befremdlichen Stillschweigens ihrer Mutter, daß sie ganz verändert war.

»Ich bin nur ein unbeholfener Mensch«, begann er, überwältigt von dem Gedanken, welchen Schlag er ihr versetzen mußte, er, mit seiner liebenden Hand.

Er legte ihren Kopf an seine Brust und umschlang sie mit seinen Armen.

Dieser Anfang löste großes Unbehagen in Viriginia aus; nie zuvor hatte Stephen sich unbeholfen genannt.

»Was ist geschehen, Liebster?« fragte sie in höchster Besorgnis.

»Was ist *nicht* geschehen«, stöhnte Stephen, indem er sie fest an sich preßte; daß er, er, der sie so unsäglich liebte . . .

»Stephen!« Virginia war nun furchtbar erschrocken. »Mutter?«

»Ja, ja. Deine Mutter. Glaube mir, meine geliebte Virginia«, fuhr er fort, indem er ihren Kopf in die Höhe hob und sie ansah, »um dich zu schonen, wünschte ich, es wäre meine Mutter.«

Wie versteinert saß Virginia da, das Gesicht starr und hart. Das Entsetzliche war also geschehen: Ihre Mutter, ihr geliebtes, süßes Mütterchen, gegen die sie so unfreundlich und lieblos gewesen war, die es aber ihr gegenüber nie an Güte und Liebe hatte fehlen lassen, sie war tot.

»Sie ist tot«, sagte Virginia mit tonloser, ganz veränderter Stimme.

›Wie gut wäre es für sie und die anderen, wenn sie es wäre‹, dachte Stephen.

Laut sagte er, indem er den Kopf an Virginias Brust verbarg: »Nein, sie ist nicht tot. Ganz im Gegenteil. Sie verheiratet sich wieder.«

Als Virginia keine Antwort gab, denn der Atem stockte ihr nach dem Schrecken und der Reaktion, fuhr er fort: »Mein Herzblatt, ich hätte es dir so gern erspart, wenn es nur möglich gewesen wäre. Ich habe mich so bemüht, es vor dir zu verbergen. Ich habe alles getan . . .«

»Ja, aber warum, Stephen? Warum sollte Mutter nicht wieder heiraten?« fragte Virginia mit der natürlichen Reizbarkeit eines Menschen, den man unnötigerweise erschreckt hat; das war aber Stephen etwas so Ungewohntes an Virginia, daß er es ihrem physischen Zustand zuschreiben mußte. »Ich finde es sehr seltsam, daß sie es mir nicht mitgeteilt hat«, fuhr Virginia fort. »Warum sollte sie nicht wieder heiraten? Jetzt wird sie jemand haben, der auf ihr Wohl bedacht sein wird. Ich bin sehr froh darüber.«

»Meine geliebte Virginia!«

Er preßte sein Gesicht noch fester an ihre Brust; er wünschte, er könnte es für immer dort verbergen.

»Aber sie hätte es mir wirklich mitteilen können«, sagte Virginia.

Nun trat die Rückwirkung gegen ihre Mutter ein, nun, da sie wußte, daß sie nicht tot war. Genauso wie an dem Tag, da sie vor Angst, daß ihr etwas zugestoßen sei, fast verging und die Mutter dann plötzlich heil und gesund durch die Allee trippelte.

Virginias Stimme war von Tränen erstickt. Sie unterdrückte sie und richtete sich auf, ohne darauf Rücksicht zu nehmen, daß Stephen seinen Kopf an ihrer Brust barg. Sie war tief gekränkt.

»Ja, aber es gibt Dinge, die man nicht sagt«, versetzte Stephen.

Er war sehr unglücklich. Er hätte die Hälfte von Chickover hergegeben, um ihr das ersparen zu können.

»Eine zweite Heirat gehört aber nicht dazu«, erwiderte sie.

Da bekam er zum erstenmal einen Einblick in eine andere Virginia, in eine Virginia, die vielleicht in zehn Jahren widersprechen würde. Er hob den Kopf und blickte sie an.

»Ich weiß, was ich rede, mein Kind«, sagte er. »Diese zweite Heirat gehört sehr wohl dazu. Deine Mutter heiratet den jungen Mann, mit dem sie im Motorrad nach London gefahren ist. Du hast ihn gesehen. Vielleicht wirst du jetzt begreifen, daß es Dinge gibt, die man einer Tochter nicht gern sagt.«

Virginia starrte ihn einen Augenblick mit weitgeöffneten Augen an. Dann stand sie von seinem Knie auf, trat an das Fenster und blieb dort stehen, den Rücken ihm zugekehrt.

»Ich kann mir schon vorstellen«, sagte sie nach langem Stillschweigen, »daß es solche Dinge gibt. Aber ich glaube nicht, daß eine zweite Heirat«, bei diesen Worten wendete sie sich um und sah ihm ins Gesicht, »dazugehört.«

Er erhob sich und ging mit ausgestreckten Armen auf sie zu.

»Mein armes, geliebtes Kind«, rief er voll Erbarmen und Verständnis aus, »du bist großmütig und jung —«

»Das ist auch Monckton«, war ihre unerwartete Antwort.

Es war, als hätte sie ihm einen Schlag ins Gesicht versetzt. Er stockte. Es konnte nur ihr Zustand sein. Aber sie behielt diese Haltung den ganzen Tag bei, diese seltsame, fast trotzige Haltung, und Stephen konnte nichts anderes tun, als in sein Studierzimmer gehen und beten, daß ER ihr Herz erweiche und ihr die Augen öffne, damit sie die Dinge sehe, wie sie wirklich waren.

Daß sie das große Unglück – wie groß, wie entsetzlich es war, wußte sie natürlich nicht –, das erste, das sie seit ihrer Verheiratung erfuhr, so aufnehmen, ihr Herz gegen die Sympathie und das Verständnis, die er und seine Mutter ihr in so grenzenlosem Maße entgegenbrachten, verhärten und mit einer Halsstarrigkeit, deren er sie nie für fähig gehalten hätte, darauf bestehen würde, daß ihre Mutter recht gehandelt habe! Sie sagte freilich nicht viel, aber das wenige war voller Eigensinn. Sie benahm sich auch ganz anders als früher gegen ihre Schwiegermutter, deren einziger Gedanke darauf gerichtet war, sie zu trösten, und sie bestritt, daß sie des Trostes bedurfte. Und als er schlafen ging und sie an sein Herz zog in der köstlichen Berührung des Leibes, die bis jetzt immer jede Gemütserregung besänftigt hatte, und sie allem Anschein nach willig kam und sich an ihn schmiegte und wieder ganz seine geliebte teure Frau war, da war er so glücklich darüber, daß er ihr zuflüsterte, sie habe hoffentlich nicht vergessen, für ihre arme Mutter zu beten.

Wie schmerzlich war er da erschüttert, als er spürte, daß sie vor ihm zurückwich!

Sie antwortete darauf, sie hätte nicht anders gebetet als sonst, wie von Kindheit auf: »Gott segne meine Mutti!«

Und als wären sie nicht im Bett, an heiliger Stätte, in heiliger Stunde, in der jedes Wort nur der Liebe gegolten hatte, sondern als befänden sie sich angezogen im Salon, fragte sie ihn zu seinem Schmerz, warum er eigentlich ihre Mutter so verurteile, weil sie wieder heirate.

»Siehst du nicht ein, wie schrecklich es ist, wenn eine Frau einen Mann heiratet, der ihr Sohn sein könnte?« fragte er sie streng. Er hätte nie geglaubt, daß er jemals mit seinem Lieb an solchem Ort, in solcher Stunde würde streng sein müssen.

Darauf antwortete sie: »Ja, warum soll das schrecklicher sein, als wenn ein Mann ein Mädchen heiratet, das seine Tochter sein könnte?«

Das hatte ihm Virginia zur Antwort gegeben. Seine Virginia. Im Ehebett. In seinen Armen.

VI

Eines Morgens geschah es zum erstenmal, daß Stephen zu spät zum Frühstück kam. Virginia war vor ihm unten und fand unter den Briefen eine Ansichtskarte an Stephen von der Isle of Wight und darauf die Worte: »Sie haben mir zum Glück verholfen. Catherine Monckton.«

Verwirrt betrachtete sie die Karte. Stephen hatte ihrer Mutter zum Glück verholfen? Das sah ihm natürlich ähnlich. Gestern abend hatten sie sich ausgesöhnt; ach, es war so wundervoll gewesen! Aber wie hatte er das zuwege gebracht? Was hatte er damit zu tun gehabt? Er, der sich erst gestern abend bewogen gefühlt hatte, die Heirat nicht länger zu mißbilligen?

Sie hielt die Ansichtskarte, aus der sie nicht klug werden konnte, in der Hand, als Stephen eintrat.

»Liebster Mann«, sagte sie, indem sie ihm mit elastischen Schritten und dem strahlenden Lächeln entgegenging, das ihre stolze Liebe verriet, »es scheint, daß ich deine Herzensgüte noch immer nicht in ihrer ganzen Tiefe kenne.«

»Was meinst du, Geliebte?« fragte er, als er ihr in das aufwärts gerichtete Gesicht blickte, mit der frohen Zufriedenheit eines Menschen, der wieder Einlaß in das Paradies gefunden hat.

»Da – schau!« Und sie gab ihm die Ansichtskarte.

Er wurde feuerrot. Sie schrieb das seiner Bescheidenheit zu und lachte, so stolz war sie auf ihn. Was und warum er es getan hatte, wußte sie nicht, aber sie liebte ihn mit geradezu glühendem Vertrauen.

Als Stephen die paar Worte gelesen hatte, schloß er daraus, daß die Trauung nicht, wie er vermutet hatte, schon vor vier oder sechs Wochen, sondern eben erst stattgefunden hatte, denn er glaubte nicht an ein dauerndes Glück der verwitweten Mrs. Cumfrit. Er gab ihr und ihrem unglückseligen Opfer höchstens zwei, drei Tage, bevor Reue und Ernüchterung einsetzen mußten. Offenbar hatte diese Frist erst begonnen, als sie diese Karte schrieb. Er war sich nicht bewußt, daß er den Wunsch gehabt hätte, seiner Schwiegermutter zum Glück zu verhelfen. Er hatte nur Sühne im Auge gehabt. Daß aber die Sühne ein Vorgang sei, der Glück in sich barg, das war ihm nicht wahrscheinlich erschienen. Und nun kam Virginia und pries und lobte ihn, nun kam dieses junge, unbefleckte Menschenkind und glaubte so stolz an seine Güte, daß er tiefste Scham darüber empfand. Und wie unangenehm war es, daß Mrs. Cumfrit nicht auf übliche Art angekündigt hatte, daß sie nun Mrs. Monckton war, ohne ihn da hineinzuzerren?

Er wußte nicht, was er sagen sollte, und wünschte sehnlichst, wirklich etwas getan zu haben, wodurch er den Ausdruck anbetenden Stolzes in Virginias Gesicht verdient hätte.

»Laß uns jetzt frühstücken, mein Lieb«, sagte er, »sonst wird alles kalt, und ich bin so hungrig wie ein...«, er wollte sagen: wie ein Jäger, aber das hätte zu ungeistlich geklungen, und so sagte er: »wie ein Oberpfarrer.« Und beide lachten, denn sie waren an diesem glücklichen Morgen in der Stimmung, über alles zu lachen.

Sie brachte ihm den Kaffee und blieb hinter seinem Sessel stehen und legte ihre Wange auf seinen Scheitel.

»Jetzt wirst du aber beichten müssen«, sagte sie, »so sehr du auch immer dein Licht unter dem Scheffel verbergen willst. Was hast du denn getan, Liebster, und warum sind wir die ganze Zeit über so unglücklich gewesen über Mutters zweite Heirat, wenn du es warst, der...«

»Nun denn, Geliebte, ich will dir beichten, daß ich zur Trauung mahnte.«

»So? Aber warum?«

»Virginia, mein Herzensliebling, vertraust du deinem Stephen?«

»Unbedingt, Stephen!« rief sie aus und schlang ihre Arme um seinen Hals.

»Und wenn ich dich bitte, mich über diese Angelegenheit nicht mehr auszufragen?« sagte er, ihre Hand streichelnd und in ihr Gesicht blickend, das dem seinen so nahe war.

»Ach Stephen, stelle mich auf eine härtere Probe! Ich sehne mich so sehr, dir zu beweisen, was ich für dich tun möchte, ich sehne mich, dir ähnlicher zu werden.«

»Gott behüte, meine geliebte Virginia«, sagte Stephen sehr ernst.

»Ach Stephen!« war alles, was Virginia erwidern konnte. Diese Bescheidenheit, diese Demut, ihr geliebter Gatte war ein Heiliger. Ihr Glück war voll zum Überfließen.

Stephen hatte sie gebeten, ihn nicht wieder zu fragen. Sie verhielt sich mäuschenstill. Stephen hatte sie gebeten, ihm zu vertrauen. Sie vertraute ihm grenzenlos. Und sie war so glücklich, nach der unglückseligen Entfremdung wieder ihrem Gatten anzugehören, daß ihr nicht einmal der Gedanke an ihren Stiefvater Christopher so unangenehm war. Dieses Glück teilte sich dem Brief mit, den sie ihrer Mutter schrieb, sie lud sie beide nach Chickover ein, und der Brief war so herzlich, daß Catherine darüber ebenso erstaunt war wie Virginia über die Ansichtskarte. Catherine war in ihrem Verkehr mit ihrer Tochter gewohnt, daß die Herzlichkeit auf ihrer Seite lag.

Daß Virginia, die niemals Wärme an den Tag legte, so viel Gefühl zeigte, war wirklich sehr überraschend. Aber Catherine stand um diesen Zeitpunkt unter dem Eindruck der Überraschung und des Glücks, sich verliebt zu haben, und da hatte sie für nichts und niemand Zeit als für Christopher und dachte nicht lange über Virginias Brief nach.

Sie kritzelte auf ein Billett: »Vielen Dank, geliebtes Kind, für Dein Schreiben. Wir werden sehr gern einmal kommen«, und dachte nicht weiter an sie. Und erst als die Fanshawes zu Besuch kamen, begann sie wieder an Chickover und Stephen und Virginia und das ganze sonderbare, in ihrer Erinnerung bereits verblaßte Leben zu denken.

VII

Was sollte also in bezug auf Chickover geschehen? Wenn Catherine sich morgens vor dem Ankleiden im Spiegel besah, dann hielt sie es für geratener, nicht nach Chickover zu fahren. Die Ausrufe der Fanshawes hatten ihre schlimmsten Befürchtungen bestätigt, sie wußte jetzt bestimmt, daß sie sehr verblüht aussah. Wie konnte sie mit einem solchen Gesicht mit Christopher zusammen nach Chickover fahren? Virginia würde es natürlich sofort bemerken und daraus folgern, daß sie nicht glücklich sei, und Christopher die Schuld zuschreiben. Stephen würde das auch bemerken und überzeugt sein, daß sie unglücklich sei, und triumphieren. Und was Mrs. Colquhoun betraf . . .

Sie schlug sich Chickover aus dem Sinn und kaufte sich einen Lippenstift. Bei den Fanshawes fand abends ein Tänzchen statt; sie waren dazu eingeladen, und

Christopher bestand darauf hinzugehen. Die Versicherung, sie könne nicht tanzen, nützte ihr nichts; er behauptete, mit ihm würde sie ganz von selbst tanzen. Er tanzte sehr gern und hatte nur aus dem Grund vor seiner Hochzeit nicht viel getanzt, weil er, wie er erklärte, die dummen Mädchen nicht ausstehen konnte, die man auf den Bällen traf. Ganz stumm konnte man sich schließlich beim Tanzen doch nicht verhalten, und was er mit den Mädchen reden sollte, war ihm schleierhaft. Wenn man ihnen noch hätte schöntun können – es gab Catherine einen Stich ins Herz –, aber nicht einmal das durfte man, denn da lief man Gefahr, sich einzutunken, und mußte sie dann am Ende gar heiraten. Die heiraten! Du lieber Gott!

Nun kam diese Einladung, und er griff mit beiden Händen zu, und ihr blieb nichts übrig, als sich so hübsch als möglich zu machen. Das erste war also, daß sie ausging und sich einen Lippenstift kaufte; und so unschuldig war sie in diesen Dingen ihr ganzes Leben lang gewesen, daß sie errötete, als sie ihn verlangte. Aber sie war mit dem Erfolg nicht zufrieden und, als sie sich prüfend im Spiegel betrachtete, bevor Christopher kam, eher geneigt zu finden, daß sie älter und ganz bestimmt weniger fein aussah.

Aber Christopher bemerkte nichts, denn die elektrischen Lampen George Cumfrits hatten längst Schirme bekommen, und er küßte sie wie sonst, überglücklich, wieder bei ihr zu sein, und die Farbe von ihren Lippen ging ab. Sie fragte sich, was die anderen Frauen taten, damit sie nicht abging, oder ob sie alle entweder einen Anbeter oder einen Lippenstift hatten. Beides gleichzeitig schien ausgeschlossen.

Sie hatte keine Freude am Tanzen; und nachdem sie sich beide abgequält hatten und einander auf die Zehen getreten waren, gab er endlich nach und ließ sie sich hinsetzen. Aber es war ihm unmöglich, die hinreißende Tanzmusik zu hören und sitzen zu bleiben, und er tanzte mit einem Mädchen nach dem andern, die alle Wunder von Jugend und Schönheit waren, und Catherine, die ihm zusah, behagte es gar nicht. Die Mädchen schienen alle versessen auf ihn. Kein Wunder! Er war bei weitem der hübscheste junge Mann hier, dachte sie mit einem Gefühl des Schmerzes und Stolzes zugleich. Nein, sie empfand nicht das geringste Vergnügen an dem Abend.

Die Fanshawes waren sehr liebenswürdig, fast zu liebenswürdig, als wären sie bestrebt, sie über ihre eigene Lage zu täuschen, und stellten ihr immerfort ältliche Herren vor, die nicht tanzten. Aber die ältlichen Herren fanden die kleine Dame mit dem rastlos umherschweifenden Blick, dem rotgefärbten Mund und den unaufmerksamen Ohren bald langweilig und verflüchtigten sich wieder; überdies waren junge Mädchen ihnen lieber. Und so kam es, daß die Fanshawes, sooft sie zu ihr hinüberschauten, sie trotz aller Anstrengungen immer allein sitzen sahen.

Endlich, nachdem Ned Fanshawe lange bei ihr geblieben war, kam seine Mutter mit einer ältlichen Dame anstatt eines ältlichen Herrn, stellte sie einander vor, und diese verließ Catherine nicht. Wie diese schien sie hier niemanden zu kennen, und so blieben sie den Rest des Abends zusammen.

»Das ist meine Tochter«, sagte die Dame plötzlich und wies auf ein sehr hübsches Mädchen, das gerade mit Christopher tanzte, »welche ist Ihre?«

Nein, Catherine schwamm heute nicht in Seligkeit.

Und als sie mit Christopher im Auto nach Hause fuhr, konnte sie sich absolut nicht zwingen, fröhlich zu sein. Christopher hatte sich offenbar glänzend unterhalten. Alle diese jungen Mädchen . . .

»Ah, das war einmal ein Vergnügen!« sagte er, indem er sich eine Zigarette anzündete und Catherine an sich zog.

»Ich dachte, Mädchen langweilten dich.«

»Nicht, wenn du auch da bist, das ist ein großer Unterschied.«

»Von mir hast du doch nicht viel gehabt.«

»Aber das Bewußtsein, daß du auch da warst, im selben Zimmer, hat mich schon glücklich gemacht.«

»Ich gab einen guten Hintergrund ab, nicht?« sagte sie. Es sollte klingen, als hätte ihr die Sache Spaß gemacht.

Er warf die Zigarette fort und nahm sie in die Arme.

»Geliebte, war's dir zuviel, dort zu sitzen? Ich sag' dir was. Wir werden uns ein Grammophon anschaffen, und ich bring' dir das Tanzen bei. Du wirst es im Nu lernen, und dann wollen wir zwei jeden Abend tanzen.«

»Liebster Chris«, sagte sie, sich eng an ihn schmiegend, »ich glaub' nicht, daß ich mich im Tanzen sehr hervortun werde.«

»O doch, wenn ich dich's erst gelehrt habe. Du wirst wie ein Engel tanzen. Gleich morgen besorge ich ein Grammophon.«

»Ach nein, Liebster. Besorge keines. Ich bitte dich, liebster Chris, ich kann nicht tanzen lernen. Ich mag auch gar nicht. Ich bin überzeugt, ich erlerne es nie. Tanzen mußt du schon ohne mich, Schatz.«

»Ohne dich! Das gefällt mir! Als ob ich je irgendwohin ginge, einen Schritt weit mich fortrührte ohne dich!«

Um diese Zeit waren sie fünf Wochen verheiratet.

Dann traf wieder ein Brief von Virginia ein, nicht

mehr ganz so herzlich, denn kein Mensch kann Wochen hindurch ununterbrochen die gleiche Temperatur aufbringen, aber sie wiederholte die Einladung.

»Liebste Mutter, wir hoffen, Du und Mr. Monckton kommen bald her«, schrieb sie in ihrer runden, kindlichen Handschrift. »Ich muß jetzt fast immer liegen, denn ich bin schon im siebten Monat, und die Mutter sagt, in diesem Monat muß man am vorsichtigsten sein. Wenn Du also jetzt kämest, so könnten wir ein paar gemütliche Plauderstündchen haben. Stephen macht gerade Besuche in der Gemeinde, aber wenn er hier wäre, würde er herzliche Grüße senden.«

Wie fern das klang, wie aus einer fernen, nebelhaften Welt.

Eine schmerzliche Sehnsucht nach Virginia stahl sich ihr ins Herz. Eine eigene Tochter und ein neuer Gatte, das ging schwer zusammen. Mütter, die ihren Verpflichtungen restlos nachkommen wollen, müssen zu jedem Opfer bereit sein; sie dürfen keinen Anspruch auf eigenes Glück erheben, nur auf das Glück mit ihren Kindern. Sie dürfen niemals den Wunsch haben, individuelle menschliche Wesen zu sein, sondern sie müssen immer nur Mütter sein.

Als der Brief eintraf, befand sie sich gerade an ihrem Toilettentisch, damit beschäftigt – ein langwieriges und schwieriges Verfahren –, sich das Gesicht herzurichten. Mrs. Mitcham war auf den Zehenspitzen hereingekommen, als sie die Post brachte. Sie näherte sich Catherine jetzt immer auf den Zehenspitzen, hatte die Briefe auf den Tisch gelegt und sich leise wieder hinausgeschlichen, ohne einen Blick nach rechts oder links zu werfen. Denn die Erfahrung hatte sie längst gelehrt, daß sie nicht hinschauen durfte, wenn sie nicht ihre Fassung verlieren wollte.

Catherine hielt in ihrer Beschäftigung inne, um den Brief zu öffnen, und saß dann da und drehte ihn in Gedanken um den Finger.

Kitty Fanshawe hatte ihr von einer Frau in Sackville Street erzählt, die Gesichter verschönte; sie war sofort hingegangen, hatte sich behandeln lassen und war ganz entzückt von der Wirkung. Nie wieder wollte sie Lippenstift und Puder benützen. Es beruhigte die Nerven schon, wenn man nur in den eleganten Salon kam, der ganz abseits vom Straßenlärm in einem Hintergebäude lag. Da hatte sie sich in einen tiefen, himmlischen Sessel gesetzt, und eine reizende junge Dame, deren Gesicht ein überwältigender Beweis war für die Vortrefflichkeit der Behandlung, hantierte mit Öl und Salben und knetete mit weichen Fingerspitzen. Und als ihr zum Schluß – so beruhigend war das Verfahren, daß sie eingeschlafen war – der Spiegel gereicht wurde mit der Bitte, sich anzusehen, da konnte sie einen Freudenruf nicht unterdrücken.

Es war ein Wunder. Sie sah nicht nur zehn oder fünfzehn Jahre jünger und sehr, sehr hübsch, sondern sie sah sogar modern aus. Vielleicht ein ganz klein wenig gewagt! Die letzten Spuren der vornehmen Dame vom Lande, die im Zusammenleben mit Christopher noch übriggeblieben waren, hatten sich verwischt. Aber – wie reizend!

Es blieb ihr nichts übrig, als sich sofort einen Hut zu kaufen, der eines so blendenden Teints würdig war. Sie ging direkt in die Bond Street, merkte aber auf dem kurzen Weg, daß die Leute sie ansahen, und sie war doch in der letzten Zeit so uninteressant gewesen, daß sie einfach unsichtbar war auf der Straße.

Sowohl der Hut als die Behandlung kosteten viel Geld. Der Hut war doch wenigstens von einiger Dauer, die Behandlung dagegen mußte immerfort erneuert werden. Sie konnte sich dies aber nur gelegentlich erlauben, da es zu kostspielig war, und so kaufte sie sich eine Kassette, die alles außer den weichen Fingerspitzen der jungen Person enthielt, was zur Behandlung gehörte, und versuchte, sich zu Hause selbst zu behandeln. Die Wirkung war traurig: Sie sah einfach nicht mehr anständig aus. Mrs. Mitcham machte sich innerlich große Sorgen. Aber Catherine ließ sich nicht abschrecken und hoffte, durch Übung geschickter zu werden. Als sie eines Morgens gerade mitten in ihrer täglichen Anstrengung begriffen war, kam der zweite Brief Virginias an.

Was sollte sie tun?

Wenn sie am Montag hinfuhr und Mittwoch zum Diner wieder zurück war? Nein, so lange wollte sie von Christopher nicht fortbleiben. Eine Nacht in Chickover war genug; da hatte man einen ganzen Nachmittag und Abend zum Plaudern. Nein, das konnte sie auch nicht ertragen. Was konnte ihm nicht alles zustoßen, während sie fort war? Die ganze Zeit über würde sie Herzbeklemmungen haben. Warum sollte sie nicht früh am Morgen hinfahren und spät am Abend zurückkehren?

Sie sah die Züge nach. Chickover war so weit, sie brauchte eine mehrstündige Eisenbahnfahrt, um hinzugelangen. Wenn sie aber gleich nach acht von der Waterloo-Station abfuhr, konnte sie um zwölf dort sein; der letzte Zug, der dort um sieben Uhr zwanzig abging, traf in London um Mitternacht ein.

Bei Tisch sagte Catherine Christopher, was sie vorhatte.

Es war ihm nicht recht. Der Gedanke, daß sie erst so spät zurückkommen sollte, war ihm unangenehm. Sie war viel zu winzig und kostbar, um so allein in der Welt herumzureisen. Was konnte ihr nicht alles zustoßen? Er würde den ganzen Tag keinen Federstrich tun können aus lauter Sorge um sie. Kurz, er nahm die Neuigkeit so auf, wie Catherine es sich im Herzen gewünscht hatte, und sie liebte ihn, wenn möglich, noch mehr. Zu gleicher Zeit machte er natürlich einige höchst respektlose Bemerkungen über Stephens persönliches Aussehen und über seinen Charakter, obwohl er den alten Knaben, der Catherine veranlaßt hatte, ihn zu heiraten, wie er ausdrücklich bemerkte, trotz seiner mannigfaltigen gewaltigen Fehler ganz gut leiden konnte. Was Virginia betraf, so hatte sich seine Meinung über sie nicht geändert, aber er gab gern zu, daß eine Mutter etwas an ihr finden könnte; wenn also Catherine den unwiderstehlichen Drang fühle, sie zu besuchen, müsse sie so bald als möglich fahren, um es abzutun.

»Sie erwartet . . .«, begann Catherine, hörte aber sofort auf.

Sie konnte es nicht über sich bringen, es ihm zu sagen. Einmal mußte er es ja erfahren, aber nicht, bevor es absolut nötig war. Virginias Baby würde ja eine Großmutter aus ihr machen. Und Christopher wäre dann an eine Großmutter verheiratet! Wenn er den Altersunterschied bis jetzt nicht gespürt hatte, dieses Ereignis mußte ihm unbedingt die Augen öffnen. Wenn sie nur daran dachte, fühlte sie sich so wund, als hätte man ihr die Haut vom Fleisch gerissen und sie allen Qualen der furchtbarsten Empfindungen ausgesetzt . . . Die Liebe, die Liebe! Ach, wenn sie ihn nur nicht so sehr liebte . . .

»Was erwartet sie?« fragte Christopher, als sie plötzlich innehielt, und blickte von den Erdbeeren auf, die er gerade verzehrte.

»Einen angenehmen Nachmittag, wenn ich komme«, antwortete Catherine rasch; sie war rot geworden und lächelte nervös.

»Da hat sie recht: Wenn du bei ihr sein wirst!« versetzte Christopher, und leise, damit Catherine es nicht höre und sich in ihrem mütterlichen Empfinden gekränkt fühle, das liebe Geschöpf, fügte er hinzu: »Dummes Ding!«

VIII

Am Montag also stieg eine hübsche kleine Dame von etwa dreißig oder fünfunddreißig Jahren, deren Liebreiz aber von jener Art war, die man auf dem Lande mißbilligt, in Chickover aus dem Zuge und wurde von einem Geistlichen erwartet, der einigermaßen verlegen war.

Sie hatte die Lippen zu einem erfreuten Lächeln geschürzt – es war doch ein köstliches, ordentlich aufregendes Bewußtsein, hübsch auszusehen –, als sie den Bahnsteig entlangtrippelte, in der Richtung, wo er zögernd stehengeblieben war. Abgesehen davon, daß sie froh war, wieder hübsch zu sein, freute sie sich auch sehr, Virginia wiederzusehen und am Abend wieder bei Christopher zu sein. Durch das Bewußtsein gestärkt, daß ihr Äußeres anziehend war, fühlte sie sich auch nicht so müde wie sonst; im Gegenteil, die Fahrt war sehr vergnüglich gewesen: Ein fremder Herr hatte sich sehr eifrig und liebenswürdig um sie bemüht. Dann war heute ein heißer Tag, sie war nicht nur rosig angehaucht infolge der Behandlung in Sackville Street, sondern erhitzt, und das stand ihr immer gut. Und schließlich schimmerten ihre Augen voll Heiterkeit, die jedes weibliche Wesen nach einem noch so kleinen Erfolg empfindet. So war also nichts natürlicher, als daß sie lächelte.

Stephen war auf alles andere vorbereitet gewesen, nur nicht auf diese Heiterkeit. Er war auf ein ganz anderes Zusammentreffen gefaßt, keinesfalls auf Lächeln. Er wollte das Vergangene ruhen lassen; seine letzten seligen Erfahrungen mit Virginia hatten den glühenden Entschluß in ihm reifen lassen, die Güte anzustreben, die sie ihm bereits zuschrieb, und seine Schwiegermutter wollte er mit so viel Hochachtung empfangen, als er zusammenbringen konnte. Übrigens, wenn sie vielleicht auch glücklich war, als sie ihm die Ansichtskarte schrieb, die sein eigenes Glück so hochgradig gesteigert hatte, jetzt, meinte er, konnte sie nicht mehr glücklich sein. Seit sie die Ansichtskarte geschrieben, waren acht Wochen vergangen. Er hatte aber schon oft gehört, daß acht Tage genügten, um den Eheleuten die Augen zu öffnen. Und nun war sie da und lächelte!

»Guten Tag«, sagte er, indem er mit der einen Hand seinen weichen Hut lüftete, mit der anderen schlaff die ihre ergriff.

»Wie hübsch von Ihnen, mich auf dem Bahnhof zu erwarten!« sagte sie fröhlich.

Welch ein komischer Mensch! Man konnte ihm wirklich nicht ernstlich böse sein. Und er war ein guter Mensch. Aber wie furchtbar alt er aussah, wenn man Christopher immerfort vor Augen gehabt hatte!

»Nicht der Rede wert«, erwiderte er.

»Wie befindet sich Virginia?«

»Danke, ganz gut.«

»Ich bin so froh! Ich sehne mich so sehr nach ihr! Ah, Smithers, grüß Gott. Wie geht's den Kindern? Ich freue mich so.«

Die Leute starrten sie an. Bis jetzt war es noch niemals Stephens Verhängnis gewesen, sich in Gesellschaft einer Dame zu befinden, die von den Menschen angestarrt wird. Er drängte sie in das Auto. Er bemühte sich redlich, sie zu achten.

Zwischen Bahnhof und Schloß war nicht viel Zeit zu Achtungsbezeigungen, aber er unternahm wenigstens einen Versuch dazu. Er hatte sich vorgenommen, die Bahn freizumachen durch die beruhigende Mitteilung, daß Virginia keine Ahnung von der Ursache hatte, die zu ihrer Verheiratung mit Christopher Monckton »geführt« hatte. Den passenderen Ausdruck, daß diese Ursache die Trauung absolut notwendig gemacht hatte, verwarf er als zu hart, denn er war bestrebt, so zart und versöhnlich als möglich zu sein, nun, da das Blatt sich gewendet hatte. Und überdies, wer war er, daß er einen Stein auf sie werfen sollte? Zartheit war aber ebenso schwierig wie Respekt. Sie selbst schien jeden Zartgefühls bar zu sein. Es war auch schwer zu glauben, daß sie seine Schwiegermutter sei. Sie war ganz verändert. Worin die Veränderung bestand, konnte er nicht herausfinden. Sie wollte offenbar die Jugend nachäffen, und er mußte zugeben, daß sie das mit großer Geschicklichkeit tat. Wenn er sie zum Beispiel nicht gekannt hätte, so würde er sie nach dem ersten flüchtigen Blick eher für eine Tochter als für eine Mutter gehalten haben, wenn auch nicht für eine Tochter, wie man sie sich wünschte.

Als sie im Auto saßen, setzte sie sich über alles Zartgefühl hinweg. Sie ergriff seine Hand. Er wußte nicht, ob er sie ihr entziehen oder so tun sollte, als hätte er es nicht bemerkt, und sagte: »Sehen Sie, Stephen, alles Böse hat doch auch sein Gutes.«

»Das kann ich nicht so ohne weiteres zugeben«, fühlte Stephen sich verpflichtet zu erwidern.

»Ach, lassen Sie uns doch gute Freunde sein, Stephen, ja?« versetzte sie, indem sie ihn von neuem anlächelte und wieder aussah wie eine etwas unerwünschte Tochter. »Dann können wir auch ordentlich miteinander reden. Ich wollte Ihnen für das große Glück danken.«

Er suchte ihr seine Hand zu entziehen.

»Ich glaube, es wäre vielleicht . . .«, begann er.

»Nein, nein. Hören Sie mich an«, fuhr sie fort, seine Hand festhaltend. »Wenn Sie nicht gewesen wären, hätte ich Christopher niemals geheiratet und so auch keine Ahnung davon gehabt, was Glück ist. Sie sehen also: daß Sie damals so schlecht von uns gedacht haben, hat unser Glück herbeigeführt. Wie Rosen, die aus dem Schlamm sprießen und dann herrlich blühen.«

Stephen war fest entschlossen, das Vergangene ruhen zu lassen, und so preßte er die Lippen zusammen, so daß sie nur eine dünne Linie bildeten, um nur ja nichts zu sagen, was Virginia dann bedauern würde. Daß seine Schwiegermutter, die einst so sanft und fromm gewesen war wie eine Taube, die eine so schickliche Sprache führte und ein so taktvolles Benehmen hatte, allen Anstand fahren ließ und mit geschmacklosen Gleichnissen auf Ereignisse anspielte, die er sich redlich zu vergessen und zu verzeihen bemühte, das war wirklich unerhört.

Er hatte keinen innigeren Wunsch, als die Barmherzigkeit über die Gerechtigkeit siegen zu lassen; aber wenn er Catherine anschaute, wie unendlich schwer fiel es ihm. Diese blühende Heiterkeit machte alle seine Pläne zuschanden. Darauf war er nicht vorbereitet gewesen, sie war nicht dieselbe Person.

Er saß stumm da und kämpfte in seinem Inneren; sie kamen vor dem Schloß an, und sie hielt immer noch seine Hand in der ihren, einfach weil er sie ihr nicht entziehen konnte.

Auf den Stufen stand Virginia, als hätte sie sich nie davon entfernt, seitdem Catherine sie an jenem denkwürdigen Tag verlassen hatte, damals, als sie mit Christopher auf seinem Motorrad die Reise antrat, die ihrem Leben eine andere Wendung gegeben hatte. Nur war diesmal Mrs. Colquhoun nicht dabei, und Virginia war beträchtlich runder geworden.

»Wie lieb von dir, daß du gekommen bist, Mutter!« sagte Virginia errötend, als Catherine die Stufen hinaufeilte und sie in die Arme schloß, so gut es sich machen ließ.

Es war Virginia nicht entgangen, daß ihre Mutter und Stephen Hand in Hand angekommen waren. Als er die Stufen heraufkam, schenkte sie ihm einen Blick tiefer, zärtlicher Dankbarkeit. Er wischte sich den Schweiß von der Stirn. Er schien beständig Virginias Dankbarkeit für Wohltaten zu erregen, die er nicht begangen hatte. Und als er den beiden Frauen ins Haus folgte, sagte er sich, er sei ein Jämmerling, den der Glaube seiner süßen Frau mit dem Strahlenkranz eines Heiligen umgab.

Virginia war ganz überrascht von der Erscheinung ihrer Mutter. Sie hatte sie nicht so schön in Erinnerung. Sie kam sich merkwürdig alt neben ihr vor mit ihrem ungestalten schweren Leib, jedenfalls häßlich. Ihre Mutter sah vielleicht ein ganz klein wenig zu modern aus für das stille Chickover, aber sie wußte eigentlich nicht, warum, denn sie trug heute dasselbe Kleid wie bei ihrem letzten und vorletzten Besuch. Ihr Teint war wundervoll. Virginia war sehr froh, daß ihre Schwiegermutter heute hatte fortfahren müssen und also ihre Mutter nicht sehen würde. Sie wußte – Mrs. Colquhoun hatte zwar nie davon gesprochen, aber sie wußte es trotzdem –, daß ihre Schwiegermutter der Ansicht war, ältere Frauen dürften keinen schönen Teint haben.

Der Lunch ging sehr gut vonstatten, ebenso das Plauderstündchen nachher, an dem sich auch Stephen beteiligte, so gut es ging; und auch der Tee. Nach dem Tee zog er sich von der Terrasse zurück, auf der die beiden Frauen sitzen blieben; er wollte so Mutter und Tochter die Möglichkeit geben, von Angelegenheiten zu reden, die ausschließlich intim-weibliche waren.

Virginia bat ihre Mutter, sich auf einem Liegestuhl neben dem ihrigen auszustrecken, um sich vor der Abreise ein wenig auszuruhen; dann erst nahm sie ihren Mut zusammen und begann die neue Ehe zu erwähnen, auf die noch nicht die geringste Anspielung gemacht worden war.

Sie errötete, als sie schüchtern begann: »Weißt du, Mutter, ich bin wirklich sehr froh über Mr. . . . . Mr. . . . .

»Nein, nicht Mister, liebe Virginia. Sag doch einfach Christopher.«

Virginia errötete noch heftiger.

»Ich fürchtete schon«, sagte sie, »du könntest erwarten, daß ich ihn Vater nenne.«

»O nein, liebes Kind«, erwiderte Catherine mit einem nervösen Lachen, »das könntest du unmöglich!«

Und Catherine ergriff Virginias Hand und streichelte sie und fragte, ohne ihrer Tochter ins Gesicht zu sehen: »Du hältst ihn doch nicht . . . du hältst ihn doch nicht für zu jung, liebe Virginia, oder doch?«

»Nein!« antwortete Virginia fest.

»Du gutes Kind!« rief Catherine aus, erhob die Hand, die sie gestreichelt hatte, und führte sie rasch an die Lippen.

»Wie könnt' ich ihn zu jung finden, wenn doch auch zwischen Stephen und mir . . .«

Das liebe, gute Kind. Catherine war so entzückt und gerührt, daß sie immer wieder ihre Hand küßte.

»Mein teures, geliebtes Kind, mein gutes Töchterchen«, sagte sie, und im nächsten Augenblick fügte sie hinzu, und in dem Moment glaubte sie es auch und vergaß ganz, wie sehr sie nur Christopher im Sinn gehabt hatte, »du hast mir so gefehlt!«

Virginia zog sich sofort in sich zurück, sie fühlte instinktiv, daß ihre Mutter von der Wahrheit abwich.

»Sehr lieb von dir, Mutter«, erwiderte sie in ihrer gewohnten scheuen Art.

Um das Gespräch auf praktischere Dinge zu bringen, fragte sie: »Sag, Mutter, möchtest du dir nicht das Gesicht ein wenig waschen?«

»Das Gesicht waschen?« wiederholte Catherine und sah Virginia erschrocken an. »Warum sollte ich das tun?«

»Mir tut es immer so gut«, antwortete Virginia, »wenn ich mich müde fühle.«

Catherine lehnte sich wieder in ihren Liegestuhl zurück.

»Du gutes Kind«, murmelte sie und schloß einen Augenblick die Augen.

Kaltes Wasser! Auf das Gebilde, das in Sackville Street entstanden war . . .!

Nein, sie wollte sich das Gesicht nicht waschen; sie fühlte sich ganz behaglich und gar nicht müde, sondern sehr, sehr glücklich, mit ihrer lieben Virginia beisammen zu sein.

Virginia zog sich noch mehr in sich zurück. Ihre Mutter hatte etwas an sich, woran sie nicht gewöhnt war. Sie war immer eine liebevolle Mutter gewesen, aber nicht ganz so – so überschwenglich. Irgend etwas war verschwunden. Virginia suchte es in heißem Bemühen zu ergründen. Vielleicht Würde?

»Ich darf den Zug nicht versäumen«, sagte Catherine, als es halb sieben schlug.

»Es ist noch eine halbe Stunde Zeit«, erwiderte Virginia. »Wenn du um sieben von hier fortfährst, ist es früh genug.«

»Es ist der letzte Zug«, versetzte Catherine. »Könnte das Auto nicht etwas vor sieben Uhr vorfahren?«

»Es wäre ja kein Unglück, wenn du den Zug versäumtest, Mutter; Nachtzeug kannst du von mir haben, und Stephen und ich würden uns sehr freuen.«

Catherine verbarg nur mühsam einen Schauder. Sie malte sich aus, wie sie nach dem unvermeidlichen Waschen aussehen würde, wenn sie morgen früh zum Frühstück kam . . .

Um drei Viertel sieben erschien Stephen wieder; er hielt es für schicklich, die paar Minuten, die noch zur Abfahrt fehlten, mit ihr zu verplaudern. Er hatte sich auch vorgenommen, ihr einen Rosenstrauß nach Hause mitzugeben; ihren Händedruck konnte er nicht mit Herzlichkeit erwidern, auch achten konnte er sie nicht, wenigstens konnte er ihr Rosen anbieten. Das würde sein Gewissen ein wenig beruhigen und Virginia freuen.

Catherine begann sich die Handschuhe anzuziehen.

»Noch reichlich Zeit«, sagte Stephen, als er es bemerkte. »Mir fällt ein, daß Sie vielleicht ein paar Rosen mitnehmen könnten.«

»Wie nett von Ihnen, Stephen«, erwiderte Catherine, die jeden einzigen Rosenstock mit eigener Hand gepflanzt hatte, »aber ist es nicht zu spät?«

»Noch reichlich Zeit«, erwiderte er. »Smithers ist absolut verläßlich. Ich will die Rosen selbst pflücken.«

Und er ging ins Haus, um einen Korb und ein Messer zu holen.

»Ich bin überzeugt, ich müßte mich schon auf den Weg machen«, sagte Catherine nervös zu Virginia.

»Das Auto ist noch nicht vorgefahren, Mutter, Smithers verspätet sich niemals.«

»Ich glaube«, sagte Stephen, der eben mit Korb und Messer herauskam, indem er auf der Terrasse stehenblieb und zum Himmel emporblickte, »daß Sie eine verhältnismäßig kühle Fahrt haben werden. Mir kommt vor, daß in Salisbury ein Gewitter niedergegangen ist, und das wird die Luft reinigen, wenn Sie dort ankommen.«

Er schritt die Stufen hinab auf den Rasen und begann, die Rosen sorgfältig und planvoll auszuwählen.

»Liebste Virginia«, fragte Catherine zappelig, »sollte ich nicht schon fahren?«

»Es ist noch nicht sieben, Mutter«, antwortete Virginia geduldig.

Sie war ein wenig verletzt von der übergroßen Besorgnis, am Ende die Nacht hier verbringen zu müssen. Stephen entfernte vorsichtig die Dornen von den Rosenstielen.

Die Uhr schlug sieben. Catherine fuhr empor.

»Jetzt muß ich aber unbedingt fort«, sagte sie. »Leb wohl, geliebtes Kind. Bitte, Stephen, lassen Sie die Rosen sein!« rief sie ihm zu.

»Sie haben mindestens noch fünf Minuten Zeit!« rief er mit seiner wohlklingenden, weittragenden Stimme zurück und fuhr fort, die größten Rosen abzuschneiden.

Da kam Kate und meldete, das Auto warte.

Catherine beugte sich hastig zu Virginia nieder und küßte sie.

»Leb wohl, liebste Virginia. Ich gehe. Ich bin überzeugt, ich muß jetzt fort. Steh nicht auf, du liegst so behaglich da. Es war mir eine solche Freude, dich wiederzusehen. Stephen, ich muß fort, sonst versäume ich bestimmt den Zug!«

»Natürlich stehe ich auf und begleite dich, Mutter«,

sagte Virginia, die sich mit Anstrengung aus den Kissen und Decken löste, in die jetzt jeder sie vergrub. »Stephen!« rief sie. »Mutter will nicht länger warten!«

Stephen schnitt hastig noch eine Rose ab, eine besonders schöne, und eilte, von Catherines Eile angesteckt, auf die Terrasse zu, dabei die Dornen entfernend. Da seine Augen auf die Dornen gerichtet waren, bemerkte er nicht, daß er bereits bei den Terrassenstufen angelangt war, stolperte darüber und fiel hin, während er die Rosen zu Virginias Füßen verstreute.

Er hatte sich gar nichts getan und war im nächsten Augenblick wieder auf den Beinen; aber Virginia, die einen Augenblick auf die hingestreckte Gestalt Stephens sah, preßte die Hand aufs Herz, stieß einen eigentümlichen Laut aus und sank ohnmächtig nieder.

Catherine und Stephen stürzten zu ihr hin. Bis Hilfe herbeigerufen worden war und man Virginia hineingetragen und aufs Sofa gelegt hatte, hatte Catherine den Zug versäumt.

IX

So kam es, daß sie doch über Nacht in Chickover blieb und ganz anders aussah, als sie am Morgen herunterkam. Sie hatte in ihrem Zimmer gefrühstückt und bis zum letzten Augenblick gezögert, mußte aber zuletzt doch Virginia und Stephen gegenübertreten. Die waren erschrocken.

Es war weder vom blühenden Teint noch von der Heiterkeit etwas zu merken, beide waren zusammen verschwunden. Virginia war überzeugt, ihre Mutter müsse eine viel heftigere Erschütterung gehabt haben, als man annahm. Ihr Ohnmachtsanfall hatte nichts zu bedeuten, der war in ihrem Zustand nichts Ungewöhnliches und hatte auch keine Folgen. Sie hatte sich bald erholt und noch einen, wie Virginia glaubte, sehr vergnügten, ruhigen Abend verbracht. Stephen hatte selbst den Befehl gegeben, das Zimmer für seine Schwiegermutter für die Nacht vorzubereiten, und ihr aufs liebenswürdigste versichert, wie sehr er sich über ihr Bleiben freue. Ihre Mutter war etwas schweigsam gewesen, und es war Virginia, die bald wieder ganz wohl war, gar nicht eingefallen, daß sie eine Erschütterung erlitten haben könnte.

»Aber Mutter!« rief Virginia aus, als Catherine am folgenden Morgen in den Vorsaal kam, zur Abreise bereit.

»Ich habe gar nicht geschlafen«, erwiderte Catherine, indem sie das Gesicht abwandte und tat, als ob sie ihren Schirm suchte, den sie aber gar nicht mitgebracht hatte.

Es war nicht nur, daß sie die letzten Spuren von Maria Rome hatte abwaschen müssen, daß sie nicht eine Sekunde hatte schlafen können. Es war noch etwas anderes. In der schlaflosen Nacht, der ersten, die sie seit ihrer Heirat allein verbrachte, als sie sich wieder an der Stätte alter, stiller Erinnerungen fand, als sie in das Dunkel starrte und an den folgenden Morgen mit seinen unvermeidlichen Demütigungen dachte, da erkannte sie, daß sie sich auf dem besten Wege befand, eine Närrin zu werden. Jawohl, eine Närrin, eine alberne Närrin von der allerschlimmsten Sorte, eine alte Närrin.

Aber gab es einen Ausweg? Sie setzte sich im Bett auf und legte sich diese Frage vor. In gewissem Grade mußte sie mit Christophers Jugend Schritt halten. Sie konnte nicht vor seinen Augen zerbröckeln, sich dem Alter preisgeben. Wenn er nur nicht damit angefangen hätte, ihr Äußeres so zu bewundern! Wenn nur seine Liebe nicht auf ihrer Holdseligkeit – wie er es nannte – beruhte! Wie schwer war es, dachte Catherine, die eine Stunde nach der anderen mit weitgeöffneten Augen dalag, immerfort holdselig auszusehen. Es war genauso, als wäre man gezwungen, einen Wettlauf zu unternehmen, der über die Kräfte ging und den man von allem Anfang an mit stockendem Atem versuchte. Und morgen, entfernt von Sackville Street und den Schönheitsmitteln Maria Romes, sah sie bestimmt nicht nur so alt aus, wie sie war, sondern noch viel, viel älter, und dann mußten Stephen und Virginia die Überzeugung gewinnen, daß ihre Heirat ein trauriger Mißgriff war und daß Christopher sie schlecht behandelte. Christopher und sie schlecht behandeln! Christopher! . . .

Sie verbrachte eine höchst unangenehme Nacht. Kein Wunder, daß sie so verändert herunterkam. Es war nicht nur, daß sie die letzten Spuren von Maria Rome hatte abwaschen müssen . . .

Und als Catherine immer noch unter den Schirmen herumtastete und Virginia sie verwirrt und besorgt betrachtete und Stephen sich bemühte, die Schwiegermutter von gestern mit der von heute zu identifizieren, trat Mrs. Colquhoun ein. So zeitig kam sie durch den Park und den Garten, um sich zu erkundigen, wie sich Virginia nach dem gestrigen Besuch ihrer Mutter und in welchem Gemütszustand sich Stephen nach einer so schweren Prüfung befand.

Die Situation war ebenso peinlich wie unerwartet. Stephen und Virginia konnten nur der Dinge harren, die kommen würden, und das Beste hoffen. Stephen wußte, daß seine Mutter beschlossen hatte, die ehemalige Mrs. Cumfrit nicht mehr zu kennen. Sie hatte ihm gesagt, daß sie, sooft Mrs. Cumfrit nach Chickover kommen sollte, immer anderswo zu tun haben würde. Moral ist Moral, hatte sie gesagt; wenn Stephen es mit seinen Grundsätzen vereinen könne, so nachsichtig zu sein, so sei das seine Sache, sie selbst könne und wolle das unter keinen Umständen tun.

Virginia und Stephen hielten den Atem an. Als Mrs. Colquhoun die Gestalt erblickte, die sich über den Schirmständer beugte, fuhr sie zusammen und machte eine Bewegung, wie um sofort in den Salon zu gehen. Aber in diesem Augenblick erhob Catherine den Kopf, und als ihre Gegenschwieger das Gesicht erblickte, da war sie sofort besänftigt. Welch eine Veränderung war mit Catherine vorgegangen! Die Strafe war der Sünde auf dem Fuß gefolgt. »Er schlägt sie!« dachte sie sofort im stillen. Das war ja ein zerbrochener Mensch. Unter solchen Umständen konnte man die Angelegenheit getrost Gottes Hand überlassen.

Sie hatte nicht die Absicht gehabt, je wieder mit Catherine zu sprechen, aber eine so gebrochene Frau, das war etwas ganz anderes, da mußte man wohlwollend sein. Gegen solche Leute würde sie immer Nachsicht üben.

Sie sagte also höflich: »Guten Tag.«

Stephen dachte: ›Meine Mutter hat ein gutes Herz.‹

Virginia seufzte erleichtert auf.

Catherine hatte nichts anderes zu tun, als zu antworten: »Guten Tag.«

Aber sie befand sich in einem ganz ungewöhnlichen Zustand. Lauter Nerven und schärfste Eindrücke. Im grausamen Morgenlicht überrascht, war sie dem Anstarren ihrer Familie preisgegeben, ohne Möglichkeit, sich zu verstecken, gezwungen, sich zu zeigen, wie sie war. Und mit dem Gefühl, daß jetzt alles gleich war, kam ihr die rücksichtslose Einfachheit der Verzweifelten zu Hilfe. Sie spürte die Wahrheit aus dem Gruß ihrer Gegenschwieger heraus: Sie war liebenswürdig, weil sie ihr niedergedrückt und tief unglücklich erschien. Mrs. Colquhoun war hart, streng, mißgünstig, wenn jemand im Glück war, den Ausgestoßenen gegenüber aber gütig – solange sie die Ausgestoßenen blieben. Und das kam daher, weil es auf der ganzen weiten Welt keine Menschenseele gab, die ihr wirkliche Liebe entgegenbrachte. Ein liebender Gatte hätte ihre ursprüngliche Güte sicher ans Licht gebracht und alles bei ihr durchgesetzt.

Und so kam es, daß Catherine zu ihrer eigenen Verwunderung und zum eisigen Staunen der anderen, anstatt Mrs. Colquhoun ebenfalls höflich lächelnd »Guten Tag« zu sagen und dann in das Auto einzusteigen, zwar die ausgestreckte Hand ergriff, aber, durch den Blick in ihren Augen abgestoßen, ihr sagte: »Sie brauchen Liebe!«

Was veranlaßte sie dazu? Sie konnte unmöglich bei Sinnen sein, denn wenn sie es wäre, so hätte sie niemals solche Worte laut zu Mrs. Colquhoun gesagt. Niemand wußte, was sie damit meinte; es klang unfein, ungeheuerlich.

Mrs. Colquhoun entzog Catherine die Hand, die sie ihr nie hätte reichen sollen, und Stephen sagte mit gepreßter Stimme: »Die brauchen wir alle« und fügte hinzu, es sei hohe Zeit aufzubrechen, wenn man den Zug nicht noch einmal versäumen wolle.

Virginia küßte ihre Mutter zum Abschied mit bestürzter, gequälter Miene. Was war ihrer Mutter nur eingefallen, Stephens Mutter so etwas zu sagen? Gewiß brauchte jeder Mensch Liebe, aber das sagte man doch nicht. Ihrer Ansicht nach benahm sich ihre Schwiegermutter in dieser Angelegenheit ganz musterhaft: Sie wandte sich sofort um und begab sich in den Salon, wo sie wartete, bis das Auto fort war, und als Virginia dann zu ihr kam, bat sie sie, nicht weiter daran zu denken.

»Woran soll ich nicht weiter denken?« erwiderte Virginia reizbar.

Sie war in der letzten Zeit sehr oft aufgefahren, wenn sie von ihrer Schwiegermutter etwas hörte, was wie die leiseste Andeutung klang, daß ihre Mutter der Entschuldigung oder auch nur der Erklärung für ihre Handlungen bedürfe.

Na ja. Man mußte mit der armen Virginia jetzt Geduld haben.

X

Christopher speiste an dem Abend, den Catherine in Chickover verbrachte, mit Lewes und blieb bei ihm, bis es Zeit war, auf den Waterloo-Bahnhof zu fahren. Es war ihm ein Hochgenuß, wieder einmal mit seinem alten Feund beisammen zu sein und seinen Bemerkungen über den unmittelbar bevorstehenden ökonomischen Zusammenbruch Europas zu lauschen. Er hatte schon vergessen, wie interessant Nationalökonomie und Europa waren. Es gab doch noch andere wichtige Dinge auf der Welt als Liebe, und es war erfrischend, wieder einmal ein wenig davon zu hören.

Sie speisten in dem Restaurant, in dem sie viele Abende zugebracht hatten, als sie noch zusammen wohnten; nachher gingen sie in Lewes' Wohnung und saßen dort höchst vergnügt jeder in seinem alten bequemen Lehnsessel, die Füße auf dem Fenstersims, die Fenster weit offen, so daß die sommerliche Abendluft hereinwehte. Sie rauchten und plauderten, während das angenehme Straßengeräusch ins Zimmer drang und die Dämmerung in den Winkeln immer dunkler wurde.

Nebenan war das Zimmer, in dem Christopher auf und ab zu rasen pflegte, und er lachte, wenn er überlegte, wie ruhig und glücklich er jetzt war. Er hatte kein Bedürfnis mehr, auf und ab zu rasen. Von solchen Qualen befreite einen die Ehe. Der alte Lewes sollte auch heiraten. Nicht daß er ihm etwa den Eindruck machte, als ob er solche Qualen auszustehen hätte, aber Christopher hätte es so gern gesehen, daß auch er empfand, wie köstlich das Leben sein konnte. Der arme Teufel hatte ja nicht die entfernteste Ahnung davon.

Die beiden Freunde waren in schönster Übereinstimmung und freuten sich königlich, wieder einmal miteinander zu plaudern.

»Sie ist für einen Tag zu ihrer Tochter gefahren«, antwortete Christopher, als Lewes, den Gesetzen der Höflichkeit entsprechend, sich nach Catherine erkundigte.

»Ah, sie hat eine Tochter?« fragte Lewes überrascht.

»Gewiß«, versetzte Christopher, wie wenn einer sagte: ›Wer hat denn keine?‹

Lewes schwieg und dachte sich nur, welch ein neuer Nachteil dieser Umstand für die Ehe wäre.

Da sagte Christopher, der sehr glücklich und gesprächig war: »Sie hat einen Mann geheiratet, der viel älter ist als sie.«

»Wer?« fragte Lewes, der ihn nicht ganz verstand.

»Nun, Catherine doch nicht, die hat doch keinen viel älteren Mann geheiratet!«

»Nein. Verzeih, ich bin wirklich stumpfsinnig. Das ist mir nur passiert, weil ich überrascht bin, daß deine Frau schon eine so erwachsene, heiratsfähige Tochter hat.«

»Ja, nicht wahr, das ist lächerlich«, versetzte Christopher, den die Bemerkung Lewes' sehr sympathisch berührte. »Dazu ist sie eigentlich viel zu jung. Er ist ein Pfarrer und alt genug, um ihr Vater zu sein.«

»Wessen Vater?« fragte Lewes, der Christopher wieder nicht verstand.

»Der Vater seiner Frau, natürlich. Die junge Frau ist ein ganz junges Mädchen, und er ist ein hartmäuliges altes Biest.«

»So?« sagte Lewes und dachte sich mancherlei. Ob Christopher sich wohl sagte, daß er jetzt der Stiefschwiegervater eines Mannes war, den er ein hartmäuliges altes Biest nannte?

»Er ist alt genug, um sogar Catherines Vater zu sein«, bemerkte Christopher.

»Wirklich?« fragte Lewes und überlegte im stillen, wie das nur möglich sein konnte. Dann wäre ja dieser Pfarrer alt genug, um der Großvater seiner Frau zu sein? Das war eine verwickelte Geschichte, um die man sich lieber gar nicht kümmerte.

»Ich finde es abscheulich«, sagte Christopher.

Lewes schwieg. Er wußte schon lange, daß die Menschen am kritischsten bei anderen beurteilen, was sie selbst tun und lassen. Und er begann wieder von den Theorien Keynes' zu sprechen, von denen er unvernünftigerweise abgeschweift war.

»Komm mit zum Bahnhof«, sagte Christopher, als er um halb zwölf Anstalten traf, Catherine abzuholen.

»Ach nein«, erwiderte Lewes.

»Komm nur, es wird dich freuen. Du wirst Catherine wiedersehen. Hohe Zeit! Und wir werden mit ihr einen Abend festsetzen, an dem du bei uns speisen wirst.«

Lewes hatte nicht den geringsten Wunsch, Catherine wiederzusehen oder sich zu freuen oder mit ihr zu dinieren, aber Christopher bestand darauf, und so gab er nach und begleitete ihn, und es war gut, daß er mitgegangen war. Als nämlich schon alle aus dem Zug ausgestiegen waren und kein Mensch mehr auf dem Bahnsteig und es klar war, daß Catherine nicht angekommen war, konnte er ihn wenigstens davon abhalten, sich sein Motorrad zu holen und noch in der Nacht nach Chickover zu rasen.

»Aber lieber Chris, sei doch kein solcher Dummkopf. Sie hat wahrscheinlich den Zug versäumt. Morgen früh wirst du alles wissen.«

Und er ergriff seinen Arm und begleitete ihn nach Hertford Street.

Als sie dort ankamen, bestand Christopher darauf, daß er mit hinaufkomme und etwas trinke. Lewes bemühte sich loszukommen, denn er empfand kein Bedürfnis, das Milieu seines jungverheirateten Freundes zu sehen; aber Christopher ließ nicht locker, und so gab Lewes nach.

Lewes ließ sich in einen Lehnsessel fallen. Er trank Whisky. Von Zeit zu Zeit machte er den Versuch, sich zu entfernen, aber Christopher ließ ihn absolut nicht fort. Zwei Stunden lang mußte er seine Reden anhören, bis ihm der Kopf schwirrte und sich alles um ihn zu drehen schien.

Der Whisky war ja auch dran schuld, sagte sich Lewes, als Christopher seine Enttäuschung und geheime Besorgnis immer mehr in Whisky ertränkte, aber in der Hauptsache war es doch seine Frau.

»Jetzt muß ich aber fort, Christopher«, sagte Lewes, als dieser die Neigung zeigte, zu intim in seinen Reden zu werden, mit denen er sich selber trösten wollte. »Das ist Georges Zimmer«, hatte er ihm gesagt, »aber du solltest Catherines Zimmer sehen.« Wollte er es ihm vielleicht zeigen?

Da war Lewes hastig aufgestanden und wollte sich entfernen.

»Du wirst doch nicht schon in deine Bude zurückkehren?« rief Christopher aus; er war sehr erhitzt, das Haar, durch das er sich beim Reden immer gefahren war, arg zerzaust. »Ich will dir sagen, was du bist, Lewes; du bist eine jämmerliche Schnecke.«

Und er lachte unmäßig.

»Ich muß heute abend noch eine Arbeit fertigmachen«, sagte Lewes, ohne von seiner Bemerkung Notiz zu nehmen.

»Um zwei Uhr früh?« rief Christopher aus und lachte noch lauter. »Das sieht dir ähnlich. Heirate, alter Schneck, heirate.« Und er klopfte ihm auf die Schulter. »Dann wett' ich drauf, wird es dir nicht . . .«

»Gute Nacht«, unterbrach ihn Lewes kurz.

Nachdem er fort war, erholte sich Christopher aber bald von dem im Übermaß genossenen Whisky und begab sich traurig zu Bett. Er vermißte Catherine unsäglich. Er schlief nicht viel. Es war ihm verhaßt, allein zu sein in diesem Zimmer, das Zeuge ihres Glücks gewesen war, und als er beim Frühstück, wie Lewes es ihm prophezeit hatte, das Telegramm erhielt, daß sie mit dem ersten Zug ankommen werde, beschloß er, das Büro zu schwänzen und sie auf dem Bahnhof zu erwarten.

Catherine, die alle Möglichkeiten erwog, hatte sich aber gleich gedacht, daß er das tun könnte, und als auf dem Bahnhof in Chickover Stephen, der sie begleitet hatte, mit einem seiner Gemeindekinder sprach, telegraphierte sie ihm ein zweites Mal, daß sie erst zum Diner zurück sein würde. Sie wollte nämlich um jeden Preis Christopher vermeiden, bevor sie bei Maria Rome gewesen war. Er durfte sie unmöglich sehen, solange sie so aussah. Sie wußte sehr gut, daß sie sich dadurch zur Sklavin erniedrigte und daß es eine Grausamkeit war, ihn den ganzen Tag in Hangen und Bangen zu lassen, aber sie *war* eine Sklavin, und die Grausamkeit, die sie beging, war nichts im Vergleich zu der Grausamkeit, die sie sich und ihm antat, wenn sie mit ihm zusammentraf und ihm zeigte, wie sie nun aussah. Christopher war natürlich sehr beunruhigt, als er das zweite Telegramm erhielt. Was zum Teufel war denn in dem vermaledeiten Chickover los? Nie wieder durfte sie ohne ihn hinfahren. Der Teufel hole Stephen. Der Teufel hole Virginia. Und die Schwiegermutter mit dem Vogelgesicht hatte bestimmt auch ihre Hand im Spiel gehabt, die sollte auch der Teufel holen, in eigener Person.

Er sah die Züge nach und fand, daß einer um fünf Uhr dreißig kam und dann keiner mehr bis nach zehn. Er sagte Mrs. Mitcham, sie möchte das Diner früher zubereiten als sonst, weil Mrs. Monckton ausgehungert sein würde, und dann ging er doch ins Büro, entschlossen, Catherine um fünf Uhr dreißig im Waterloo-Bahnhof abzuholen.

Was das für ein Tag war! Er konnte keinen Federstrich tun. Nach dem Whisky fühlte er sich hundsmiserabel. Sein Vorgesetzter erlaubte sich einige ironische Bemerkungen. Alles ging schief. Als er um fünf aufbrechen wollte, telefonierte ihm Mrs. Mitcham, ihre Herrin sei gesund zurückgekehrt und ruhe aus.

Er flog nach Hause. Catherine, das Gesicht schön in Ordnung, lag in dem verdunkelten Salon.

Ungestüm stürzte er auf sie zu.

»Ja, Schatz, sag, wie? Wann?« rief er aus.

Er wartete keine Antwort ab. Es wäre auch gar keine Zeit dazu gewesen, denn schon hatte er sie zu sich emporgehoben und in die Arme geschlossen.

Ah, welch eine Glückseligkeit war das! Welch eine Glückseligkeit! seufzte Catherine, ihre Wange an die seine gelehnt, mit geschlossenen Augen, wieder im Himmel.

Das Beste an der kosmetischen Behandlung Maria Romes war, daß sie sogar zärtlichen Gatten widerstand. Nichts löste sich los.

XI

Catherine machte viel Aufhebens von dem Ohnmachtsanfall Virginias.

»Was hat sie ohnmächtig zu werden?« fragte Christopher ungläubig; »so eine große, kräftige Person.«

»Sie war's aber, und ich konnte nicht eher fort.«

Aber Catherine hatte ein unbehagliches Gefühl, als sie das sagte. Solche Halbwahrheiten kamen ihr so schwer über die Lippen. Sie schien jetzt beständig in Lügen verflochten. Es war, als könnten sich ihre Füße keinen Schritt bewegen, ohne sich in ein Gewirr von abstoßenden Spinngeweben zu verstricken. Es war ja nicht arg, nicht mehr, als vermutlich die meisten Frauen durchmachen müssen, die ihr jetzt immer als Geschöpfe vorschwebten, die sich gezwungenermaßen stets in der Defensive befanden. Aber der Pfad war so ganz anders als der, den sie zu wandeln gewohnt war ihr Leben lang. Ihr Leben lang? Das war kein Leben gewesen, sondern Tod. Jetzt erst lebte sie. Mußte sie da nicht die Nadelstiche und Schmerzen und selbst die kleinen Verdrießlichkeiten des Lebens freudig hinnehmen als Entgelt für seine Glückseligkeit?

Aber diese Nadelstiche und Schmerzen und kleinen Verdrießlichkeiten quälten sie sehr. Dann war auch die

Glückseligkeit sehr teuer. Sie zwang sie zu öfteren Besuchen bei Maria Rome, und je öfter sie hinging, desto häufiger bedurfte sie ihrer. Es war, wie wenn man ein Narkotikum nimmt. Und wenn einmal der Zeitpunkt kam, und in ihrem Herzen wußte sie, daß er einmal eintreten mußte, da Maria Romes Behandlung nur noch mehr hervorhob, was sie zu verbergen bestimmt war? Ein und das andere Mal schien sie ihr weniger wirksam gewesen zu sein, oder erforderte es mehr Arbeit, je tiefer sie in diese Kunst versank, jung und schön zu sein? Sie führte ein Marterdasein in einem unruhigen Gemisch von Angst und Seligkeit. Und die grauen Haare schienen sich zu vermehren und mußten nun ebenfalls von Maria Rome behandelt werden, und sie begann immer mehr auszusehen wie eine Abenteurerin – sie, die nichts weniger als verwegen, sondern wie eine Taube war, die zu ihrer Stange strebt.

Wenn sie an das Leben dachte, das Virginia führte, Virginia, die so jung war, so gar keiner Schönheitsmittel bedurfte, so ungezwungen-behaglich mit ihrem ältlichen Gatten lebte, das löste einen Seufzer bei ihr aus, wie die Erhitzten und Übermüdeten bei dem Gedanken an kühlen Schatten und klares Wasser seufzen. Welch ein Unterschied bestand doch zwischen diesen beiden Fällen!

Es war furchtbar schwer durchzuführen, dieses Glück. Catherine klammerte sich an Christopher, klammerte sich immer fester an ihn, als ob seine Jugend es irgendwie bewerkstelligen und sie wieder jung machen müßte, so daß sie ihm ebenbürtig wurde.

Kein Mensch kann aber das Anklammern längere Zeit ertragen, ohne daß er das Bedürfnis nach frischer Luft hat, und so begann sich dieses Gefühl auch in Christopher zu regen, nachdem Catherine aus Chickover zurückgekehrt und der Kummer über ihre Abwesenheit und auch die Freude über ihre Wiederkehr vergessen waren.

Die Ehe ist in der Hauptsache doch eine Wiederholung, und da Christopher nun ein Ehemann war, begann er bald weniger leidenschaftlich-entzückte Reden zu halten. Es war ganz unbewußt, aber als eine Woche nach der anderen verging, wurde es selbstverständlich, zu lieben ohne vorangegangenes Girren, gewissermaßen zu schnäbeln, ohne daran zu denken, vorher zu girren.

Er hätte es nicht bemerkt, wenn nicht Catherine es gemerkt und eine Bemerkung darüber gemacht hätte. Daraufhin begann er über die, wie er selbst einsah, unzweifelhafte Tatsache nachzudenken und kam zu den folgenden Schlüssen:

Ein Ehemann kann nicht immerfort girren, wenn sein Herz einmal aufgehört hat zu erschauern, aber er kann fortfahren, beglückt zu schnäbeln. Nur das Geheimnisvolle durchschauert einen, und nur das Unbekannte ist geheimnisvoll.

Catherine war die entzückendste, wundervollste Frau, und er dankte dem Schöpfer jeden Abend, wenn er im Einschlafen war und in seinen Armen spürte, daß sie sein war, aber sie war nicht länger geheimnisvoll, das Herz klopfte ihm nicht mehr bis zum Halse herauf, daß er zu ersticken vermeinte, wenn er sich ihr näherte. Und doch schien es, als erwartete, als ersehnte sie es. Und sie hatte ein wundervolles Gedächtnis für die Liebe, sie vergaß keinen einzigen Liebesblick, kein einziges Liebeswort, keinen einzigen Liebesschwur, keine einzige Liebesgeste, und sie begann ihn mit seinem früheren Selbst zu vergleichen – und das war etwas fatal, denn er hatte am Anfang, ohne daß es ihm bewußt geworden war, Vorbilder und einen Maßstab geschaffen:

Der Maßstab aber war sehr hoch, und die Vorbilder waren schwer zu erreichen, wenn die Leidenschaft sich abgekühlt hatte.

Jetzt, dachte Christopher, als er über diese Dinge grübelte, wünschte er sich, ein glückliches, gesundes, liebeerfülltes Leben zu führen, bei dem man sich die schönen Reden ersparen könnte.

Nun denn, kein Mann kann fortgesetzt girren, davon war Christopher überzeugt. Jedenfalls nicht aus eigenem Antrieb. Er versuchte es ein und das andere Mal, um ihr eine Freude zu machen, aber sie kam sofort darauf und war ungeheuer betreten. Dann versuchte er darüber zu lachen und sie zu necken, aber sie wollte weder mitlachen noch sich necken lassen. Sie nahm alles, was mit der Liebe zusammenhing, furchtbar ernst. Sie vertrat die Anschauung, die Liebe sei wie Gott, und Scherzen darüber sei gleichbedeutend mit Entweihung.

Sie sagte ihm, daß er auch einmal so gedacht habe. War das richtig? Er konnte sich nicht erinnern, aber das sagte er ihr nicht, denn er begann ein wenig Vorsicht, so unnatürlich es ihm auch war, beim Reden zu üben. Ihm schien überhaupt, daß Catherine die Redensart ›Das war einmal‹ zu oft im Munde führte. Er hatte schon gehört, daß Missetaten einen verfolgen, daß aber eine angeblich tadellose Vergangenheit einen verfolge und bedrohe, das war originell.

Er sagte ihr das, als er eines Morgens in so fideler Stimmung erwachte, daß er einen Tiger hätte kitzeln können; aber sie sah ganz bestürzt drein und erwiderte, daß er früher nicht so zu reden pflegte.

Was sie doch für ein schreckhaftes, nervöses Persönchen war! Wovor erschrak sie eigentlich? Er konnte es nicht begreifen, aber er brauchte sie nur anzusehen, um sich zu überzeugen, wie erschrocken sie war. Ungefähr jeden dritten Abend geriet sie plötzlich in Todesangst, er könne sich langweilen, und begann eifrig Pläne für die nächste Woche zu schmieden: Entweder sie würden ins Theater gehen und dann auswärts soupieren oder eine Autofahrt aufs Land machen, im Boot bei Mondschein heimkehren.

Wenn aber die Zeit kam, einen dieser Pläne auszuführen, so klammerte sie sich an ihn und flehte ihn an, es ihr zu erlassen. Es ihr zu erlassen! Welch komische Ausdrucksweise, sagte er ihr lachend, unter Küssen. Er begann sich im stillen die Frage vorzulegen, ob sie vielleicht ein Baby bekommen würde. Und als sie einmal wieder sich drücken wollte bei einer Veranstaltung, die mit Anstrengung verbunden war, fragte er sie einfach danach.

Sie war wie vom Blitz getroffen.

»Chris!« rief sie aus und sah ihn an.

Warum denn nicht, fragte er. Die Leute pflegten doch Babys zu kriegen. Besonders die Frauen, fügte er hinzu, um sie zum Lachen zu bringen, weil sie ein gar so trauriges Gesicht machte. Es pflegte sogar vorzukommen, daß sie öfter Kinder bekamen als Gatten, das mußte sie doch auch schon bemerkt haben.

»Aber doch nicht . . . nicht wenn . . .«, stammelte sie, die Augen voller Tränen.

Ach, du lieber Gott. Er hatte ihren Alterskomplex ganz vergessen! Er dachte nie an ihr Alter. Für ihn war sie so alt, wie sie aussah, und sie sah so alt aus wie er. Er vergaß immer wieder, daß sie sich für einen weiblichen Methusalem hielt.

»Schließlich hat es doch«, sagte er fröhlich, immer noch bemüht, sie zum Lachen zu bringen, »eine Sarah gegeben. Ich sehe nicht ein, warum du . . .«

»Sarah!«

Sie sah ihn einen Augenblick an, dann rannte sie aus dem Zimmer. Entsetzt eilte er ihr nach, aber sie hatte sich ins Schlafzimmer, ihr gemeinsames Schlafzimmer, eingeschlossen und ihn ausgesperrt. Das war ihre erste Szene. Aber sie war ganz besonders schmerzlich, weil keiner von beiden böse, sondern jeder nur traurig war.

XII

Gleich darauf gaben die Fanshawes einen Abend, zu dem sie die Moncktons baten. Eigentlich war es ein Diner zu Ehren Catherines, die sich an ihrem Tanzabend nicht sehr unterhalten hatte. Sie meinten, daß ein Diner jetzt angenehmer für sie sein müsse; es konnte ihr doch unmöglich ein Vergnügen sein, hatte Ned bemerkt, dem großen rotköpfigen Lümmel zuzusehen, wie er mit einer ganzen Herde von Mädchen tanzte, als wenn sie die Gardedame der jungen Tänzerinnen wäre . . .

»Pst, Ned!« rief Kitty Fanshawe aus, mit dem Fuß stampfend.

Aus einem Grund, der Catherine rätselhaft erschien und der höchstens in der großen Gutmütigkeit der Fanshawes gesucht werden konnte, liebten diese sie sämtlich, ohne Ausnahme.

Sie hatten sie oberflächlich gekannt, als sie noch George Cumfrits Frau war, und seither immer intimer mit ihr verkehrt. In jenen Tagen hatten sie sie beklagt, daß sie an einen um so vieles älteren Mann gekettet war; jetzt beklagten sie sie, daß sie an einen um so vieles jüngeren Mann gekettet war. Wie sie schon einmal beschaffen waren, hätten sie nicht einmal im stillen jemand, den sie liebhatten, bekrittelt, sondern sie söhnten sich mit dem Geschehenen aus und bemühten sich nach Kräften, zu ihrer Unterstützung und Zerstreuung beizutragen.

Sie waren der Ansicht, daß ein Diner in einem Restaurant unterhaltender sein würde als zu Hause, und ließen sich bei Berkley einen jener runden Tische im Fenstererker reservieren, die auf drei Seiten Sofas haben. Die Gesellschaft bestand aus acht Personen: sie selbst, die Moncktons, Sir Musgrove und Lady Merriman, intime Freunde der Fanshawes, entzückende Menschen, ein Musterehepaar, und Dr. Armory, ein Rechtsanwalt von Ruf. Aber im letzten Augenblick erkältete sich Kitty Fanshawe und konnte nicht ausgehen, und Mrs. Fanshawe lud an ihrer Stelle Emily Wickford, ein nicht mehr ganz junges, sehr liebenswürdiges Mädchen, ein.

Fünf Personen saßen auf den Sofas und drei auf Sesseln an der Außenseite des Tisches. Mrs. Fanshawe hatte Catherine den Platz in der Mitte des Sofas, mit dem Rücken zum Fenster, zwischen Ned Fanshawe und Sir Musgrove angewiesen – Ned hatte einen Geburtstag für Catherine erfunden, um ihr als dem Ehrengast Blumen anbieten zu können; Ned war ein guter Mensch, besaß aber keinen Takt, und so war es ihm nicht eingefallen, daß es nichts auf der Welt gab, auf das Catherine weniger die Aufmerksamkeit lenken wollte als Geburtstage.

Alles wäre gutgegangen, wenn nur Miß Wickford nicht gewesen wäre. Diese elegante ›Sitzengebliebene‹, die übrigens so viele Heiratsanträge abgelehnt hatte, daß man sie eigentlich nicht sitzengeblieben nennen konnte, war achtundzwanzig Jahre alt und hatte die schönsten Augen in London. Sie war nur an Stelle Kittys eingeladen worden, und die Fanshawes hatten überhaupt nur deshalb an sie gedacht, weil sie eine Freundin von Duncan Armory war, der sicher sehr erfreut sein würde, wenn sie kam. Leider waren Sir Musgrove und Christopher auch sehr erfreut darüber, daß sie gekommen war, Sir Musgrove von allem Anfang an. Er mißbrauchte die günstige Gelegenheit, den runden Tisch, und lehnte sich immer zu Miß Wickford hinüber, wenn er mit ihr sprach, und natürlich konnte er nicht viel mit Catherine sprechen, für die er eigentlich eingeladen worden war; Christopher wieder, dessen Pflicht es gewesen wäre, mit Lady Merriman zu plaudern, brachte die ganze Gesellschaft aus dem Gleichgewicht, indem er sich mit Miß Wickford unterhielt.

So hatte Ned die Pflicht, zwei vernachlässigte Damen zu unterhalten, da er aber nicht unterhaltend war, gelang ihm das schlecht. Duncan Armory war wieder von seiner lieben Freundin Emily Wickford getrennt, denn diese zog einen Anfang immer einem Ende vor, in diesem Fall Christopher, den sie noch nie gesehen hatte, ihrem Freund Duncan, den sie fast zu oft gesehen hatte. Sie hielt Christopher für viel jünger, als sie selbst war, für einen Studenten der Oxforder oder einer anderen Universität und nahm sich vor, dem Jüngling einen angenehmen Abend zu bereiten.

Es gelang ihr. Christopher unterhielt sich. Emily war ein ebenso gescheites wie hübsches Mädchen, entzückend anzusehen, entzückend in der Unterhaltung. Nach zehn Minuten hatte er die Empfindung, als ob sie intim miteinander befreundet wären. Sie fragte ihn, ob er nicht skandinavischer Abstammung sei, denn er sehe aus wie ein Skandinavier – oder vielmehr, so stellte sie sich einen sonnengeküßten jungen nordischen Gott vor; und er fragte sie, ob sie nicht von Griechen abstamme, denn sie sehe aus wie eine Griechin – oder vielmehr, so stellte er sich eine sonnengeküßte junge griechische Göttin vor, und sie lachten.

Emily war sehr vergnügt.

Sir Musgrove suchte sich an dem Gespräch zu beteiligen. Duncan Armory machte ebenfalls den Versuch, an der Unterhaltung teilzunehmen, indem er eine Geschichte erzählte. Es war keine üble Geschichte, und er war sehr gekränkt, daß außer den Fanshawes niemand sie anhörte. Die anderen waren aber alle damit beschäftigt, Emily Wickford zu beobachten. Emily als Gast in einer Gesellschaft zu haben, dachte Armory, war keine ungemischte Freude. Sie nahm nämlich alle Aufmerksamkeit für sich in Anspruch. Sie gehörte eigentlich in ein Tête-à-tête. In dieser Form unterhielt auch er sich am liebsten mit ihr. Er zuckte die Achseln und wandte sich dann entschlossen Mrs. Fanshawe zu.

Lady Merriman langweilte sich. Geneigt und auch sehr wohl imstande, über alles zu sprechen – Bücher, Theater, Bilder, Politik –, hatte sie Miß Wickfords wegen nur einen halben Mann zur Verfügung, nämlich die Hälfte von Ned Fanshawe, der selbst in seiner Gänze mehr Gutmütigkeit als Unterhaltungsgabe besaß. Und sie hätte auch so gern mit Christopher Monckton gesprochen, um herauszufinden, wie eine Frau von vierzig Jahren nur so gedankenlos hatte sein können, ihn zu heiraten. Aber seine Aufmerksamkeit war vollständig von Emily in Anspruch genommen. Das war ja bei seinem Alter nur natürlich, dachte Lady Merriman. Was weniger natürlich war: Musgrove war ebenso in Anspruch genommen. Er sprach zu niemand sonst, hatte nur Auge und Ohr für Miß Wickford.

Lady Merriman, die ihren Gatten liebte und ihm fünfundzwanzig Jahre hindurch durch dick und dünn treu und geduldig zur Seite gestanden hatte, war ein wenig verstimmt, nicht um ihretwillen, denn sie wußte, daß nichts seine vollständige Abhängigkeit von ihr in Frage stellen konnte, sondern seinetwegen. Sie wollte nicht, daß ihr Mann, der nichts weniger als einfältig war, den Eindruck eines Einfaltspinsels mache. Dann hätte sie es auch gern gesehen, daß er die arme Mrs. Monckton ein wenig unterhalten und ihre Aufmerksamkeit von den Reden abgelenkt hätte, die ihr junger Gatte mit Emily Wickford führte. Die Ehe, dachte Lady Merriman, indem sie Musgroves und Catherines Gesichtsausdruck studierte, ist doch reich an Demütigungen. Natürlich nur, wenn man sich nicht dagegen wehrte, mit der einzigen Waffe dagegen wehrte – mit Lachen.

Die Musikkapelle begann einen Foxtrott zu spielen. Ein und der andere lebhafte junge Mann erhob sich von den benachbarten Tischen und begann zu tanzen.

»Wollen Sie tanzen?« fragte Christopher Miß Wickford.

»Leidenschaftlich gern«, antwortete sie und stand auf, obwohl der Kellner ihr gerade eine schöne gebratene Wachtel auf den Teller legte. »Dürfen wir?« fragte sie Mrs. Fanshawe mit einem Lächeln, schwebte aber davon, ohne eine Antwort abzuwarten.

»Ach ja, die Jugend, die Jugend!« sagte Sir Musgrove mit nachsichtigem Kopfschütteln. »Und wir Graubärte müssen uns mit Wachteln trösten.«

Mrs. Fanshawe fand, daß dies sehr taktlos sei von Musgrove, und protestierte dagegen.

»Ich sehe keine Graubärte hier«, behauptete sie sehr energisch.

»Ah, das war ja nur allegorisch gemeint«, versetzte Sir Musgrove, verfolgte dabei jede Bewegung Miß Wickfords, die sich in Christophers Armen graziös im Kreis drehte.

»Ich an deiner Stelle äße die Wachtel, bevor sie kalt wird, Musgrove«, sagte seine Frau.

»Meine Liebe«, erwiderte Musgrove, »die beiden sind in dem goldenen Alter, in dem das Essen nichts zu bedeuten hat. Welch ein hübsches Paar. Wirklich ein schönes Paar«, fügte er träumerisch hinzu, ohne den Blick von Emily zu wenden.

Ja, hatte denn Musgrove keine Ahnung davon, daß der junge Mensch Mrs. Moncktons Gatte war? dachte Lady Merriman und suchte den Blick ihres Gatten zu erhaschen, der so beharrlich auf Miß Wickford gerichtet war.

Die Fanshawes sahen nun ein, welchen Fehler sie begangen hatten, und bereuten ihn bitter. Natürlich hätte Emily Wickford in der Mitte auf dem Sofa sitzen müssen. Oder sie hätte überhaupt nicht eingeladen werden dürfen. Sie verdarb der ganzen Gesellschaft den Abend, jedem einzelnen, außer Catherines Gatten. Duncan Armory, der sonst ein so ausgezeichneter Gesellschafter war, schmollte; Musgrove, wer hätte das von ihm geglaubt! Lydia Merriman, natürlich ärgerte sie sich; Catherine, die mochte man gar nicht ansehen.

Die Musik hörte auf, und die Paare kehrten zurück, ausgenommen Miß Wickford und Christopher. Sie verschwanden durch den Bogen in den anderen Saal; Emily lächelte über die Schulter zu den anderen hinüber, und Christopher hielt zur Erklärung sein Zigarettenetui in die Höhe.

Die Musik ertönte wieder, und aller Blicke richteten sich auf den Bogen. Es dauerte ein Weilchen, bis das Paar wieder erschien. Sie plauderten und lachten höchst vergnügt miteinander.

»Kommen Sie her. Sie sind alle beide sehr unliebenswürdig, uns so zu verlassen«, rief Mrs. Fanshawe ihnen zu, als sie an ihr vorübertanzten, aber sie hörten sie nicht und tanzten weiter.

Zum Schluß, als die Gesellschaft aufbrach, sagte Miß Wickford, die sich königlich unterhalten hatte, zu Christopher: »Bitte besuchen Sie mich doch am nächsten Sonntag.«

»Nein, kommen Sie lieber zu uns«, erwiderte Christopher.

Sie sah ihn überrascht an.

»Aber wird das Ihre Mutter nicht stören?« fragte sie.

»Meine Mutter?« wiederholte er, indem er sie erstaunt ansah. »Welche Mutter?«

»Ja, ist denn nicht . . .«

Miß Wickford hielt inne, weil sie instinktiv fühlte, daß sie im Begriff war, ein Unheil anzurichten. Diese kleine geschminkte Mrs. Monckton auf dem Sofa, war die nicht seine Mutter?

»Meine Mutter starb, als ich drei Jahre alt war«, versetzte Christopher.

»Sie armer Mensch!« murmelte Miß Wickford, ohne sich eine Blöße zu geben; ihr Instinkt mahnte sie, vorsichtig zu sein.

»Aber meine Frau wird sich sehr freuen, wenn Sie uns besuchen.«

Eine Sekunde lang herrschte Stille.

Dann brachte Emily es zuwege, wie sie im stillen hoffte, ohne ihr Erstaunen zu verraten, die Antwort zu geben: »Wie reizend von ihr! Ich werde mir erlauben, einmal anzurufen.«

XIII

Aber sie hütete sich anzurufen. Und das war sehr gut, dachte Christopher, denn Catherine hatte es sich erstaunlicherweise in den Kopf gesetzt, eifersüchtig auf sie zu sein. Sie wollte es natürlich nicht zugeben, ja, sie bewunderte Miß Wickfords Schönheit, aber wenn das, was nach dem Fanshaweschen Diner zutage trat, nicht Eifersucht war, dann, bei Gott, wußte er nicht, was Eifersucht war.

Es setzte ihn in Erstaunen. Sie hätte doch jedes Wort hören dürfen, das er mit Emily gesprochen hatte. Miß Wickford war bildhübsch und recht gescheit, warum sollte er also nicht gern mit ihr plaudern? Aber es war ihm natürlich leid, daß es Catherine Schmerz bereitet hatte, und er tat, was in seinen Kräften stand, um es in Vergessenheit zu bringen. Nur war dies in dem heißen Wetter sehr beschwerlich, und er hatte die Empfindung, in einer sehr süßen, klebrigen Masse zu stecken, aus der es kein Herauskommen gab. Wie Sirup. Ihm war, als wäre er in Sirup ganz eingetaucht.

Er kam zu dem Schluß, daß Catherine ihn zu sehr liebte. Jawohl, zu sehr. Wenn sie ihn vernünftiger liebte, würden sie beide viel glücklicher. So war es beiden nicht zuträglich. Die Wohnung schien ganz überschwemmt zu sein von Liebe. Er erwischte sich dabei, daß er sich den Kragen aufknöpfen wollte. Vielleicht trug das schwüle Wetter dazu bei. Es war fast Ende Juli, und in der Hertford Street regte sich kein Lüftchen. London im Juli war niederträchtig. Er ging immer zu Fuß in sein Büro und zurück nach Hause, um sich so viel Bewegung als möglich zu machen, und jeden Samstag fuhren sie zu seinem Onkel, damit er mit ihm Golf spiele, aber das hieß nicht viel. Er sehnte sich danach, seine Glieder zu strecken, zu marschieren, tagelang Sport zu treiben, und bald sprach er von nichts anderem mehr als vom Urlaub und wo sie ihn verbringen wollten, wenn er ihn im August antreten könnte.

Lewes wollte nach Schottland, um dort Golf zu spielen. Voriges Jahr waren sie zusammen dort gewesen und hatten herrliche Tage gehabt! Die Bewegung! Die Unterhaltung! Die Freiheit! Er sehnte sich danach, wieder nach Schottland zu fahren, und fragte Catherine, ob ihr das recht wäre, und sie antwortete mit ihrem verschleierten Blick – sie hatte jetzt häufig einen gewissen Blick, den er den verschleierten nannte –, daß sie dann zu weit von Virginia entfernt wäre.

Von Virginia? Christopher war sehr überrascht. Was wollte sie mit Virginia? Wenn sie nicht in Chickover war, konnte sie ja Virginia ohnehin nicht sehen, sagte er; darauf schlang sie ihre Arme um seinen Hals und erwiderte, das sei wohl richtig, aber sie wolle nicht unerreichbar sein für sie.

Er ärgerte sich und zeigte es.

»Was soll dieses Wiedererwachen mütterlicher Liebe bedeuten?« fragte er.

»Es ist kein Wiedererwachen, liebster Chris, sie ist immer da«, antwortete sie, indem sie ihn schamhaft ansah. Es kam ihm sonderbar vor. »Du glaubst doch nicht, Schatz, daß man jemand zu lieben aufhört, den man wirklich geliebt hat?«

Nein, das glaubte er nicht. Er war überzeugt, daß sie nicht aufhören würde. Aber darauf wollte er sich jetzt nicht einlassen, es fiel ihm nicht ein, um zehn Uhr früh über die Liebe zu diskutieren.

»Es ist Zeit, daß ich gehe«, sagte er, indem er sich zu ihr hinabbeugte und sie küßte, »ich habe mich ohnehin schon verspätet.«

Und er eilte davon, obwohl er sich nicht verspätet hatte. Er wußte auch, daß es noch nicht spät war, aber er wollte hinaus an die Luft, in die Sonne, hinaus aus dem verdunkelten Schlafzimmer.

Auch sie wußte, daß es noch nicht spät war, aber sie wollte diesmal auch, daß er bald ging, denn sie hatte eine geheime Zusammenkunft um halb elf, eine sehr wichtige Zusammenkunft; der bloße Gedanke daran erfüllte sie mit Furcht und Hoffnung.

Sie wußte nicht, ob etwas dabei herauskommen würde, aber sie wollte den Versuch machen. Sie hatte an den berühmten Mann geschrieben, ihm mitgeteilt, wie alt sie sei, und er hatte ihr eine Karte geschickt, die sie kurz für heute um halb elf bestellte. Nichts weiter als: Heute um halb elf. Wie taktvoll. Wie aufregend. Sie hatte in der Zeitung von ihm gelesen. Er war ein spanischer Arzt, der für einige Wochen nach London gekommen war; er unternahm Verjüngungskuren. Wunderbar, wonnevoll, wenn er das wirklich konnte! Eine leichte Operation, sagten die Zeitungen, und es war vollbracht! Die Erfolge waren höchst befriedigend, bestätigten die Zeitungen, in manchen Fällen sogar ganz erstaunlich. Vielleicht war ihr Fall ein erstaunlicher? Sie hatte keine Ahnung, wie sie sich einer Operation unterziehen sollte, ohne daß Christopher davon erfuhr, aber das wollte sie nachher überlegen. Das erste war, den Doktor zu besuchen und zu hören, was er zu sagen hatte. Wer würde nicht alles tun, sich die größte Mühe geben, sich operieren lassen, um wieder jung zu werden? Sie würde unbedingt vor nichts zurückschrecken. Und was die Zeitungen von dem Doktor erzählten, klang so ehrlich, so wissenschaftlich.

Kaum war Christopher fort, so zog sie sich rasch an, wollte nicht frühstücken, hatte keine Zeit, ihr Gesicht zu behandeln. Es war besser, es heute zu unterlassen, damit der Arzt sie sehe, wie sie wirklich war. Zwanzig Minuten später befand sie sich bereits in einem Mietauto auf dem Weg zu der zeitweiligen Wohnung des berühmten Mannes in Portland Place.

Mit klopfendem Herzen läutete sie. Hoffnung, Angst, Entschlossenheit, Zurückbeben, Scham – alle diese Empfindungen überwältigten sie so sehr, daß sie kaum sprechen konnte, als die Pflegeschwester – sie sah wie eine Pflegeschwester aus – ihr die Tür öffnete. Und wenn sie jemand hörte, wenn sie ihren Namen nannte? Und wenn jemand, der sie kannte, sie hineingehen sah? Wenn irgend etwas Diskretion erheischte, so war es doch so etwas. In dem Augenblick, als die Tür geöffnet wurde, beeilte sie sich, von der Straße zu verschwinden. Fast wäre sie der Pflegerin in die Arme gestürzt.

Sie war ganz entsetzt, als sie in ein Zimmer geführt wurde, in dem sich bereits mehrere Leute befanden. Sie hatte nicht gedacht, daß noch andere Menschen eine solche Fahrt nach der Jugend antreten würden. Es hätten Zellen hier sein müssen und spanische Wände. Es schien ihr unanständig, die Jugendsucher so voreinander bloßzustellen, und sie sank in einen Sessel, der mit dem Rücken zum Fenster stand, und verbarg den Kopf in einer Zeitung.

Alle anderen versteckten die Köpfe ebenfalls hinter einer Zeitung, aber sie sahen einander trotzdem. Lauter Männer, und alle so alt, daß sie doch wahrhaftig über alle Wünsche hinaus sein müßten? Was sollten die mit der Jugend anfangen? ›Ein trauriger Anblick‹, dachte Catherine, indem sie einen verstohlenen Blick um sich warf; sie war ganz entsetzt. Da traten zwei Frauen ein, die sich nach einem heimlichen Blick ebenfalls so hinsetzten, daß sie mit dem Rücken dem Licht zugekehrt waren, und wieder dachte Catherine, welch ein trauriger Anblick, und wieder war sie ganz entsetzt. Die beiden aber dachten das gleiche von ihr, und die Männer hinter ihren Zeitungen sagten sich: ›Wie dumm doch die Frauen sind!‹

Die Pflegeschwester, sie sah genauso aus wie eine Pflegeschwester, kam nach einer langen Weile herein und winkte Catherine, ohne ihren Namen auszurufen, wofür sie ihr dankbar war. Catherine wurde in das Ordinationszimmer geführt, wo sie sich zwei Männern anstatt einem gegenüberfand, denn der Spezialist, Dr. Sanguesa, konnte nur drei Worte Englisch sprechen, ›Wir werden sehen‹ – so daß ein anderer, auch ein brünetter und fremdartig aussehender Mann, der aber geläufig Englisch sprach, den Dolmetscher abgeben mußte.

Er besorgte auch die geschäftlichen Angelegenheiten.

»Das Honorar beträgt fünfzig Pfund«, sagte er sofort.

Catherine besaß für das ganze Jahr zur Bestreitung aller persönlichen Ausgaben nur zehnmal soviel, aber wenn die Behandlung zehn Fünfzigpfundnoten gekostet hätte, so wäre sie auch einverstanden und bereit gewesen. Lieber in einer Bodenkammer von trockenem Brot leben – mit Christopher und der wiedererlangten Jugend. Es erschien ihr sogar sehr wohlfeil: Fünfzig Pfund für die Jugend, das war wahrhaftig sehr billig!

»Fünfundzwanzig Pfund jetzt«, sagte der Kompagnon, sie hatte den Eindruck, als wäre er mehr Teilhaber als Dolmetscher, »und fünfundzwanzig Pfund in der Mitte der Kur.«

»Gut«, erwiderte sie.

Dr. Sanguesa beobachtete sie, während sein Mitarbeiter sprach. Von Zeit zu Zeit sagte er etwas auf spanisch, dann richtete der andere eine Frage an sie. Es waren intime Fragen, die sie in Verlegenheit brachten.

Fragen, die man lieber einer als zwei Personen beantwortet. Aber wer A sagt, muß auch B sagen, sie durfte sich nichts daraus machen, und sie war auch entschlossen, sich durch nichts abschrecken zu lassen.

Sie richtete dann auch einige Fragen an den Dolmetscher, indem sie sich zwang, mutig zu sein, denn sie war trotz aller Entschlossenheit und Hoffnungen sehr verzagt.

Sie fragte schüchtern, ob die Behandlung schmerzhaft sei, ob sie lange Zeit in Anspruch nehme, wann die Wirkung einzutreten beginne.

»Wir werden sehen«, sagte Dr. Sanguesa mit ernstem Kopfschütteln; er hatte kein Wort verstanden.

Der andere antwortete, sie würde keine Schmerzen leiden, denn bei Frauen sei die Operation ungefährlich, man würde sich also in ihrem Fall auf eine äußerliche Behandlung beschränken, diese dauerte sechs Wochen, jede Woche zwei Sitzungen. Schon nach der vierten Sitzung würde sie eine auffallende Veränderung in ihrem Äußeren wahrnehmen.

»Werde ich mich auch jung fühlen?« fragte sie, diesmal schon in lebhaftem Ton.

»Natürlich. Alles hängt zusammen. Die Jugend einer Frau, Sie verstehen, und dementsprechend ihr Aussehen, beruhen ausschließlich darauf . . .«

Der Dolmetscher erging sich in einer schnellen Erklärung, die sehr unanständig gewesen wäre, wenn er nicht so viele Fachausdrücke gebraucht hätte.

Dr. Sanguesa saß schweigend da, die Ellbogen auf den Lehnen seines Drehstuhles, die Fingerspitzen gegeneinander gedrückt; er machte den Eindruck eines weltfremden, gemiedenen, melancholischen Menschen und erinnerte sie an die Bilder, die sie von Napoleon III. gesehen hatte, mit den schweren Augenlidern und der wachsbleichen Hautfarbe. Von Zeit zu Zeit tat er den traurigen Mund auf und sagte ganz automatisch: »Wir werden sehen.«

Sie wollte sofort mit der Behandlung anfangen. Aber sie mußte zuerst untersucht werden, damit man sich vergewissere, ob sie ihr gewachsen sei. Das versetzte sie wieder in Schrecken. Warum? Wie? Nahm einen die Behandlung so mit? Worin bestand sie?

Der Teilhaber wurde gesprächig und bewegte lebhaft die Hände. Durchaus nicht, es würden nur Strahlen angewendet, aber wenn das Herz schwach sei . . . Catherine erwiderte, sie wisse bestimmt, daß ihr Herz nicht schwach sei.

»Die Untersuchung kostet drei Guineen«, bemerkte der Dolmetscher.

»Außer dem Honorar für die Behandlung?« bemerkte Catherine begriffsstutzig.

»Wir werden s . . .«

Diesmal unterbrach ihn sein Partner, indem er rasch die Hand erhob. Er schien zu glauben, daß Catherines Frage unter ihrer und seiner Würde und Intelligenz sei, denn er sah aus, als schämte er sich für sie.

Er antwortete steif: »Drei Guineen extra.«

Sie neigte den Kopf. Sie hätte zu allem ja gesagt, wenn ihr dafür die beiden ihre Jugend wiedergaben.

Wenn sie bereit sei, sagte der Dolmetscher, könne die Untersuchung sofort vorgenommen werden.

Jawohl, sie war bereit.

Sie erhob sich sofort. Die beiden waren, besonders bei weiblichen Patienten, an Übereifer gewöhnt, aber Catherine schien es nicht erwarten zu können. Dr. Sanguesa beobachtete sie prüfend mit seinen düsteren, tief eingesunkenen Augen. Er sagte etwas auf spanisch zu seinem Kompagnon, der mit einem Kopfschütteln antwortete. Catherine hatte die Empfindung, daß Dr. Sanguesa ihr etwas durch den Dolmetscher hatte sagen wollen, und sah diesen fragend an, aber er sagte nichts, sondern ging auf die Tür zu, um sie für sie zu öffnen.

Sie wurde eine Treppe höher in eine Art Rose-Dubarry-Boudoir geführt, in dem sich ein Toilettentisch und mehrere Spiegel befanden, und eine andere Pflegeschwester, sie sah wenigstens aus wie eine Pflegeschwester, half ihr beim Auskleiden. Dann wurde sie in einen Schlafrock gehüllt. Sie ekelte sich vor diesem Allerwelts-Schlafrock auf ihrer Haut und wurde in ein Zimmer geführt, in dem sich verschiedene sonderbare Apparate und ein Operationstisch befanden. Was tut eine Frau nicht alles für den Mann, den sie liebt? dachte Catherine, als sie diese Gegenstände argwöhnisch betrachtete, während ihr das Herz sank. Dr. Sanguesa trat ein, ganz in Weiß, wie ein Engel. Dankbar bemerkte sie, daß der Kompagnon nicht mitgekommen war. Sie wurde sehr sorgfältig untersucht, während die Schwester ermutigend lächelte. Sie machte den Dolmetscher und teilte Catherine mit, daß Herz und Lunge vollkommen gesund seien. Catherine hörte es erleichtert an, obwohl sie es gewußt hatte. Zum Schluß sagte die Schwester, der Doktor wäre überzeugt, daß sie die Behandlung gut überstehen werde, und fragte, wann sie damit beginnen wolle.

Catherines Antwort lautete: »Sofort.«

Das war unmöglich. Aber morgen?

O ja, ja. Morgen also. Sie fragte, ob sie wirklich wieder, sie wollte sagen: hübsch aussehen, sagte aber statt dessen: weniger müde sein würde.

Darauf sagte die Schwester: »Es ist wunderbar, wie ganz anders die Leute sich nach der Behandlung fühlen«, und Dr. Sanguesa, der kein Wort verstanden hatte, nickte und sagte ernst: »Wir werden sehen.«

Als Catherine sich wieder in dem Rose-Dubarry-Boudoir befand, wo sie sich ankleidete, bemerkte sie: »Hat Doktor Sanguesa die Behandlung an sich vorgenommen?«

Die Schwester lachte. Sie war eine fesche junge Person. Aber vielleicht war sie in Wahrheit schon alt und hatte sich der Behandlung unterzogen?

»Haben Sie sich auch operieren oder behandeln lassen?« fragte Catherine.

»Ich will's tun, wenn ich alt werde«, antwortete sie und lachte wieder.

»Ist es wirklich so wunderbar?« fragte Catherine, der die Hände vor Aufregung zitterten, als sie ihre Hafteln schloß.

»Sie würden es nicht glauben«, erwiderte die Schwester ernst. »Ich habe Männer von siebzig gesehen, die nicht einen Tag älter aussahen als vierzig und sich auch so benahmen.«

»Also dreißig Jahre jünger!« sagte Catherine. »Und wenn sie sich der Kur mit vierzig Jahren unterziehen, sehen sie dann aus und benehmen sie sich, als wenn sie zehn Jahre alt wären?« fragte Catherine.

»Das wäre wohl ein bißchen zuviel verlangt«, versetzte die Schwester, »nicht?« und lachte von neuem.

»Ich bin siebenundvierzig. Sieben Jahre möcht' ich aber nicht alt werden.«

»Da müßte der Herr Gemahl Sie in einen Kindergarten schicken«, sagte die Schwester und lachte unbändig.

Auch Catherine lachte. Sie war so voll Hoffnung, daß sie sich schon jünger fühlte. Als sie aber vor dem Spiegel den Hut aufsetzte, merkte sie wohl, daß sie nicht jünger aussah.

»Seh' ich nicht entsetzlich aus?« sagte sie, indem sie sich freimütig zu der freundlichen Schwester umwandte, die ja schließlich bald Zeugin ihres Siegeszuges in die Jugend sein würde.

»Das wird bald anders werden«, versicherte die Schwester fröhlich. Catherine war ganz verliebt in sie.

XIV

Die folgende Woche war sehr lebendig und aufregend, soviel vorzubereiten, soviel anzuordnen; Catherine selbst war in gehobener Stimmung, hoffnungsvoll und entzückt. Sie konnte London natürlich während der Kur nicht verlassen, bestürmte also Christopher, ohne sie nach Schottland zu fahren.

»Aber Catherine . . .«

»Ich bitte dich, liebster Chris, fahr doch hin und erhole und amüsiere dich gut!«

»Ohne dich?«

»Ich muß in London bleiben.«

»In London?«

»Jawohl. Vielleicht braucht mich Virginia.«

»Virginia? Ja, um Himmels willen, was soll das bedeuten? Neulich . . .«

Dann sagte sie ihm, in der sicheren Voraussicht, bald wieder jung zu sein, daß Virginia im September ein Baby erwarte. Sie machte sich nicht das geringste daraus, eine Großmutter zu sein, wenn sie nur nicht wie eine Großmutter aussah; im Gegenteil, eine Großmutter zu sein und trotzdem wie ein Mädchen auszusehen, kam ihr sehr schick vor. Und da Babys zuweilen etwas früher eintrafen, als sie sollten, mußte sie für Virginia erreichbar sein.

Das war ganz in Ordnung, das sah er ein. Was er nicht begriff, war Catherines Kühle. Sie schien sich gar nichts daraus zu machen, daß er sie verließ! Er konnte es nicht glauben. Als er sich aber davon überzeugte, daß dies ihre wahre Stimmung und nicht etwa nur ein Vorwand war, fühlte er sich tief verletzt. Es war unglaublich, aber sie wollte wirklich, daß er reise.

»Du liebst Virginia mehr als mich«, sagte er, das Herz plötzlich von heftiger Eifersucht erfüllt.

»Ach Chris, sei doch nicht töricht«, erwiderte Catherine ungeduldig.

Nie zuvor hatte sie ihn so prosaisch, so nüchtern aufgefordert, nicht töricht zu sein. Was war über sie gekommen? Er, der die Empfindung gehabt hatte, vor lauter Liebe nicht atmen zu können, erstickte jetzt fast vor Verlangen danach. Die Luft war plötzlich klar und dünn geworden. Catherine schien an etwas anderes zu denken, nicht an ihn, denn sie hatte ein und das andere Mal schon vergessen, ihn zu küssen. Er war tief verletzt. Und dann: Sie war so unbegreiflich fröhlich. Sie dachte also offenbar an etwas, das sie nicht nur belustigte, sondern geradezu entzückte. Sie war aufgeregt. Warum? Wahrhaftig doch nicht, weil sie Großmutterfreuden erwartete? Denn das war doch ein Grund mehr, über die Altersverschiedenheit zu grübeln.

»Sie will, daß ich mit dir nach Schottland fahre«, sagte er eines Tages, als er zu Lewes hereinstürmte. »Sie will, daß ich ohne sie auf Urlaub gehe. Es liegt ihr nicht das geringste dran. Vier lange Wochen! Den ganzen August!«

»Wie vernünftig!« sagte Lewes, ohne von seiner Arbeit aufzusehen.

»Es ist nur das vermaledeite Baby.«

»Baby?« wiederholte Lewes; diesmal blickte er von seiner Arbeit auf.

»Im September fällig.«

»Was? Aber geh . . .«

»Ach, sei doch kein Dummkopf! Virginias Baby! Catherine will nicht aus London fort. Warum sie nicht in die Nähe von Chickover will, wohin ich doch mitkönnte, wo ich bei ihr sein und Golf spielen könnte. Lewes, ich glaube, sie hat mich satt gekriegt.«

Und er starrte Lewes mit glühenden Augen an.

Nun ermahnte Lewes ihn, kein Dummkopf zu sein; aber der bloße Gedanke, daß Catherine, seine Catherine, ihn satt gekriegt haben könnte, veranlaßte Christopher, sofort umzukehren, um sich zu überzeugen, ob es auch wirklich möglich sei.

Sie war so unbeteiligt, so objektiv.

»Mach dich doch nicht lächerlich, Chris. Natürlich mußt du deinen Urlaub haben und darfst nicht in London bleiben. Es trifft sich doch so günstig, daß du mit deinem Freund zusammen verreisen kannst.«

In dieser Weise ging es fort.

»Aber Catherine, wie kannst du das nur verlangen? Liebst du mich denn gar nicht mehr?«

»Gewiß liebe ich dich. Deswegen will ich ja, daß du nach Schottland fährst.«

Das war keine Unwahrheit. Sie unterzog sich der Kur nur aus Liebe zu ihm, und wegen dieser Kur mußte er nach Schottland, denn sie sollte möglichst viel Ruhe haben während derselben. »Kein Ehemann«, hatte Dr. Sanguesa angeordnet und die Schwester verdolmetscht, »eine Zeitlang müssen Sie Strohwitwe sein.« Folglich mußte Christopher nach Schottland reisen, verdolmetschte Catherine.

Aber er konnte nicht sofort abreisen. Es war immer

noch Juli. Die beiden ersten Sitzungen fanden also statt, während Christopher noch in London war, und da es ihr unmöglich war, sich ihn fernzuhalten, ohne seinen Argwohn zu erregen, war sie gar nicht überrascht, als sie sich nach den beiden Sitzungen erschöpfter fühlte als je.

»Das ist am Anfang sehr oft so«, ermutigte sie die Schwester, »besonders wenn man zu Hause nicht ganz frei ist von Unruhe und Plage.«

Catherine fragte sich im stillen, ob sie unter Unruhe und Plage vielleicht den Gatten verstand? Von dieser Plage blieb sie freilich nicht verschont, denn Christopher wurde, als Catherine sichtlich kühler wurde, von der alten Furcht besessen, sie zu verlieren, und entdeckte immer von neuem, wie sehr er sie liebte.

»Catherine, was ist denn geschehen? Was hat sich zwischen uns gedrängt?« fragte er entrüstet und tief gekränkt.

Als Catherine ihm eine ähnliche Frage gestellt hatte, wie sie in seinen Liebesbezeigungen zuerst einen Unterschied bemerkte, da hatte es ihn geärgert und verdrossen, und er hatte im stillen gedacht: »Genau wie die andern Frauen!« Aber das hatte er natürlich längst vergessen.

»Ach Chris, warum bist du so töricht?« antwortete sie ihm, indem sie ihn lachend abwehrte. »Spürst du denn nicht, wie heiß es ist und wieviel angenehmer, nicht so eng zusammen zu sein? Nimm doch Rücksicht auf unsere Gesundheit!«

Rücksicht auf die Gesundheit? Eine nette Bescherung! Sie war wieder genau so wie am Anfang, als er solche Schwierigkeiten zu überwinden hatte, sie zu gewinnen. Sie war wieder so wie am Anfang, ein intelligentes, zurückhaltendes Geschöpf, unabhängig und fest entschlossen, nichts mit ihm zu tun zu haben. Wie er sie in den Tagen ihrer Unnahbarkeit angebetet hatte! Der Rückfall in ihre alte Unnahbarkeit bewirkte nicht, daß er sie wieder so anbetete wie damals, einfach weil diese Empfindung im gleichen Maße nie wiederkehrt, erfüllte ihn aber mit rasendem Besitzerstolz, ohne daß er sich seiner erfreuen konnte, denn sie entschlüpfte ihm immer wieder.

»Ich kann nicht nach Schottland fahren und dich verlassen. Der Teufel hole das Golfspiel. Ich kann einfach nicht«, sagte er endlich.

Sie aber erwiderte unbefangen und munter, er müsse unbedingt reisen, und wenn er zurück sei, wollten sie glücklicher sein als je.

»Du wirst mich dann noch viel lieber haben«, sagte sie lachend, denn obgleich die Behandlung sie sehr hernahm, war ihre Stimmung in diesen Tagen doch heiter und zuversichtlich.

»Blödsinn. Niemand könnte dich mehr lieben, als ich dich jetzt liebe, was soll also das Gerede? Catherine, was ist dir geschehen? Sag mir's doch!«

Und schon lag er wie in alten Zeiten ihr zu Füßen, umklammerte ihre Knie und legte den Kopf in ihren Schoß.

Catherine war sehr glücklich darüber. Die Kur zeigte noch ganz andere Vorteile, als Dr. Sanguesa verbürgt hatte.

XV

Christopher fuhr nach Schottland, und Catherine blieb in London. Sie war unerbittlich. Insgeheim freute sie sich über seine Verzweiflung. Sie war Balsam für ihr Herz, das noch vor kurzem so bedrückt gewesen war, ein unverkennbares Symptom seiner innigen Liebe zu ihr. Und sie malte sich aus, wie er im September zurückkehren und sie ihn auf dem Bahnhof erwarten würde, verändert, jung, fähig, alles mitzumachen, endlich seine passende Gefährtin.

»Du wirst nie wissen, wie sehr ich dich liebe«, sagte sie ihm zum Abschied, indem sie die Arme um seinen Hals schlang.

»Es sieht ganz so aus«, erwiderte er traurig.

»Jawohl«, lachte sie. Sie pflegte jetzt häufig zu lachen, wie bei ihren allerersten Begegnungen.

»Ich kann es nicht verstehen«, sagte er, ihr ins Gesicht blickend. »Du schickst mich fort. Und wenn ich das Mädchen in Schottland treffe, Miß Wickford oder die andere, die aussah wie ein Haifisch, dann werde ich mich trösten.«

Auch darüber lachte sie.

»Tu's nur, Schatz«, sagte sie, sein Gesicht streichelnd, »und dann komm zurück und erzähl mir alles.«

Sie war anders.

Er war sehr unglücklich, als er abreiste, und Lewes' Unterhaltung, nach der er so gedürstet hatte, als er keine Aussicht darauf besaß, erschien ihm als seichtes Gefasel.

Allein in London, gab Catherine sich vollständig ihrer Kur hin. Zweimal wöchentlich fuhr sie nach Portland Place und litt sehr, denn es tat weh, wenn auch Dr. Sanguesa ihr durch die Schwester sagte, es schmerze gar nicht. Sie wurde auf einen Tisch gelegt, und eine Riesenmaschine senkte sich so auf sie, daß sie nur um Haaresbreite von ihrer nackten Haut entfernt war, die Augen wurden ihr verbunden, und dann ließen sie etwas Knatterndes – sie konnte nicht sehen, was es war, aber ihr schien, es seien Funken, und es schmerzte, wie wenn man sie mit feinen, scharfen Messerspitzen durchbohrte – eine halbe Stunde lang auf sie los, zuerst auf einer, dann auf der anderen Seite. Wenn das vorüber war, erhielt sie eine Injektion mit irgendeiner geheimnisvollen Flüssigkeit, und sie begab sich vollständig erschöpft nach Hause.

Den ganzen folgenden Tag hindurch lag sie auf dem Sofa, und Mrs. Mitcham brachte ihr ein Teebrett voll nahrhafter Speisen nach dem anderen. Sie las und schlief. Um neun Uhr ging sie zu Bett. Ihr Gesicht ließ sie seit Christophers Abreise unberührt, und Mrs. Mitcham, der es immer gleich gelb erschien, fragte sie mit wachsender Besorgnis, ob sie sich wohl fühle.

Nach der vierten Sitzung sollte sie einen Unterschied wahrnehmen. Wie gespannt betrachtete sie sich im Spiegel! Nichts. Und ihr Körper war genauso, wie ihr Gesicht aussah: erstaunlich erschöpft.

»Bei manchen Leuten dauert es länger«, sagte die Schwester, als Catherine anläßlich ihres fünften Besuches eine Bemerkung darüber machte. »Eine Dame war da, die hat erst in der allerletzten Zeit eine Veränderung bemerkt, aber die hätten Sie sehen sollen! Sie hüpfte durch diese Tür! Und die war sechzig.«

»Vielleicht bin ich nicht alt genug«, sagte Catherine. »Alle Leute, von denen Sie mir erzählen, sind sechzig oder siebzig.«

Sie saß auf dem Sofa im Rose-Dubarry-Boudoir und ließ sich ankleiden. Sie war zu müde, um aufzustehen. Das halbstündige Knattern mutete ihrer Ausdauer sehr viel zu. Es schmerzte nicht so, daß sie aufschrie, aber immerhin genug, daß sie aller Entschlossenheit bedurfte, um nicht aufzuschreien.

Die Schwester lachte.

»Heute sind wir aber verstimmt«, sagte sie lebhaft.

»Aber das sind nach der ersten Hälfte der Kur viele von denen, die nicht so rasch auf die Behandlung reagieren. Es wird schon werden. Rom ist nicht an einem Tage erbaut worden.«

Als Catherine das nächste Mal kam, warf die Pflegerin beide Hände in die Luft.

»Nein, wie Sie aber heute gut aussehen, gnädige Frau!« rief sie aus.

Catherine eilte zum Spiegel.

»Wirklich?« fragte sie und besah sich darin.

»Eine solche Veränderung!« fuhr die Schwester vergnügt fort. »Aber ich hab' ja gewußt, daß es bald kommen wird. Jetzt werden Sie jeden Tag einen bedeutenden Fortschritt sehen.«

»Wirklich?« fragte Catherine von neuem und betrachtete prüfend ihr Gesicht im Spiegel.

Nicht um die Welt konnte sie einen Unterschied bemerken. Sie sagte es der Schwester. Aber diese lachte sie aus.

»Sie ungläubiger Thomas!« rief sie aus; ihre Freundlichkeit hatte sich zu derber Vertraulichkeit gesteigert. »Sehen Sie sich doch jetzt an! Nun, bemerken Sie nichts?« Und sie ergriff sie bei den Schultern und kehrte sie wieder um, das Gesicht dem Spiegel zuwendend.

Nein, Catherine sah nichts. Sie erblickte das lachende, rosige Gesicht der Schwester neben dem ihrigen, das gelb war und blasse Lippen hatte, wie immer, wenn sie keine Schönheitsmittel aus der Kassette der Maria Rome anwendete.

»Ein geübtes Auge merkt den Unterschied«, sagte die Schwester, »ich sehe einen bedeutenden Fortschritt.«

»Wirklich?« fragte Catherine.

Aber erst nach der neunten Sitzung war ihre Zuversicht endgültig erschüttert. Nichts hatte sich ereignet.

Sie war so alt wie zuvor, vielleicht älter, denn sie war vollständig erschöpft. Die Schwester freilich fuhr fort, überrascht und entzückt zu sein bei jedem neuen Besuch, aber das hatte nur die Wirkung bei Catherine, daß sie ihre Aufrichtigkeit oder ihren Gesichtssinn anzweifelte. Sie wurde immer schweigsamer, und ihr Interesse an den Geschichten über andere alte Damen erlosch. Es ließ sie kalt, daß sie angeblich zu hüpfen begonnen hatten. Vielleicht war es wahr, sie konnte es nicht glauben.

»Die anderen alten Damen . . .«, sagte Catherine bei ihrer elften Sitzung.

Die Schwester unterbrach sie mit fröhlichem Lachen.

»Sie werden sich doch nicht mit alten Damen in einem Atem nennen, gnädige Frau?« rief sie aus. »Das ist wirklich nicht schön von Ihnen, das kann ich nicht zugeben. Ich werde Sie auszanken müssen.«

»Aber heute ist die elfte Sitzung, und Sie haben mir doch erzählt, daß sie nach der elften Sitzung alle zu hüpfen begannen . . .«

»Nicht alle, gnädige Frau.«

»Nicht etwa, daß ich hüpfen möchte«, sagte Catherine, indem sie mit einer müden Gebärde eine Haarsträhne wieder aufsteckte, die die Augenbinde gelockert hatte. »Aber ich empfinde auch nicht die leiseste Regung dazu.«

»Das kommt mit der Zeit.«

»Wann?« fragte Catherine. »Ich habe nur noch eine einzige Sitzung.«

»Es kommt oft vor, daß man die Wirkung erst nachher spürt. Oft erst nach Wochen. Eines Morgens wacht man auf und fühlt sich ganz jung.«

Catherine antwortete nicht. Ihr Hoffnungsfunke

zuckte nur noch. Die Schwester, munter wie immer, neckte sie und nannte sie undankbar. Sie brauche doch nur in den Spiegel zu sehen, um sich zu überzeugen!

»Ich sehe immerfort in den Spiegel und überzeuge mich nie«, unterbrach sie Catherine.

»Nein, was Sie für ein schlimmes Persönchen sind!« rief die Schwester aus. »Was sollte wohl aus dem armen Dr. Sanguesa werden, wenn alle seine Patienten so hartnäckig blind wären wie Sie, gnädige Frau. Wir haben ja noch den Donnerstag. Zuweilen überzeugt erst die letzte Sitzung den Patienten, und Sie werden uns sicher noch ein wundervolles Zeugnis ausstellen.«

Catherine antwortete nicht auf diese muntere Rede. Schleppenden Ganges entfernte sie sich. Sie war um fünfzig Pfund ärmer, Christopher kam in einer Woche nach Hause, und es war gar keine Aussicht vorhanden, daß der herrliche Traum, wie sie ihn auf dem Bahnhof erwarten würde, sich bewahrheitete. Mochte die Schwester behaupten, daß eine Veränderung mit ihr vorgegangen sei, es war unwahr. Vielleicht, wenn sie ihr nicht gar soviel vorgemacht hätte, hätte sie ihr eher geglaubt. Da sie sie aber wie eine dumme Gans behandelte... Ja, aber war sie das nicht? War nicht jede Frau eine dumme Gans, die glaubte, daß ein Platzregen von knisternden Stichen ihr zu Jugendgefühl verhelfen würde?

Schleppenden Ganges, tief beschämt, ging sie nach Hause. Beschwerden, Ausgaben, Enttäuschung, eine unerträglich lange Trennung von Christopher, das war alles, was sie erreicht hatte. O doch! Sie war zu der wichtigen Erkenntnis gelangt, daß sie eine dumme Gans war; aber hatte sie das eigentlich nicht schon früher gewußt?

Aber nein, sie wollte doch nicht die Hoffnung ganz

aufgeben; sie hatte noch eine Sitzung, vielleicht trat plötzlich eine Wendung ein . . .

Aber sie ging nicht zu der letzten Sitzung und sah weder Dr. Sanguesa noch die Pflegeschwester jemals wieder, denn als sie nach Hause kam, fand sie ein Telegramm von Stephens Mutter vor, die sie aufforderte, sofort nach Chickover zu kommen.

XVI

Das Telegramm lautete so eindringlich, daß Catherine erschrak. Da sie mit dem ersten erreichbaren Zug fuhr, einem langsamen Nachmittagszug, der so oft und überall so lange hielt, hatte sie Zeit zum Nachdenken, und ihr schien, als wäre alles, was sie seit ihrer Verheiratung getan hatte, schändlich und unwürdig gewesen. Welche Verschwendung von Gemütsbewegungen, welch niedrige Befürchtungen! Jetzt kam die wirkliche Angst, vor deren Berührung alles andere zusammenschrumpfte. Virginia litt unter Folterqualen und war in Lebensgefahr – oh, sie kannte diese Qualen! –, diese nackte Tatsache brachte sie wieder zur Vernunft.

Sie schaute zum Fenster hinaus auf die Felder, die einförmig an ihr vorüberzogen, und viele scharfkantige Gedanken schnitten ihr wie Messer in die Seele. Einer davon war die Erinnerung an ihre letzte Fahrt nach Chickover, wie sie sich gefreut hatte, als ein Fremder, der sich von der Geschicklichkeit Maria Romes hatte täuschen lassen, sie für jünger hielt, als sie tatsächlich war. Wie kläglich, wie erbärmlich! Welch ein deutlicher Beweis, daß sie wirklich schon alt war, wenn so etwas sie hatte aufregen und erfreuen können!

Verwundert starrte sie mit ihrem geistigen Auge

diese Erinnerung an, bevor sie von anderen Gedanken abgelöst wurde. Und mit solchem Plunder füllte man sein Leben aus! Und wenn die Schwingen des Todes sich nur ganz leise zu regen begannen, bei der kleinsten Vorwärtsbewegung jener großen Gestalt aus der dunkelsten Ecke des kleinen Zimmers, Leben genannt, wie einem da die Augen aufgerissen wurden!

Da wird man sehend. Ist man sonst nicht blind? Muß jene Vorwärtsbewegung, jene Mahnung: »Ich bin da!« stattfinden, damit wir aus unseren seltsamen kleinen Träumen erwachen?

An dem Knotenpunkt mußte sie eine Stunde warten. Das gewährte ihr einigen Trost, denn wenn ernste Gefahr bestünde, hätte man ihr das Auto hierhergeschickt.

Es war nach neun, als sie in Chickover ankam. Der Chauffeur, der sie erwartete, sah sehr betrübt aus, aber er konnte ihr nichts weiter sagen, als daß die gnädige Frau frühmorgens erkrankt sei. Die Allee war in Dunkel gehüllt, die große, feierliche Baumreihe schloß das letzte bißchen Zwielicht aus, und das Haus am Ende der Allee lag ebenfalls dunkel und schweigend da. Alles schien den Atem anzuhalten, schien zu wissen, welcher Kampf in den Zimmern auf der anderen Seite, dem Garten zu, gekämpft wurde.

Überall Schweigen, vollständiges, seltsames Schweigen. Aber jetzt ...

Was war das?

Catherine hielt den Atem an und blieb stehen. Sie schritt gerade durch die Halle, dem blassen Mädchen nach, das sie führte. Da kroch ein leises Stöhnen die Treppe herab wie rinnendes Blut, ein sonderbares, langgezogenes Stöhnen, das nichts Menschliches an sich hatte, eher von einem armen Tier herzurühren schien, das in einer Falle verzweifelt eines langsamen Todes starb.

Virginia ...

Catherine blieb stehen, von Entsetzen gepackt. Diese tierischen Laute ...

Virginia?

Sie sah Kate an. Die Blicke in den weißen Gesichtern begegneten sich.

Kate bewegte die Lippen.

»Seit heute früh«, flüsterte sie, »seit zeitig früh. Der gnädige Herr ...«

Catherine rannte die Treppe hinauf wie wahnsinnig, dem Stöhnen entgegen. Dem mußte ein Ende gemacht werden. Virginia mußte Hilfe haben, sie durfte nicht so entsetzlich leiden, niemand durfte stundenlang so leiden ...

Sie lief durch den Gang, der in Virginias Zimmer führte, dasselbe Zimmer, in dem Virginia vor neunzehn Jahren geboren worden war, aber anstatt dem Stöhnen näher zu kommen, schien sie sich immer weiter davon zu entfernen.

Wo war denn Virginia? Wohin hatte man sie gebracht?

Sie blieb stehen, um zu lauschen, aber das Herz klopfte ihr so heftig, daß sie kaum hören konnte. Da war's, links, wo die Gastzimmer lagen. Aber warum hatte man sie dahin gebracht?

Sie rannte durch den Gang zur Linken. Ja, da war's, hinter dieser geschlossenen Tür ...

Ihre Knie wankten. Das Stöhnen klang furchtbar nahe, so hoffnungslos, so unaufhörlich. Was tat man da drinnen ihrem Kinde? Warum gab Gott zu, daß man sie so leiden ließ?

Mit zitternder Hand ergriff sie die Türklinke; sie

legte die linke Hand darüber, um die rechte zu beruhigen. So durfte sie nicht hineingehen und das Entsetzen, das drinnen herrschte, noch vergrößern.

Mit beiden Händen griff sie nach der Türklinke und drehte sie langsam um. Dann trat sie ein.

Stephen.

Stephen, der auf dem Boden halb liegend, halb sitzend sich an ein Sofa lehnte. Seine Mutter schaute auf ihn hinab. Niemand sonst. Die Möbel verhängt, das Bett hochaufgetürmt von unbenützten Kissen und Decken. Stephen stöhnte.

»Stephen!« rief Catherine entsetzt aus. War es möglich? Stephen, gerade er, in einem solchen Zustand . . .

Seine Mutter kam auf Catherine zu.

»Aber, Virginia?« fragte Catherine mit zitternden Lippen, denn wenn Stephen so zugerichtet war, was mußte Virginia zugestoßen sein?

Mrs. Colquhoun nahm Catherines Gesicht in beide Hände und küßte sie, küßte sie wirklich. Ihre Augen waren hell, rotgerändert. Sie hatte offenbar geweint, und sie sah aus, als wäre sie mit ihrem Latein am Ende.

»Ich glaube, bei Virginia ist jetzt alles in Ordnung«, sagte sie; »ich sage es ihm fortwährend, aber er will nicht hören. Glauben Sie, daß Sie ihn vielleicht dazu bringen könnten, uns anzuhören? Es war entsetzlich, bevor der zweite Arzt kam und Virginia betäubte. Das hat ihn in solche Aufregung versetzt, daß er – Sie sehen ja.«

Und sie machte eine halb beschämte, halb erzürnte, ganz verzweifelte Gebärde in der Richtung der zusammengekauerten Gestalt beim Sofa.

Dann sah sie Catherine mit ihren hellen, in Tränen schwimmenden Augen an und fügte hinzu: »Wenn ich bedenke, daß mein Sohn, ein Priester Gottes, so zusammenbricht, in einer Krisis unfähig ist, seine Pflicht zu tun, alle Besinnung verliert . . .«

Sie hielt inne und starrte Catherine mit ihren hellen alten Augen an.

»Catherine«, fuhr sie fort, es war das erste Mal, daß sie ihre Gegenschwieger so nannte, »ich kann mich nicht erinnern, daß in meiner Zeit . . ., ich kann mich nicht erinnern, daß mein Mann . . .« Und wieder hielt sie inne und starrte Catherine mit ihren hellen, übernächtigten Augen an.

»George war nicht so verzweifelt«, erwiderte Catherine zögernd, »aber ich glaube, ich glaube, Stephen liebt Virginia mehr, als vielleicht . . .«

»Eine schöne Art und Weise, jemanden zu lieben«, bemerkte Mrs. Colquhoun, die einen entsetzlichen Tag mit Stephen verbracht hatte; ihr Mitleid war nun mit Entrüstung gemischt.

»Aber er kann ja nichts dafür, liebe Mrs. Colquhoun.«

»Bitte, nennen Sie mich Milly.«

Welch eine seltsame Nacht. Eine Nacht voll gemischter Empfindungen: großer Angst, tiefen Mitleids, ungeheurer Überraschung. Und wie läuterte diese Nacht Catherines Gemüt von Nichtigkeiten, von ihren persönlichen Torheiten. Von den drei Menschen, die sich im Zimmer befanden, hatte bis jetzt noch kein einziger dieser Art von Wirklichkeit gegenübergestanden, dieser starren, unbarmherzigen Wirklichkeit. Viele Stunden hatte man Zeit zu denken, zu fühlen. In einiger Entfernung von ihnen befand sich Virginia, die zwischen Leben und Tod schwebte. Aus ihrem Zimmer kam kein Stöhnen. Eine erhabene Stille umfing das Krankenzimmer, als wäre die Entscheidung, die sich dort abspielte, zu groß und feierlich für laute Klagen. Es war die langsamste, schwerste Geburt, die man sich vorstellen konnte. Virginia selbst war weit weg, vollkommen teilnahmslos, von barmherziger Bewußtlosigkeit umfangen; aber wie lange konnte selbst ein sehr junger, kräftiger Körper solche furchtbaren Anstrengungen aushalten?

Die beiden Frauen im Gastzimmer auf der andern Seite des Schlosses wagten diese Frage gar nicht zu erwägen. Kalt und schwer lastete sie auf beider Herzen, und sie wandten sich davon ab und beschäftigten sich, so gut sie konnten: Catherine streichelte Stephen und flüsterte ihm Worte des Trostes ins Ohr, Mrs. Colquhoun bereitete Tee.

Die ganze Nacht hindurch kochte die arme Frau, die nur um ein Haar von einem Kollaps verschont blieb, in kurzen Zwischenräumen frischen Tee; das Klirren der Tassen und Untertassen übertönte zuweilen das nervenerschütternde Stöhnen ihres unglücklichen Sohnes und ihre eigenen Gedanken. Sie konnte und wollte die Möglichkeit, daß Virginia etwas zustoßen könnte, nicht in Betracht ziehen; sie redete sich selbst ein, daß dort drüben alles in Ordnung sei. »Zwei Ärzte und eine geschulte Pflegerin!« wiederholte sie sich im Geiste immer wieder, während ihre zitternden Hände die Tassen umwarfen. Eine schwierige, langwierige Geburt, aber das war beim ersten Kind nichts Ungewöhnliches. Es war ein Unsinn, auch nur den Gedanken an ein Unglück im Herzen aufkommen zu lassen. Man hatte ohnedies genug zu denken. Wie Stephen dalag, wie er sich und seine Mutter mit Schmach bedeckte, denn eigentlich verleugnete er seinen Gott und verleugnete seine Mannhaftigkeit. Bevor der zweite Arzt ankam, um Virginia zu chloroformieren, hatte sie entsetzliche Angstschreie ausgestoßen; nachdem Stephen sie zwei Stunden lang angehört hatte, verwirrten sich seine Sinne. Er war an ihrem Tode schuld, er war ihr Mörder, er hatte sie mit seiner Liebe getötet . . .

»Unsinn!« hatte ihm seine Mutter in ihrer nüchternen Art gesagt, als er diese Anklagen hinausschrie, so daß jedermann sie hören konnte. Es war empörend, da doch so viele junge Mädchen im Haus waren. Und dann hatte sie ihn mit zitternden Händen in dieses entlegene Zimmer geführt, und er hatte sich auf den Boden geworfen, wo er immer noch lag, und kein Wort mehr gesprochen, sondern nur unaufhörlich gestöhnt.

Und Mrs. Colquhoun, die in ihrem ganzen Leben niemanden überwältigend geliebt und bis zum heutigen Tage nicht gewußt hatte, daß sie überhaupt Nerven besaß, sah ihm zuerst hilflos, dann entrüstet und die ganze Zeit über verständnislos zu.

Sie steckte ihm Aspirin in den Mund, ohne daß er es bemerkte, sie fragte ihn streng, ob er Gott vergessen habe. Sie suchte durch harte Worte seine männliche und priesterliche Würde aufzustacheln. Einmal schüttelte sie ihn sogar tüchtig, in der Meinung, das würde als eine Art Gegengift auf seine Nerven wirken. Umsonst, alles umsonst. Als Catherine ankam, war es fast um sie geschehen.

Der Tee, die Häuslichkeit, die alltäglichen kleinen Beschäftigungen erschienen ihr als die einzigen wirklichen Stützen. Tee zubereiten, um den Körper aufrechtzuerhalten, die Nerven durch diese liebe Gewohnheit zu beruhigen, das war ein wirklicher Anker. Sie hätte gern die Nippsachen, die sich in unbenutzten Zimmern ansammeln, abgestaubt, aber das Abstauben bei Nacht erschien ihr zu unnatürlich, als daß es ihr die Hoffnung auf Vergessen gewährt hätte. So läutete sie fortwährend um heißes Wasser und frische Tassen, und der bloße

Anblick des Stubenmädchens in Häubchen und Schürze ... Sie blieb an der Tür stehen, weil sie Stephens wegen nicht hineindurfte, schien ihren gesunden Menschenverstand aufrechtzuhalten. Es gab anderes auf der Welt, nicht nur Leiden; es gab ein Morgen, und die kostbare Schablone des Lebens mit ihren Bädern, ihrem Frühstück, den Anordnungen für die Köchin, wie sehnte sie sich danach, wieder in ihren vier Wänden zu sein, in normaler Umgebung, Stephen wieder vernünftig, und die Zentnerlast, die Beklemmung von ihrem Herzen genommen und vergessen.

Eine Tasse war beschädigt. Sie hielt sie gegen das Licht. Kate natürlich, die immer so achtlos mit dem Porzellan umging! Wenn sie so weitermachte, würde Virginia bald nicht mehr viel übrig haben von ihrem Porzellan.

Sie läutete und ließ durch das Stubenmädchen Kate rufen. Als diese kam, das Häubchen ein wenig schief, das Haar ein wenig zerzaust, brachte Mrs. Colquhoun ihr die Tasse auf den Gang heraus und schalt sie tüchtig. Das wirkte auf beide wohltuend, und Kate fühlte sich durch diesen Hauch des Alltäglichen so sehr erfrischt, daß sie sich erlaubte, flüsternd zu fragen, wie es dem gnädigen Herrn gehe, und Mrs. Colquhoun, die, ohne sich dessen bewußt zu sein, in den gleichen Ton verfiel, antwortete, es gehe ihm ganz gut.

Und in der Tat schien das Stöhnen Stephens sich etwas vermindert zu haben, seit Catherine seinen Kopf auf ihren Schoß gelegt hatte und ihn streichelte und tätschelte. Sie streichelte und tätschelte ihn ohne Unterlaß, und von Zeit zu Zeit beugte sie sich über ihn und flüsterte ihm ermutigende Worte ins Ohr, oder aber, wenn sie keine Worte fand, weil ihr Herz so erfüllt war von Angst, küßte sie ihn. Hörte er? Fühlte er? Sie wußte es nicht, aber es kam ihr vor, als würde das Stöhnen leiser und als empfände er dunkel ein Gefühl des Trostes, wenn sie ihm mit der weichen Hand über das zusammengeschrumpfte Gesicht fuhr.

»Sie werden sich zugrunde richten«, sagte Mrs. Colquhoun und zog den Mund zusammen, damit ihr die Lippen nicht so zitterten.

»Es ist mir ein Trost«, versetzte Catherine.

»Sie sollten wieder eine Tasse Tee trinken.«

»Wie unsäglich er sie liebt! Ich hab' es nie so gemerkt . . .«

»Leute, die so leidenschaftlich lieben, geraten dadurch in große Bedrängnis«, sagte Mrs. Colquhoun verbissen.

»Ich glaube, man sollte wirklich nicht zu sehr lieben«, versetzte Catherine.

»Stephen hat sich in diese Liebe meiner Ansicht nach hineingepredigt. Die Reihe von Predigten in der Fastenzeit, Sie erinnern sich doch? Es machte mir damals schon den Eindruck, daß er viel zu beredt war. Und manchmal war eine Predigt so beschaffen, daß man gewünscht hätte, die Gemeinde hörte sie nicht. Die Liebe, von der er immer sprach, er begann wohl mit Gedanken aus dem Johannesevangelium, aber er schwenkte bald davon ab. Die Leute, besonders die Dienerschaft, hörten ihm mit offenem Mund zu. Das hätten sie nicht getan, wenn nicht etwas anderes in der Predigt enthalten gewesen wäre als nur die Bibel. Und wissen Sie, Catherine, man kann sich in alles hineinreden, und das hat Stephen getan. Und er hat so viel und so oft daran gedacht, daß er vergessen hat, Maß zu halten, und das ist die Folge. Das ist seine Strafe und meine Schande.«

»Nein, nein«, sagte Catherine in beruhigendem Ton.

»Doch, doch.«

Und Mrs. Colquhoun, die sich bis jetzt so tapfer gehalten hatte, beugte den Kopf über das Teebrett und weinte.

Es wäre zwecklos gewesen, dachte Catherine, sich mit Mrs. Colquhoun in einen Disput einzulassen; sie legte also Stephens Kopf sanft auf ein Kissen und ging zu ihr hinüber und setzte sich neben sie und schlang ihren Arm um sie und streichelte sie und flüsterte ihr beruhigende Worte ins Ohr. Wie seltsam sie die angstvolle Nacht verbrachte: indem sie die beiden Colquhouns streichelte. Der wunderliche kleine Kobold, der in einem abgesonderten Winkel unseres Seelenlebens hockt und gerade in den ernstesten Lagen sein Unwesen treibt, zwang sie gerade jetzt, wo ihre Hoffnung nur noch glimmte, zu einem innerlichen Lächeln über die eigentümliche Wendung, die ihr Verhältnis zu Stephen und seiner Mutter genommen hatte. Die Colquhouns, diese festen Stützen, waren gedemütigt zusammengebrochen. Und sie, die Gelästerte, die Sünderin, wie Stephen und wahrscheinlich auch seine Mutter sie einschätzten, da er alles erzählt hatte, sie war ihre einzige Stütze, ihr einziger Trost. Es war wirklich komisch, sehr komisch, sehr kom . . .

Was war denn das? Sie weinte auch?

Entsetzt sprang sie auf, eilte zum Fenster und stieß es auf, so weit sie konnte; die feuchte Nachtluft wehte ihr ins Gesicht, und sie kämpfte gegen die unzeitgemäßen Tränen an, bis es ihr gelang, sie zu unterdrücken.

Plötzlich spürte sie Zugluft, und als sie sich umwandte, sah sie, daß die Tür geöffnet worden war: Ein fremder Mann stand auf der Schwelle, und hinter ihm war Kate.

Einer der Ärzte. Sie stürzte zu ihm. Er war sehr rot im Gesicht, die Schweißtropfen standen ihm auf der Stirn.

»Wo ist der Göttergatte?« fragte er fröhlich, indem er sich umschaute. Aber seine Augen blickten ernst. »Ah, ich sehe. Immer noch nichts mit ihm anzufangen. In meinem Leben hab' ich noch nicht so einen Menschen gesehen. Es ist rein, als kriegte er das Kind. Also seine Mutter. Wie? Tränen?« fügte er hinzu, indem er Mrs. Colquhoun die Hand auf die Schulter legte und Catherine ansah. »Sind Sie die andere Großmutter, gnädige Frau?« fragte er.

»Großmutter?«

»Ein strammer Junge. Das kräftigste Kind, dem ich seit langem in die Welt geholfen habe.«

XVII

Als Virginia zum Bewußtsein kam, lag sie einige Zeit stirnrunzelnd mit geschlossenen Augen da. Sie schien von weit, weit her zurückgekehrt zu sein, es war ihr so schwer gefallen, überhaupt zurückzukehren, und sie war so erschöpft von der Anstrengung. Wo war sie gewesen? Sie versuchte sich zu erinnern, während sie so dalag, die Arme gerade neben sich, die Handflächen nach oben gerichtet, als hätte sie jemand so hingelegt und als wäre sie zu apathisch gewesen, sie zu bewegen. Das Haar war in zwei dicke Zöpfe geflochten, die über die Schultern geordnet lagen, das Bett war goldrein und glatt.

Sie schlug die Augen auf und sah ihre Mutter neben sich sitzen.

Ihre Mutter. Wieder dachte sie nach, aber das Denken strengte sie an, und so quälte sie sich nicht länger damit ab. Ihre Mutter saß ganz still da, hatte irgendein dunkles Zopfende in der Hand und küßte es. Es war noch eine andere Person im Zimmer, die sich geräuschlos darin bewegte, ganz in Weiß gekleidet. Wer war das?

Ein schwacher Schimmer von Erinnerung regte sich in Virginia. Ohne die Augen aufzuschlagen, die Anstrengung, sie zu öffnen, war ungeheuer, gelang es ihr, die Worte zu murmeln: »Hab' ich – mein Baby – schon bekommen?«

Da ergriff ihre Mutter ihre Hand und küßte sie und sagte ihr, ja, und daß es ein Junge sei. Ein sehr schöner Junge, sagte ihre Mutter.

Auch darüber dachte sie nach, und die Anstrengung zwang sie, die Stirn zu runzeln. Ein sehr schöner Junge. Das war das Entgegengesetzte von einem schönen Mädchen. Und die Pflegerin, die weiße Gestalt war natürlich die Pflegerin, kam jetzt ans Bett und hielt ihr eine Tasse an die Lippen und gab ihr etwas zu trinken.

Dann lag sie wieder ruhig da, mit geschlossenen Augen. Sie hatte schon ihr Baby bekommen. Einen sehr schönen Jungen. Die Neuigkeit rüttelte sie nicht auf; sie ermüdete sie.

Ein anderer Schimmer von Erinnerung regte sich: Stephen! Das war ihr Gatte. Wo war er?

Mit Anstrengung schlug sie die Augen auf und sah ihre Mutter matt an. Wie schwer es war, das ›St‹ auszusprechen. Eine solche Anstrengung. Aber endlich gelang es ihr, und sie brachte mühsam hervor: »Stephen?«

Und ihre Mutter küßte ihr von neuem die Hand und sagte, er sei ein wenig erkältet und zu Bett.

Stephen war ein wenig erkältet und zu Bett. Auch diese Neuigkeit rüttelte sie nicht auf. Sie lag ganz apathisch da, die Arme gerade neben sich, die Handflächen nach oben gerichtet auf der Decke. Stephen. Das Baby. Ihre Mutter. Eine tiefe Gleichgültigkeit gegen sie alle erfüllte ihre Seele, die noch ganz düster war von den Schatten des großen, dunklen Raumes, aus dem sie mühsam herausgeklettert war, bis ihr ganzer Körper von Kopf bis Fuß wie gerädert war und so wund und so todmüde, ach, so todmüde.

Wieder kam jemand ins Zimmer. Ein Mann. Vielleicht ein Doktor, denn er ergriff ihre Hand und hielt sie ein Weilchen in der seinen und sagte dann etwas zur Pflegerin, und diese kam und hob ihr den Kopf in die Höhe und gab ihr wieder etwas zu trinken – etwas Ähnliches wie Kognak.

Kognak im Bett. War das nicht – wie hieß nur das Wort? – ja, richtig, merkwürdig? War das nicht merkwürdig, im Bett Kognak zu trinken?

Aber das war so gleichgültig. Alles war gleichgültig. Es war so angenehm, wenn alles gleichgültig war. So friedlich und still; so unsäglich friedlich und still. Wie wenn man an einem Sommernachmittag im stillen Wasser auf dem Rücken schwimmt und zum blauen Himmel emporschaut und zuweilen den Kopf ein wenig sinken läßt – ein ganz klein wenig, so daß einem das kühle Wasser über das Gesicht fließt –, dann sinkt man, sinkt wieder, langsam tiefer, tiefer, bis zuletzt nichts mehr ist als Schlaf.

XVIII

Als Christopher eine Woche später aus Schottland nach Hertford Street kam, erblickte er Mrs. Mitcham im Vorsaal. Er wußte nichts von den Ereignissen in Chickover. Catherine hatte ihm an dem Tag, als sie abreiste, ein paar Zeilen gekritzelt, daß sie im Begriff sei, zu Virginia zu fahren. Da er seither keine Zeile von ihr erhalten hatte und die Ferien, die ihm ohnehin zuwider waren, absolut unerträglich fand, seit sie sich in Stillschweigen gehüllt hatte, sagte er sich, daß er das nicht länger aushalte, warf seine Sachen in den Koffer, bemerkte zu Lewes, daß er Schottland satt habe, und reiste nach London ab, nachdem er Mrs. Mitcham ein Telegramm geschickt hatte.

Sie war in den Vorsaal gegangen, als sie, gleich nachdem sie das Telegramm erhalten hatte, seinen Schlüssel in der Tür hörte. Ihr Gesicht war noch länger als sonst, die Kleider schienen noch dunkler.

»Ach gnädiger Herr«, begann sie, als sie ihm aus dem Rock half, »ist es nicht schrecklich?«

»Was ist geschehen?« fragte Christopher, sich umwendend und sie anblickend; Furcht erfüllte sein Herz.

»Mrs. Virginia . . .«

Er atmete auf. Einen Augenblick hatte er geglaubt . . .

»Was hat sie angestellt?« fragte er, plötzlich ganz gleichgültig geworden, denn das Kinderkriegen war ihm nie als etwas Gefährliches erschienen, sonst wäre die ganze Welt nicht voll von Kindern.

Mrs. Mitcham starrte ihn mit ihren rotgeränderten Augen an.

»Angestellt?« wiederholte sie, von seiner Gleichgültigkeit verletzt, dann fügte sie, zum erstenmal in ihrem Leben sarkastisch, in würdig-vorwurfsvollem Ton hinzu: »Nichts weiter, als daß sie gestorben ist.«

Jetzt starrte er sie mit weitgeöffneten Augen an, in denen die Traurigkeit sichtbar wurde, die in ihm aufstieg, als ihm klar wurde, was dieser Tod bedeutete: »Gestorben? Dieses junge Geschöpf? Soll das heißen . . .«

»Sie ist tot, gnädiger Herr«, sagte Mrs. Mitcham, den

Kopf hoch aufgerichtet, den Blick voller Würde und Vorwurf.

Es war zu spät, noch heute hinzufahren. Es gab keinen Zug mehr. Aber er hatte ja sein Motorrad. Catherine, Catherine in Kummer, er mußte zu ihr ...

Und wieder einmal raste Christopher westwärts zu Catherine. Er durchraste in der Nacht große Strecken, wurde aber immer wieder von Schwierigkeiten aller Art unterbrochen, alles erdenkliche Ungemach ereilte ihn, als ob Hölle und Teufel miteinander im Bündnis gewesen wären, ihm ein Bein zu stellen und ihn alle paar Meilen zu zwingen, unfähig zuzusehen, während die Stunden, nicht er, enteilten.

Sie hatte ihn nicht gerufen. Sie war weit weg und von Leid erfüllt und hatte ihn nicht gerufen. Aber er wußte, warum. Weil sie es nicht ertragen konnte, nach allem, was er über Virginia gesagt hatte, ihn mit der Todesnachricht zu betrüben. Oder sie war so schwer getroffen, daß sie in den seltsamen Zustand geraten war, der die Menschen oft überfällt, wenn der Tod Ernte hält; gewiß dachte sie nicht mehr an alles, was ihr noch geblieben, an das Glück, die Wärme, von der das Leben noch voll war, sondern nur an das, was sie verloren hatte.

Aber was sie auch jetzt empfand oder nicht imstande war zu empfinden, sie war sein, seine Frau, der er helfen, die er trösten mußte, und wenn sie so abgestumpft war, daß er ihr nicht helfen, sie nicht trösten konnte, dann wollte er an ihrer Seite warten, bis sie wieder erwachte. Wie mußte ihr zumute sein, fragte er sich, als er an den schwarzen Bäumen und Hecken vorüberraste, wie mußte ihr zumute sein in dem traurigen Haus, das die tote Virginia barg? Dieses junge Geschöpf tot! Jünger als er und tot! Und ihr Gatte ...

›Ach, meine arme Catherine!‹ dachte er, indem er immer rascher und rascher fortstürmte, ›ich muß sie holen, sie nach Hause bringen, sie durch meine Liebe dem Leben wiedergeben.‹

Lebendig stiegen Bilder vor seinem geistigen Auge auf, liebliche Bilder, wie sie ihn immer öfter verfolgt hatten, je länger die Ferien sich ohne sie träge dahinschleppten; mit dem Auge verschmachteter Liebe sah er sie, seine holde kleine Catherine, viel, viel hübscher, als sie je in ihren besten Tagen gewesen war, die samtweiche weiße Haut, die so entzückend von ihrem dunkeln weichen Haar abstach, die herrlichen, sanften grauen Augen, in die ein Leuchten kam aus Liebe, aus lauter Liebe für ihn allein. Und er hatte vor seiner Abreise nach Schottland gedacht, daß er sie zu sehr liebte! Als er sich dieser unglaublichen Dummheit erinnerte, fuhr er fast in einen Graben hinein. Aber er wußte jetzt, wie das Leben ohne sie beschaffen war: Es war, als ob er in Nacht und Eis sich verirrt hätte.

Er kam gegen fünf Uhr morgens nach Chickover, gerade als das graue Licht unter den Bäumen zu dämmern begann. Er konnte nicht so früh in das Trauerhaus eindringen, blieb also im Dorf und setzte es nach vieler Mühe durch, daß man ihm im Wirtshaus auftat, ihm Wasser gab und ein Handtuch und für eine spätere Stunde Tee versprach. Dann legte er sich auf das roßhaargepolsterte Sofa im Wohnzimmer und versuchte zu schlafen.

Aber wie sollte er schlafen, wenn er endlich Catherine so nahe war? Der bloße Gedanke, sie nach vierwöchiger Trennung wiederzusehen, ihr in die Augen zu blicken, genügte, den Schlaf zu bannen; dann kam die Angst um sie, die Überzeugung, daß sie vom Schmerz ganz zermalmt war, und er stellte sich das Leben vor, das sie im Schloß mit dem armen Teufel Stephen führte ...

Um halb acht begann er das Frühstück zu verlangen; er läutete und ging in den nach Bier riechenden Gang hinaus und rief. Trotz aller Anstrengung gelang es ihm erst nach acht Uhr, das Haus aufzurütteln; da kam endlich ein schläfriges Mädchen, deckte den Tisch mit einem schmutzigen Tischtuch und legte ein paar Messer drauf.

Er trat auf die Straße hinaus und ging dort auf und ab, während der Tisch gedeckt wurde. Er wollte niemanden fragen, obwohl man ihm sicher von Virginias Tod hätte erzählen können und was jetzt im Schloß vorging. Von selbst sagten sie nichts, denn sie hielten ihn für einen Fremden, was er ja auch war und in Chickover immer zu bleiben hoffte.

Er wußte nichts; nicht, wann sie gestorben, nicht, wann sie begraben worden war. Vielleicht war sie noch gar nicht begraben, und in diesem Fall würde er Catherine natürlich nicht, wie er gehofft hatte, noch heute mitnehmen. Er versuchte, nicht an Virginia zu denken, der er so viel abzubitten hatte.

Armes Geschöpf! Armer Teufel von einem Ehemann! Wie gut konnte er sein Unglück nachfühlen! Herrgott! Wenn Catherine etwas zustieße!

Er trank einen lauen Tee und aß ein etwas unappetitliches Butterbrot dazu. Stephen war es offenbar noch nicht geglückt, den Dorfgastwirt zu erziehen. Er war ungemein aufgeregt, die widerstreitendsten Empfindungen bewegten ihn: bebende Liebe und Erwartung und Widerstreben und Angst und Trauer um Virginia. Er machte sich auf den Weg, ging durch den Park, dann die Mauer des Gemüsegartens entlang zur Pförtnertür und dann die Allee hinauf wie irgendein früher Gast, der seine Hochachtung und sein Mitgefühl ausdrücken wollte; als er um die Biegung kam, von der aus man das Schloß plötzlich erblickt, stieß er einen tiefen Seufzer der Dankbarkeit aus, denn die Fenster waren nicht verhängt. Das Begräbnis des armen jungen Geschöpfes war also vorüber, und er kam wenigstens nicht, wie er insgeheim gefürchtet hatte, mitten in die Begräbnisfeierlichkeiten hinein.

Wenn es aber vorüber war, warum hatte Catherine ihn nicht gerufen? Warum war sie nicht nach Hause gekommen? Warum hatte sie ihm nicht wenigstens geschrieben? Da fiel ihm ein, daß sie ihn noch in Schottland glaubte und ihm natürlich dorthin geschrieben hatte; getröstet ging er die Allee hinauf, deren Bäume sogar zu trauern schienen, denn die gelben Blätter fielen bei jedem kleinen Windstoß zu Boden.

Das Haupttor war offen, ebenso die Tür auf der anderen Seite der Halle, die in den Salon führte, so daß er durch die besonnte Terrasse in den Garten sehen konnte, während er nach dem Läuten wartete. Es war sehr still im Haus. Er hörte keinen Laut, außer von der Richtung her, wo die Stallungen sich befanden, das Schnattern einer Ente. Frühstückte niemand im Haus? Oder schliefen sie alle noch? Wenn Catherine noch schlief, konnte er zu ihr hinaufgehen, nicht wie das letztemal, als er im Salon warten mußte, als Fremder, als Bittsteller ohne jedwedes Recht.

Kate, das Stubenmädchen, erschien. Sie wußte natürlich, als sie ihn sah, daß er der junge Mann war, den Mrs. Cumfrit geheiratet hatte. Man hatte in den Räumen der Dienerschaft um jene Zeit genug davon gesprochen. Ein schwaches Lächeln erhellte ein wenig das ernste Gesicht; der Anblick eines gesunden jungen Herrn war ein erfrischender Anblick für die Augen, die

die ganzen Wochen hindurch nur Leid vor sich gesehen hatten.

»Die Damen sind noch nicht unten«, sagte sie mit gedämpfter Stimme und wollte ihn in den Salon führen. Aber Christopher lehnte die Einladung ab.

»Die Damen?« wiederholte er fragend, aber ohne seine Stimme zu dämpfen, so daß das Haus, das so viele Tage in Schweigen gehüllt war, ganz lebendig wurde beim Ton der kräftigen Stimme.

»Die Mutter vom Herrn Oberpfarrer ist auch hier«, sagte Kate, indem sie ihn durch ihr Flüstern auf die geziemende stille Tonart stimmen wollte. »Der Herr Oberpfarrer ist noch immer sehr krank, aber der Doktor meint, er wird wieder zu sich kommen, wenn er imstande sein wird, sich für das Kind zu interessieren. Wenn Sie hier warten wollen, gnädiger Herr«, fuhr sie fort, indem sie neuerdings den Versuch machte, ihn in den Salon zu führen, »so werde ich Sie den Damen melden.«

»Ich will nirgends warten«, erwiderte Christopher, »ich will zu meiner Frau. Bitte zeigen Sie mir den Weg.«

Jawohl, es war erfrischend, einen so lebendigen Herrn zu sehen, eine Abwechslung nach dem armen Herrn des Hauses, obgleich er sich ja so benahm, wie es sich gehörte für einen Witwer, und der Verlust ging ihm so nahe, daß er einen Doktor haben und im Bett bleiben mußte. Das ganze Dorf war stolz auf ihn. Trotz alledem war es sehr angenehm, wieder einmal die Stimme eines gesunden Herrn zu hören, der laut und herrisch sprach. Kate freute sich, ihm zu gehorchen, und stieg, fast mit dem alten elastischen Schritt, die Treppe hinauf, anstatt, wie sie es gewohnt war, auf den Zehenspitzen.

Christopher folgte ihr, das Herz klopfte ihm laut. Sie führte ihn einen breiten Gang entlang zu dem äußersten Ende des Schlosses, und da drang ein Geräusch an sein Ohr, das er schon früher gehört hatte und das jetzt immer lauter anschwoll, bis es ganz gewaltig wurde.

Das Baby. Es schrie. Hoffentlich, dachte Christopher, bereut es das Unglück, das es in seinem kurzen Leben schon angerichtet hat. Aber er hatte jetzt keine Gedanken für Babys übrig, und als Kate an der Tür stehenblieb, durch die das Geschrei drang, winkte er ungeduldig.

»Herrgott«, sagte er, »Sie glauben doch nicht, daß ich das Baby sehen will?«

Aber sie lächelte nur und klopfte an die Tür.

»Es ist ein sehr schönes Kind«, sagte sie mit jenem eigentümlichen Blick befriedigten Stolzes und gestillten Hungers, den Frauen haben, wenn sie in die Nähe sehr kleiner Kinder kommen.

»Zum Henker mit dem Baby!« rief er aus. »Führen Sie mich zu meiner Frau!«

»Sie ist da drinnen«, antwortete Kate und öffnete die Tür, als jemand herausrief, sie solle eintreten.

Es war die Stimme der Mrs. Colquhoun. Er erkannte sie sofort und wich rasch zurück.

Nein! Hol ihn der Teufel, wenn er da hineinging!

Catherine im Kinderzimmer wiedersehen, mit der Kinderfrau und dem Baby und Mrs. Colquhoun? Aber so rasch war er nicht zurückgewichen, daß er nicht einen Blick in das Zimmer geworfen hätte. Eine Badewanne stand auf zwei Sesseln vor dem hellen Kaminfeuer, und drei Frauen beugten sich darüber, eine in Weiß, zwei in Schwarz gekleidet, und alle drei redeten auf einmal zu dem in der Wanne Befindlichen, während es immer lauter und durchdringender schrie.

Die Frauen waren vollständig in den Anblick des Kindes vertieft, so vertieft, dachte Christopher, in dessen Herz plötzlich heiße Eifersucht entflammt war, daß jeder Wunsch, jeder Kummer, jede Sehnsucht, jede andere Liebe davon zurückgedrängt wurde. Er hatte das Gefühl, Catherine müßte spüren, daß er da sei, hätte es vom ersten Augenblick an spüren müssen, da er einen Fuß in das Haus setzte. Er hätte sofort gespürt, wenn sie unter demselben Dach wäre wie er, davon war er fest überzeugt. Statt dessen sah er nur ihren Rücken, gerade als wäre sie nicht verheiratet, als hätte sie ihn nie heiß geliebt, genau so wie Mrs. Colquhoun, die eine alte Frau war und keine Liebe mehr besaß oder empfand, außer der für ein Baby. War es nun, weil sie beide die gleiche Haltung einnahmen, die gleichen Kleider anhatten, das wußte er nicht, aber jedenfalls hatte er von beiden den gleichen Eindruck gehabt – einen flüchtigen Eindruck, über den er noch nicht Zeit gehabt hatte nachzudenken, ein schwarzes Häuflein von Frauen mit grauem Haar.

Graues Haar? Wie war ihm dieses entsetzliche Wort nur eingefallen?

»Schließen Sie die Tür!« rief Mrs. Colquhoun aus. »Sehen Sie denn nicht, daß es zieht?«

Zögernd blickte Kate auf Christopher.

»Kommen Sie herein, und machen Sie doch die Tür zu!« rief Mrs. Colquhoun noch lauter.

Kate trat ein, schloß die Tür hinter sich, und Christopher wartete unbeweglich an der Wand.

Das hatte er nicht erwartet. Nein, das war das allerletzte, was er erwartet hätte. Und wenn jetzt Catherine zu ihm kam, so war auch Kate dabei, die ihr sicher auf den Fersen folgte; sollte er ihr die Hand drücken oder ihr einen oberflächlich-ehelichen Kuß in der Gegenwart eines Dienstboten geben in dem gesegneten, heiligen Augenblick ihrer Wiedervereinigung?

Aber es sollte anders kommen, denn obgleich jemand aus dem Zimmer trat und Kate ihr folgte, war es nur eine kleine Gestalt, die ausrief: »Ach Chris!« und die zu glauben schien, sie sei Catherine, so war sie es doch nicht, nein, nein – sie war's nicht, sie konnte es nicht sein. Es war ein Gespenst, das da herauskam, ein kleines, blasses, grauhaariges Gespenst, das die Hände ausstreckte und das Gesicht in die Höhe hielt, wie um sich von ihm küssen zu lassen. Als er es aber nicht küßte, als er zurückwich und es anstarrte, da wich es auch zurück und stand da und sah ihn an, ohne ein Wort zu sprechen.

XIX

Sie starrten einander an. Kate entfernte sich durch den Gang. Stille umgab sie, nur von dem Schreien des Babys unterbrochen, das aus der geschlossenen Tür des Kinderzimmers drang. Catherine erbebte nicht, sondern ließ sich ruhig von Christopher betrachten, denn sie hatte mit allem abgeschlossen, nur nicht mit der Wahrheit.

»Catherine . . .«, begann er mit der bestürzten, angstvollen Stimme eines Kindes, das im Dunkel umhertastet.

»Ja, Chris?«

Sie machte keinen Versuch, sich ihm zu nähern, er machte keinen Versuch, sich ihr zu nähern; Catherine, die nicht ununterbrochen an die Veränderung denken konnte, die mit ihr vorgegangen war, kam es seltsam vor, daß sie nach langer Trennung wieder allein war mit Christopher, ohne daß er sie an sein Herz drückte.

Aber sie erinnerte sich, als sie in sein Gesicht sah; da erblickte sie ihr eigenes so deutlich, als stünde sie vor einem Spiegel.

»Ich hab' ja keine Ahnung gehabt, keine Ahnung«, stammelte er.

»Daß ich so aussehe?«

»Daß du so viel gelitten hast, daß du sie so sehr geliebt hast.«

Er wußte, daß er sie in seine Arme nehmen und trösten müsse, aber er konnte nicht, denn das war nicht Catherine.

»Aber es ist nicht das allein«, sagte sie, dann zögerte sie.

Der Mut versagte ihr. Warum sollte sie es ihm sagen? Schließlich hatte sie alles nur aus Liebe für ihn getan, aus gieriger, leidenschaftlicher Liebe, aber immerhin aus Liebe. Warum nicht alles vergessen und ihn in dem Glauben lassen, daß sie aus Kummer in einer Woche alt geworden war?

Das wäre eine glaubwürdige und rührende Erklärung. Und nicht gar so weit von der Wahrheit entfernt, denn wenn auch die Liebe die Zerstörung begonnen hatte, der Kummer hatte sie vollendet. Die Nacht und der Tag, die leben- und todbringend waren, die Todesangst Stephens und ihre eigenen endlosen Qualen hatten die letzten Alterssymptome in ihr Gesicht und auf ihr Haar gezeichnet – weit über ihre Jahre hinaus. Ohne Maria Romes Massage und Haarfärbe- und Schönheitsmittel war sie schutzlos dem Altern preisgegeben und jedenfalls doppelt so erschöpft und grau als vor dem Beginn der anstrengenden Kur bei Dr. Sanguesa.

Aber davon wollte sie nicht reden. Sie hatte genug von halben Wahrheiten und dem abscheulichen Bemühen, ihn zu täuschen. Wie konnte sie ihm andauernd solches Unrecht tun? Das größte Unrecht hatte sie ihm angetan, als sie ihn heiratete, davon war sie überzeugt, aber nun wollte sie wenigstens aufhören, sich und ihn lächerlich zu machen. Ein unmöglicher Zustand. Mochte er sie sehen, wie sie in Wirklichkeit war; wenn seine Liebe aufhörte – wie natürlich, wie unvermeidlich bei seiner Jugend –, dann wollte sie ihn freigeben.

Denn in jenen denkwürdigen Stunden, die auf den Tod Virginias folgten, war es Catherine erschienen, als hätte sie plötzlich die Tür eines dunklen Ganges geöffnet und wäre in ein großes, lichtes Zimmer getreten. Und es kam ihr zum erstenmal die Erkenntnis, die eigentümliche, klare, unbarmherzige und doch tröstliche Erkenntnis, daß die wahre Liebe auch verzichten muß, keine Ansprüche erhebt, zufrieden ist, zu lieben ohne Gegenliebe, und daß in der kurzen Spanne Zeit, Leben genannt, gar nichts gilt als das eine: das Rechte tun. Und wenn auch manche Leute Lust haben, darüber zu streiten, was das Rechte sei, in ihrem Herzen wissen sie es. Und wenn die Jugend diese Überzeugung als sentimentalen Quark verlacht, schließlich denken alle anständigen Leute das gleiche.

Nach einer Woche so engen Zusammenlebens mit dem Tode war diese Erkenntnis unvermeidlich. Vier furchtbare Tage hatte sie in seiner unmittelbaren Gegenwart gesessen und neben seinem Frieden gewacht. Jetzt war sie belehrt. Das Leben war ein flackerndes Licht, der leiseste Hauch löschte es aus. Der kurze, kostbare Augenblick seiner Dauer reichte gerade nur für eines: das Rechte tun.

So sagte sie denn, eifrig bedacht, nur die Wahrheit zu sagen: »Ich habe Virginia unendlich geliebt, aber ich habe schon vorher nicht viel anders ausgesehen.«

Und Christopher, der nicht diese Tage in unmittelbarer Nähe des Todes gelebt, der nicht gesehen und erkannt hatte, was sie so deutlich gesehen und erkannt hatte, der nichts davon fühlte, was sie empfunden hatte, wurde durch diese Lästerung aus seiner Verblüffung gerissen und machte einen raschen, fast drohenden Schritt, wie um das Gespenst zum Schweigen zu bringen, das sein gottvolles Erinnerungsbild zu schänden wagte.

»Nein, du hast anders ausgesehen!« rief er aus. »Du warst meine Catherine, nicht eine, nicht eine . . .«

Er hielt inne und sah ihr ganz nahe ins Gesicht.

»Was ist aus dir geworden?« fragte er, von neuem bestürzt, während das schreckliche Gefühl eines unersetzlichen Verlustes ihn überkam, so daß ihm das Herz zu Eis erstarrte. »Ach, Catherine, was hast du mit dir gemacht?«

»Nichts«, antwortete sie, während ein mattes Lächeln in ihren Augen zitterte, »das ist es ja eben.«

»Aber dein Haar, dein herrliches Haar . . .!« Er bewegte schmerzlich die Hände. »Es ist ganz grau geworden, weil du so viel durchgemacht hast, du armes, armes Geschöpf.«

Wieder hatte er die Empfindung, jetzt müßte er sie in die Arme schließen, wieder vermochte er es nicht.

»Nein, das war's nicht allein«, versetzte sie, »es war schon vorher grau, nur hab' ich mir's färben lassen.«

Er starrte sie in tiefer Bestürzung an. So sah Catherine aus, so sprach sie! Warum? Warum war sie so ängstlich bestrebt, ihm zu beweisen, daß ihr verändertes Aussehen nichts mit Virginias Tod zu tun hatte? Wollte sie ihm in einem seltsamen Einfall den Schmerz ersparen, sie bedauern zu müssen? Oder war sie so furchtbar getroffen, daß sie nicht mehr verantwortlich war für das, was sie sprach? Wenn es so war, dann müßte er sie ja um so inniger an sein Herz drücken und sie beschützen und trösten. Welch ein elender Schurke war er, daß er es nicht tat! Aber er konnte nicht. Noch nicht. Nicht in diesem Augenblick. Vielleicht, wenn er sich gewöhnt hatte ...

»Du hast dir's färben lassen?« wiederholte er wie betäubt.

»Jawohl. Von Maria Rome.«

»Von Maria Rome?«

»Ach, es ist ja so belanglos. Es ist mir zuwider, auch nur an den alten Unsinn zu denken. Maria Rome hat ein Schönheitsatelier in London, wo sie alte Frauen, die nicht gut konserviert sind, wieder auffrischt. Sie hat mich auch verschönt, und anfangs sah es ganz natürlich aus. Aber es war mit solchen Schwierigkeiten verbunden, und ich hatte immer solche Angst, die Wirkung würde ausbleiben und du könntest mich plötzlich so sehen. Jetzt aber macht es mich krank, wenn ich mich nur daran erinnere.«

Und sie legte die Hand auf seinen Arm und sah zu ihm mit Catherines Augen empor, mit Catherines schönen, müden Augen.

Es waren die Augen, wie er sie kannte, schön und mit einem müden Ausdruck, aber sie muteten in dem gelben Gesicht so befremdlich an. Ihre Augen, das war alles, was von seiner Catherine übriggeblieben war. Jawohl, und auch die Stimme, dieselbe sanfte Stimme, nur daß sie jetzt einen neuen Klang hatte, einen vernünftigen? Catherine vernünftig? Sie war alles, nur nicht das. Widerspenstig, schwach, unberechenbar, unlogisch, entschlossen, impulsiv, anhänglich, leidenschaftlich, anbetungswürdig, sein einziges holdes Lieb, aber niemals vernünftig.

»Erscheint es dir nicht auch unglaublich kleinlich und niedrig, dieses Lügen? Jedes Lügen, wenn das geschehen konnte?« sagte sie, die Hand immer noch auf seinem Arm, die Augen ernst in die seinen blickend. »So gar nicht der Mühe wert? Und du mußt ja nicht denken, Chris, daß ich durch den Schrecken um den Verstand gekommen bin«, fuhr sie fort, denn es war klar, daß er das wirklich dachte, »denn es ist nicht der Fall. Im Gegenteil, ich bin zum erstenmal bei Verstand.«

Und er starrte sie an und dachte, wenn sie so aussah, weil sie bei Verstand war, um wie vieles besser wäre es für beide gewesen, wenn sie geblieben wäre, wie sie früher war!

In diesem Augenblick wurde im Kinderzimmer das Baby aus dem Bad genommen, und das Geschrei verwandelte sich in gellendes Geheul.

»Gehen wir doch um Himmels willen irgendwohin, wo man das entsetzliche Gebrüll nicht hört«, rief Christopher mit einer so zornigen und plötzlichen Bewegung aus, daß er ihre Hand abschüttelte.

»Jawohl, komm«, erwiderte sie und ging ihm voraus, den Gang entlang.

Er folgte ihr wie ein zorniges, erschrockenes Kind. Wie konnte er wissen, was sie wußte? Wie konnte er sehen, was sie sah? Er war der gleiche geblieben, während sie unabänderlich eine andere geworden war. Und es gab keine Worte, mit denen sie es ihm hätte erklären können. Nach heißem Bemühen hätte sie doch nichts anderes herausbringen können als: »Aber ich weiß, ich weiß was!«

Sie führte ihn in den Garten. Unterwegs kamen sie an ihrem Schlafzimmer vorüber. Die Tür stand halb offen, und er wußte, daß es das ihre war, denn die kleinen

Pantoffeln, die er so oft geküßt hatte, lagen auf dem Teppich, wo sie sie abgestreift hatte, die Pantoffeln, die der wirklichen Catherine gehört hatten oder vielmehr, wie sie behauptete, der unechten, jedenfalls seiner Catherine.

Einen Augenblick lang fürchtete er, sie würde ihn da hineinführen. Bei dem Gedanken rieselte es ihm eisig über das Rückgrat. Aber sie ging daran vorüber, als hätte es nichts mit ihm oder ihr zu tun, und da war er beleidigt.

Im Garten draußen konnte man leichter atmen. Hier, wo jeden Augenblick ein Gärtner erscheinen konnte, hätte er sie nicht in die Arme schließen können, kam sich also nicht ganz wie ein Schurke vor, wenn er es nicht tat. Und wenn er neben ihr herging, ohne sie anzusehen, nur ihrer Stimme lauschend, kam er sich weniger verloren vor; denn die Stimme war die Stimme Catherines, und solange er sie nicht anschaute, konnte er glauben, sie sei es.

Sie führte ihn durch den Garten, durch das Pförtchen in den Park, wo hüpfende Kaninchen dunkle Bänder durch das Silber des tauigen Grases zogen und das mit dem Altweibersommer des Morgens behangene Farnkraut braun zu werden begann. Und sie sprach unterwegs, und er hörte sie schweigend an, die Augen geradeaus auf den Weg gerichtet.

Sie erzählte ihm alles von dem Augenblick an, da sie sich in ihren Flitterwochen leidenschaftlich in ihn verliebt und sofort begonnen hatte, sich vor dem Altwerden zu fürchten. Sie erzählte ihm ihre verzweifelten, grotesken Anstrengungen, sich für ihn jung zu erhalten, und als er sie von jener Zeit reden hörte, wurde sein Herz weich wie Wachs, und er mußte starr vor sich hin blicken, um sich nicht umzuwenden und sie in seine

Arme zu schließen, seine Catherine, denn dann hätte er gesehen, daß sie nicht mehr da war, sondern ein Gespenst, das ihre Stimme und ihre Augen hatte, und da hätte er laut aufweinen müssen.

»Sind wir jetzt weit genug von dem armen Baby?« fragte sie ihn, indem sie bei einer Eiche stehenblieb, deren ungeheure, an der Oberfläche sichtbare Wurzeln ganz abgewetzt waren, so oft hatte sie in vergangenen Jahren während der langen, ungestörten Sommernachmittage ihrer ruhigen ersten Ehe darauf gesessen. »Weißt du«, fügte sie hinzu, indem sie sich auf die knorrigen Wurzeln setzte, »es ist ein wunderschönes Kind, das den armen Stephen in seiner Verzweiflung sicher trösten wird.«

»Aber mich in meiner Verzweiflung wird es nicht trösten«, sagte Christopher, die Augen in die Ferne gerichtet.

Sie schwieg.

Endlich fragte sie ihn: »Ist es wirklich so schlimm, Chris?«

»Nein, nein«, antwortete er rasch, mit dem Rücken ihr zugewandt, »so war es nicht gemeint. Du wirst dich wieder erholen, und dann werden wir . . .«

»Ich weiß nicht, wie ich mich erholen soll, wenn ich nicht krank war«, versetzte sie sanft.

»Warum willst du mir die Hoffnung rauben?« fragte er.

»Ich will nur nicht mehr lügen. Ich werde nie mehr anders aussehen als jetzt. Ich werde nicht mehr werden, wie ich war. Aber vielleicht, wenn du Zeit gehabt hast, es zu verwinden, dann . . .«

Sie zögerte, dann fuhr sie demütig fort, denn sie wußte, welches Unrecht sie ihm angetan hatte, wußte, daß sie ihn vor sich selber hätte retten müssen, trotz seines Drängens, trotzdem sein Unglück damals unermeßlich gewesen wäre: »Vielleicht könnte ich mein Unrecht wiedergutmachen, vielleicht könnte ich dich irgendwie trösten . . .«

Wieder zögerte sie.

»Ich weiß freilich nicht, wie«, fuhr sie in immer demütigerem Tone fort, »aber ich würde mich bemühen.« Und fast flüsternd sagte sie: »Das heißt, wenn du es mir erlauben willst.«

»Wenn ich es dir erlauben will«, wiederholte er, von ihrer Demut ins tiefste Herz getroffen.

»Jawohl. Und wenn es sich nicht bewährt, Chris, und es dir nicht zusagt, dann lass' ich dich natürlich ziehen.«

Er wandte sich rasch um.

»Was meinst du damit?« fragte er sie.

»Daß ich dich freigebe«, antwortete Catherine, indem sie sich bemühte, ihn fest anzusehen.

Er starrte sie an.

»Wie?« fragte er. »Ich verstehe dich nicht. Wie willst du mich freigeben?«

»Es gibt doch nur eines, nicht wahr? Ich meine: mich von dir scheiden lassen.«

Er starrte sie an. Catherine sprach davon, sich von ihm scheiden zu lassen. Catherine!

»Wie kannst du, bei deiner Jugend, an eine Frau geschmiedet bleiben, die aussieht wie ich?« fragte sie ihn. »Es ist unschicklich. Und dann, zusammen in unserer Wohnung, du könntest vielleicht glauben, daß ich, daß ich erwarte . . .«

Hilflos hielt sie inne, während er noch immer seine Blicke auf sie gerichtet hielt.

»Ich habe keine Idee, wie wir all die Einzelheiten einrichten könnten«, sagte sie, indem sie den Kopf senkte; sie konnte sein Starren nicht ertragen. »Es wäre so schmerzlich«, schloß sie flüsternd.

»Du glaubst also, die Lösung ist Scheidung?« sagte Christopher.

»Was bleibt uns anderes übrig? Du brauchst mich ja nur anzusehen...«

»Scheidung«, sagte er, »nachdem wir uns so geliebt haben?«

Und plötzlich begann er mit dem Fuß zu stampfen und zu schreien, während heiße Tränen ihm in die Augen traten: »Oh, du Närrin, du Närrin! Du warst aber immer so eine Närrin!«

»Aber schau mich doch an!« sagte sie verzweifelt, indem sie den Kopf zurück und die Arme in die Luft warf.

»Ach, um Himmels willen, hör auf!« rief er aus, indem er sich neben sie auf den Boden warf und sein Gesicht in ihrem Schoß verbarg. Scheiden wollte sie sich von ihm lassen... ihn wieder zu der Einsamkeit verdammen..., wo er ihre Stimme nicht hören konnte...

»Warum hast du mich nicht weiter in meinem Glauben lassen können!« sagte er, indem er ihre Knie mit den Armen umspannte und das Gesicht verborgen hielt. »Warum? Was liegt mir daran, was du getan hast? Wir waren glücklich, und ich wollte, du hättest es weiter getan! Aber du brauchst nur von hier fortzugehen, um wieder zu werden, wie du warst, und immer bist du ja nicht zu der Frau gegangen, und ich hab' mich in dich verliebt, wie du warst, und warum sollt' ich dich nicht weiter liebhaben, so wie du jetzt bist?«

»Weil ich alt bin und du nicht. Weil ich alt geworden bin, seitdem wir verheiratet sind. Weil ich zu alt war, um jemand zu heiraten, der so jung ist wie du. Und du weißt ja, daß ich alt bin. Du siehst es jetzt. Du siehst es so deutlich, daß du es nicht ertragen kannst, mich anzusehen.«

»O mein Gott! Dieser Blödsinn, dieser Blödsinn! Ich bin dein Mann, und du stehst unter meiner Obhut. Jawohl, Catherine! Für immer und ewig. Da nützt kein Reden, ich kann nicht leben, ohne deine Stimme zu hören. Ich kann nicht. Und wie kannst du ohne mich leben? Du kannst nicht. Du bist doch ein so hilfloses kleines . . .«

»Nein. Ich bin ganz vernünftig. Ich war's nicht, aber jetzt bin ich's.«

»Ach, der Henker hole die Vernunft! Sei wieder, was du früher warst. Herrgott, Catherine«, fuhr er fort, »glaubst du, ein Mann verlangt von seiner Frau, daß sie sich mit Waschseife wäscht, als wäre sie der Küchentisch, und daß sie dann blankglänzend zu ihm kommt und ihm sagt: ›Sieh her, ich bin die Wahrheit!‹? Und sie ist gar nicht die Wahrheit. Sie ist sowenig die Wahrheit, wenn sie von Seife glänzt, als wenn sie gepudert ist, sie ist unter allen Umständen nur Schein, sozusagen ein Sinnbild, das Sinnbild der Seele in ihr, das man im Grunde liebt . . .«

»Es ist weit mehr geschehen als das«, unterbrach sie ihn.

»Ach ja, ja, ich weiß. Der Tod. Du willst mir sagen, daß all das dir jetzt als heller Blödsinn erscheint, nachdem du dem Tod ins Auge gesehen hast.«

»Jawohl, und ich habe damit abgeschlossen.«

»Ach, du lieber Gott! Diese Frauenzimmer!« stöhnte er. »Glaubst du, daß ich nicht auch dem Tod hundertmal ins Auge gesehen hab'? Was, meinst du, hab' ich im Krieg getan? Aber Frauen können die einfachsten Dinge nicht natürlich und die natürlichsten Dinge nicht einfach nehmen. Was ist einfacher und natürlicher als der Tod? Ich habe, weil meine Freunde gefallen sind, darum doch nicht meine seidenen Taschentücher weggeworfen und aufgehört, mich zu rasieren —«

»Chris«, unterbrach sie ihn, »du verstehst es nicht. Du weißt nicht, was ich weiß.«

»Ich weiß und verstehe alles. Warum sollen die, die am Leben geblieben sind, sich gebärden, als wenn sie gestorben wären? Warum soll unser Glück zerschellen, weil Virginia gestorben ist? Ist das nicht eher ein Grund für uns, die wir noch am Leben sind, uns fester aneinanderzuschließen? Und statt dessen sprichst du von Scheidung? Scheidung! Weil ein erschütternder Unglücksfall eingetreten ist, soll ihm noch ein zweiter folgen? Catherine, siehst du das nicht ein, willst du, kannst du das nicht einsehen?«

Und er hob seinen Kopf aus ihrem Schoß empor und sah sie an, mit Augen, in denen Tränen des Zornes, der Angst, zurückgewiesener Liebe brannten, und da sah er, daß sie weinte.

Wie lange weinte sie schon? Ihr Gesicht war ganz naß von Tränen; von grauem Haar eingerahmt, sah es mitleiderregend aus. Wie lange weinte sie schon, während er und sie von Zeit zu Zeit eine vernünftige Bemerkung machte?

Beim Anblick ihres tränennassen Gesichtes erloschen der Zorn und die Angst, und nur die Liebe blieb übrig. Sie konnte ihn nicht entbehren. Sie war ein armes, gebrochenes Geschöpf, trotz aller großen Worte von Scheidung und Freiheit. Sie war seine Frau, die ihn nicht entbehren konnte, ein armes, gebrochenes Geschöpf...

»Ich habe so viel geweint«, sagte sie, hastig ihre Augen trocknend, »ich glaube, es ist mir schon zur Gewohnheit geworden. Ich schäme mich. Ich hasse das Wimmern. Aber Virginia...«

Er richtete sich auf und blieb auf den Knien vor ihr liegen und umschlang sie endlich mit den Armen.

»Ach, meine Catherine«, murmelte er und zog ihren Kopf an seine Brust und hielt ihn da fest. »Ach, meine Catherine . . .«

Eine ungeheure Sehnsucht, sich für sie zu opfern, ihr sein Leben zu Füßen zu legen, erfüllte ihn, die Sehnsucht, alles, alles zu geben und nichts zu verlangen, sie zu beschützen, ihr immer alles fernzuhalten, was ihr weh tun könnte.

»Weine nicht«, flüsterte er, »weine nicht. Es wird sich alles finden. Wir werden glücklich sein, und wenn du es nicht sehen wirst, daß wir glücklich sind, dann werde ich so lange für dich sehen, bis deine Augen wieder offen sein werden . . .«

»Aber ich sehe jedesmal, wenn ich in den Spiegel blicke . . .«, antwortete sie.

Sie verstand instinktiv das Gefühl, das ihn erfüllte, und sie schreckte davor zurück auszunützen, was ihr die impulsive, großmütige Jugend anbot. Wie sollte sie sich ihm dafür dankbar erweisen? Sie konnte es ihm nur durch selbstlose Liebe vergelten und dann, wenn er selbst einsah, wie unmöglich die Situation war, ihn freigeben. Das war das einzig Mögliche, und eines Tages mußte auch er einsehen, daß es das einzig Mögliche war.

»Du Widerspenstige!« murmelte er, indem er ihr Gesicht an seine Brust drückte, es tat ihm noch zu entsetzlich weh, es anzusehen, er hätte am liebsten selber geweint. In einiger Zeit . . ., wenn er sich erst daran gewöhnt hatte . . .

»Das mußt du dir abgewöhnen«, fuhr er fort, »denn wir können nicht beide widerspenstig sein und uns zerzanken.«

»Nein, nein«, erwiderte Catherine, »das wollen wir nicht. Wir wollen . . .«

Sie war im Begriff zu sagen: ›uns liebhaben‹, aber sie fürchtete, er könne darin einen Anspruch sehen, und sie hielt inne.

Ein Weilchen schwiegen sie und saßen so regungslos da, daß die Kaninchen ganz nahe zu ihnen herüberhüpften.

Da sagte er sanft: »Ich werde dich in meine Obhut nehmen, Catherine.«

Und sie erwiderte mit leicht bebender Stimme: »So, Chris? Und ich habe mir gerade gedacht, daß ich dich in meine Obhut nehmen werde.«

»Gut. Dann wollen wir's eines dem andern tun.«

Und sie machten beide den Versuch zu lachen, aber es war ein unsicheres, zitterndes Lachen, denn in beiden Herzen lebte die Furcht.

Nachwort

Ein offenes Ende. Wir ahnen nur, daß es noch quälend lange dauern wird, bis Catherine und Christopher wirklich in Frieden auseinandergehen. Sie werden sich noch einige Male gegenseitig fast zu Tode erschrecken und mit Worten verwunden. Oder werden sie doch glücklich, weil jeder einfach so ist, wie er ist, ohne sich zu kostümieren? Das bleibt verborgen in diesem rätselhaften Schluß. Catherine versucht, Christopher als eine Art Sohn zu adoptieren, um von ihm als Ehemann nicht enttäuscht zu werden; sie lachen beide zaghaft, aber ihre Furcht wird ihre Seelen auffressen.

Elizabeth von Arnim hat diesen Roman geschrieben, während sie in einer ähnlichen Liebe gefangen war. Ihr Gefährte schien allerdings etwas komplizierter zu sein als der naive, beständig-freundliche Christopher und sie selbst vielleicht robuster als die fragile, fast feengleiche Catherine. Im richtigen Leben hat Elizabeth nie einen derartigen Beschützerinstinkt in Männern ausgelöst wie ihre Heldin, denn obwohl auch zierlich, war sie doch von ungewöhnlicher Selbständigkeit. Eine Frau, die sich nie im Leben langweilte. Aber es gibt eine Korrespondenz zwischen ihrem Leben und ihrem Roman: In einigen Punkten handelt Catherine klüger als ihre Erfinderin, an anderen Stellen rennt sie fast blindlings in eine Falle. Bemerkenswert ist, daß Elizabeth mit ihrer eigenen Geschichte noch lange nicht fertig war, während sie darüber schrieb. Eigenartig mutet der Widerspruch an, daß sie also genau wußte, worum es sich handelt, ihr dieses theoretische Wissen aber herzlich wenig genützt hat. Liebe ist irrational, da gibt es keine »vernünftigen« Entscheidungen, sie hebt diejenigen, die es erwischt hat, in den Bereich zwischen Himmel und Erde, der wundervoll sein kann, aber zur Hölle wird, sobald das geliebte Wesen auch nur eine halbe Stunde zu einer Verabredung zu spät kommt oder ähnliches.

Elizabeth hat alle Fehler, die besser nur ihre Heldin Catherine hätte machen sollen, selbst gemacht. Dabei ist sie doch ein artiges Mädchen gewesen, hat niemandem Ungelegenheiten bereitet. Auch als Ehefrau des Grafen Arnim war sie ein Erfolg, hat ihre Kinder großgezogen und hätte jetzt sagen können: »Nun will ich endlich einmal ich sein« und ein »unabhängiges, angenehmes, würdiges, bescheidenes, schönes Leben führen«, so einfach ist das aber nicht. Fast zehn Jahre lang ist ein solcher Christopher durch ihr Leben marschiert mit aller Rücksichtslosigkeit, die offenbar zu den Privilegien der Jugend gehört.

Das »artige Mädchen« kam 1866 als Mary Annette Beauchamp in Neuseeland zur Welt. Ihr Vater war in den fünfziger Jahren des Jahrhunderts aus England nach Australien ausgewandert, um dort Geschäfte zu machen. 1870 kehrte er mit seiner Frau und den sieben Kindern wieder nach England zurück, er hatte genug verdient, um von den Zinsen des Vermögens zu leben und ausgedehnte Reisen um die ganze Welt zu unternehmen. Doch nach dem Bankkrach 1875 änderte sich die finanzielle Situation der Familie, und Vater Beauchamp mußte seine geschäftlichen Aktivitäten wiederaufnehmen. Die Ehe der Eltern war turbulent und liebevoll, Elizabeths Mutter Louey muß eine bildschöne, charmante Frau gewesen sein, umschwärmt von Verehrern, der Vater scheint etwas brummig, ein leidenschaftlicher Weltenbummler, der sich in seinen Briefen zärtlich um das Glück seiner Kinder sorgte. 1889 lud er seine jüngste Tochter Mary Annette zu einer Italienreise ein. In Rom lernte sie auf einer Abendgesellschaft den deutschen Grafen Henning August von Arnim-Schlagenthin kennen. Der verliebte sich auf der Stelle in die junge Engländerin mit dem quirligen Wesen, die vor lauter heiteren Einfällen nur so sprühte. Seine erste Frau und seine Tochter hatte Graf Arnim verloren, beide waren kurz nach der Geburt des Kindes gestorben. Nun wollte er nach einigen traurigen Jahren, in denen er durch Europa gereist war, wieder heiraten. Elizabeths Mutter Louey kam aus London nach Rom, um dem von der Situation überforderten Vater der Braut zur Seite zu stehen. Sie bestimmte, daß eine Garderobe für die Tochter angeschafft wurde, die die finanziellen Möglichkeiten der Familie etwas überstrapazierte, aber das Mädchen sollte schließlich standesgemäß gekleidet sein. Ein bißchen tat sie ihr leid, aber Mary Annette schien über die Maßen verliebt zu sein in den deutschen Grafen. Er lud seine zukünftigen Schwiegereltern großzügig zu einem Urlaub nach Bayreuth ein, spendierte Opernbesuche und imponierte seiner Schwiegermutter mit Parkettsicherheit und Gesellschaftsglamour. Im Umkreis von zwei Meilen, erzählte Elizabeth später, gebe es in Bayreuth keinen Baum, unter dem sie nicht geküßt worden sei. 1890 war Hochzeit in der Church of St. Stephen, während der ersten Ehejahre lebte das Paar in Berlin, dann zog die kleine Familie nach Pommern auf das Gut Nassenheide. Elizabeth mochte die riesigen Wälder und Seen und vor allem ihren wundervollen Garten. Nacheinander kamen vier Mädchen zur

Welt, dann ein Sohn. Sie flüchtete regelmäßig in ihren geliebten Garten mit einem alten Gewächshaus, um zu schreiben. Ihr erstes Buch ›Elizabeth und ihr deutscher Garten‹ wurde in England ein Riesenerfolg. Die Kritik war förmlich hingerissen von dieser Art zu schreiben, von diesem neuen Ton.

Elizabeth hatte das Buch ihrem Mann vorgelesen, der sie begeistert ermunterte, es zu veröffentlichen und weitere zu schreiben. Sie führten eine dieser Ehen, bei denen andere sich fragen, wie so unterschiedliche Naturelle miteinander harmonieren können. Elizabeth nannte ihn den »Grimmigen«, aber er ließ ihr jede Freiheit; er liebte und akzeptierte sie, obwohl er manchmal eine Woche lang kaum ein Wort sprach. Elizabeth bewunderte ihrerseits die Fähigkeit der Männer, nur zu sprechen, wenn sie wirklich wollen, nie einfach nur, um ein freundliches Gespräch aufrechtzuerhalten. Dollie, seine »kleine Frau«, wie der Graf sie nannte, wirkte neben ihm wie ein glücklicher, zwitschernder Vogel. Nach seinem Tod und besonders während ihrer zweiten Ehe hat sie sich oft nach seiner etwas griesgrämigruppigen, aber beständigen Art gesehnt. Unstimmigkeiten hatte es zwischen den beiden eigentlich nur wegen der nach Elizabeths Gefühl zu intensiven Annäherungsversuche des Grafen und seinem Wunsch, einen Stammhalter zu zeugen, gegeben. Elizabeth organisierte Feste, lud Freunde und Verwandte ein, unternahm Ausflüge und versuchte, sich deutsche Anstandsregeln wenigstens so weit einzuprägen, daß sie es überhaupt wahrnahm, wann sie die Frau Tierarzt oder die Frau Pastor tief gekränkt hatte. Und immer wieder zog sie sich zurück, um ein neues Buch zu schreiben. Bald waren ihre Einkünfte wichtiger für die Familie als je geahnt, denn durch eine üble Intrige verlor Graf Arnim viel

Geld und außerdem die Möglichkeit, über seine Aktiengeschäfte Gut Nassenheide zu finanzieren. Das Gut mußte verkauft werden, die Familie siedelte nach England über, wo Graf Arnim schwer krank wurde. Zwar fuhr Elizabeth nach Bad Kissingen mit ihm zur Kur, doch bald darauf starb ihr Mann. In ›Liebe‹ findet der Graf in der Figur des George seine Entsprechung. Während sie den Roman schrieb, notierte sie in ihrem Tagebuch, wie sehr er ihr immer noch fehlte. Elizabeth schickte ihre Kinder auf verschiedene Internate und ließ für sich ein Chalet in der Schweiz bauen. Fünfzehn Gästezimmer hatte das Chalet Soleil, wundervoll gelegen, genau vis-à-vis der Simplonkette; jedes Kind sollte in den Schulferien kommen und je zwei Freunde mitbringen können. Das Klima, die Luft und die Aussicht hier oben waren so überwältigend schön, daß Jahr für Jahr alle außer Rand und Band gerieten, die hier ihre Ferien verbrachten. Die Gefühle wurden in der klaren Bergluft gesteigert und wirkten wie unter eine Lupe gelegt. Auch viele von Elizabeths Freunden aus England kamen zu Besuch. Einer dieser Besucher war Francis Russell, der bald darauf ihr zweiter Ehemann wurde.

Diese Ehe muß allerdings bis auf ein erstes glückliches Jahr schrecklich gewesen sein. Francis war ein charmanter Junggeselle, aber als Ehemann eine echte Katastrophe. Es war während des Ersten Weltkrieges, Elizabeth hatte ihr Chalet verlassen, nachdem es zu einer bitteren Auseinandersetzung mit ihrer jüngsten Tochter Felicitas gekommen war. Felicitas muß in ihrem Internat in Lausanne irgendeinen Unfug angestellt haben. Vielleicht war es gar nicht dramatisch, aber immerhin verfügte Elizabeth, daß ihr Sorgenkind auf eine strengere Schule nach Deutschland kam. Mutter und Tochter gingen im Streit auseinander. Das Kindermädchen brachte Felicitas nach Berlin. Dort angekommen, gerieten die beiden mitten in die Mobilmachung für den Ersten Weltkrieg. Felicitas lebte fortan in ihrem Internat in Deutschland, und Elizabeth war in England mit einem launischen Tyrannen als Ehemann beschäftigt. Briefe konnten nur noch verschlüsselt geschrieben und über Umwege befördert werden.

1916 traf aus Deutschland die katastrophale Nachricht ein, daß Felicitas an einer Virusinfektion gestorben war. Elizabeth hat sich das nie verziehen. Sie hatte so zärtliche Erinnerungen an ihr Mädchen, das als Kind unter besonders schweren Fieberträumen litt und deshalb bei ihr im Bett schlafen durfte. Jetzt konnte sie der Tochter nicht mehr über die Stirn wischen und tröstende Worte sagen.

Nach dem Krieg reiste Elizabeth nach Amerika, wo inzwischen zwei ihrer Töchter lebten. Eine Tochter hatte in Deutschland geheiratet, ihr Sohn studierte noch in England. Ihre Ehe mit Francis Russell wurde endlich geschieden, und Elizabeth erholte sich langsam ein wenig, sie arbeitete an einem neuen Roman, lebte meist in der Nähe von London mit ihren Hunden, und im Frühling zog sie in den Süden in das Chalet in der Schweiz oder später nach Italien und in die Provence.

Nachdem sich Elizabeth aus der Horrorehe mit Francis Russell befreit hatte, schrieb sie einen Schlüsselroman mit dem Titel ›Vera‹ (UB 30335).

Eines Tages fiel ihr in der *Times* eine Anzeige auf, die sie sonderbar berührte. Ein junger Mann bot seine Dienste als Privatbibliothekar an. Sie besaß zwar Hunderte von Büchern, die sie liebte, aber niemals war sie bisher auf die Idee gekommen, sie zu ordnen und zu katalogisieren. Sie schrieb ihm. Er schickte ein Bewerbungsschreiben, in dem er sich als Student in Cambridge vorstellte, der einen Ferienjob suchte. Über das Angebot von Lady Russell sei er überglücklich, und er werde als Literaturbegeisterter sein Bestes tun, um sich nützlich zu machen. Vierundzwanzig Jahre alt, Mitglied der Armee, im Krieg verwundet.

Am 8. Juli 1920 traf Mark Rainley in der Schweiz ein. In den ersten Tagen geriet er in eine Art Glückstaumel. Aus dem Krieg war er als Zyniker zurückgekehrt, von Zweifeln am Sinn des Lebens nahezu besiegt, voller Verachtung und Trauer für das Leben. An diesem zauberhaften Ort begann er sich zu wandeln, sein Mißtrauen und seine Bitterkeit abzulegen. Der heitere Geist in Elizabeths Chalet gab ihm die Lebensfreude wieder. Zur selben Zeit waren wie in jedem Sommer eine Menge anderer Freunde da, und man unterhielt sich prächtig. Abends am Kamin wurden Bücher vorgelesen, wurde gelacht und herumgealbert. Elizabeth ließ den etwas kränkelnden Rainley von ihrem Arzt untersuchen und freute sich über den günstigen Bericht. Mark Rainley war in den Kreis aufgenommen worden, und alle sangen zusammen laut und kräftig, daß sie »jolly good fellows« seien. Rainley war betört von Elizabeth, von ihrer geistreichen Konversation und ihrem Humor, ihrer souveränen Art, mit lauter hochkomplizierten Gästen umzugehen, als handle es sich um eine Jonglierübung. Sie war eine Komödiantin, die in ihrer herzensklugen Art immer auch hinter die Fassaden sah – und sie hatte für ihre Mitmenschen etwas Anstekkendes, wenn sie die wundervollen Tage bejubelte, Picknicks veranstaltete oder still die Berggipfel ansah. Kein Wunder, daß sie dem armen Mann umgehend den Kopf verdrehte.

Wieder in London, nahmen alle ihre alte Routine auf. Elizabeth zog sich allerdings gegen Ende des Jahres von den üblichen Amüsements und Gesellschaften zurück. In ihrem Tagebuch taucht jedoch immer häufiger der Name Rainley auf. Er holte sie zu Konzerten ab, lud sie zum Dinner ein und zum Tanztee, er brachte ihr neue Tänze bei, und abends spielten sie stundenlang Schach. Elizabeth fühlte sich nach den schrecklichen Ehejahren mit Francis endlich wieder im Einklang mit sich und der Welt. Aber sie begann darüber nachzudenken, ob sie nicht längst Mark Rainley in seinen Avancen hätte bremsen sollen. Melancholisch registrierte sie, daß sie 54 Jahre alt war und sich den Kummer einer Liebesbeziehung mit einem 24 Jahre jüngeren Mann ersparen sollte. Sie beobachtete sein unerschütterliches Werben mit einer Mischung aus Überraschung und Freude, bisweilen reagierte sie auch ein wenig konsterniert, wenn er allzu forsch um ihre Gunst warb. Auf etwas kühlere, abwehrende Worte reagierte Mark sofort mit Brieffluten. Er ließ sich nicht abwimmeln, zitierte alle Liebesszenen der Weltliteratur herbei und kann nur als in hohem Maße verliebt beschrieben werden. 1921 beendete Elizabeth ihren Roman ›Vera‹ und flüchtete aus England, weil sie dort, das spürte sie genau, Rainley nicht mehr entkommen konnte. Von ihren Reisen schrieb sie ihm allerdings regelmäßig. Im Sommer dieses Jahres lernte sie auch andere Seiten an ihm kennen, die ihre Gefühle änderten. Bisher hatte sie Mark als intelligenten, empfindsamen jungen Mann erlebt. In dem zweiten Sommer ihrer Freundschaft offenbarte er sich ihr als irritierter, depressiver Mensch. Alles, was er im Krieg gesehen und erlitten hatte, kehrte als unheilvolle Erinnerung in sein Leben zurück. Er war verstört, litt unter furchtbaren Angstanfällen und hatte keinerlei Zuversicht mehr in eine bessere Zukunft. Nur Elizabeth, meinte er, könne ihm helfen. Elizabeth aber blieb konsequent und durchaus resolut bei ihrer Meinung, daß nur Gleichaltrige sich zu Paaren zusammenfinden sollten und daß diejenigen, die sich als Vierzigjährige lieber zu den Zwanzigjährigen gesellen, zurückgehalten werden sollten. Zwanzigjährige, die vor Lebenskraft überschäumen, sollten sich nach ihrer Meinung mit Gleichaltrigen messen. Aber nun trat eine neue Situation ein. Sie beobachtete ihn ängstlich und fühlte sich mütterlich verantwortlich. Dann wieder ärgerte sie sich maßlos über ihn, weil er mit anderen Gästen aus Amerika zügellos herumtobte und lärmte. Elizabeth haßte diese Spannungen im Haus, wenn gute Laune in Streit umschlug, der hemmungslos ausgetragen wurde. Aber am Tag danach hatte er wieder ihr Wohlwollen. Brav und charmant spielte er Schach mit ihr, und er wurde zu einem wichtigen Gesprächspartner in literarischen Fragen. Als letzter Gast blieb Rainley bis zum September im Chalet, er durfte sie jetzt Elizabeth nennen, sie wurde für ihn so etwas wie Ratgeberin, Gastwirtin und Krankenschwester in einer Person. Die erste Schwemme von Liebesbeweisen, Lockrufen und Beschwörungen hatte sich gelegt, er betete sie nicht mehr so an wie in der ersten Zeit. Zurück in London, trat Rainley seine erste Stellung in einer Zeitungsredaktion an.

Elizabeth und Mark Rainley blieben zehn Jahre lang miteinander befreundet. Sie trafen sich regelmäßig und gingen miteinander aus. Elizabeth hat ihm immer wieder Türen geöffnet, die ohne ihre Hilfe wohl verschlossen geblieben wären, sie hat ihm Gelegenheit gegeben, sich bei ihr zu erholen, ihn gepflegt und getröstet, im Laufe der Zeit immer mehr wie einen Sohn als wie einen Freund.

Mark muß ähnlich wie Christopher geradezu taub gegen Abwehr oder Absagen reagiert haben. Er setzte durch, was er erreichen wollte. Am 20. April 1922 notierte Elizabeth in ihrem Tagebuch, daß Mark gekommen sei und sie um einen Artikel für seine Zeitung gebeten habe. Erfolglos. Aber er habe sie in einem offenen Taxi mitgenommen und sie zu einer Fahrt verführt. Am 23. April findet sich im Tagebuch die Bemerkung, sie habe den Artikel doch geschrieben. Tatsächlich gelang es Mark in den folgenden Jahren immer wieder, bei ihr seine Gefühlsschwankungen abzuladen. Rücksichtslos zog er sie durch das Wechselbad seiner Stimmungen, und diese müssen schauerlich gewesen sein. So beunruhigend und düster, daß Elizabeth nachts nicht schlafen konnte und sich noch lange niedergeschlagen und müde fühlte, während er erquickt schien und wie ein Phönix aus der Asche stieg, sobald die Depression dank ihrer Hilfe vorüber war.

Im Herbst treffen sie sich wieder regelmäßig zum Lunch. Sie verbringen auch gelungene Tage miteinander, feiern ihre jeweiligen beruflichen Erfolge und Weihnachten miteinander. Sie steckt ihn ins Bett, wenn er müde aussieht, und ist glücklich über schöne Stunden mit ihm. Dennoch fühlt sie sich auch matt, lustlos und einsam. Im Frühjahr hilft ihr das Theaterstück ›The Immortal Hour‹ (›Die unvergeßliche Stunde‹) von Fiona McCleod, in das sie immer wieder mit Freundinnen und Freunden geht. Nach ihrem elften Besuch meint sie, das Vergnügen daran steigere sich von Mal zu Mal. Mit dem ihr eigenen Münchhausen-Charme zieht sie sich wieder einmal selbst aus dem Sumpf der Traurigkeit. Sie beginnt ein Buch zu schreiben über die Beziehung einer vierzigjährigen Frau zu einem Zwanzigjährigen. Nebenbei beschäftigt sie sich intensiv mit Psychologie und übersetzt Goethes Briefwechsel mit Bettina von Arnim ins Englische.

Im Sommer fährt sie wieder in die Schweiz, Mark kommt im August, und wieder ist er in einer schrecklich quälenden Stimmung. Als er abfährt, sagt Elizabeth ihm nicht adieu, aber ein paar Tage später schreibt sie ihm, wie sehr sie ihn vermißt und daß ihr nun wieder all die wundervollen Tage, das Lachen und die glücklichen Stunden einfallen. Mehrere sehnsüchtige Briefe finden den Weg aus der Schweiz nach London. Elizabeth beschreibt ihre Melancholie und ihre Alpträume, fürchtet, daß Mark etwas zugestoßen sein könnte, sie sieht einen Omnibus eine kleine, schlanke Figur erfassen, oder sie wähnt ihn krank im Bett liegen...

Von ihrer Rückkehr nach London erfährt nur Mark Rainley, er führt sie zum Tanzen aus, aber sie haßt inzwischen diese Art von Vergnügen und fühlt sich zu verkrampft dazu. Zehn Jahre lang versuchen die beiden den Abstand zueinander zu finden, der weder zu weit ist, um vor Sehnsucht zu schmerzen, noch zu nah, um sich gegenseitig zu verwunden. Es ist wie in der berühmten Parabel von den Stachelschweinen, die im Winter zusammenrücken, um sich zu wärmen: dicht beieinander, verletzen sie einander mit den Stacheln, rücken sie voneinander ab, dann wird es kalt. Sosehr sie Mark vermißt, wenn er weit weg ist, so unsäglich erschöpft und müde fühlt sie sich, wenn er kommt und an einer seiner düsteren Stimmungen leidet. Immer häufiger zieht sie sich dann in ihr kleines Haus zurück, nicht um wie üblich zu schreiben, sondern um sich von der Anstrengung seiner Anwesenheit zu erholen. Mit ihren Texten ist sie nicht mehr zufrieden, weil sie sich nicht richtig darauf konzentrieren kann.

»Schwöre nicht, daß du mir jeden Tag schreiben wirst«, sagt Elizabeth, »Freundschaft in Ketten ist eine zum Tode verurteilte Freundschaft.«

Mark macht inzwischen Karriere und hat immer seltener Zeit, sie zu besuchen. 1927 fühlt sie, daß ihre Freundschaft mit ihm zu Ende geht, und meint tatsächlich, sie müsse ihm eine Frau suchen, natürlich eine, die Schönheit, Charme, Freundlichkeit und eine gute soziale Stellung hat, denn selbstverständlich ist das Beste gerade gut genug für Mark. Außerdem sollte es eine Freundin von Elizabeth sein, denn nur in dem Falle wäre es für sie weiterhin möglich, in seinem Leben zu bleiben. Aber die Kombination von Geist, Weisheit, Originalität und Charme in einer Person ist sehr selten. Eigentlich hätte natürlich nur Elizabeth selbst einige Jahre jünger diese hochgeschraubten Bedingungen erfüllt. Also wird nichts aus dieser Brautschau. In diesem Jahr reißt der Briefwechsel zwischen den beiden nicht ab und bleibt weiterhin offen und freundlich. Aber Elizabeth durchlebt eine schwere Krise. Sie fühlt sich alt, leer und überflüssig, ihre Kinder sind alle weit weg, sie sehnt sich nach ihnen und nach irgend jemandem, der sie braucht.

1928 berichtet Mark Rainley, daß er inzwischen geheiratet hat. Er war also verrückt genug, eine Frau zu heiraten, mit der er nach Elizabeths Meinung unglücklich werden muß. Sie lernt diese Frau nie kennen, sie ist eine spießige, ziemlich gefühlskalte Lady. Mark kommt Elizabeth bald wieder regelmäßig besuchen, läßt sich von ihr aufpäppeln, wenn er krank ist, sie tippt am Wochenende seine Artikel und geht mit ihm zusammen in ›Die unvergeßliche Stunde‹. Selbst im Urlaub denkt sie an ihn, alles erinnert sie an Mark. Und in London kommt er regelmäßig zu Besuch, matt und überarbeitet, läßt er sich trösten und umsorgen. 1932 wird seine Ehe tatsächlich geschieden, und das ist auch das Ende seiner Beziehung zu Elizabeth.

Erst 1934 trifft sie ihn zufällig, zusammen mit seiner zweiten Frau, wieder. Die beiden Frauen mögen sich sofort, und später bittet das Paar Elizabeth, Patentante ihres Kindes zu werden.

Die Liebesgeschichte von Elizabeth und Mark muß damals mühsam erkämpft worden sein, argwöhnisch beobachtet von den Halbtoten der »Gesellschaft«, die stets und überall mißgünstig das Treiben der Lebendigen mustern und es unmoralisch nennen, weil sie gelb vor Neid und Eifersucht sind. Es ist allerdings nie ein Tabu gewesen, daß Männer jüngere Frauen heiraten, selbst wenn sie ihre Enkeltöchter sein könnten. Um so allergischer reagiert man jedoch noch immer auf Frauen mit sehr viel jüngeren Liebhabern. Noch heute macht sich eine fünfzigjährige Frau unmöglich, wenn sie sich in einen Jüngling verliebt, während ein Sechzigjähriger ohne weiteres seine Jahrzehnte jüngere Sekretärin heiraten kann.

Elizabeth aber hat Stil und Eleganz genug, sich keineswegs der Lächerlichkeit preiszugeben. Sie beschreibt dezent und unaufdringlich, wie subtil Frauen hier unterdrückt werden. Allein der Schönheitskult, dem sich viele Frauen unterwerfen, ist im Grunde würdelos. Immer gibt es diesen Punkt, bis zu dem kosmetische Tricks besseres Aussehen vorgaukeln, sobald er aber überschritten ist, heben sie erbarmungslos die Spuren des Alters eher noch hervor. Selten unterwerfen sich Männer ähnlichen Torturen wie Frauen, obwohl sie auch eitel sind. Gerade die schönsten Frauen aber leiden am meisten unter eingebildeten Mängeln. Auch Catherine verfällt diesen Täuschungen. Sie ist schön und begehrenswert, so wie sie ist, von Strahlen umgeben, liebenswert ganz von allein. Und Elizabeth führt uns in Catherine unbarmherzig vor, wie unwürdig und lächerlich die Verherrlichung der Jugend wird, wenn sie sich in kosmetische Absurditäten verstiegen hat.

Als sie ›Die unvergeßliche Stunde‹ schrieb, hatte das Buch den Titel ›Liebe‹, in ihrem Tagebuch bemerkte Elizabeth dazu, daß es besser: »Sie hätte es nicht tun dürfen!« heißen sollte. So wie sie später, als sie sich ihr letztes Haus in der Provence kaufte, schrieb: »Wäre ich doch nur unmittelbar aus Pommern hierhergekommen – wie gut hätte mir das getan! Ich wäre viel länger jung geblieben, viel lebensfroher und heiterer. Es ist unmöglich, sich dem Einfluß des Klimas zu entziehen; wenn man ringsum von so viel Schönheit umgeben ist wie ich hier, muß man sich einfach glücklich fühlen. Hier in diesem harmonischen Zusammenklang von Licht und Wärme, Farbe und Duft ist es ein Kinderspiel, *resolut* zu leben.«

Das war ihr Traum: »resolut« zu leben. Sie meinte damit die Fähigkeit, die wirklich wichtigen Dinge im Leben erkennen zu können, einen blühenden Weißdorn, den treuherzig-verschmitzten Blick eines Hundes, Kinderlachen, Nachdenken, Bücherlesen. Einfach, mit beinahe zauberhaft leichter Hand geschrieben, scheinen uns Elizabeths Romane, voller Humor und Lebensfreude, immer gelingt es ihr, von den wesentlichen Dingen des Lebens zu erzählen. Nie hat sie sich entschließen können, so groß auch ihr Verehrungsbedürfnis war, sich irgendeiner Schule oder Weltanschauung anzuschließen.

Es sind verhaltene, heitere Arabesken über den Abgründen des Lebens. Wie Libellen entziehen sie sich jedem täppischen Zugriff. Es geschieht scheinbar so wenig darin, während der Lektüre scheint sich nur sanft eine Hand auf die Schulter des Lesers zu legen. Schlicht sind ihre Texte, transparent und ganz und gar hintersinnig. Elizabeth schreibt als der wunderliche kleine Kobold, der in einem abgesonderten kleinen Winkel unseres Seelenlebens hockt und gerade in den ernstesten Lagen sein Unwesen treibt.

Annemarie Stoltenberg

MARGRIT SCHRIBER
Tresorschatten
Roman
Mit einem Nachwort von
Walter Helmut Fritz
Ullstein Buch 30309

ULLA HAGENAU-STOEWER
Schöne verkehrte Welt
oder
Die Zeitmaschine meiner
Urgroßmutter
Roman
Mit einem Nachwort von
Ilse Brehmer
Ullstein Buch 30311

JANE AUSTEN
My dear Cassandra!
Ausgewählte Briefe
Mit einem Nachwort von
Ingrid von Rosenberg
Ullstein Buch 30312

ELIZABETH VON ARNIM
Fräulein Schmidt und
Mr. Anstruther
Briefe einer unabhängigen Frau
Mit einem Nachwort von
Annemarie Stoltenberg
Ullstein Buch 30314

LOU ANDREAS-SALOMÉ
Fenitschka/
Eine Ausschweifung
Neu herausgegeben und
mit einem Nachwort versehen
von Ernst Pfeiffer
Ullstein Buch 30315

LINA WERTMÜLLER
Iris und der Scheich
Roman
Mit einem Nachwort von
Dagmar Türck-Wagner
Ullstein Buch 30316

NELE POUL SOERENSEN
Mein Vater Gottfried
Benn
Erinnerungen
Ullstein Buch 30317

MARIA LOUISA BOMBAL
Die neuen Inseln
Erzählungen
Mit einem Nachwort von
Thomas Brons
Ullstein Buch 30321

BRIGITTE SCHWAIGER/
EVA DEUTSCH
Die Galizianerin
Mit einem Nachwort von
Barbara Kunze
Ullstein Buch 30322

SUSANNE RÖCKEL
Palladion
Erzählung
Mit einem Nachwort von
Sigrid Löffler
Ullstein Buch 30323

JOURNAL FÜR DIE FRAU
»Erschrick nicht vor dem
Rot meiner Lippen«
Neue Gedichte von Leserinnen
Ullstein Buch 30324

EVA WEISSWEILER
Gejagt von der Liebe
Roman
Mit einem Nachwort von
Liane Dirks
Ullstein Buch 30325

JAN MORRIS
Conundrum
Mein Weg vom Mann zur Frau
Mit einem Nachwort von
Susanne Fendler
Ullstein Buch 30326

VITA SACKVILLE-WEST
Frühe Leidenschaft
Roman
Mit einem Nachwort von
Ingrid von Rosenberg
Ullstein Buch 30327

RUMJANA ZACHARIEVA
7 Kilo Zeit
Roman
Mit einem Nachwort von
Ariane Thomalla
Ullstein Buch 30329

WOLFGANG LOHMEYER
Die Hexe
Roman
Mit einem Nachwort von
Gudrun Bouchard
Ullstein Buch 30330

MARGRIT SCHRIBER
Muschelgarten
Roman
Mit einem Nachwort von
Walter Helmut Fritz
Ullstein Buch 30331

URSULA MARIA WARTMANN
Liebe ohne Masken
und andere preisgekrönte
Geschichten
Ullstein Buch 30332

GERHART HAUPTMANN
Die Insel der Großen Mutter
oder:
Das Wunder von Île des Dames
Eine Geschichte aus dem
utopischen Archipelagus
Mit einem Nachwort von
Ulrich Lauterbach
Ullstein Buch 30333

ELIZABETH VON ARNIM
Vera
Roman
Mit einem Nachwort von
Annemarie Stoltenberg
Ullstein Buch 30335

Wir schicken Ihnen gerne ausführliche Informationen über alle lieferbaren
Titel in der Reihe ›Die Frau in der Literatur‹. Postkarte genügt:
Ullstein Taschenbuchverlag, ›Die Frau in der Literatur‹,
Lindenstraße 76, 10969 Berlin.